10 minutos e 38 segundos neste mundo estranho

10 minutos e 38 segundos neste mundo estranho

Elif Shafak

Tradução
Julia Romeu

Rio de Janeiro, 2024

Copyright © Elif Shafak. All rights reserved.
Título original: 10 Minutes 38 Seconds in This Strange World

Todos os direitos desta publicação são reservados à Casa dos Livros Editora LTDA. Nenhuma parte desta obra pode ser apropriada e estocada em sistema de banco de dados ou processo similar, em qualquer forma ou meio, seja eletrônico, de fotocópia, gravação etc., sem a permissão do detentor do copyright.

Diretora editorial: *Raquel Cozer*
Gerente editorial: *Alice Mello*
Editor: *Ulisses Teixeira*
Revisão de tradução: *Bonie Santos*
Revisão: *AB Seilhe | Oliveira Editorial*
Capa: *Tulio Cerquize*
Imagem de capa: *Busà Photography/Getty Images*
Diagramação: *Abreu's System*

Dados Internacionais de Catalogação na Publicação (CIP)
(Câmara Brasileira do Livro, SP, Brasil)

Shafak, Elif
   10 minutos e 38 segundos neste mundo estranho / Elif Shafak ; tradução Julia Romeu. – 1. ed. – Rio de Janeiro : Harper Collins Brasil, 2021.

   Título original: On dakika otuz sekiz saniye
   ISBN 978-65-5511-148-4

   1. Ficção norte-americana 2. Mulheres – Ficção I. Título.

21-62575   CDD-813

Índices para catálogo sistemático:

1. Ficção : Literatura norte-americana   813
Maria Alice Ferreira – Bibliotecária – CRB-8/7964

Os pontos de vista desta obra são de responsabilidade de seu autor, não refletindo necessariamente a posição da HarperCollins Brasil, da HarperCollins Publishers ou de sua equipe editorial.

HarperCollins Brasil é uma marca licenciada à Casa dos Livros Editora LTDA.
Todos os direitos reservados à Casa dos Livros Editora LTDA.
Rua da Quitanda, 86, sala 601A — Centro
Rio de Janeiro, RJ — CEP 20091-005
Tel.: (21) 3175-1030
www.harpercollins.com.br

*Às mulheres de Istambul
e à cidade de Istambul, que é, e sempre foi, uma cidade mulher.*

Agora ele mais uma vez me precedeu um pouco, ao deixar este mundo estranho. Isso não significa nada. Para pessoas como nós, que acreditam na física, a separação entre passado, presente e futuro só tem a importância de uma ilusão, ainda que tenaz.

Albert Einstein sobre a morte de seu
melhor amigo, Michele Besso

O fim

O nome dela era Leila.

Leila Tequila, como era conhecida pelos amigos e pelos clientes. Leila Tequila, como era chamada em casa e no trabalho, naquela casa cor de jacarandá numa rua sem saída com chão de paralelepípedo perto do cais, espremida entre uma igreja e uma sinagoga, no meio de lojas de luminárias e lanchonetes de kebab — a rua onde ficavam os bordéis legalizados mais antigos de Istambul.

Mas, se ela te ouvisse dizer isso, talvez se ofendesse e, de brincadeira, atirasse um sapato na sua direção — um de seus sapatos de salto agulha.

— *Era* não, meu bem, *é...* Meu nome *é* Leila Tequila.

Nunca, nem em um milhão de anos, ela deixaria que falassem dela no passado. Só de pensar nisso se sentia pequena e derrotada, e a última coisa que queria no mundo era se sentir assim. Não, Leila iria insistir no tempo presente — apesar de ter se dado conta, com um frio na barriga, de que seu coração tinha acabado de parar de bater, de que sua respiração havia cessado abruptamente e de que, não importava como se encarasse a situação, era inegável que ela estava morta.

Nenhum amigo seu sabia até então. Àquela hora da manhã estavam dormindo profundamente, cada um tentando sair do próprio labirinto de sonhos. Leila desejou estar em casa também, envolta no calor dos cobertores com seu gato enroscado em seus pés, ronronando contente e com sono. O gato de Leila era surdo como uma porta e todo preto — tinha só uma manchinha branca numa das patas. Ela dera a ele o nome de Sr. Chaplin, em homenagem a Charlie Chaplin — pois, assim como os heróis dos primeiros filmes, ele vivia num mundo de silêncio que era só seu.

Leila Tequila teria dado qualquer coisa para estar em seu apartamento naquele instante. Mas estava ali, nos arredores de Istambul, diante de um campo de futebol úmido e escuro, dentro de uma lata de lixo de metal com alças enferrujadas e a pintura descascada. Era uma lata com rodinhas: tinha pelo menos um metro e vinte de altura e metade disso de largura. A própria Leila tinha um metro e setenta e quatro — além dos vinte centímetros de seus sapatos roxos de salto agulha com tira atrás do calcanhar, que ainda estavam em seus pés.

Havia tanto que ela queria entender. Não parava de lembrar dos últimos instantes de sua vida, se perguntando em que ponto tudo tinha dado errado — um exercício fútil, já que o tempo não podia ser desenrolado como se fosse um novelo de lã. Sua pele já estava assumindo um tom branco-acinzentado, embora as células ainda formigassem de atividade. Leila não pôde deixar de notar que havia muita coisa acontecendo dentro de seus órgãos e de seus membros. As pessoas sempre presumiam que um cadáver fosse tão vivo quanto uma árvore caída ou um tronco oco, desprovido de consciência. Mas, se tivesse recebido a mínima oportunidade, Leila teria jurado que era o contrário: os cadáveres transbordavam de vida.

Ela não podia acreditar que sua existência mortal tinha acabado. No dia anterior, havia atravessado o bairro de Pera, sua sombra deslizando pelas ruas com nomes de militares e heróis nacionais — ruas com nomes de homens. Ainda naquela semana, sua risada ecoara pelos bares de teto baixo de Gálata e Kurtuluş e pelos inferninhos pequenos e abafados de Tophane, nenhum dos quais jamais aparecia em guias de viagem ou mapas turísticos. A Istambul que Leila conhecera não era a mesma que o Ministério do Turismo queria que os estrangeiros vissem.

Na noite anterior, ela havia deixado suas digitais num copo de uísque e um leve aroma de seu perfume — Paloma Picasso, um presente de aniversário dado por seus amigos — na echarpe de seda que jogara na cama de um estranho, na suíte do último andar de um hotel de luxo. Lá no céu, um pedacinho da lua da noite anterior ainda estava visível, brilhante e inalcançável, como o vestígio de uma lembrança feliz. Ela ainda fazia parte deste mundo, e ainda havia vida dentro dela, então como era possível que estivesse morta? Como era possível que não existisse mais, como se fosse um sonho que se esvai assim que raia o dia? Poucas horas antes, estava cantando, fumando, xingando, pensando... bem, mesmo agora ela ainda estava pensando. Era impressionante como sua mente estava funcionando a todo vapor — mas não havia como saber quanto tempo isso duraria. Ela queria poder voltar e contar para todo mundo que os mortos não morrem instantaneamente, que eles conseguem continuar a refletir sobre as coisas, inclusive sobre o próprio fim. Ela imaginou que as pessoas sentiriam medo se soubessem disso. Ela certamente teria sentido quando estava viva. Mas achou que era importante que eles soubessem.

Leila tinha a impressão de que os seres humanos demonstravam uma profunda impaciência com os marcos de sua existência. Em primeiro lugar, eles presumiam que você automaticamente virava esposa ou marido no momento em que dizia "Sim!". Mas a verdade era que levava anos para alguém aprender a ser casado. Além disso, a sociedade esperava que os instintos maternais — ou paternais — aparecessem assim que alguém tinha uma criança. Mas, na realidade, podia demorar bastante para a pessoa entender como ser pai ou mãe — ou avô, ou avó. A mesma coisa acontecia com a aposentadoria e a velhice. Como seria possível mudar a marcha assim que você saísse de um escritório onde tinha passado metade da vida e desistido da maioria dos seus sonhos? Não era tão fácil. Leila tinha conhecido professores aposentados que acordavam às sete, tomavam uma chuveirada, colocavam uma roupa arrumada e desabavam diante da mesa do café, só então se lembrando de que não tinham mais um emprego. Eles ainda estavam se acostumando.

Talvez não fosse muito diferente na hora da morte. As pessoas achavam que você virava um cadáver no instante em que dava seu último suspiro. Mas as coisas não eram tão simples. Assim como havia incontáveis tons entre o preto retinto e o branco brilhante, havia múltiplos estágios no chamado "descanso eterno". Se havia uma fronteira entre o Reino da Vida e o Reino da Vida Após a Morte, Leila decidiu que ela devia ser tão permeável quanto um solo arenoso.

Ela estava esperando o sol nascer. Certamente, quando isso acontecesse, alguém iria encontrá-la e tirá-la daquela lata de lixo imunda. Leila não achava que as autoridades fossem demorar muito para descobrir quem ela era. Só iam precisar encontrar sua ficha. Ao longo dos anos, ela havia sido revistada, fotografada e fichada mais vezes do que gostava de admitir. Aquelas delegacias largadas às traças tinham um cheiro bem específico: cinzeiros lotados com as guimbas do dia anterior, restos de café em xícaras rachadas, hálito azedo, pano úmido e um fedor intenso vindo dos urinóis que nem toda a água sanitária do mundo era capaz de remover. Os policiais e os bandidos ficavam nas mesmas salas apertadas. Leila sempre tinha achado fascinante o fato de que as células mortas dos policiais e dos criminosos caíam no mesmo chão e eram consumidas pelos mesmos ácaros, sem privilégios ou parcialidade. Em algum nível, invisível a olho nu, os opostos se misturavam das maneiras mais inesperadas.

Assim que as autoridades a identificassem, Leila imaginava que fossem informar sua família. Seus pais moravam numa cidade histórica chamada Vã — a mil e seiscentos quilômetros de distância. Mas ela não esperava que eles fossem buscar seu corpo, pois a haviam rejeitado há muito tempo.

Você nos cobriu de vergonha. Todo mundo está falando pelas nossas costas.

Então a polícia teria que procurar seus amigos. Os cinco: Sinan Sabotagem, Nalan Nostalgia, Jameelah, Zaynab122 e Humeyra Hollywood.

Leila Tequila tinha certeza de que seus amigos viriam o mais depressa possível. Ela os imaginou correndo em sua direção, com os passos apressados, mas hesitantes, os olhos arregalados de choque e uma tristeza ainda incipiente, uma dor crua que não havia sido absorvida, ainda não. Sentiu-se muito mal por ter de fazê-los passar por algo que claramente seria uma imensa provação. Mas era um alívio saber que os cinco organizariam um enterro magnífico. Com cânfora e olíbano. Com música e flores — principalmente rosas. Rosas de um vermelho incandescente, de um amarelo brilhante, de um vinho intenso… Clássicas, eternas, incomparáveis. Tulipas eram imponentes demais, narcisos eram delicados demais e lírios a faziam espirrar, mas rosas eram perfeitas, uma mistura de glamour sensual com espinhos.

O dia estava raiando devagar. Faixas de cor — *bellinis* de pêssego, martinis de laranja, margaritas de morango, *frozen negronis* — atravessavam o céu acima do horizonte, indo de leste a oeste. Em questão de segundos, chamadas para orações vindas das mesquitas ao redor reverberaram ao redor de Leila, nenhuma delas sincronizada. Bem longe, o Bósforo, acordando de seu sono turquesa, bocejou com força. Um barco de pesca voltou para o porto com o motor soltando fumaça. Uma onda pesada rolou, lânguida, na direção da praia. Aquela área já tinha sido coberta de lindas oliveiras e figueiras, mas todas tinham sido derrubadas para que surgissem mais prédios e estacionamentos. Em algum lugar na penumbra um cachorro estava latindo, mais por obrigação que por agitação. Ali perto, um pássaro chilreou, alto e ousado, e outro piou de volta, embora com menos jovialidade. O coro da alvorada. Leila agora conseguia ouvir um caminhão de entregas resfolegando na rua desfigurada, caindo num buraco atrás do outro. Logo, o zum-zum-zum do trânsito matinal se tornaria ensurdecedor. Era a vida no volume máximo.

Quando estava viva, Leila Tequila sempre ficava meio surpresa, até perturbada, ao conhecer pessoas que sentiam satisfação em especular obsessivamente sobre o fim do mundo. Como era possível que mentes aparentemente sãs pudessem ser tão tomadas por todas aquelas possibilidades loucas envolvendo asteroides, bolas de fogo e cometas causando o caos no planeta? Para Leila, o apocalipse não era a pior coisa que poderia acontecer. A possibilidade da dizimação imediata e completa da civilização não era nem de longe tão assustadora quanto a simples compreensão de que a nossa morte individual não tinha nenhum impacto sobre a ordem das coisas, de que a vida continuaria exatamente igual com ou sem nós. *Isso*, ela sempre pensara, era aterrador.

A brisa mudou de direção e passou a atravessar o campo de futebol. Foi então que Leila os viu. Quatro adolescentes. Catadores de lixo que tinham saído cedo. Dois deles empurravam um carrinho lotado de garrafas de plástico e latas amassadas. Outro, que tinha os ombros curvados e os joelhos fracos, vinha mais atrás, carregando um saco sujo que continha algo muito pesado. O quarto, evidentemente o líder do grupo, caminhava na frente emanando uma clara arrogância, o peito ossudo estufado como o de um galo de briga. Eles estavam se aproximando dela, conversando e rindo.

Andem mais um pouco.

Os meninos pararam diante de um contêiner de lixo do outro lado da rua e começaram a remexer seu conteúdo. Garrafas de xampu, caixas de suco, potinhos de iogurte, caixas de ovos... cada tesouro era retirado e empilhado no carrinho. Os gestos deles eram ágeis, experientes. Um deles encontrou um chapéu de couro velho. Rindo, colocou-o e saiu andando com uma ginga exagerada, arrogante, as mãos enfiadas nos bolsos de trás para imitar algum gângster que devia ter visto num filme. Num instante, o líder agarrou o chapéu e colocou-o na própria cabeça. Ninguém reclamou. Depois de terem levado tudo o que interessava de dentro do lixo, eles estavam prontos para ir embora. Para o desapontamento de Leila, os meninos pareciam prestes a voltar pelo mesmo caminho, indo na direção contrária à dela.

Ei! Eu estou aqui!

Devagar, como se tivesse escutado o apelo de Leila, o líder ergueu o queixo e olhou para o sol nascente, apertando os olhos. À luz bruxuleante, ele examinou o horizonte, olhando ao redor, até que a viu. Suas sobrancelhas se ergueram, seus lábios tremendo um pouco.

Por favor, não fuja.

Ele não fugiu. Em vez disso, disse algo inaudível para os outros, e então eles também começaram a olhar para Leila com a mesma expressão perplexa. Ela se deu conta de como eles eram jovens. Ainda eram crianças, apenas jovens imberbes, aqueles meninos que fingiam ser homens.

O líder do grupo deu um passo minúsculo à frente. Depois, deu outro. Caminhou na direção de Leila como um rato se aproximando de uma maçã que caiu — tímido e inseguro, mas, ao mesmo tempo, determinado e rápido. Seu rosto se anuviou quando ele chegou mais perto e viu em que estado ela estava.

Não tenha medo.

Ele estava diante de Leila, tão próximo que ela conseguia ver o branco de seus olhos, vermelhos e cheios de manchas amarelas. Ela percebeu que ele andara cheirando cola, aquele menino que tinha no máximo quinze anos, que Istambul fingiria receber e acolher e, quando ele menos esperasse, jogaria fora como se fosse uma boneca de pano.

Ligue para a polícia, meu filho. Ligue para a polícia, para eles poderem avisar os meus amigos.

O menino olhou para a esquerda e para a direita para se certificar de que não havia ninguém olhando, nenhuma câmera de segurança por perto. Num movimento súbito para a frente, ele esticou a mão para pegar o cordão de Leila — um camafeu de ouro com uma esmeralda minúscula no meio. Com cuidado, como se estivesse com medo de que ele fosse explodir na palma da sua mão, o menino tocou o pingente, sentindo o frio reconfortante do metal. Ele abriu o camafeu. Havia uma foto dentro. O menino a tirou e a examinou por um instante. Reconheceu a mulher — uma versão mais jovem dela; na foto, ela estava com um homem de olhos verdes que tinha um sorriso doce e cabelos longos, penteados num estilo de outra época. Eles pareciam felizes juntos, apaixonados.

Na parte de trás da foto, havia algo escrito: *D/Ali e eu... Primavera de 1976.*

Depressa, o líder do grupo arrancou o pingente e enfiou o butim no bolso. Se os outros, que estavam parados atrás dele em silêncio, perceberam o gesto, então decidiram ignorá-lo. Eles podiam ser jovens, mas tinham experiência o suficiente na vida naquela cidade para saber quando dar uma de espertinho e quando se fazer de burro.

Apenas um deles deu um passo à frente e ousou perguntar, numa voz que não era mais que um sussurro:

— Ela... ela tá viva?

— Para de bobagem — disse o líder. — Tá mortinha da silva.

— Coitada. Quem será?

Jogando a cabeça para o lado, o líder observou Leila, como se estivesse reparando nela pela primeira vez. Olhou-a de cima a baixo, com um sorriso se espalhando no rosto como tinta sobre uma página.

— Não tá vendo, imbecil? É uma puta.

— Será? — perguntou o outro com seriedade. Tímido demais, inocente demais para repetir a palavra.

— Com certeza, idiota.

O líder se voltou para o grupo e disse, alto e num tom enfático:

— Vai dar em todos os jornais. E nos canais de tv! A gente vai ficar famoso! Quando os jornalistas chegarem, deixem que eu falo com eles, tá?

Ao longe, o motor de um carro roncava conforme ele subia a rua na direção da estrada, derrapando ao fazer a curva. O cheiro do escapamento se misturou ao sal da atmosfera. Apesar de ser tão cedo e de o sol estar apenas começando a banhar os minaretes, os telhados e os galhos mais altos das árvores-de-judas, as pessoas naquela cidade já estavam correndo, já estavam atrasadas para chegar em algum lugar.

PARTE I
A mente

Um minuto

No primeiro minuto após sua morte, a consciência de Leila Tequila começou a refluir, devagar e sempre, como a maré vazante que se afasta da praia. As células de seu cérebro, já sem sangue, ficaram completamente privadas de oxigênio. Mas elas não pararam de funcionar. Não de imediato. Uma última reserva de energia ativou incontáveis neurônios, fazendo com que eles se conectassem como se fosse a primeira vez. Embora seu coração houvesse parado de bater, seu cérebro resistia, recusando-se a desistir. Ele entrou num estado de consciência aumentada, observando a morte do corpo, mas não disposto a aceitar o próprio fim. A memória de Leila correu adiante, ansiosa e diligente, coletando pedaços de uma vida que se esvaía depressa. Ela se recordou de coisas das quais nem sabia que era capaz de se lembrar, coisas que acreditava estarem perdidas para sempre. O tempo ficou fluido, uma corrente rápida de lembranças se misturando umas às outras, o passado e o presente inseparáveis.

A primeira lembrança que lhe surgiu na mente tinha a ver com sal — a sensação dele na pele e o gosto dele na língua.

Leila se viu quando era bebê — nua, vermelha e lustrosa. Meros segundos antes, ela deixara o útero da mãe e deslizara por uma passagem molhada e escorregadia, tomada por um medo totalmente novo, e então estava num cômodo repleto de sons, cores e coisas desconhecidas. A luz do sol entrava pelos vitrais, pontilhava a colcha sobre a cama e se refletia na água de uma bacia de porcelana, embora fosse um dia gelado de janeiro. Uma mulher idosa vestida com os tons das folhas no outono — a parteira — mergulhou uma toalha naquela mesma água e torceu-a, fazendo o sangue escorrer por seu antebraço.

— *Mashallah, mashallah*. É menina.

A parteira pegou um pedaço de sílex que tinha enfiado no sutiã e cortou o cordão umbilical. Ela nunca usava uma faca ou uma tesoura para fazer isso, acreditando que sua eficiência fria não combinava com a complicada tarefa de receber um bebê neste mundo. A velha era muito respeitada na região e, por todas as suas excentricidades e sua mania de reclusão, era considerada um dos sobrenaturais — aquelas pessoas cuja personalidade tinha dois lados, um da terra e outro do espírito, e que a qualquer momento podiam mostrar um ou outro, como uma moeda atirada no ar.

— É menina — repetiu a mãe, deitada na cama de ferro forjado com dossel, o cabelo cor de mel embaraçado e molhado de suor, e a boca seca como areia.

Ela temia isso. No começo do mês, dera uma caminhada no jardim procurando teias de aranha nos galhos altos e, ao encontrar uma, enfiara devagar o dedo nela, furando-a. Durante dias, tinha voltado ao mesmo lugar para verificar. Se a aranha consertasse o buraco, isso significaria que o bebê seria menino. Mas a teia tinha continuado rasgada.

O nome da moça era Binnaz e significava "Mil Encantos". Ela tinha dezenove anos de idade, embora se sentisse bem mais velha naquele ano. Tinha lábios grossos e generosos, um nariz delicado e arrebitado que era considerado uma raridade naquela região do país, um rosto comprido com um queixo pontudo e olhos grandes e escuros com manchas azuis como os ovos de um estorninho. Sempre tinha sido esguia e franzina, mas parecia ainda mais naquele momento, em sua camisola de linho bege. Tinha algumas leves cicatrizes de varíola nas bochechas; certa vez, sua mãe dissera que aquilo era um sinal de que o luar tinha feito um carinho nela enquanto ela dormia. Ela sentia saudades da mãe, do pai e dos nove irmãos, que moravam todos numa aldeia a muitas horas de viagem dali. Sua família era muito pobre — um fato que viviam lembrando a ela desde que entrara naquela casa, logo depois de se casar:

Seja grata. Quando você chegou aqui, não tinha nada.

Binnaz muitas vezes pensava que ainda não tinha nada; suas posses eram tão efêmeras e sem raízes quanto sementes de dente-de-leão. Bastaria um vento forte, uma chuvarada, para que elas sumissem. Era um peso para Binnaz imaginar que poderia ser expulsa daquela casa a qualquer momento; e, se isso acontecesse, para onde ela iria? Seu pai nunca iria aceitá-la de volta, não com tantas bocas para alimentar. Binnaz teria que se casar de novo —

mas não havia garantia de que seu próximo casamento fosse ser mais feliz ou de que ela fosse gostar mais do marido novo. E, de qualquer maneira, quem iria querê-la, uma mulher divorciada, *usada*? Com o fardo dessas desconfianças, Binnaz vagava pela casa, pelo seu quarto, pela própria cabeça, como uma visita que tinha aparecido sem ser convidada. Quer dizer, até aquele momento. Binnaz garantia para si mesma que tudo seria diferente depois que a criança nascesse. Ela não iria mais se sentir desconfortável, insegura.

Quase contra a vontade, Binnaz olhou para a porta. Lá, com uma das mãos no quadril e a outra na maçaneta, como se estivesse decidindo se ficava ou se ia embora, estava uma mulher corpulenta de maxilar quadrado. Embora ela tivesse quarenta e poucos anos, as manchas da idade em suas mãos e as rugas ao redor da boca fina como uma lâmina a faziam parecer mais velha. Sua testa era atravessada por vincos profundos, desiguais e enormes como os de um campo arado. A maioria de suas rugas era resultado de seus hábitos de fumar e franzir a testa. A mulher passava o dia inteiro fumando tabaco contrabandeado do Irã e tomando goles de chá contrabandeado da Síria. Seu cabelo cor de tijolo — graças a doses generosas de henna egípcia — estava partido no meio e preso numa trança perfeita que lhe chegava quase à altura da cintura. Seus olhos castanho-esverdeados tinham sido cuidadosamente delineados com o *kohl* mais escuro que havia. Ela era a primeira esposa do marido de Binnaz: Suzan.

Por um instante, as mulheres se encararam. O ar ao seu redor parecia espesso e com cheiro de fermento, como uma massa deixada para crescer. Elas tinham passado mais de doze horas no mesmo quarto, mas, naquele momento, tinham sido atiradas em mundos diferentes. Ambas sabiam que, com o nascimento daquela criança, suas posições na família mudariam para sempre. A segunda esposa, apesar de ser jovem e ter chegado recentemente, seria promovida e colocada no topo.

Suzan desviou o olhar, mas não por muito tempo. Quando voltou a encarar Binnaz, havia uma dureza em seu rosto que não estava ali antes. Ela indicou a bebê com a cabeça.

— Por que ela não está fazendo nenhum barulho?

Binnaz ficou lívida.

— É mesmo. Tem alguma coisa errada?

— Não tem nada errado — disse a parteira, olhando com raiva e frieza para Suzan. — Basta esperar.

A parteira lavou a bebê com água benta do poço de Zamzam, trazida por um peregrino que tinha acabado de voltar do *Hajj*. Limpou o sangue, o muco e o vérnix. A recém-nascida se revirou, incomodada, e continuou a se remexer mesmo depois de limpa, como se estivesse brigando consigo mesma, com todo o seu corpinho de três quilos e setecentos gramas.

— Posso pegar? — perguntou Binnaz, enroscando o cabelo nas pontas dos dedos, um hábito ansioso que tinha desenvolvido no último ano. — Ela... ela não está chorando.

— Ah, mas esta menina *vai* chorar — disse a parteira num tom decisivo.

No mesmo instante, ela mordeu a língua, enquanto a afirmação ecoava como um mau augúrio. Depressa, a parteira cuspiu no chão três vezes e pisou no pé esquerdo com o pé direito. Isso impediria a premonição de ir muito longe — se é que era uma premonição.

Um silêncio constrangedor se instalou enquanto todas que estavam no quarto — a primeira esposa, a segunda esposa, a parteira e duas vizinhas — olhavam para a bebê com expectativa.

— O que é? Falem a verdade — disse Binnaz para ninguém em particular, com um fiapo de voz.

Depois de sofrer seis abortos espontâneos em poucos anos, cada um deles mais devastador que o anterior e mais difícil de esquecer, ela tinha sido extremamente cuidadosa ao longo de toda aquela gravidez. Não tinha encostado em nenhum pêssego, para o bebê não nascer coberto por uma penugem; não tinha usado nenhuma especiaria e nenhuma erva ao fazer comida, para o bebê não ter sardas nem verrugas; não tinha cheirado nenhuma rosa, para o bebê não nascer com marcas de nascença cor de vinho do porto. Não tinha cortado o cabelo nenhuma vez, para não cortar a sorte também. Não tinha pregado nenhum prego na parede, para não correr o risco de bater por engano na cabeça de um trasgo que estivesse dormindo. Depois que escurecia, Binnaz, que sabia muito bem que os jinn faziam suas festas de casamento ao redor das privadas, não saía mais do quarto e usava um penico. Coelhos, ratos, gatos, abutres, porcos-espinhos, cachorros vadios — Binnaz tinha evitado olhar para todos. Até quando um músico ambulante aparecera na rua deles acompanhado por um urso dançando e todos os locais saíram para ver o espetáculo, ela se recusara a ir, com medo de o bebê nascer peludo. E, sempre que se deparava com um mendigo ou um leproso, e sempre que via um carro fúnebre, saía correndo na direção contrária. Comia um marmelo inteiro todos os dias, para que o bebê tivesse covinhas, e dormia todas as noites com uma faca embaixo do travesseiro para afastar os maus espíritos. E, em segredo, depois de cada pôr do sol, pegava fios de cabelo da escova de Suzan e os queimava na lareira, para diminuir o poder da primeira mulher do seu marido.

Assim que as dores do parto começaram, Binnaz mordeu uma maçã vermelha, doce e amolecida pelo sol. A fruta agora estava na mesa de cabeceira, escurecendo devagar. Essa mesma maçã, mais tarde, seria cortada em várias fatias e dada para as mulheres da vizinhança que não conseguiam engravidar, para que elas também pudessem ter um filho um dia. Binnaz também tinha bebido um *sherbet* de romã que tinha sido derramado no sapato direito do marido, espalhado sementes de erva-doce nos quatro cantos do quarto e pulado por cima de uma vassoura colocada no chão ao lado da porta — uma fronteira para não deixar *Sheitan* entrar. Conforme as contrações iam ficando mais fortes, um por um, todos os animais presos da casa foram soltos para facilitar o parto. Os canários, os pintassilgos... O último a ser libertado foi o peixe-beta do aquário redondo, orgulhoso e solitário. Naquele momento, ele devia estar nadando num riacho não muito longe dali, com as nadadeiras longas e fluidas, azuis como safiras. Se o peixinho chegasse ao lago alcalino que dava fama àquela cidade do leste da Anatólia, não teria muita chance de sobreviver em sua água gasosa e salgada. Mas, se ele fosse na direção contrária, poderia chegar ao Grande Zab e, um pouco mais adiante, talvez até entrasse no Tigre, aquele rio lendário que brotava no Jardim do Éden.

Tudo isso tinha sido feito para o bebê nascer são e salvo.

— Eu quero ver a menina. A senhora pode me dar a minha filha?

Assim que Binnaz pediu isso, um movimento chamou sua atenção. Silenciosa como um pensamento, Suzan abrira a porta e saíra, sem dúvida para dar a notícia ao marido dela — ao marido *delas*. O corpo todo de Binnaz se enrijeceu.

Haroun tinha dois lados diametralmente opostos. Num dia, era extraordinariamente generoso e caridoso. No outro, egocêntrico e distraído ao ponto de ser insensível. Era o mais velho de três irmãos e tinha criado os dois mais novos sozinho depois que os pais morreram num acidente de carro que destruíra seu mundo. A tragédia moldara sua personalidade, fazendo-o proteger demais sua família e desconfiar de estranhos. Às vezes, Haroun reconhecia que algo dentro dele tinha se quebrado e desejava muito poder consertar, mas esses pensamentos nunca o levavam a lugar nenhum. Ele gostava de álcool e temia a religião no mesmo nível. Ao tomar mais um copo de *raki*, fazia promessas grandiosas para os amigos com quem estava bebendo e, depois, quando ficava sóbrio, sentia o peso da culpa e fazia promessas ainda mais grandiosas para Alá. Haroun tinha dificuldade de controlar a boca e mais dificuldade ainda de controlar o corpo. Toda vez que Binnaz engravidava, sua barriga inchava junto com a dela — não muito, mas o suficiente para fazer os vizinhos rirem pelas suas costas.

— O homem está grávido de novo! — diziam eles, revirando os olhos. — Que pena que não pode parir ele mesmo.

Haroun queria um *filho homem* mais do que qualquer coisa no mundo. Um só, não. Dizia a qualquer pessoa disposta a escutar que iria ter quatro filhos, a quem daria os nomes de Tarkan, Tolga, Tufan e Tarik.* De seu longo casamento com Suzan, não viera nenhuma criança. Os anciãos da família, então, encontraram Binnaz — uma menina que mal tinha completado dezesseis anos. Após semanas de negociações entre as duas famílias, Haroun e Binnaz tinham se casado numa cerimônia religiosa. Não era uma cerimônia oficial e, se alguma coisa desse errado no futuro, não seria reconhecida pelos tribunais seculares, mas esse era um detalhe que ninguém tinha se importado em mencionar. Os dois se sentaram no chão, diante das testemunhas, na frente do imã vesgo cuja voz se tornou mais áspera quando ele trocou do turco para o árabe. Binnaz manteve os olhos fixos no tapete o tempo todo, mas não

---

* Que significam, respectivamente, "Valente e Forte", "Capacete Militar", "Chuva Torrencial" e "O Caminho para Chegar a Deus". (N. A.)

se conteve e deu algumas olhadas de soslaio para os pés do imã. As meias dele, da cor marrom-clara da argila cozida, eram velhas e gastas. Sempre que ele se mexia, um de seus dedões ameaçava furar a lã puída, procurando um jeito de escapar.

Logo depois do casamento, Binnaz ficou grávida, mas acabou sofrendo um aborto espontâneo que quase a matou. Pânico na madrugada, pontadas de dor que eram como lâminas incandescentes, uma mão gelada agarrando sua virilha, cheiro de sangue, a necessidade de segurar alguma coisa, como se ela estivesse caindo, caindo. Em cada gravidez subsequente, aconteceu a mesma coisa, só que pior. Binnaz não podia contar para ninguém, mas tinha a impressão de que, com cada bebê perdido, mais um pedaço da ponte de corda que a ligava ao resto mundo se quebrava e caía, até sobrar apenas um fio muito frágil fazendo essa ligação, mantendo sua sanidade.

Após três anos de espera, os anciãos da família começaram a pressionar Haroun de novo. Lembraram a ele que o Alcorão permite que um homem tenha até quatro esposas, contanto que seja justo com elas, e disseram não ter dúvidas de que Haroun trataria todas as suas esposas de forma igual. Insistiram que ele procurasse uma camponesa daquela vez, talvez até uma viúva já com filhos. Esse casamento também não seria oficial, mas poderia facilmente ser celebrado com uma cerimônia religiosa, tão discreta e rápida quanto a primeira. Outra alternativa era ele se divorciar daquela jovem esposa inútil e se casar de novo. Até então, Haroun tinha recusado ambas as sugestões. Disse que já era difícil sustentar duas esposas; uma terceira seria sua ruína financeira, e ele não tinha intenção de abandonar Suzan nem Binnaz. Gostava de ambas, embora por motivos diferentes.

Naquele momento, ao se recostar nos travesseiros, Binnaz tentou imaginar o que Haroun estaria fazendo. Ele devia estar deitado num sofá no outro quarto, com uma das mãos na testa e a outra na barriga, esperando o som estridente do choro de bebê. Então, ela imaginou Suzan caminhando em sua direção, com os passos lentos, controlados. Viu os dois juntos, sussurrando um para o outro, com gestos fáceis e acostumados, moldados por anos dividindo o mesmo espaço, ainda que não a mesma cama. Perturbada pelos próprios pensamentos, Binnaz disse, mais para si mesma do que para qualquer outra pessoa:

— Suzan foi contar para ele.

— Não tem problema — disse uma das vizinhas, em tom tranquilizador.

Havia tanta coisa insinuada naquele comentário. *Deixe que Suzan dê a notícia para ele, já que não pôde lhe dar ela própria um bebê.* Palavras não ditas ligavam as mulheres daquela cidade como os varais ligavam as casas.

Binnaz assentiu, mesmo que sentisse algo escuro fermentando dentro dela, uma raiva que nunca tinha colocado para fora. Ela olhou para a parteira e perguntou:

— Por que a bebê ainda não fez nenhum barulho?

A parteira não respondeu. Um nó de nervoso tinha aparecido no fundo do seu estômago. Havia algo de estranho naquela bebê, e não era apenas o silêncio perturbador. Debruçando-se, ela cheirou a menina. Bem que tinha desconfiado: sentiu um aroma de talco e almíscar que não era deste mundo.

Colocando a recém-nascida sobre seus joelhos, a mulher a virou de bruços e lhe deu duas palmadas na bunda. O rostinho registrou o choque, a dor. Os punhos se fecharam, os lábios se contraíram num bico, mas nem assim ela fez barulho.

— Qual é o problema?

A parteira suspirou.

— Nada. É que... acho que ela ainda está com *eles*.

— Com quem? — perguntou Binnaz.

Mas, sem querer ouvir a resposta, acrescentou depressa:

— Então faça alguma coisa!

A velha refletiu. Era melhor a bebê encontrar o próprio caminho, no próprio ritmo. A maioria dos recém-nascidos se adaptava imediatamente ao novo ambiente, mas alguns escolhiam esperar, como se não soubessem se deviam ou não se juntar ao resto da humanidade. E quem poderia culpá-los? Em todos aqueles anos, a parteira tinha visto muitos bebês que, momentos antes do nascimento ou logo depois, ficavam tão intimidados pela força da vida fazendo pressão de todos os lados que perdiam a coragem e iam embora deste mundo em silêncio. As pessoas chamavam isso de *kader* — destino — e não diziam mais nada, porque as pessoas sempre dão nomes simples para as coisas complexas que as amedrontam. Mas a parteira acreditava que alguns bebês simplesmente escolhiam não experimentar a vida, como se soubessem das provações que havia pela frente e preferissem evitá-las. Será que eles eram covardes ou será que eram tão sábios quanto o próprio Salomão? Quem poderia ter certeza?

— Tragam sal — disse a parteira para as mulheres da vizinhança.

Ela também poderia ter usado neve, se houvesse o suficiente do lado de fora. Já havia mergulhado muitos recém-nascidos em pilhas de neve branquinha, arrancando-os delas no momento exato. O choque do frio abria seus pulmões, fazia seu sangue circular, aumentava sua imunidade. Essas crianças tinham, sem exceção, virado adultos fortes.

Dali a pouco tempo, as vizinhas voltaram com uma tigela grande de plástico e um saco de sal de rocha. A parteira colocou a menina carinhosamente no meio da tigela e começou a esfregar sua pele com flocos de sal. Quando a bebê parasse de ter o cheiro deles, os anjos teriam que libertá-la. Lá fora, nos galhos mais altos do choupo, um pássaro azul piou — pelo som, era um gaio-azul. Um corvo solitário grasnou conforme voava na direção do sol. Tudo falava usando uma linguagem própria — o vento, a grama. Tudo, menos aquela criança.

— Será que ela é muda? — disse Binnaz.

A parteira ergueu as sobrancelhas.

— Tenha paciência.

Bem naquela hora, a bebê começou a tossir. Era um som áspero, vibrante. A menina devia ter engolido um pouco de sal e sentido o gosto forte, inesperado. Ela ficou escarlate, estalou os lábios e fez uma careta, mas, mesmo assim, se recusou a chorar. Como era teimosa, que alma perigosamente rebelde tinha. Não seria o suficiente apenas esfregá-la com sal. Foi então que a parteira tomou uma decisão. Ela teria que usar uma abordagem diferente.

— Tragam mais sal.

Como não havia mais sal de rocha na casa, teria que ser sal refinado mesmo. A parteira fez um buraco na pilha, colocou a menina dentro e cobriu-a inteira com os cristais brancos; primeiro o corpo, depois a cabeça.

— E se ela sufocar? — perguntou Binnaz.

— Não se preocupe, os bebês conseguem prender a respiração por mais tempo do que a gente.

— Mas como a senhora sabe a hora de tirar a bebê daí?

— Psiu! Ouça — disse a velha, colocando um dos dedos sobre os lábios ressecados.

Debaixo da camada de sal, a menina abriu os olhos e observou aquele nada cor de leite. Era solitário ali dentro, mas ela estava acostumada com a solidão. Ela se enroscou, como fazia havia meses, e esperou.

Suas entranhas disseram: *Ah, gostei daqui. Não vou mais lá para cima, não.*

Seu coração protestou: *Não seja boba. Por que ficar num lugar onde nunca acontece nada? É chato.*

Por que sair de um lugar onde nunca acontece nada? É seguro, disseram as entranhas.

Espantada com aquela briga, a menina esperou. Passou-se mais um minuto inteiro. O vazio fez redemoinhos e quebrou em ondas ao redor dela, tocando as pontas de seus dedos das mãos e dos pés.

Só porque você acha que aqui é seguro, não significa que é o lugar certo para você, retrucou seu coração. *Às vezes, o lugar onde você se sente mais segura é aquele ao qual você menos pertence.*

Afinal, a menina chegou a uma conclusão. Ia escutar seu coração — aquele que a iria acabar metendo em tantas enrascadas. Ansiosa para sair e descobrir o mundo, apesar de seus perigos e dificuldades, ela abriu a boca, pronta para emitir um som — mas, quase no mesmo segundo, o sal entrou pela sua garganta e bloqueou seu nariz.

Imediatamente, a parteira, com movimentos rápidos e certeiros, enfiou a mão na tigela e tirou-a de lá. Um grito alto e apavorado tomou o quarto. As quatro mulheres sorriram de alívio.

— Muito bem, menina — disse a parteira. — Por que demorou tanto? Chore, meu bem. Nunca tenha medo das suas lágrimas. Chore, que assim todo mundo vai saber que você está viva.

A velha enrolou a bebê num xale e cheirou-a de novo. Aquele aroma encantador do outro mundo tinha evaporado, deixando apenas o mais leve vestígio. Com o tempo, ele também iria desaparecer — embora ela conhecesse diversas pessoas que, mesmo na velhice, ainda tinham um cheirinho do Paraíso. Mas não sentiu necessidade de contar isso para ninguém. Ficando na ponta dos pés, colocou a recém-nascida na cama, ao lado da mãe.

Binnaz abriu um sorriso, com o coração agitado. Tocou os dedinhos do pé da filha por cima do tecido sedoso — eram perfeitos, lindos e assustadoramente frágeis. Carinhosamente, segurou os cachinhos dela com as mãos em concha, como se estivesse carregando água benta. Por um instante, se sentiu feliz, completa.

— Ela não tem covinhas — comentou ela, rindo sozinha.

— Podemos chamar seu marido? — perguntou uma das vizinhas.

Aquela também era uma frase repleta de palavras não ditas. Àquela altura, Suzan já devia ter dito a Haroun que o bebê tinha nascido. Então, por que ele não tinha entrado correndo no quarto? Claramente, tinha ficado ali conversando com a primeira mulher, tranquilizando-a. Essa fora sua prioridade.

Uma sombra passou pelo rosto de Binnaz.

— Sim, podem chamar.

Não foi preciso. Em poucos segundos, Haroun chegou, arrastando os pés com os ombros curvados, saindo das sombras e deixando-se iluminar pelo sol. Ele tinha uma mecha de cabelos grisalhos que lhe dava um ar de pensador preocupado, um nariz aristocrático com narinas apertadas, um rosto largo e bem barbeado e olhos castanho-escuros com os cantos virados para baixo que estavam brilhando de orgulho. Sorrindo, aproximou-se da cama. Olhou para a bebê, para a segunda mulher, para a parteira, para a primeira mulher e, afinal, para o céu.

— Alá, obrigado, Senhor. Minhas preces foram ouvidas.

— É menina — disse Binnaz baixinho, para o caso de ele ainda não saber.

— Eu sei. O próximo vai ser menino. Vamos dar o nome de Tarkan.

Ele passou o dedo indicador pela testa da bebê, lisa e cálida como um amuleto preferido que já tinha sido esfregado demais.

— Ela é saudável, é isso que importa — disse. — Eu fiquei o tempo todo rezando. Disse ao Todo-Poderoso: "Se o Senhor permitir que esse bebê viva, eu não bebo mais. Nem mais uma gota!" Alá ouviu meu pedido. Ele é misericordioso. Esse bebê não é meu, nem é seu.

Binnaz o olhou, espantada e confusa. De repente, foi tomada por um mau agouro, como um animal selvagem que sente — embora tarde demais — que está prestes a cair numa armadilha. Ela olhou de soslaio para Suzan, que estava parada na entrada do quarto, com os lábios tão apertados que estavam quase brancos; em silêncio e imóvel, a não ser pelo pé que batia no chão. Algo em seu comportamento indicava que estava empolgada, quase em êxtase.

— Essa bebê pertence a Deus — disse Haroun então.

— Todos os bebês pertencem a Deus — murmurou a parteira.

Sem prestar atenção nela, Haroun segurou a mão da esposa mais jovem e olhou bem em seus olhos.

— Nós vamos dar essa bebê para Suzan.

— Como assim? — perguntou Binnaz roucamente, achando a própria voz inexpressiva e distante, a voz de uma estranha.

— Vamos deixar Suzan criar a menina. Ela vai fazer isso muito bem. Eu e você vamos fazer mais filhos.

— Não!

— Você não quer ter mais filhos?

— Eu não vou deixar aquela mulher levar minha filha.

Haroun inspirou fundo e soltou a respiração devagar.

— Não seja egoísta. Alá não vai gostar. Ele te deu uma filha, não deu? Seja grata. Você estava quase passando fome quando chegou aqui nesta casa.

Binnaz começou a sacudir a cabeça e continuou sacudindo, sem saber se era porque não conseguia parar ou porque aquela era a única coisinha que era capaz de controlar. Haroun se debruçou e segurou-a pelos ombros, puxando-a para perto. Foi só então que ela ficou quieta e a luz em seus olhos ficou menos brilhante.

— Você não está sendo racional. Nós estamos todos na mesma casa. Você vai ver sua filha todos os dias. Ela não vai sair daqui, ora.

Talvez ele tenha pretendido consolar Binnaz com aquelas palavras, mas não adiantou. Tremendo para tentar conter a dor que lhe rasgava o peito, ela cobriu o rosto com as palmas das mãos.

— E quem minha filha vai chamar de mamãe?

— Que diferença isso faz? Suzan fica sendo a mamãe. Você fica sendo a titia. Nós contamos a verdade quando ela for mais velha, não precisa confundir a cabecinha da menina agora. Quando nós tivermos mais filhos, eles todos vão ser irmãos, de qualquer maneira. Vão fazer a maior bagunça aqui nesta casa, você vai ver. Ninguém vai saber quem é filho de quem. Vamos ser uma grande família.

— Quem vai dar o peito à criança? — perguntou a parteira. — A mamãe ou a titia?

Haroun olhou para a velha com todos os músculos do corpo retesados. A reverência e o ódio dançavam selvagemente em seus olhos. Ele enfiou a mão no bolso e tirou um monte de objetos: um maço de cigarros dobrado com um isqueiro enfiado dentro, notas amassadas, um pedaço de giz que usava para marcar alterações nas roupas, um comprimido para dor de estômago. O dinheiro ele entregou para a parteira.

— Para a senhora. Com a nossa gratidão — disse.

Com os lábios apertados, a velha aceitou o pagamento. Ela havia aprendido que, para passar pela vida o mais incólume possível, era preciso seguir dois princípios fundamentais: saber a hora certa de chegar e a hora certa de ir embora.

Conforme as vizinhas começaram a arrumar suas coisas e a remover os lençóis e as toalhas encharcados de sangue, o silêncio tomou o quarto como se fosse água, se entranhando em todos os cantos.

— Nós já vamos — disse a parteira, num tom decisivo e calmo, com as duas vizinhas postadas timidamente uma de cada lado. — Vamos enterrar a placenta debaixo de uma roseira. E isso… — continuou, apontando com um dedo ossudo o cordão umbilical que tinha sido atirado sobre uma cadeira. — … se o senhor quiser, podemos jogar no telhado da escola. Sua filha vai ser professora. Ou podemos levar para o hospital. Ela vai ser enfermeira, ou, quem sabe, até médica.

Haroun pensou nas opções.

— Tentem a escola.

Depois que as mulheres foram embora, Binnaz virou o rosto para não olhar para o marido e ficou encarando a maçã que estava na mesa de cabeceira. Ela estava apodrecendo: uma morte suave e tranquila, dolorosamente lenta. O marrom da fruta a fez lembrar das meias do imã que os casara, e de como, após a cerimônia, ela havia ficado sentada sozinha naquela mesma cama, com um véu furta-cor lhe cobrindo o rosto, enquanto, no cômodo ao lado, seu marido e os convidados se refestelavam com um banquete. Sua mãe não lhe dissera absolutamente nada sobre o que esperar na noite de núpcias, mas uma tia mais velha e mais solidária lhe dera uma pílula para colocar debaixo da língua. *Tome isso que você não vai sentir nada. Quando perceber, já acabou.* Na comoção do dia, Binnaz tinha perdido a pílula, que ela, de qualquer maneira, desconfiava ser apenas uma pastilha. Ela nunca tinha visto um homem nu, nem em foto, e, embora houvesse com frequência dado banho em seus irmãos menores, imaginava que o corpo de um homem adulto fosse diferente. Quanto mais Binnaz esperava até que o marido entrasse no quarto, mais ansiosa ia ficando. Assim que ouviu os passos dele, ela perdeu os sentidos e desabou no chão. Quando abriu os olhos, viu as mulheres da vizinhança esfregando nervosamente seus pulsos, umedecendo sua testa, massageando seus pés. Havia um cheiro forte no ar, de vinagre e água-de-colônia, e um leve aroma de outra coisa, algo estranho e repentino, que ela mais tarde descobriria estar vindo de um tubo de lubrificante.

Depois, quando eles dois estavam sozinhos, Haroun deu a Binnaz um colar feito de uma fita vermelha e três moedas de ouro, uma para cada uma das virtudes que ela iria trazer para aquela casa: juventude, docilidade e fertilidade. Ao ver o quanto ela estava nervosa, ele usou um tom gentil, sua voz parecendo se dissolver no escuro. Ele foi carinhoso, mas sabia muito bem que as pessoas estavam esperando do outro lado da porta. Despiu-a depressa, talvez com medo de que desmaiasse de novo. Binnaz ficou o tempo todo com os olhos fechados, o suor brotando em sua testa. Ela começou a contar — *Um, dois, três... quinze, dezesseis, dezessete* — e continuou a fazer isso mesmo quando Haroun disse:

— Pare com essa bobagem!

Binnaz era analfabeta e só sabia contar até dezenove. Todas as vezes que chegava àquele último número, àquela fronteira intransponível, começava de novo. Após o que lhe pareceram ser infinitos números dezenove, Haroun se levantou da cama e saiu marchando do quarto, deixando a porta aberta. Suzan então entrou depressa e acendeu a luz, sem prestar atenção na nudez dela ou no cheiro de suor e sexo que havia no ar. A primeira esposa arrancou o lençol, examinou-o e, então, claramente satisfeita, desapareceu sem dizer uma palavra. Binnaz passou o resto da noite sozinha, com uma fina camada de melancolia se assentando sobre seus ombros como se fosse neve. Quando ela se lembrou de tudo aquilo, agora que a filha acabara de nascer, escapou-lhe dos lábios um som estranho, que poderia ter sido uma risada se não estivesse ocultando tanta dor.

— Ora — disse Haroun. — Não é...

— Isso foi ideia dela, não foi? — disse Binnaz, interrompendo-o, algo que nunca tinha feito antes. — Ela pensou nisso agora? Ou vocês estão tramando há meses pelas minhas costas?

— Você não pode estar falando sério.

Haroun parecia assustado, mas talvez menos com as palavras dela que com o tom que ela usava. Com a mão esquerda, ele acariciou os pelos das costas da mão direita, com o olhar desfocado e preocupado.

— Você é jovem — disse. — Suzan está ficando velha. Ela nunca vai ter um filho. Dê-lhe esse presente.

— E eu? Quem vai me dar um presente?

— Alá, é claro. Ele já deu, você não está vendo? Não seja ingrata.

— Eu tenho que ser grata por isso?

Binnaz fez um pequeno movimento trêmulo, um gesto tão vago que poderia ter se referido a qualquer coisa — àquela situação, ou talvez àquela cidade, que naquele momento, para ela, parecia mais uma roça num mapa velho qualquer.

— Você está cansada — disse Haroun.

Binnaz começou a chorar. Não eram lágrimas de raiva ou ressentimento. Eram lágrimas de resignação, do tipo de derrota que se equipara à perda de uma fé maior. O ar em seus pulmões parecia pesado como chumbo. Ela era uma criança quando tinha chegado àquela casa e, agora que tivera uma filha, não lhe permitiriam criá-la e crescer junto com ela. Binnaz enlaçou os joelhos com os braços e passou um longo tempo sem dizer nada. Assim, naquele momento, o assunto foi encerrado — embora, na verdade, ele fosse ficar em aberto para sempre, essa ferida no meio de suas vidas que jamais se curaria.

Do lado de fora da janela, um vendedor ambulante, empurrando seu carrinho rua acima, pigarreou e bradou elogios aos seus damascos, dizendo que estavam maduros e suculentos. Dentro da casa, Binnaz pensou: *Que estranho!* Não estava na época dos damascos doces, mas na dos ventos gelados. Ela tremeu como se o frio, ao qual o ambulante parecia indiferente, houvesse penetrado pelas paredes, desviando-se do homem e indo até ela. Binnaz fechou os olhos, mas a escuridão não ajudou. Ela viu bolas de neve empilhadas em pirâmides ameaçadoras. Estavam desabando sobre ela como uma enxurrada, molhadas e duras, com pedregulhos dentro. Uma das bolas atingiu seu nariz, e depois vieram outras, caindo depressa e aos montes. Outra atingiu seu lábio inferior, cortando-o. Binnaz abriu os olhos, ofegante. Era real ou era só um sonho? Hesitante, ela tocou o nariz. Estava sangrando. Também tinha um fio de sangue no queixo. *Que estranho*, pensou de novo. Será que mais ninguém via que ela estava sentindo uma dor horrível? E se ninguém mais via, queria dizer que tudo aquilo estava só na sua cabeça, que era só faz de conta?

Aquele não foi o primeiro contato de Binnaz com uma doença mental, mas foi o mais vívido. Mesmo anos mais tarde, sempre que ela se perguntava quando e como sua sanidade lhe escapara, como um ladrão saindo pela janela no meio da noite, era desse momento que se lembrava: o momento que acreditava tê-la debilitado para sempre.

Naquela mesma tarde, Haroun ergueu a bebê, virou-se para Meca e recitou o *azan*, o chamado para a oração, no ouvido direito dela.

— Você, minha filha, você, que, se Alá quiser, vai ser a primeira de muitas crianças sob este teto, você que tem os olhos escuros como a noite, eu vou te dar o nome de Leyla. Mas você não vai ser uma Leyla qualquer. Eu também vou lhe dar os nomes da minha mãe. Sua *nine* era uma mulher honrosa; era muito religiosa, como tenho certeza de que você vai ser um dia. Seu nome vai ser Afife — "Casta, Imaculada". E Kamile — "Perfeição". Você vai ser recatada, respeitável, pura como a água...

Haroun parou de falar, perturbado pela ideia de que nem toda água era pura. Ele acrescentou, mais alto do que pretendia, só para ter certeza de que não haveria nenhuma confusão celestial, de que Deus não iria entender errado:

— Água da fonte, limpa, sem nódoas... Todas as mães de Vã vão brigar com as filhas e dizer: "Por que você não pode ser igual a Leyla?" E os maridos vão dizer para as esposas: "Por que você não teve uma menina igual a Leyla?"

Enquanto isso, a bebê continuava tentando enfiar o punho na boca, torcendo o lábio e fazendo uma careta sempre que fracassava.

— Você vai me encher de orgulho — continuou Haroun. — Fiel à sua religião, fiel ao seu país, fiel ao seu pai.

Frustrada consigo mesma, e afinal se dando conta de que seu punho cerrado simplesmente era grande demais, a bebê desatou a chorar, como se estivesse decidida a compensar o silêncio que tinha mantido assim que nascera. Ela foi logo entregue a Binnaz, que, sem hesitar, começou a lhe dar o peito, com uma dor que queimava se irradiando ao redor seus mamilos, como uma ave de rapina voando em círculos.

Mais tarde, quando a bebê dormiu, Suzan, que estava esperando num canto, se aproximou da cama, tomando o cuidado de não fazer nenhum barulho. Evitando olhar para Binnaz, ela tirou a menina da mãe.

— Eu trago de volta quando ela chorar — disse Suzan, engolindo em seco. — Não se preocupe, eu vou cuidar bem dela.

Binnaz não respondeu nada, com o rosto tão pálido e gasto quanto um prato velho de porcelana. Nada emanava dela, a não ser o som de sua respiração, fraca, mas inconfundível. Seu ventre, sua mente, aquela casa... até o lago ancestral, onde diziam que muitos amantes desesperados tinham se afogado, tudo parecia esvaziado e seco. Tudo, menos seus peitos doloridos e inchados, de onde escorriam riachinhos de leite.

Então, a sós no quarto com o marido, Binnaz esperou que ele dissesse alguma coisa. Não era um pedido de desculpas que queria ouvir, mas um reconhecimento da injustiça que iriam cometer com ela e da dor imensa que isso lhe causaria. Mas ele também não disse nada. E assim, aquela menina nascida numa família com um marido e duas esposas, no dia 6 de janeiro de 1947, na cidade de Vã — "a Pérola do Leste" —, recebeu o nome de Leyla Afife Kamile. Nomes autoconfiantes, grandiloquentes e nada ambíguos. Bastante errados, pelo que se veria mais tarde. Pois, embora fosse verdade que ela levava a noite nos olhos, como era apropriado para alguém chamado Leyla, logo se tornaria claro que seus dois outros nomes de batismo estavam longe de ser adequados.

Ela não era perfeita, para começo de conversa; seus muitos defeitos atravessaram sua vida como rios subterrâneos. Na verdade, era a personificação ambulante da imperfeição — pelo menos foi o que se tornou assim que aprendeu a andar. E quanto à castidade, o tempo provaria que, por motivos que fugiriam a seu controle, isso também não teria muito a ver com ela.

A intenção era que fosse Leyla Afife Kamile, cheia de virtudes, repleta de méritos. Mas, anos mais tarde, depois de ter chegado a Istambul sozinha e sem dinheiro; depois de ter visto o mar pela primeira vez, maravilhada com a maneira como aquele infinito azul se estendia até o horizonte; depois de ter notado que seus cachos ficavam crespos no ar úmido; depois de ter acordado certa manhã numa cama estranha ao lado de um homem que nunca tinha visto antes e com um peso tão grande no peito que achou que nunca mais fosse conseguir respirar; depois de ter sido vendida para um bordel onde foi forçada a fazer sexo com algo entre dez e quinze homens por dia num quarto com um balde verde de plástico no chão, onde caía a água que pingava do teto sempre que chovia... muito tempo depois de tudo isso, ela seria conhecida por seus cinco queridos amigos, por seu único amor eterno e por seus muitos clientes como Leila Tequila.

Quando os homens perguntavam por que ela escolhera escrever Leila com "i" e não com "y", o que acontecia com frequência, e queriam saber se tinha feito isso para parecer mais ocidental ou exótica, ela ria e dizia que um dia tinha ido ao *bazaar* e trocado o "y" de "yesterday" pelo "i" de "infinity":* e pronto.

No final das contas, nada disso iria fazer a menor diferença para os jornais que noticiaram seu assassinato. A maioria não se incomodou em mencionar seu nome, considerando as iniciais suficientes. A mesma foto ilustrou quase todos os artigos — uma

---

* "Yesterday" significa "ontem" e "infinity", "infinito". (N. T.)

fotografia antiga na qual Leila estava irreconhecível, da época dos últimos anos de escola. Os editores poderiam ter escolhido uma imagem mais recente, é claro, até mesmo a foto de uma das fichas de Leila na polícia — mas tiveram medo de que a maquiagem pesada e o decote profundo dela pudessem ofender a sensibilidade da nação.

A morte dela também apareceu num noticiário nacional na noite do dia 29 de novembro de 1990. Foi depois de uma longa reportagem sobre uma Resolução do Conselho de Segurança da onu que autorizava a intervenção militar no Iraque; sobre as consequências da renúncia feita às lágrimas pela Dama de Ferro na Grã-Bretanha; sobre a tensão que continuava a existir entre a Grécia e a Turquia após episódios de violência na Trácia Ocidental, saques feitos em lojas que pertenciam a pessoas de etnia turca e a expulsão mútua do cônsul turco em Comotini e do cônsul grego em Istambul; sobre a junção dos times de futebol da Alemanha Oriental e da Alemanha Ocidental após a unificação dos dois países; sobre a mudança na constituição que deixaria de exigir que uma mulher casada tivesse a permissão do marido para trabalhar fora; e sobre a proibição de fumar nos voos da Turkish Airlines, apesar dos protestos furiosos de fumantes do país todo.

No final do noticiário, uma faixa de um amarelo vivo surgiu na parte de baixo da tela: *Prostituta é encontrada morta em lata de lixo da cidade: quarta vítima em um mês. Pânico se espalha entre as profissionais do sexo de Istambul.*

Dois minutos

Dois minutos depois que seu coração parou de bater, a mente de Leila se lembrou de dois gostos contrastantes: limão e açúcar.

Era junho de 1953. Leila viu-se aos seis anos, com fartos cachos castanhos ao redor do rosto fino e frágil. Tinha um apetite imenso, principalmente por *baklava* de pistache, barrinhas de gergelim e tudo o que fosse saboroso, mas continuava magra como uma vara de bambu. Filha única. Solitária. Inquieta, saltitante e sempre um pouco distraída, Leila atravessava os dias como uma peça de xadrez que tinha rolado para fora do tabuleiro, obrigada a inventar brincadeiras complexas para uma pessoa só.

A casa deles em Vã era tão grande que até os sussurros ecoavam. Sombras dançavam nas paredes como dentro de uma imensa caverna. Uma longa escada curva de madeira levava da sala de estar até o primeiro andar. A porta de entrada era enfeitada com azulejos pintados com uma variedade de cenas estonteantes: pavões exibindo suas plumas; queijos redondos e pães trançados ao lado de cálices de vinho; pratos de romãs cortadas com seus sorrisos de rubi; e campos de girassóis virando ansiosamente os pescoços na direção do sol, como amantes que sabiam que jamais teriam seu amor retribuído da maneira que desejavam. Leila era fascinada por essas imagens. Alguns dos azulejos estavam rachados ou quebrados; outros estavam parcialmente cobertos por um gesso ordinário, embora as cores vívidas de seus desenhos continuassem visíveis. A menina suspeitava que, juntos, eles contavam uma história ancestral, mas, por mais que tentasse, não conseguia entender qual era.

Nos corredores, havia alcovas douradas com lampiões a óleo, velas de sebo, tigelas de cerâmica e outros objetos efêmeros de decoração. Tapetes com borlas cobriam todo o assoalho de madeira — tapetes afegãos, persas, curdos e turcos de todos os tons e com todas as estampas possíveis. Leila caminhava a esmo de quarto em quarto, segurando os objetos contra o peito e sentindo suas superfícies — algumas ásperas, outras lisas — como uma cega dependente do tato. Partes da casa eram entulhadas de objetos, mas, estranhamente, até nelas Leila sentia uma ausência. Um grande relógio de carrilhão batia as horas na sala mais usada, com seu pêndulo de metal oscilante e seu som estrondoso, alto demais, alegre demais. Muitas vezes, Leila sentia uma coceira na garganta e temia ter inalado pó de muito tempo atrás — apesar de saber que cada um daqueles itens era limpo, encerado e polido religiosamente. A faxineira vinha todos os dias e uma vez por semana havia uma "grande faxina". No começo de cada estação, acontecia uma faxina ainda maior. E se qualquer coisa escapasse a alguém, sem dúvida a tia Binnaz veria e esfregaria com bicarbonato de sódio, pois tinha mania de querer tudo, como ela dizia, "mais branco que o branco".

A mãe de Leila tinha lhe explicado que a casa costumava ser de um médico armênio e da esposa dele. O casal tinha seis filhas, e todas adoravam cantar e tinham vozes que iam do grave até o bem agudo. O médico era um homem muito querido que permitia que seus pacientes fossem se hospedar em sua casa de tempos em tempos. Ele acreditava piamente que a música era capaz de curar até mesmo o pior dos ferimentos da alma humana e, por isso, obrigava todos os seus pacientes a tocarem um instrumento, sem se importar se tinham talento ou não. Enquanto eles tocavam — e alguns tocavam horrivelmente —, as filhas do médico cantavam em uníssono, e a casa balançava como um bote em alto-mar. Tudo isso foi antes do começo da Primeira Guerra Mundial. Pouco depois, eles desapareceram de repente e deixaram tudo para trás. Durante algum tempo, Leila não entendia para onde eles tinham ido nem por que nunca mais tinham voltado. O que acontecera com eles — com o médico, a família, e todos aqueles instrumentos que um dia tinham sido árvores altas e imponentes?

Então o avô de Haroun, Mahmoud, um influente *agha* curdo, tinha se mudado para lá com os parentes. A casa fora uma recompensa dada pelo governo otomano pelo papel que ele tivera no processo de deportação dos armênios da área. Resoluto e diligente, ele tinha seguido as ordens de Istambul sem hesitar. Se as autoridades decidiam que certas pessoas eram traidoras e deviam ser enviadas para o Deserto de Deir Zor, onde poucos tinham esperanças de sobreviver, então era isso que iria acontecer — mesmo se essas pessoas fossem bons vizinhos, velhos amigos. Depois de provar sua lealdade ao estado, Mahmoud se tornou um homem importante. Os habitantes do lugar admiravam a simetria perfeita de seu bigode, o brilho de suas botas de couro pretas e a grandiloquência de sua voz. Tinham por ele aquele respeito que se tinha, desde o início dos tempos, pelas pessoas cruéis e poderosas — um respeito que continha um medo abundante e nem o menor rastro de amor.

Mahmoud decretara que tudo na casa deveria ser preservado — e realmente foi durante algum tempo. Mas havia boatos de que, logo antes de saírem da cidade, os armênios, sem poder levar seus objetos de valor, tinham escondido potes cheios de moedas e baús repletos de rubis em algum lugar ali perto. Logo, Mahmoud e os parentes puseram-se a cavar no jardim, no pátio, nos porões... nem um centímetro da propriedade deixou de ser revirado. Sem conseguir encontrar nada, eles começaram a quebrar as paredes, sem nunca parar para pensar que, mesmo se achassem o tesouro, ele não lhes pertenceria. Quando finalmente desistiram, a casa tinha virado um monte de destroços e teve que ser reconstruída de dentro para fora. Leila sabia que o pai, que na infância testemunhara aquela atividade frenética, ainda acreditava que havia uma caixa de ouro em algum lugar, riquezas indescritíveis ao alcance das mãos. Algumas noites, quando ela fechava os olhos e caía no sono, sonhava com joias brilhando ao longe, como vaga-lumes nos campos durante o verão.

Não que Leila tivesse interesse em dinheiro quando era criança. Preferia certamente ter no bolso uma barra de chocolate com avelã ou um chiclete Zambo, cuja embalagem tinha a foto de uma mulher negra com enormes argolas nas orelhas. Seu pai encomendava essas iguarias para ela lá de Istambul. Ela sentia, com uma pontinha de inveja, que tudo que havia de novo e interessante vinha de Istambul. Era uma cidade de maravilhas e curiosidades. Um dia, pensava Leila, ela iria para lá — uma promessa que fez para si mesma e escondeu de todo mundo, como uma ostra que oculta a pérola dentro de si.

Leila adorava servir chá para suas bonecas, ver as trutas nadando nos rios de água fria e olhar as estampas dos tapetes até que as formas parecessem ganhar vida; mas o que ela amava acima de tudo era dançar. Queria muito virar uma dançarina do ventre famosa um dia. Era uma fantasia que teria horrorizado seu pai se ele soubesse até que ponto Leila tinha imaginado os detalhes: as lantejoulas brilhantes, as saias com moedas, o clique-claque dos pequenos címbalos; sacudindo e rodando os quadris ao ra-ta-tá dos *derbakes*; encantando a plateia até que esta batesse palmas sincronizadas cada vez mais depressa; e girando e fazendo espirais num *gran finale*. Só de pensar nisso, Leila sentia o coração bater mais rápido. Mas Baba sempre dizia que dançar era uma das táticas mais antigas usadas por *Sheitan* para levar os seres humanos para o mau caminho — uma de muitas. Com perfumes inebriantes e cacarecos sem valor, o demônio seduzia primeiro as mulheres, pois elas eram fracas e emotivas; e depois, usava as mulheres para atrair os homens para sua armadilha.

Por ser um alfaiate muito procurado, Baba fazia para as senhoras as roupas *alla franga* que estavam na moda: vestidos evasê, vestidos lápis, saias rodadas, blusas com gola Peter Pan, blusas de frente única, calças capri. Entre suas clientes regulares, havia esposas de oficiais do exército, de funcionários públicos, de inspetores de fronteiras, de engenheiros ferroviários e de mercadores de especiarias. Ele também vendia uma enorme coleção de chapéus, luvas e boinas — peças elegantes e sedosas que jamais permitiria que as mulheres de sua própria família usassem.

Como seu pai era contra dançar, sua mãe também era — embora Leila percebesse que ela não parecia tão convicta disso quando não havia ninguém por perto. A mamãe virava outra pessoa quando elas estavam a sós. Deixava Leila desfazer sua trança, pentear e voltar a trançar seus cabelos vermelhos de henna, passar creme clareador em seu rosto cheio de rugas e colocar vaselina com pó de carvão em seus cílios para deixá-los mais escuros. Cobria a filha de abraços e elogios, fazia pompons chamativos de todas as cores do arco-íris, amarrava castanhas-da-índia com pedaços de barbante e jogava cartas. Não fazia nada disso na frente de outras pessoas. Era especialmente reservada quando a tia Binnaz estava por perto.

— Se sua tia vir a gente se divertindo, pode se sentir mal — dizia a mãe. — Você não deveria me beijar na frente dela.

— Por que não?

— Bom, ela nunca teve filhos. A gente não quer partir o coração dela, quer?

— Não tem problema, mamãe. Eu beijo vocês duas.

A mamãe deu uma tragada no cigarro.

— Não se esqueça, minha vida, que sua tia é doente da cabeça. Assim como a mãe dela, pelo que me disseram. Está no sangue. Insanidade hereditária. Parece que todas as gerações têm. A gente tem que tomar cuidado para não deixar sua tia aborrecida.

Quando a titia ficava aborrecida, ela tinha uma tendência a se machucar. Arrancava tufos do próprio cabelo, arranhava o rosto e cutucava tanto a pele com a unha que tirava sangue. A mamãe contava que, no dia em que tivera Leila, a titia, que estava esperando na porta, por inveja ou por algum outro motivo perverso, tinha dado um soco na própria cara. Quando lhe perguntaram por que tinha feito aquilo, ela disse que um vendedor de damascos estava atirando bolas de neve nela lá da rua, pela janela. Damascos em janeiro! Não fazia o menor sentido. Todos eles ficaram com medo, achando que a titia tinha ficado maluca. A menina ouvia essa história — e muitas outras que eram contadas diversas vezes — com fascínio e horror.

Mas a titia nem sempre parecia se machucar de propósito. Em primeiro lugar, era tão desajeitada que parecia uma criancinha dando os primeiros passos. Queimava os dedos nas grelhas quentes, batia os joelhos nos móveis, caía da cama quando estava dormindo, cortava as mãos em vidro quebrado. Tinha manchas roxas tristes e cicatrizes vermelhas inflamadas pelo corpo todo.

As emoções da titia oscilavam como o pêndulo do relógio de carrilhão. Em alguns dias, ela estava cheia de energia, incansável, correndo de uma tarefa para a outra. Varria os tapetes furiosamente, passava um pano úmido em todas as superfícies, colocava para ferver lençóis que tinha lavado na noite anterior, esfregava o chão durante horas a fio e borrifava um desinfetante malcheiroso na casa toda. Suas mãos eram vermelhas e descamadas, e nunca ficavam macias, apesar de a titia viver passando gordura de carneiro nelas. Sempre seriam ásperas, pois ela as lavava dúzias de vezes por dia, e nem assim se convencia de que estavam limpas o suficiente. Nada estava, na verdade. Em outras ocasiões, ela parecia tão esgotada que mal conseguia se mexer. Até respirar parecia ser um esforço enorme.

Também havia aqueles dias nos quais a titia parecia não ter nenhuma preocupação. Relaxada e radiante, ela passava horas brincando com Leila no jardim. Juntas, elas penduravam pedaços de tecido nos galhos cheios de flores das macieiras, e diziam que eram bailarinas; bem tranquilamente, faziam cestinhos de vime ou coroas de margaridas; amarravam fitas nos chifres do carneiro que seria sacrificado no próximo Eid. Certa vez, cortaram, às escondidas, a corda usada para prender o bicho no galpão. Mas, ao contrário do que elas queriam, o carneiro não fugiu. Depois de vagar para lá e para cá procurando grama fresca, voltou para o mesmo lugar, considerando a familiaridade da escravidão mais tranquilizadora que o estranho chamado da liberdade.

Leila e a tia adoravam transformar toalhas de mesa em vestidos e olhar as mulheres nas revistas, imitando suas posturas eretas e seus sorrisos confiantes. De todas as modelos e atrizes que estudavam com cuidado, havia uma que admiravam mais: Rita Hayworth. Seus cílios eram como flechas, suas sobrancelhas, como arcos; sua cintura era mais fina que um copo de chá, sua pele, mais macia que a seda. Ela poderia ter sido aquilo que todos os poetas otomanos tinham procurado, se não fosse por um errinho minúsculo: tinha nascido na época errada e lá longe, nos Estados Unidos.

Por mais curiosidade que elas sentissem pela vida de Rita Hayworth, podiam apenas ver suas fotos, já que nenhuma das duas sabia ler. Leila ainda não tinha começado a frequentar a escola; já a tia jamais pusera os pés em uma. Não tinha escola na vila onde a tia Binnaz passara a infância, e seu pai não permitira que ela atravessasse a estrada esburacada para ir e voltar da cidade todos os dias junto com os irmãos homens. Eles não tinham sapatos suficientes para todos e, de qualquer maneira, ela precisava cuidar dos irmãos mais novos.

Ao contrário da titia, a mamãe sabia ler e tinha muito orgulho disso. Ela lia receitas, passava todos os dias as folhas do calendário que ficava pendurado na parede e até se informava com alguns artigos nos jornais. Era a mamãe quem contava as notícias do mundo para elas: no Egito, um grupo de oficiais militares tinha declarado que o país agora era uma república; nos Estados Unidos, tinham executado um casal acusado de espionagem; na Alemanha Oriental, milhares de pessoas tinham marchado em protesto contra as políticas do governo e sido massacradas pelos ocupantes soviéticos; e na Turquia, lá em Istambul, que às vezes parecia ficar em outro país, estava acontecendo um concurso de beleza, com moças fazendo pose de maiô na passarela. Grupos religiosos tinham saído às ruas para denunciar o concurso como imoral, mas os organizadores estavam decididos a levá-lo adiante. As nações se civilizavam com três coisas fundamentais, diziam eles: ciência, educação e concursos de beleza.

Sempre que Suzan lia essas notícias em voz alta, Binnaz desviava o olhar depressa. Uma veia pulsava em sua têmpora esquerda, um sinal silencioso, mas constante, de perturbação. Leila tinha pena da tia, encontrando algo de reconhecível e quase reconfortante na vulnerabilidade dela. Mas também sentia que, naquela questão, não iria poder ficar do seu lado para sempre. Estava louca para ir logo para a escola.

Cerca de três meses antes, Leila encontrara, atrás de um armário de cedro que havia no topo da escada, uma porta bamba que dava para o teto da casa. Alguém devia tê-la deixado aberta, convidando para entrar uma brisa fresca e revigorante que trazia o cheiro do alho silvestre que crescia estrada abaixo. Desde então, ela visitara o telhado quase todos os dias.

Sempre que Leila olhava para a cidade que se espraiava lá embaixo e apurava os ouvidos para captar o canto da águia-de-botas voando bem alto sobre o lago que brilhava ao longe, ou as buzinas dos flamingos procurando comida nos bancos de areia, ou os pios das andorinhas que zuniam por entre os amieiros, tinha certeza de que, se tentasse, também iria conseguir voar. O que seria preciso para criar asas e deslizar pelos céus, despreocupada e leve? A área era habitada por garças cinzentas e brancas, patos-de-rabo-alçado, pernalongas, asas-carmim, rouxinóis-pequenos-dos-caniços, guardas-rios-do-papo-branco e caimões, que os locais chamavam de "sultanas". Um casal de cegonhas tinha tomado posse da chaminé e construído um ninho impressionante, galhinho por galhinho. Elas tinham ido embora, mas Leila sabia que iriam voltar. Sua tia lhe dissera que as cegonhas, ao contrário dos seres humanos, eram fiéis às suas lembranças. Uma vez que um lugar houvesse se tornado seu lar, elas voltavam para lá, mesmo que estivessem a quilômetros de distância.

Após cada visita ao telhado, a menina descia pé ante pé, tomando cuidado para não ser vista. Não tinha dúvida de que, se a mãe a visse, ela estaria encrencada.

Mas, naquela tarde de junho de 1953, a mamãe estava ocupada demais para prestar atenção nela. A casa estava cheia de convidadas — todas mulheres. Isso acontecia sem falta duas vezes por mês: no dia da leitura do Alcorão e no dia de depilar as pernas com cera. No primeiro, um imã muito velho vinha fazer um sermão e ler um trecho do livro sagrado. As mulheres da vizinhança ficavam sentadas num silêncio respeitoso, com os joelhos muito juntos, as cabeças cobertas, mergulhadas em suas reflexões. Se uma das crianças que estava andando pela casa soltasse um pio, alguém fazia "psiu" na mesma hora.

Quando era dia de depilação nas pernas, acontecia o contrário. Sem nenhum homem por perto, as mulheres usavam muito pouca roupa. Ficavam desabadas no sofá com as pernas abertas, os braços nus, os olhos brilhantes de quem estava com vontade de fazer alguma bobagem, mas tentando se controlar. Tagarelando sem parar, elas soltavam palavrões que faziam as mais novas ficarem vermelhas como rosas. Leila não conseguia acreditar que aquelas criaturas selvagens fossem as mesmas que ouviam o imã com tanta atenção.

Aquele dia era dia de depilação com cera de novo. Sentadas nos tapetes e em banquinhos e cadeiras, as mulheres tomavam cada centímetro da sala de estar, segurando pratos de doces e copos de chá. Um cheiro enjoativo vinha da cozinha, onde a cera borbulhava no fogão. Era feita de água, limão e açúcar. Quando a mistura estivesse pronta, todas iriam começar o trabalho, rápidas e sérias, estremecendo ao puxar aquelas faixas grudentas da pele. Mas, por enquanto, a dor podia esperar: elas estavam fofocando e se banqueteando até se fartarem.

Observando as mulheres do corredor, Leila ficou momentaneamente paralisada, procurando em seus movimentos e interações alguma pista que indicasse qual seria seu futuro. Naquela época, ela estava convencida de que, quando crescesse, seria como elas. Uma criança de dois ou três anos no colo, um bebê nos braços, um marido a quem obedecer, uma casa para manter impecável — essa seria sua vida. A mamãe tinha lhe contado que, quando ela nascera, a parteira jogara o cordão umbilical no telhado da escola, para que ela virasse professora, mas Baba não queria que isso acontecesse. Não mais. Algum tempo atrás, ele tinha conhecido um xeique que lhe explicara que era melhor as mulheres ficarem em casa, e, nas raras ocasiões em que precisassem sair, se cobrirem. Ninguém queria comprar tomates que já tivessem sido tocados, apertados e maculados por outros clientes. Era melhor todos os tomates do mercado serem cuidadosamente embrulhados e preservados. Com as mulheres, era a mesma coisa. O *hijab* era seu embrulho, a armadura que as protegia de olhares sugestivos e toques indesejados.

A mamãe e a titia, portanto, tinham começado a cobrir as cabeças — ao contrário da maioria das mulheres da vizinhança, que seguiam à risca a moda do ocidente, usando os cabelos em penteados bufantes, em permanentes bem cacheados ou presos em coques elegantes como os de Audrey Hepburn. A mamãe tinha resolvido usar um xador preto quando saía, mas a titia escolhera lenços supercoloridos de chiffon que ela amarrava bem firmes embaixo do queixo. As duas tomavam o maior cuidado para não mostrar nem um fio de cabelo. Leila tinha certeza de que em breve seguiria os passos delas. A mamãe lhe dissera que, quando esse dia chegasse, elas iriam ao *bazaar* juntas comprar o lenço mais lindo do mundo e um casaco comprido combinando.

— Eu ainda vou poder usar minha fantasia de dançarina do ventre por baixo?

— Bobinha — dissera a mamãe, sorrindo.

Perdida em pensamentos, Leila então passou pé ante pé pela sala de estar e foi para a cozinha. A mamãe tinha começado a trabalhar duro lá dentro de manhã bem cedo, assando *börek*, fazendo chá e preparando a cera. Leila não conseguia de jeito nenhum entender por que alguém iria querer passar aquela iguaria doce nas pernas cabeludas em vez de comê-la, como ela alegremente fazia.

Ao entrar na cozinha, Leila se surpreendeu ao encontrar outra pessoa lá dentro. A titia Binnaz estava de pé sozinha diante do balcão, segurando uma longa faca de serra que refletia a luz do sol da tarde. Leila teve medo de que ela fosse se machucar. A titia precisava tomar cuidado, pois acabara de anunciar que estava grávida — de novo. Ninguém falava no assunto, com medo do *nazar* — o mau-olhado. Baseada em suas experiências anteriores,

Leila imaginava que, nos meses seguintes, conforme a gravidez da titia fosse se tornando mais evidente, os adultos ao redor dela iriam começar a se comportar como se sua barriga crescente fosse resultado de um enorme apetite ou de um inchaço crônico. Era isso que tinha acontecido até então — quanto maior a titia ficava, mais invisível se tornava para os outros. Era como se estivesse se apagando a olhos vistos, como uma fotografia largada no asfalto sob um sol inclemente.

Leila deu um passo à frente, com cuidado, e ficou observando.

A tia, um pouco debruçada diante do que parecia ser uma pilha de salada, não pareceu notar sua presença. Estava olhando fixamente para o jornal aberto sobre o balcão, com os olhos penetrantes contrastando fortemente com a pele pálida. Com um suspiro, ela pegou um punhado de alface e começou a cortar as folhas ritmicamente sobre uma tábua; logo, a faca estava se movendo tão depressa que virou um borrão.

— Titia?

A mão parou de se mexer.

— Hummm.

— O que você está olhando?

— Os soldados. Ouvi dizer que eles estavam voltando.

Ela apontou para a fotografia no jornal e, por um momento, as duas ficaram olhando a legenda abaixo, tentando entender as bolinhas e minhoquinhas pretas enfileiradas como um batalhão de infantaria.

— Ah, então seu irmão vai chegar em casa logo, logo.

Um dos irmãos da titia estava entre os cinco mil soldados turcos enviados para a Coreia. Eles estavam ajudando os americanos, dando apoio aos coreanos do bem que estavam lutando contra os coreanos do mal. Como os soldados turcos não falavam nem inglês nem coreano, e como os soldados americanos provavelmente também ignoravam qualquer língua que não fosse a sua própria, a menina se perguntava como seria possível todos aqueles homens com seus rifles e pistolas se comunicarem. E, se eles não conseguiam se comunicar, como conseguiam se entender? Mas aquele não era o momento certo de fazer aquela pergunta. Então, em vez de perguntar, Leila deu um sorriso largo.

— A senhora deve estar animada!

A titia fechou a cara.

— Por que eu ia estar animada? Quem sabe quando é que vou ver meu irmão de novo, se é que vou ver um dia? Já faz tanto tempo. Meus pais, meus irmãos, minhas irmãs... Nunca mais vi ninguém. Eles não têm dinheiro para viajar e eu não posso ir até lá. Eu tenho saudade da minha família.

Leila não soube como responder. Sempre tinha imaginado que *eles* eram a família da titia. Como era uma criança que gostava de agradar, achou melhor mudar de assunto:

— A senhora está preparando comida para as visitas?

Ao perguntar isso, foi examinar a alface picada que estava empilhada sobre a tábua de cortar. Viu algo entre as tiras verdes que a fez arfar de susto: minhoquinhas cor-de-rosa, algumas cortadas em pedaços, outras ainda se retorcendo.

— Eca! O que é isso?

— É para os bebês. Eles amam.

— Bebês? — repetiu Leila, com um frio na barriga.

Obviamente, a mamãe estava certa: a titia tinha um problema na cabeça. Os olhos da menina deslizaram até o chão. Ela viu que a tia estava descalça; as solas de seus pés estavam ressecadas e rachadas nas laterais, como se ela tivesse andado quilômetros para chegar até ali. Leila ficou pensando naquilo: talvez a titia fosse sonâmbula, talvez desaparecesse na escuridão farfalhante todas as noites e corresse para casa ao alvorecer, com a respiração formando nuvens no ar frio. Talvez passasse de fininho pelo portão do jardim, escalasse o cano, pulasse a grade da varanda e entrasse sem fazer barulho em seu quarto, tudo sem abrir os olhos. E se um dia ela não conseguisse se lembrar do caminho de volta?

Se a titia tivesse o hábito de perambular pelas ruas à noite, Baba saberia. Infelizmente, Leila não podia perguntar a ele. Aquele era um dos muitos assuntos nos quais ela não podia tocar. A menina ficava intrigada por ela e a mãe dormirem no mesmo quarto, enquanto o pai e a tia ficavam num outro quarto, no andar de cima. Quando ela perguntou por que isso acontecia, a mamãe respondeu que a titia tinha medo de ficar sozinha, pois brigava com demônios quando estava dormindo.

— A senhora vai comer isso? — perguntou Leila. — Vai passar mal.

— Eu não! Já disse que é para os bebês.

Binnaz deu-lhe um olhar tão inesperado e tão doce quanto uma joaninha pousando em seu dedo.

— Você não viu os bebês? Eles estão lá no telhado. Achei que você vivia lá em cima.

Leila ergueu as sobrancelhas, surpresa. Nunca tinha desconfiado de que a tia pudesse estar visitando seu lugar secreto. Mesmo assim, não ficou preocupada. A titia tinha um quê fantasmagórico: ela não tomava posse das coisas, apenas flutuava através delas. De qualquer maneira, a menina tinha certeza de que não havia nenhum bebê no telhado.

— Você não acredita em mim, não é? Acha que eu sou maluca. Todo mundo acha que eu sou maluca.

Havia tanta mágoa na voz da mulher, tanta tristeza enchendo seus olhos lindos que, por um instante, Leila ficou sem saber o que fazer. Envergonhada por seus pensamentos, tentou compensar:

— Não é verdade. Eu sempre acredito na senhora!

— Tem certeza? É uma coisa séria acreditar em alguém. Você não pode sair dizendo isso, assim. Se acreditar mesmo, tem que apoiar a pessoa sempre. Mesmo quando os outros disserem coisas horríveis sobre ela. Você é capaz de fazer isso?

A menina assentiu, feliz em aceitar o desafio.

Satisfeita, a tia sorriu.

— Então eu vou lhe contar um segredo. Um bem grande. Promete não contar para ninguém?

— Prometo — disse Leila imediatamente.

— Suzan não é sua mãe.

Leila arregalou os olhos.

— Quer saber quem é sua mãe de verdade?

Silêncio.

— Fui eu que tive você. Era um dia frio, mas tinha um homem vendendo damasco doce na rua. Não é esquisito? Se eles descobrirem que eu te contei, vão me mandar de volta para a vila. Ou talvez me tranquem num manicômio, e a gente nunca mais vai se ver. Entendeu?

A menina assentiu, com o rosto inerte.

— Que bom. Então, bico calado.

A titia voltou ao trabalho, cantarolando baixinho. O caldeirão que borbulhava, as mulheres que tagarelavam na sala de estar, as colheres de chá que tilintavam nos copos... até o carneiro no jardim parecia querer se juntar ao coro, balindo uma melodia própria.

— Tive uma ideia — disse a titia Binnaz de repente. — Da próxima vez que tivermos visitas, vamos colocar minhocas na cera delas. Imagine todas essas mulheres saindo correndo de casa sem roupa, com as minhocas grudadas nas pernas!

Ela riu tanto que ficou com lágrimas nos olhos. Fez um movimento brusco para trás, tropeçou num cesto e o derrubou, fazendo com que as batatas que estavam lá dentro saíssem rolando para todos os lados.

Leila abriu um sorriso sem querer. Tentou se acalmar. Tinha que ser uma piada. Como era possível que não fosse? Ninguém na família levava a titia a sério. Por que ela deveria levar? As afirmações da tia tinham o mesmo peso que as gotas de orvalho na grama fria ou os suspiros de uma borboleta.

Naquele mesmo instante, Leila resolveu esquecer o que tinha ouvido. Sem dúvida, era a coisa certa a fazer. Mas uma semente de dúvida continuou a incomodá-la. Parte dela queria descobrir uma verdade para a qual o resto dela não estava preparado, talvez jamais estivesse. Leila não pôde deixar de sentir que algo continuava não resolvido entre elas, como uma mensagem truncada numa onda de rádio com interferência, correntes de palavras que, ainda que comunicadas, não conseguiam formar nada coerente.

Cerca de meia hora depois, segurando uma colher com uma bolota de cera, Leila foi se sentar no lugar de sempre no telhado, com as pernas penduradas para fora como um par de brincos compridos. Embora não chovesse havia semanas, as telhas estavam escorregadias e ela se moveu com cuidado, sabendo que, se caísse, poderia quebrar um osso — e que, mesmo se escapasse de se quebrar na queda, talvez não escapasse das mãos da mamãe.

Quando terminou de comer o doce, com a concentração de um artista de circo na corda bamba, Leila foi bem devagar até a ponta do telhado, onde quase nunca se aventurava. Parou na metade do caminho e estava prestes a dar meia-volta quando percebeu um som — era suave e abafado, como uma mariposa batendo contra o vidro de um lampião. Então, o som se intensificou. Mil mariposas. Curiosa, Leila foi naquela direção. E lá, atrás de uma pilha de caixas, dentro de uma grande gaiola de metal, havia pombos. Muitos, muitos pombos. Em ambos os lados da gaiola, havia tigelas de água e comida. Os jornais abertos embaixo tinham algumas manchas de cocô, mas, fora isso, pareciam razoavelmente limpos. Alguém estava cuidando bem deles.

A menina bateu palmas, rindo. Uma onda de ternura foi subindo dentro dela, acariciando sua garganta como as bolhas de sua bebida preferida, *gazoz*. Leila sentiu uma vontade de proteger a tia, apesar de suas fragilidades — ou talvez por causa delas. Mas esse sentimento logo foi apagado por uma sensação confusa. Se a titia Binnaz estava certa em relação aos pombos, sobre o que mais estaria certa? E se ela fosse mesmo sua mãe? As duas tinham o mesmo nariz pequeno e arrebitado e as duas espirravam assim que acordavam, como se tivessem uma leve alergia aos primeiros raios de sol. Também tinham o estranho hábito de assoviar quando passavam manteiga e geleia na torrada, e de cuspir as sementes quando comiam uvas, ou as peles quando comiam tomate. Leila tentou lembrar o que mais ela e a tia tinham em comum, mas só conseguia pensar em uma coisa: aqueles anos todos, ela tinha sentido medo de ciganos de mentira que sequestravam crianças pequenas e as transformavam em mendigos esquálidos; mas talvez devesse ter temido as pessoas com quem morava. Talvez tivessem sido elas que a haviam arrancado dos braços de sua mãe.

Pela primeira vez, Leila conseguiu ver a si mesma e à sua família com distanciamento, e o que descobriu a deixou desconfortável. Ela sempre presumira que eles eram uma família normal, como qualquer outra no mundo. Agora, não tinha mais tanta certeza. E se houvesse algo de diferente neles — algo intrinsecamente errado? Leila ainda não sabia que o fim da infância não acontece quando o corpo de uma criança muda na puberdade, mas quando sua mente afinal consegue enxergar sua vida pelos olhos de um estranho.

Ela começou a entrar em pânico. Amava sua mãe e não queria pensar coisas ruins dela. Também amava Baba, embora tivesse medo dele às vezes. Envolvendo-se com os braços para se consolar e inspirando até encher os pulmões, refletiu sobre aquele dilema. Não sabia mais em que acreditar, em que direção ir; era como se estivesse perdida numa floresta, com caminhos que trocavam de lugar e se multiplicavam diante de seus olhos. Quem era mais confiável na família: o pai, a mãe ou a tia? Leila olhou ao redor, como se buscasse uma resposta. Nada tinha mudado. Mas, dali em diante, tudo seria diferente.

Conforme os gostos de limão e açúcar derretiam na sua língua, suas emoções também se dissolveram e se embaralharam. Anos mais tarde, Leila passaria a considerar aquele momento como a primeira vez em que se deu conta de que nem tudo é o que parece. Assim como o azedo podia se esconder por baixo do doce, e vice-versa, dentro de cada mente sã havia um vestígio de insanidade, e nas profundezas da loucura brilhava uma semente de lucidez.

Até aquele dia, Leila tinha tomado o cuidado de não demonstrar o amor que sentia pela mãe quando a tia estava por perto. Dali em diante, também teria que esconder da mãe o amor que sentia pela tia. Leila compreendeu que a ternura sempre deve ser oculta — que essas coisas só podem ser reveladas a portas fechadas, e jamais discutidas depois. Essa foi a única forma de afeição que ela aprendeu com os adultos, e a lição teria consequências terríveis.

Três minutos

Três minutos tinham se passado desde que o coração de Leila parara de bater, e ela então se lembrou de café com cardamomo — forte, intenso, escuro. Um gosto que sempre associaria com a rua dos bordéis em Istambul. Foi bastante estranho isso surgir logo depois de suas lembranças de infância. Mas a memória humana se parece com alguém que está alegre de madrugada por ter bebido um pouco demais: por mais que tente, não consegue andar em linha reta. Ela cambaleia por um labirinto cheio de meias-voltas, com frequência se movendo em zigue-zagues estonteantes, imune à razão e capaz de entrar no mais absoluto colapso.

Por isso, Leila se lembrou: setembro de 1967. Uma rua sem saída perto do cais, a poucos metros do porto de Karaköy, perto do Corno de Ouro, que se estendia em meio às fileiras de bordéis legalizados. Ali perto havia uma escola armênia, uma igreja grega, uma sinagoga sefardita, um santuário sufi, uma igreja ortodoxa russa — vestígios de um passado que não era mais lembrado. Aquele bairro à beira-mar, que já tivera um comércio florescente e abrigara prósperas comunidades levantinas e judaicas, e que depois se tornara o centro da indústria bancária e da indústria naval otomanas, então testemunhava transações muito diferentes. Mensagens silenciosas eram levadas pelo vento e o dinheiro trocava de mãos assim que era adquirido.

A área ao redor do porto era sempre tão cheia de gente que os pedestres tinham que andar de lado, como se fossem caranguejos. Moças de minissaia caminhavam de braços dados; motoristas falavam gracinhas pelas janelas dos carros; aprendizes que trabalhavam nos cafés corriam para cima e para baixo, carregando bandejas de chá repletas de copos pequenos; turistas vergados sob o peso de suas mochilas olhavam ao redor como se tivessem acabado de acordar; engraxates batiam as escovas contra suas caixas de metal, decoradas com fotos de atrizes — recatadas na frente, nuas na parte de trás. Ambulantes descascavam picles, espremiam água de conserva, assavam grão-de-bico e gritavam mais alto uns que os outros enquanto os motoristas buzinavam sem motivo nenhum. Os cheiros de tabaco, suor, perfume, fritura e, de vez em quando, de um baseado — apesar de ser ilegal — se misturavam ao ar marinho.

As ruas laterais e os becos eram rios de papel. Pôsteres socialistas, comunistas e anarquistas cobriam as paredes, convidando o proletariado e o campesinato a fazerem parte da revolução iminente. Aqui e ali, os pôsteres tinham sido rasgados, desfigurados com slogans da extrema direita e pichados com o símbolo deles: um lobo que uivava dentro de uma lua crescente. Lixeiros com vassouras velhas e expressões cansadas varriam o lixo, esgotados por saberem que novas filipetas iriam chover assim que eles virassem as costas.

A uma curta distância do cais, dando para uma avenida íngreme, ficava a rua dos bordéis. Um portão de ferro precisando de uma mão de tinta separava a rua do resto do mundo. Diante dele, havia uns poucos policiais cumprindo turnos de oito horas. Alguns visivelmente odiavam aquele trabalho: desprezavam aquela rua de má fama e todos que adentravam nela, tanto mulheres quanto homens. Expressando sua desaprovação com modos bruscos, eles mantinham o olhar fixo nos homens que se amontoavam diante do portão, loucos para entrar, mas relutando em fazer fila. Alguns policiais encaravam aquele como um trabalho qualquer, apenas cumprindo as ordens todos os dias, mas também havia aqueles que secretamente sentiam inveja dos clientes, desejando poder trocar de lugar com eles pelo menos durante algumas horas.

O bordel onde Leila trabalhava era um dos mais antigos da área. Um único tubo fluorescente bruxuleava na entrada com a força de mil fósforos minúsculos acendendo e apagando, um após o outro. O ar era pesado por causa do aroma de perfume barato, as torneiras estavam incrustadas de calcário e o teto, coberto por manchas grudentas de nicotina e alcatrão após anos de fumaça de tabaco. As paredes da fundação eram repletas de rachaduras que pareciam uma renda intrincada, fina como as veias de um olho injetado. Sob os beirais, bem perto da janela de Leila, havia um ninho de marimbondos pendurado — redondo, misterioso, com uma consistência de papel. Um universo oculto. Às vezes ela sentia vontade de tocar o ninho, abri-lo e revelar sua perfeita arquitetura;

mas sempre dizia a si mesma que não tinha o direito de mexer naquilo que a natureza tivera a intenção de manter intacto, completo.

Aquele era seu segundo endereço na mesma rua. A primeira casa era tão insuportável que, antes de completar um ano, Leila fizera algo que mais ninguém ousara fazer, nem faria depois: pegara seus poucos pertences, vestira seu único casaco bom e fora pedir refúgio no bordel ao lado. A notícia tinha dividido a comunidade em dois times: algumas pessoas disseram que ela devia ser imediatamente devolvida ao primeiro bordel, senão todas as meninas iam começar a fazer a mesma coisa, violando o código não escrito de ética no trabalho e transformando o negócio todo numa anarquia; outras disseram que, pelo que ditava a consciência, qualquer pessoa desesperada o suficiente para pedir asilo deveria ser acolhida. No fim, a madame do segundo bordel, tão impressionada com a audácia de Leila quanto com a perspectiva dos maiores lucros que ela poderia lhe trazer, simpatizara com ela e a aceitara. Não sem antes pagar uma alta quantia para a colega, pedir-lhe as mais sinceras desculpas e prometer que aquilo nunca mais iria acontecer.

A nova madame era uma mulher de proporções largas, um andar resoluto e bochechas cheias de ruge que caíam como retalhos de couro. Ela tinha a mania de chamar todos os homens que entravam no bordel, fossem ou não clientes regulares, de "meu paxá". Mais ou menos a cada duas ou três semanas, ia a um salão chamado Pontas Duplas, onde sempre pintava o cabelo de um tom diferente de loiro. Seus olhos eram protuberantes e afastados um do outro, o que a fazia ter uma expressão permanente de surpresa, apesar de ela raramente ficar surpresa de fato. Uma teia de veias finas saía da ponta de seu enorme nariz, como riachos descendo as encostas de uma montanha. Ninguém sabia qual era seu nome de verdade. Tanto as prostitutas quanto os clientes a chamavam de "Mãe Doce" pela frente e "Mãe Amarga" pelas costas. Ela até que era decente para uma madame, mas tinha a tendência de fazer tudo em excesso: fumava demais, falava palavrão demais, gritava demais e simplesmente era uma presença exagerada demais nas vidas de todos — uma verdadeira dose máxima.

— Este bordel foi fundado lá no século XIX — Mãe Amarga adorava dizer, com orgulho na voz. — E por ninguém menos que o grande Sultão Abdulazize.

Ela costumava ter um retrato emoldurado do Sultão atrás de sua escrivaninha — até que um dia um cliente com tendências ultranacionalistas a repreendera por isso na frente de todo mundo. O homem dissera-lhe claramente que ela não devia dizer aquelas bobagens sobre "nossos ancestrais magnânimos e nosso passado glorioso".

— Por que um sultão que conquistou três continentes e cinco mares ia deixar esse lugar imundo abrir em Istambul? — perguntara o homem.

Mãe Amarga gaguejara, torcendo o lenço nervosamente.

— Bom, eu acho que foi porque...

— Quem se importa com o que você acha? Você é historiadora ou o quê?

Mãe Amarga erguera as sobrancelhas recém-feitas.

— Ou quem é sabe é professora de universidade! — dissera o homem, rindo.

Mãe Amarga encurvara os ombros.

— Uma mulher ignorante não tem o direito de distorcer a história — dissera o homem, dessa vez sem rir. — Melhor você enfiar uma coisa na cabeça. Não tinha bordel legalizado no Império Otomano. Se algumas mulheres queriam se vender escondidas, deviam ser cristãs ou judias... ou ciganas pagãs. Porque fique sabendo que nenhuma muçulmana de verdade teria concordado com essa imoralidade. Iam preferir morrer de fome a vender o corpo. Até hoje em dia, claro. Tempos modernos, tempos sem recato.

Depois do sermão, Mãe Amarga, sem dizer nada, tirara o retrato do Sultão Abdulazize da parede e, no lugar, colocara uma natureza-morta de narcisos amarelos e frutas cítricas. Mas como o segundo quadro por acaso era menor do que o primeiro, o contorno da moldura do sultão tinha continuado visível, fino e pálido como um mapa desenhado na areia.

Quanto ao cliente, na vez seguinte em que ele apareceu no bordel, a madame o recebeu cheia de sorrisos e salamaleques, com doçura e cordialidade, e ofereceu-lhe uma garota incrível que ele tinha uma sorte excepcional de não perder.

— Ela vai embora, meu paxá. Vai voltar para a vila onde nasceu amanhã de manhã. Conseguiu quitar suas dívidas. O que eu posso fazer? Disse que vai passar o resto da vida pagando penitência. "Faz muito bem", eu acabei dizendo a ela. "Pode rezar por nós também."

Era uma mentira descarada. A mulher em questão ia mesmo embora, mas por um motivo bem diferente. Em sua última visita ao hospital, testara positivo para gonorreia e sífilis. Foi proibida de trabalhar e obrigada a ficar longe do bordel até as infecções passarem completamente. Mãe Amarga não mencionou esse detalhe quando pegou o dinheiro do homem e o colocou na gaveta. Não tinha esquecido de como ele fora grosseiro. Ninguém tinha o direito de falar com ela daquele jeito, principalmente na frente de suas funcionárias. Pois, ao contrário de Istambul, que cultivava uma amnésia proposital, Mãe Amarga tinha uma memória excelente: lembrava de tudo o que já tinham feito com ela e aguardava o momento certo para se vingar.

Dentro do bordel, as cores eram sem graça: um marrom sem alma, um amarelo chocho e um verde insípido de resto de sopa. Assim que o *azan* da noite reverberava pelas cúpulas de metal e pelos telhados da cidade, Mãe Amarga acendia as luzes — uma fileira de lâmpadas sem lustres em tons de índigo, magenta, lilás e rubi —, e o lugar todo era banhado por uma luz estranha, como se houvesse sido beijado por uma fada insana.

Perto da entrada havia um grande cartaz escrito à mão com uma moldura de metal que era a primeira coisa que quem chegasse veria. Ele dizia:

CIDADÃO!

Se você deseja se proteger da sífilis e de outras doenças sexualmente transmissíveis, deve seguir essas instruções:

1. *Antes de ir para um quarto com uma mulher, peça para ver sua carteira de saúde. Veja se ela é saudável!*
2. *Use um preservativo. Não deixe de usar um novo a cada vez. Você não vai ter de pagar caro pelos preservativos. Peça à senhoria que ela os venderá por um preço justo.*

3. *Se você desconfiar que contraiu uma doença, não fique por aqui. Vá direto ao médico.*

4. *Doenças transmitidas sexualmente podem ser prevenidas se você estiver decidido a se proteger e a proteger SUA NAÇÃO!*

As mulheres trabalhavam das dez da manhã até as onze da noite. Duas vezes por dia, Leila podia fazer uma pausa: meia hora à tarde e quinze minutos à noite. Mãe Amarga não gostava daquele descanso da noite, mas Leila, insistindo que tinha enxaquecas terríveis se não tomasse sua dose diária de café com cardamomo, não cedeu.

Todas as manhãs, assim que as portas se abriam, as mulheres se sentavam em cadeiras de madeira e banquinhos baixos atrás de painéis de vidro na entrada. Aquelas que tinham começado no bordel recentemente se distinguiam das mais antigas só pela postura. As recém-chegadas ficavam com as mãos sobre o colo e o olhar vago e distante, como o de um sonâmbulo que acaba de acordar num lugar estranho. Aquelas que já estavam lá havia mais tempo se moviam de maneira casual e despreocupada pelo cômodo — limpando sob as unhas, se coçando, se abanando, examinando a pele no espelho, fazendo tranças nos cabelos umas das outras. Sem medo de olhar nos olhos, elas observavam com indiferença os homens que passavam — em grupos, em pares ou sozinhos.

Algumas das mulheres tinham sugerido costurar ou tricotar durante essa longa espera, mas Mãe Amarga não quis nem ouvir falar no assunto.

— Tricotar! Que ideia idiota! Vocês querem que esses homens fiquem lembrando das esposas chatas deles? Ou pior, das mães? Claro que não! Nós oferecemos o que eles nunca viram em casa, não mais do mesmo.

Como aquele era um dos 14 bordéis que funcionavam um ao lado do outro na mesma rua sem saída, os clientes tinham muitas opções. Eles caminhavam para cima e para baixo, paravam e davam sorrisos safados, fumavam e ponderavam, avaliando suas opções. Se ainda precisassem de tempo para pensar, paravam num ambulante e bebiam um copinho de água de conserva de pepino ou comiam um bolinho doce frito conhecido como *kerhane tatlisi*, ou "churro de bordel". Por experiência, Leila sabia que, se um homem não se decidisse nos primeiros três minutos, não se decidiria mais. Depois de três minutos, ele voltaria a atenção para outra pessoa.

A maioria das prostitutas achava melhor não falar com os clientes, considerando suficiente mandar um beijo, dar uma piscadela, mostrar melhor o decote ou descruzar as pernas ocasionalmente. Mãe Amarga não queria que as meninas parecessem ansiosas demais. Dizia que isso barateava a mercadoria. E também não deviam ser frias como se não tivessem certeza da própria qualidade. Tinha que haver "um equilíbrio fino e sofisticado". Não que a própria Mãe Amarga fosse uma pessoa sofisticada. Mas esperava que suas funcionárias tivessem aquilo que ela mesma não tinha nem um pouco.

O quarto de Leila ficava no segundo andar, era a primeira porta à direita. Todo mundo dizia que era o melhor lugar da casa. Não porque tivesse algum luxo ou uma vista do Bósforo, mas porque, se alguma coisa desse errado, ela poderia ser facilmente ouvida do andar de baixo. Os quartos da outra ponta do corredor eram os piores. Você podia se matar de tanto gritar que ninguém viria correndo.

Leila tinha colocado um tapete em forma de meia-lua na frente da porta para os homens limparem os sapatos. O quarto tinha poucos móveis: uma cama de casal com uma colcha de estampa floral e uma cortininha combinando ocupavam quase todo o espaço. Ao lado da cama havia um criado-mudo com uma gaveta trancada onde ela guardava suas cartas e diversos objetos que, apesar de não serem nada preciosos, tinham valor sentimental. As cortinas, puídas e desbotadas pelo sol, eram da cor de melancia cortada, e os pontinhos pretos que pareciam sementes na verdade eram queimaduras de cigarro. Num dos cantos, havia uma pia rachada e um fogãozinho a gás com um *cezve* mal equilibrado em cima; e, ao lado do fogão, um par de pantufas de veludo azul com rosetas de cetim e continhas na ponta. Aquelas pantufas eram a coisa mais linda que Leila possuía. Encostado na parede havia um armário de nogueira que não fechava direito. Lá dentro, abaixo das roupas penduradas nos cabides, havia uma pilha de revistas, uma lata de biscoito cheia de camisinhas e um cobertor com cheiro de mofo que ninguém usava havia muito tempo. Na parede em frente havia um espelho com cartões-postais enfiados na moldura: Brigitte Bardot fumando um charuto fino, Raquel Welch com um biquíni de couro, os Beatles e suas namoradas loiras sentados num tapete com um iogue indiano. Além deles, diversos lugares — o rio de uma capital cintilante à luz do sol da manhã, uma praça barroca coberta por uma fina camada de neve, um bulevar à noite com luzes brilhantes — que Leila nunca tinha visitado, mas que ansiava por explorar um dia: Berlim, Londres, Paris, Amsterdã, Roma, Tóquio...

Era um quarto que tinha vários privilégios e que revelava o status de Leila. A maioria das outras meninas tinha muito menos conforto. Mãe Amarga gostava de Leila, em parte porque ela era honesta e trabalhava duro, e em parte porque era incrivelmente parecida com uma irmã que Mãe Amarga deixara décadas atrás nos Balcãs.

Leila tinha dezessete anos quando fora trazida para aquela rua e vendida para o primeiro bordel por um homem e uma mulher, dois criminosos que a polícia conhecia muito bem. Aquilo acontecera fazia três anos, mas já parecia ter sido em outra vida. Ela nunca falava daquela época, assim como nunca contava por que tinha fugido de casa ou como tinha chegado em Istambul sem um lugar para ficar e com apenas cinco liras e vinte kuruş no bolso. Para Leila, sua memória era um cemitério: segmentos de sua vida estavam enterrados lá em túmulos separados, e ela não tinha a menor intenção de ressuscitá-los.

Os primeiros meses naquela rua tinham sido tão cruéis, com dias que eram como uma corda prendendo-a ao desespero, que ela pensara diversas vezes em suicídio. Uma morte rápida e silenciosa — era possível. Naquela época, cada detalhe a perturbava; cada som era um trovão para os seus ouvidos. Mesmo depois de ter chegado na casa de Mãe Amarga, que era um lugar um pouco mais seguro, Leila achou que não iria conseguir seguir em frente. O fedor das latrinas, as fezes de rato na cozinha, as baratas no porão, as feridas na boca de um cliente, as verrugas nas mãos de uma das outras prostitutas, as manchas de comida na blusa da madame, as moscas que zumbiam por todo lado — tudo a fazia sentir uma coceira incontrolável. À noite, quando deitava a cabeça no travesseiro, ela sentia um leve cheiro de cobre no ar que passara a associar a carne podre, e temia que ele estivesse lhe penetrando por debaixo das unhas, entrando em sua corrente sanguínea. Ela tinha certeza de que tinha contraído alguma doença horrível. Parasitas invisíveis rastejavam por cima e por baixo de sua pele. No *hamam* local que as prostitutas frequentavam uma vez por semana, Leila se lavava e se esfregava até seu corpo arder e ficar vermelho e, na volta, colocava suas fronhas e seus lençóis para ferver. Não adiantava. Os parasitas sempre voltavam.

— Pode ser *sicológico* — disse Mãe Amarga. — Já vi isso acontecer antes. Olha, minha casa é limpa. Se você não gosta daqui, vá embora. Mas pode apostar que isso é coisa da sua cabeça. Sua mãe também tinha mania de limpeza?

Aquilo fez Leila congelar. A coceira parou. A última coisa que ela queria era se lembrar da tia Binnaz ou daquela casa grande e solitária em Vã.

A única janela que havia no quarto de Leila dava para os fundos: um pequeno pátio com apenas um pé de bétula, atrás do qual ficava um prédio em péssimo estado e praticamente desocupado, onde só funcionava uma fábrica de móveis no térreo. Lá dentro, cerca de quarenta homens trabalhavam treze horas por dia, inalando pó, verniz e produtos químicos cujos nomes não sabiam. Metade eram imigrantes ilegais. Nenhum tinha seguro. E a maioria tinha no máximo 25 anos de idade. Não era um trabalho que se podia fazer durante muito tempo. O vapor da resina destruía os pulmões.

O chefe dos trabalhadores era um supervisor barbudo que raramente falava e nunca sorria. Às sextas, assim que ele ia para a mesquita com um *taqiyah* na cabeça e um rosário na mão, os outros homens abriam as janelas e espichavam os pescoços para espiar as putas. Não conseguiam ver muita coisa, porque as cortinas do bordel ficavam fechadas durante a maior parte do tempo. Mas não desistiam, loucos para ver de relance a curva de um quadril ou uma coxa nua. Contando vantagem uns para os outros sobre as cenas excitantes que tinham conseguido ver, eles riam; a poeira que os cobria dos pés à cabeça fazia surgirem rugas em seus rostos, tornava seus cabelos grisalhos e os deixava com a aparência não de velhos, mas de espectros presos entre dois mundos. Do outro lado do pátio, as mulheres em geral ficavam indiferentes, mas, de vez em quando, uma delas, por curiosidade ou pena — era difícil afirmar com certeza —, subitamente aparecia na janela e, se debruçando no parapeito com os peitos pesados sobre os antebraços, fumava em silêncio até o cigarro virar bituca.

Alguns dos trabalhadores tinham vozes bonitas e gostavam de cantar, se revezando como cantor principal. Num mundo que não conseguiam compreender totalmente e no qual não podiam vencer, a música era a única alegria que não custava nada. Por isso, os homens cantavam copiosamente, apaixonadamente. Em curdo, turco, árabe, farsi, pashto, georgiano, circassiano e balúchi, faziam serenatas para as silhuetas das mulheres nas janelas, figuras cercadas de mistério, mais sombra do que corpo.

Numa ocasião, comovida com a beleza da voz que estava ouvindo, Leila, que até então mantivera as cortinas firmemente fechadas, abriu-as e espiou a fábrica de móveis. Viu um rapaz olhando bem para ela e, ao mesmo tempo, cantando a balada mais triste que ela já ouvira, sobre amantes que tinham fugido para se casar, mas tinham se perdido um do outro em uma enchente. Os olhos dele eram amendoados, castanho-acinzentados; seu maxilar era proeminente e, no queixo, ele tinha um furinho bem visível. Foi a doçura de seu olhar que impressionou Leila. Era um olhar não anuviado pela cobiça. O rapaz sorriu para ela, revelando dentes brancos perfeitos, e Leila, sem conseguir se conter, retribuiu o sorriso. Aquela cidade sempre a surpreendia: momentos de inocência estavam ocultos nos cantos mais obscuros — momentos tão efêmeros que, quando ela se desse conta de quão puros eram, já teriam passado.

— Qual é o seu nome? — gritou ele, mais alto do que o vento.

Leila contou.

— E o seu?

— O meu? Eu ainda não tenho nome.

— Todo mundo tem nome.

— Bom, é verdade… mas eu não gosto do meu. Por enquanto, você pode me chamar de *Hiç*: Nada.*

---

* *Hiç*: pronuncia-se "ritch". (N. A.)

Na sexta-feira seguinte, quando Leila olhou de novo, o rapaz não estava lá. Nem uma semana depois, nem duas. Por isso, ela presumiu que ele tinha sumido para sempre: aquele homem estranho feito de uma cabeça e meio torso, emoldurado pela janela como um quadro de outro século, como se fosse fruto da imaginação de outra pessoa.

Mas Istambul continuava a surpreendê-la. Exatamente um ano mais tarde, Leila o encontraria de novo — por acaso. Só que, dessa vez, Nada era uma mulher.

Àquela altura, Mãe Amarga tinha começado a mandar Leila se encontrar com seus queridos clientes. Embora o bordel fosse sancionado pelo governo e todas as transações ocorridas dentro dele fossem legais, o que acontecia do lado de fora acontecia sem licença — e, portanto, livre de impostos. Com essa empreitada, Mãe Amarga estava correndo um risco considerável, embora lucrativo. Se ela fosse descoberta, seria processada e, provavelmente, mandada para a cadeia. Mas Mãe Amarga confiava em Leila e sabia que, mesmo que ela fosse pega, não contaria à polícia para quem estava trabalhando.

— Você tem boca de siri, não é? Boa menina.

Certa noite, a polícia fez uma batida em dúzias de boates, bares e bordéis sem licença em ambos os lados do Bósforo, e dezenas de menores, usuários de drogas e profissionais do sexo foram presos. Leila ficou sozinha numa cela com uma mulher alta e corpulenta que, depois de lhe dizer que se chamava Nalan, desabou num dos cantos, cantarolando, distraída, e batucando um ritmo na parede com as unhas compridas.

Leila provavelmente não a teria reconhecido se não fosse pela canção familiar — aquela mesma velha balada. Curiosa, ela examinou a mulher, vendo os olhos castanhos brilhantes e cálidos, o maxilar quadrado, o furinho no queixo.

— Nada? — perguntou Leila, aspirando o ar depressa, incrédula. — Você se lembra de mim?

A mulher inclinou a cabeça para um lado, com uma expressão inescrutável que durou um segundo. Então, com um sorriso cativante que iluminou seu rosto, ficou de pé num pulo, quase batendo a cabeça no teto baixo.

— Você é a menina do bordel! O que você está fazendo aqui?

Na noite que passaram presas, sem conseguir dormir nos colchões cheios de manchas, elas conversaram, primeiro na escuridão, depois à meia-luz da alvorada, fazendo companhia uma para a outra. Nalan explicou que, quando elas se conheceram, tinha aquele emprego temporário na fábrica de móveis e estava economizando dinheiro para um tratamento de mudança de sexo, que acabara sendo mais árduo e caro do que ela esperara — *e seu cirurgião plástico era um tremendo escroto*. Mas Nalan tentava não reclamar, pelo menos não alto demais, porque, *puta merda*, estava decidida a fazer o processo todo. Tinha passado a vida inteira presa num corpo que lhe parecia tão pouco familiar quanto uma palavra estrangeira na língua. Nalan tinha nascido numa família endinheirada de fazendeiros e criadores de ovelha na Anatólia Central e vindo para aquela cidade para corrigir o erro que Deus Todo-Poderoso obviamente cometera.

De manhã, embora suas costas doessem por ter passado a noite sentada e suas pernas estivessem pesadas como troncos, Leila sentiu que um peso tinha sido tirado de suas costas. Ela quase se esquecera daquela sensação de leveza que a inundava naquela ocasião.

Assim que foram soltas, Leila e Nalan foram para uma loja de *börek*, precisando urgentemente de uma xícara de chá. Mas não tomaram uma xícara — tomaram muitas. Depois daquele dia, nunca mais perderam contato e passaram a se encontrar regularmente na mesma lanchonete de esquina. Percebendo que tinham muito a dizer uma para a outra mesmo quando estavam separadas, elas começaram a se corresponder. Nalan com frequência mandava para Leila cartões-postais escritos com esferográfica, cheios de erros de ortografia, enquanto Leila preferia papel de carta e usava uma caneta-tinteiro para traçar a letra bonita e cuidadosa que aprendera anos atrás na escola em Vã.

De vez em quando, ela largava a caneta e pensava na tia Binnaz, lembrando de seu pavor mudo do alfabeto. Leila tinha escrito para a família várias vezes, mas nunca tinha recebido uma resposta. Ela se perguntava o que eles faziam com suas cartas — será que guardavam numa caixa escondida ou será que rasgavam? Será que o carteiro as levava de volta — e, nesse caso, onde elas iriam parar? Tinha que haver um lugar, um destino obscuro, para as cartas que ninguém queria e ninguém lia.

★ ★ ★

Nalan morava num porão úmido na rua dos Fazedores de Caldeirões, não muito longe da Praça Taksim. Era um apartamento com o assoalho desnivelado, as molduras das janelas tortas e as paredes inclinadas: tão estranho que só podia ter sido projetado por um arquiteto drogado. Vivia lá com outras quatro mulheres trans e um casal de tartarugas — Tutti e Frutti — que só ela parecia capaz de distinguir uma da outra. Sempre que caía uma tempestade, parecia que os canos iriam estourar ou que as privadas iriam transbordar. Mas, por sorte, como Nalan dizia, Tutti e Frutti sabiam nadar bem.

Como "Nada" não era um apelido ideal para uma mulher tão assertiva quanto Nalan, Leila decidiu chamá-la de "Nostalgia" — não porque Nalan ficasse com os olhos marejados ao pensar no passado, que ela claramente tinha ficado feliz em deixar para trás, mas porque tinha muita saudade do interior. Sentia falta do campo e de sua cornucópia de aromas, e era louca para dormir ao ar livre, sob um céu generoso. Lá, não teria que tomar cuidado o tempo todo.

Cheia de energia e vivacidade, feroz com seus inimigos, fiel a quem mais amava: Nalan Nostalgia — a amiga mais corajosa de Leila.

Nalan Nostalgia, uma dos cinco.

A história de Nalan

Antigamente, e por muito tempo, Nalan se chamava Osman e era o filho mais novo de uma família de fazendeiros da Anatólia. Recendendo a terra recém-remexida e ervas frescas, ele passava os dias ocupado: arando campos, criando galinhas, cuidando das vacas leiteiras, certificando-se de que as abelhas que produziam o mel sobrevivessem ao inverno... Uma abelha podia trabalhar a vida toda só para produzir mel o suficiente para encher a ponta de uma colher de chá. Osman se perguntava o que iria criar naquela vida, e a pergunta ao mesmo tempo o animava e o deixava apavorado. A noite chegava cedo na vila. Depois que escurecia, assim que seus irmãos mais velhos iam dormir, Osman ficava sentado na cama ao lado da lamparina de vime. Devagar, movendo as mãos de um lado para o outro ao som de uma melodia que só ele conseguia ouvir, formava sombras que dançavam na parede em frente. Nas histórias que Osman inventava, ele sempre ficava com o papel principal — uma poeta persa, uma princesa chinesa ou uma imperatriz russa. As personagens mudavam muito, mas uma coisa era sempre igual: em sua mente, ele sempre era uma menina, nunca um menino.

Na escola, as coisas não podiam ser mais diferentes. A sala de aula não era um lugar de histórias. Era um lugar de regras e repetições. Com dificuldades para soletrar certas palavras, aprender poemas de cor ou recitar orações em árabe, ele não conseguia acompanhar as outras crianças. O professor — um homem frio e azedo que andava pela sala de aula com uma régua de madeira na mão, usando-a para bater em estudantes que se comportassem mal — não tinha paciência com Osman.

Todo semestre, quando eles encenavam peças patrióticas, os alunos populares competiam pelos papéis de heróis de guerra turcos enquanto o resto da turma tinha que ser o exército grego. Mas Osman não se importava de ser um soldado grego — bastava você morrer depressa e ficar deitado quietinho no chão pelo resto da peça. Mas se importava, *sim*, com as provocações e o bullying que sofria todos os dias. Tudo tinha começado quando um dos meninos, ao vê-lo descalço, notara que ele tinha pintado as unhas dos pés. *Osman é bichinha!* Depois que você ganhava esse rótulo, poderia muito bem entrar na sala de aula toda manhã com um alvo pintado na testa.

Seus pais tinham dinheiro e propriedades, e poderiam ter mandado os filhos para estudar em escolas melhores, mas seu pai, que não confiava na cidade grande e nas pessoas que moravam lá, preferiu que eles aprendessem a trabalhar a terra. Osman sabia os nomes das plantas e das ervas tão bem quanto as crianças da sua idade na cidade sabiam os nomes de cantores de música pop e artistas de cinema. A vida era previsível e estável, uma cadeia confiável de causa e efeito: o humor das pessoas dependia de quanto dinheiro elas ganhavam, o dinheiro dependia das colheitas, as colheitas dependiam das estações, as estações estavam nas mãos de Alá e Alá não precisava de ninguém. A única vez que Osman saiu desse ciclo foi quando foi fazer o serviço militar obrigatório. No exército, ele aprendeu a limpar um rifle, a carregar uma arma, a cavar uma trincheira, a atirar uma granada de um telhado — habilidades das quais esperava nunca precisar de novo. Todas as noites, no dormitório que dividia com 43 outros soldados, Osman morria de vontade de encenar seu velho teatro de sombras, mas lá não havia nem uma parede em branco nem um lampião a óleo encantador.

Quando Osman voltou, sua família estava exatamente igual. Mas ele tinha mudado. Sempre soubera que, por dentro, era uma mulher, mas a provação do exército achatara tanto sua alma que, estranhamente, ele sentiu coragem de viver sua vida de um jeito verdadeiro. Por um acaso do destino, foi nessa época que sua mãe decidiu que já estava na hora de Osman se casar e lhe dar netos, embora ela já tivesse montes deles. Apesar das objeções dele, ela pôs-se a procurar uma esposa adequada.

Na noite do casamento, enquanto os convidados batiam palmas ao ritmo dos tambores tocados pelos músicos e a jovem noiva aguardava num quarto no andar de cima com o vestido já meio aberto, Osman fugiu. Ouviu ao longe um bufo-real piar e um alcaravão assobiar, sons que lhe eram tão familiares quanto sua própria respiração. Caminhou dezenove quilômetros até a estação mais próxima e pulou no primeiro trem para Istambul, para nunca mais voltar. No começo, Osman deu duro, trabalhando como massagista num *hamam* cuja higiene era ruim e a reputação, pior ainda. Logo depois, começou a limpar os banheiros da estação de trem Haydarpaşa. Foi nesse último emprego que Osman formou a maioria de suas opiniões sobre os outros seres humanos. Ninguém deveria tentar filosofar sobre a natureza humana até trabalhar num banheiro público e ver as coisas que as pessoas faziam só porque podiam — destruir os canos das paredes, quebrar maçanetas, pichar desenhos nojentos por toda parte, fazer xixi nas toalhas de mão, depositar imundícies de todos os tipos em todos os cantos, sabendo que outra pessoa teria que limpá-las.

Aquela não era a cidade que ele imaginara e, com certeza, essas não eram as pessoas com quem desejava compartilhar as avenidas e ruazinhas. Mas era só ali em Istambul que Osman podia se transformar por fora na pessoa que realmente era por dentro. Então, ele ficou ali e perseverou.

Osman não existia mais. Havia apenas Nalan, sem caminho de volta.

Quatro minutos

Quatro minutos depois que seu coração parou de bater, uma lembrança efêmera surgiu na mente de Leila, trazendo consigo o cheiro e o gosto de melancia.

Agosto de 1953. Era o verão mais quente em décadas, segundo a mamãe. Leila ficou cismando sobre a ideia de uma década: quanto tempo era isso? Sua noção de tempo escorreu-lhe pelos dedos como fitas de seda. No mês anterior, a Guerra da Coreia tinha terminado e o irmão da titia tinha voltado a salvo para a vila. Agora, a titia tinha outras preocupações. Ao contrário da última, aquela gravidez parecia estar indo bem, a não ser pelo fato de que ela passava mal dia e noite. Com ataques severos de náusea, quase nada parava no seu estômago. E o calor não estava ajudando. Baba sugeriu que eles saíssem de férias. Que fossem para algum lugar no Mar Mediterrâneo: uma mudança de ares. Ele também convidou o irmão, a irmã e suas famílias.

Espremendo-se num micro-ônibus, eles foram para uma vila pesqueira na costa sudeste do país. Eram doze pessoas no total. O tio, sentado ao lado do motorista com a luz alegre do sol lhe iluminando o rosto, contou histórias engraçadas sobre sua época de estudante e, quando as histórias acabaram, começou a cantar hinos patrióticos, insistindo para que todos fizessem o mesmo. Até Baba obedeceu.

O tio era alto e esbelto, com o cabelo raspado bem rente e olhos azuis-acinzentados com longos cílios que se curvavam na ponta. Todo mundo dizia que ele era bonito, e era possível ver como ouvir o mesmo elogio a vida toda tinha afetado seu comportamento. Ele tinha uma autoconfiança que visivelmente faltava aos outros membros da família.

— Olhem só para nós, a grande família Akarsu na estrada! A gente poderia formar um time de futebol — disse o tio.

Leila, que estava sentada no banco de trás com a mãe, exclamou:

— Um time de futebol tem onze jogadores, não doze!

— É mesmo? — disse o tio, olhando para ela por cima do ombro. — Então, nós somos os jogadores e você é a técnica. Pode mandar na gente e nos obrigar a fazer qualquer coisa. Estamos às suas ordens, senhora.

Leila deu um sorriso radiante, deliciada com a ideia de ser quem mandava pela primeira vez. Durante o resto da viagem, o tio continuou com a brincadeira. Em todas as paradas, ele abria a porta para ela, trazia-lhe refrescos e biscoitos e, depois que choveu um pouco à tarde, carregou-a no colo para que não sujasse os sapatos numa poça.

— Ela é técnica de futebol ou a rainha de Sabá? — perguntou Baba, observando de longe.

O tio respondeu:

— Ela é a técnica do nosso time de futebol e a rainha do meu coração.

E isso fez todo mundo sorrir.

Foi uma viagem longa e lenta. O motorista fumava cigarros enrolados por ele próprio e uma fumaça fina o envolvia, formando sobre sua cabeça mensagens em letra cursiva que ninguém lia. Lá fora, o sol ardia. Dentro do ônibus, o ar parecia embolorado, sufocante. Leila manteve as mãos debaixo das pernas para não deixar o vinil do assento queimar as partes de trás das suas coxas, mas, após algum tempo, ficou cansada e desistiu. Lamentou não ter colocado um vestido comprido ou um *shalwar* frouxo em vez de um short de algodão. Felizmente, tinha se lembrado de trazer seu chapéu de palha com as cerejas vermelhas de um dos lados; elas pareciam muito apetitosas.

— Vamos trocar nossos chapéus — sugeriu o tio.

Ele estava usando um fedora branco de aba curta que, embora um pouco velho, lhe caía bem.

— Vamos!

Depois que ficou escuro, Leila, com seu chapéu novo na cabeça, observou a estrada pela janela: era um borrão, com as luzes dos carros que passavam lembrando as trilhas prateadas e grudentas que ela já vira os caracóis deixando no jardim. Mais adiante, brilhavam os postes das ruas de cidadezinhas, casas agrupadas aqui e ali, silhuetas de mesquitas e minaretes. Leila se perguntou que tipo de família viveria naquelas casas e que tipo de criança, se é que havia alguma, estava olhando para o ônibus deles naquele momento, querendo saber para onde iam. Quando eles chegaram ao seu destino, tarde da noite, ela caíra no sono abraçada ao fedora, e seu reflexo na janela estava pequeno e pálido, flutuando e deixando as construções para trás.

Leila ficou surpresa e levemente desapontada quando descobriu onde eles iam se hospedar. Mosquiteiros velhos e rasgados cobriam todas as janelas, manchas de mofo subiam pelas paredes, urtigas e ervas espinhosas saíam por entre as pedras do jardim. Mas, para sua grande alegria, havia uma banheira de madeira no pátio com uma bomba d'água. Rua acima, uma amoreira gigante assomava sobre os campos. Quando o vento descia a montanha em redemoinhos e batia na árvore, choviam amoras roxas, manchando as roupas e as mãos deles. Não era uma casa confortável, mas era diferente: uma aventura.

Seus primos mais velhos, que eram todos adolescentes em diferentes níveis de mau humor, disseram que Leila era nova demais para ficar no quarto deles. Ela também não podia dormir com a mãe, cujo quarto era tão pequeno que lá dentro mal cabiam suas malas. Por isso, Leila teve que dormir com as crianças de dois ou três anos, algumas das quais ainda faziam xixi na cama e choravam ou riam no meio da noite, dependendo do que estivessem sonhando.

Tarde da noite, Leila ainda estava acordada, imóvel e com os olhos arregalados, prestando atenção em cada rangido e cada sombra que passava. Pelo barulho dos mosquitos, eles deviam ter entrado pelos buracos na tela de arame. Faziam um turbilhão ao redor de sua cabeça, zumbiam dentro de seus ouvidos. Eram seres que esperavam a escuridão para se mostrar por completo, e entraram no quarto ao mesmo tempo — os mosquitos e o tio dela.

— Você está dormindo? — perguntou ele da primeira vez que veio e se sentou na beira da cama de Leila, com a voz bem baixa, pouco mais que um sussurro, tomando cuidado para não acordar as crianças pequenas.

— Estou... quer dizer, na verdade não.

— Está quente, não é? Eu também não consigo dormir.

Leila achou estranho que ele não tivesse ido para a cozinha, onde poderia pegar um copo de água gelada. Tinha uma tigela de melancia na geladeira que seria um lanche perfeito para o meio da noite. Refrescante. Leila sabia que algumas melancias ficavam tão grandes que você podia colocar um bebê dentro e ainda sobrava espaço. Mas não compartilhou essa informação.

O tio assentiu como se houvesse lido os pensamentos dela.

— Não vou ficar muito tempo, só um pouquinho. Se Vossa Alteza me permitir.

Leila tentou sorrir, mas sentiu o rosto travado.

— Hum... tudo bem.

Ele afastou os lençóis depressa e se deitou ao lado dela. Leila ouviu o coração dele bater — alto e rápido.

— O senhor veio ver o Tolga?

Tolga era o filho mais novo do tio de Leila. Ele estava dormindo num berço perto da janela.

— Eu queria ver se todo mundo estava bem. Mas não vamos conversar. Assim, a gente não acorda os outros.

Ela assentiu. Fazia sentido.

A barriga do tio roncou. Ele deu um sorriso tímido.

— Ah, acho que eu comi demais.

— Eu também — disse Leila, embora não fosse verdade.

— É? Quero ver se sua barriguinha está bem cheia — disse o tio, puxando a camisola dela para cima. — Posso colocar a mão aqui?

Leila não disse nada. Ele começou a fazer círculos com o dedo em volta do umbigo dela.

— Hummm. Você sente cosquinha?

Leila balançou a cabeça. A maioria das pessoas sentia cócegas nos pés e nas axilas. Ela sentia cócegas ao redor do pescoço, mas não iria contar isso para ele. Tinha a impressão de que, se você revelasse qual era seu ponto fraco, as pessoas definitivamente iriam tentar atacá-lo. Ficou quieta.

No começo, os círculos eram pequenos, feitos com um leve toque; mas eles ficaram maiores, alcançando suas partes íntimas. Leila se afastou, constrangida. O tio chegou mais perto. Ele cheirava a coisas de que ela não gostava: fumo de mascar, álcool, berinjela frita.

— Você sempre foi minha preferida. Tenho certeza de que você sabe disso.

Será que era verdade? Ele tinha dado a ela o posto de técnica do time de futebol, mas, mesmo assim... Ao ver que Leila estava confusa, o tio fez um carinho no rosto dela com a outra mão.

— Sabe por que eu amo mais você?

Leila esperou, curiosa para saber a resposta.

— Porque você não é egoísta como os outros. É uma menina inteligente e boazinha. Não mude nunca. Prometa para mim que nunca vai mudar.

Ela assentiu, pensando em como seus primos mais velhos ficariam irritados se ouvissem o tio elogiá-la daquele jeito. Que pena que eles não estavam ali.

— Você confia em mim?

Os olhos dele eram como topázios no escuro.

E lá estava ela, assentindo de novo. Muito mais tarde, Leila passaria a detestar aquele seu gesto — uma obediência incondicional a pessoas mais velhas e em posições de autoridade.

— Quando você for mais velha, eu vou te proteger dos meninos. Você não sabe como eles são. Não vou deixar que cheguem perto.

O tio a beijou na testa, como fazia todo Eid, quando a família vinha visitá-los e ele dava a Leila doces cozidos e alguns trocados. Beijou-a do mesmo jeito de sempre. E foi embora. Na primeira noite.

Na noite seguinte, o tio não apareceu, e Leila estava disposta a esquecer todo o incidente. Mas, na terceira noite, ele voltou. Dessa vez, deu um sorriso mais largo. Havia um aroma de especiarias no ar; será que ele tinha passado loção pós-barba? Assim que Leila o viu se aproximando, fechou os olhos e fingiu que estava dormindo.

Sem fazer barulho, o tio afastou os lençóis e aninhou-se ao corpo dela. Mais uma vez, colocou a mão na sua barriga e, dessa vez, os círculos foram maiores, mais persistentes — eles buscavam, exigiam aquilo que ele já acreditava lhe pertencer.

— Eu não consegui vir ontem, sua *yenge* estava se sentindo mal — disse o tio, como se estivesse pedindo desculpas por não ter aparecido num encontro marcado.

Leila ouviu a mãe roncando mais adiante no corredor. Baba e a titia tinham ficado com um quarto grande no andar de cima, perto do banheiro. Leila ouvira os dois comentando que a titia vivia acordando de madrugada e que seria melhor se ela dormisse sozinha. Será que aquilo significava que ela não estava mais lutando com aqueles demônios? Ou, quem sabe, talvez os demônios tivessem finalmente ganhado a guerra.

— Tolga faz xixi na cama — disse Leila sem pensar, abrindo os olhos.

Ela não sabia por que tinha dito aquilo. Nunca tinha visto o primo fazer xixi na cama.

O tio talvez tenha ficado surpreso, mas não demonstrou.

— Eu sei, meu amor. Eu vou resolver, não se preocupe.

Leila sentiu seu hálito quente no pescoço. Ele estava com a barba por fazer, pinicando a pele dela. Leila se lembrou da lixa que Baba tinha usado para dar um acabamento bonito ao berço de madeira que estava fazendo para o bebê que ia chegar.

— Tio…

— Psiu. A gente não pode incomodar os outros.

A gente. Eles eram uma dupla.

— Segure aqui.

Ele empurrou a mão dela para baixo e colocou-a na parte da frente do short de seu pijama, num lugar entre as suas pernas. A menina estremeceu e afastou a mão. Agarrando seu pulso, ele empurrou a mão dela com força para baixo de novo e disse, num tom frustrado e furioso:

— Eu mandei segurar!

Leila sentiu algo duro na palma da mão. O tio se remexeu, gemeu, rangeu os dentes. Moveu-se para frente e para trás, cada vez mais ofegante. Ela ficou imóvel, petrificada. Não estava nem encostando mais no tio, mas ele não pareceu perceber. Gemeu pela última vez e parou de se mover. Estava arfando depressa. Havia um cheiro forte no ar e o lençol estava molhado.

— Olhe o que você fez comigo — disse ele ao recobrar a voz.

Leila se sentiu confusa, constrangida. Instintivamente, soube que aquilo era errado e não deveria nunca ter acontecido. Era culpa dela.

— Você é uma menina safada — disse o tio, com um ar solene, quase triste. — Parece tão doce e inocente, mas isso é só uma máscara, não é? No fundo, é tão suja quanto as outras. Tem maus modos. Como você me enganou.

A culpa trespassou Leila, tão aguda que ela mal conseguiu se mexer. Seus olhos ficaram cheios de lágrimas. Ela tentou não chorar, mas não conseguiu. Começou a soluçar.

O tio a observou um instante e disse:

— Tudo bem. Não aguento ver você chorar.

Quase no mesmo instante, o choro de Leila ficou menos intenso, embora ela não estivesse se sentindo melhor, mas pior.

— Eu ainda amo você.

Ele pressionou os lábios contra a boca dela.

Ninguém nunca tinha beijado Leila na boca. Seu corpo todo ficou dormente.

— Não se preocupe, eu não vou contar para ninguém — disse o tio, achando que o silêncio dela era uma cumplicidade. — Mas você precisa provar que é digna de confiança.

Uma expressão tão imponente. *Digna de confiança*. Leila nem sabia o que queria dizer.

— Significa que não pode contar para ninguém — explicou o tio, sempre um passo à frente de seus pensamentos. — Significa que isso vai ser o nosso segredo. Só duas pessoas podem saber: você e eu. Ninguém mais. Então me diga: você sabe guardar segredo?

Claro que sabia. Leila já tinha segredos demais dentro do peito. Aquele seria só mais um.

Mais tarde, conforme ficava mais velha, Leila se perguntaria diversas vezes por que ele tinha escolhido logo ela. A família era grande. Havia outras meninas por perto. Ela não era a mais bonita. Não era a mais inteligente. Para falar a verdade, não achava que tinha nada de especial. Leila continuou pensando sobre isso até o dia em que se deu conta de como a pergunta era horrível.

Perguntar "Por que eu?" era outro modo de dizer "Por que não outra?", e ela se odiou por isso.

Uma casa de veraneio com persianas verde-musgo e uma cerca de madeira que ia até a praia de pedrinhas. As mulheres preparavam as refeições, varriam o chão, lavavam a louça; os homens jogavam cartas, gamão, dominó; e as crianças corriam de um lado para o outro, sem ninguém as vigiando, jogando umas nas outras plantinhas cheias de espinhos que ficavam presas a qualquer superfície que tocassem. O chão estava repleto de amoras amassadas e havia manchas de melancia em todos os estofados.

Uma casa de veraneio à beira-mar.

Leila tinha seis anos de idade; seu tio tinha 43.

No dia que eles voltaram para Vã, Leila ficou com febre. Ela sentia um gosto metálico na boca, um nó de dor no fundo do estômago. Sua temperatura ficou tão alta que Binnaz e Suzan a carregaram juntas até o banheiro e a mergulharam na água fria — mas não adiantou nada. Leila foi colocada na cama com uma toalha embebida em vinagre na testa, um emplastro de cebola no peito, folhas de repolho cozido nas costas e pedaços de batata espalhados por toda a barriga. Mais ou menos a cada cinco minutos, elas esfregavam clara de ovo nas solas de seus pés. A casa inteira ficou fedendo como as barracas de peixe da feira no final de um dia de verão. Nada fez efeito. Sem falar coisa com coisa, rangendo os dentes, a menina perdia e recobrava a consciência, com lampejos de luz dançando diante dos olhos.

Haroun foi chamar o barbeiro do bairro — um homem que fazia circuncisões, extraía dentes e fazia enemas, entre muitos outros deveres —, mas ele tinha saído para resolver uma emergência. Então, Haroun mandou chamar a Farmacêutica — uma decisão que não foi fácil, pois ele não gostava daquela mulher, nem ela dele.

Ninguém tinha certeza de qual era o nome dela. Todos a conheciam como "a Farmacêutica", uma mulher estranha, sem dúvida, mas que tinha autoridade. A Farmacêutica era uma viúva corpulenta de olhos brilhantes que sempre prendia o cabelo num coque apertado e tinha um sorriso forçado; ela usava conjuntinhos bem cortados e chapéus pequenos no alto da cabeça, e falava com a autoconfiança de quem estava acostumada a ser ouvida. Era grande defensora do secularismo, da modernidade e de coisas demais que vinham do Ocidente. Opunha-se ferrenhamente à poligamia e não escondia sua antipatia por um homem com duas esposas: só de pensar naquilo, sentia um arrepio. Para a Farmacêutica, Haroun e toda a família dele, com sua recusa a se adaptar à era científica — uma recusa que era fruto da teimosia e da superstição —, eram exatamente o oposto do futuro que ela desejava para aquele país cheio de conflitos.

Mesmo assim, ela foi ajudar. Estava acompanhada pelo filho, Sinan. O menino tinha mais ou menos a mesma idade de Leila. Um filho único criado por uma mulher sozinha, que ainda por cima trabalhava: era inédito. As pessoas da cidade com frequência fofocavam sobre eles, em tom de desdém e até de troça — no entanto, tinham certa cautela. Apesar dos boatos, sentiam muito respeito pela Farmacêutica e, em momentos inesperados, haviam precisado da ajuda dela. Em consequência, mãe e filho viviam às margens da sociedade: eram tolerados, mas não chegavam a ser aceitos.

— Há quanto tempo ela está assim? — perguntou a Farmacêutica assim que chegou.

— Desde ontem à noite... Nós já fizemos de tudo — respondeu Suzan.

Binnaz, que estava ao lado dela, assentiu.

— Estou vendo o que vocês fizeram, com essas cebolas e essas batatas — disse a Farmacêutica com desprezo.

Suspirando, ela abriu sua bolsa de couro preta, parecida com aquela que o barbeiro levava para as circuncisões locais. Tirou de lá de dentro diversas caixas prateadas, uma seringa, frascos de vidro, colheres medidoras.

Enquanto isso, meio escondido atrás da saia da mãe, o menino espichou o pescoço e olhou, espantado, para a menina que tremia e suava na cama.

— Ela vai morrer, mamãe?

— Shiu. Não diga bobagens. Ela vai ficar boa — respondeu a Farmacêutica.

Foi apenas naquele momento que, seguindo o som das vozes, Leila olhou para a mulher e viu a agulha que ela brandia, com uma gotícula na ponta que brilhava como um diamante quebrado. Ela começou a chorar.

— Não fique com medo, eu não vou machucar você — disse a Farmacêutica.

Leila quis dizer algo, mas não teve forças. Suas pálpebras tremeram e ela perdeu a consciência.

— Bom, uma de vocês duas pode me dar uma ajuda? Precisamos virar a menina de lado — disse a Farmacêutica.

Binnaz se adiantou no mesmo instante. Suzan, igualmente ansiosa por ajudar, olhou em torno à procura de uma tarefa importante e decidiu derramar mais vinagre numa tigela que estava na mesa de cabeceira. Um cheiro forte tomou o ar.

— Vá embora — disse Leila para a silhueta ao lado da cama. — Vá embora, tio.

— O que ela está dizendo? — perguntou Suzan, franzindo a testa.

A Farmacêutica balançou a cabeça.

— Nada. Ela está tendo uma alucinação, coitadinha. Vai ficar boa depois que eu der a injeção.

Leila começou a chorar convulsivamente, em soluços profundos e barulhentos.

— Espere, mamãe — disse o menino, com o rosto marcado pela preocupação.

Ele se aproximou da cama, debruçando-se perto da cabeça de Leila, e falou baixinho no ouvido dela.

— A gente tem que abraçar alguma coisa quando leva injeção. Eu tenho uma coruja de pelúcia em casa, e um macaco também. Mas a coruja é a melhor.

Enquanto o menino falava, os soluços de Leila foram diminuindo até virarem um suspiro longo e lento. Ela ficou em silêncio.

— Se você não tem um brinquedo, pode apertar a minha mão. Eu não me importo.

Ele pegou devagar a mão de Leila, que estava leve, quase sem vida. Mas, para surpresa do menino, quando a agulha penetrou sua pele, ela entrelaçou os dedos nos dele e não largou sua mão.

Depois disso, Leila caiu no sono imediatamente. Um sono pesado, denso. De repente, estava num sapal, caminhando sozinha por entre os juncos com água pela cintura, o oceano imenso adiante e ondas fortes e cheias de espuma quebrando uma atrás da outra. Ela viu o tio a chamando de um barco de pesca ao longe, remando com facilidade, se aproximando com a rapidez das batidas de seu coração. Alarmada, tentou voltar, mas mal conseguia se mexer na lama viscosa. Foi então que sentiu uma presença reconfortante ao seu lado: o filho da Farmacêutica. Teve a impressão de que ele estivera ali o tempo todo, carregando uma mochila de lona.

— Toma — disse o menino, tirando da mochila uma barra de chocolate embrulhada em papel alumínio.

Leila aceitou a oferta e, apesar de sua inquietação, sentiu que começava a relaxar.

Quando sua temperatura baixou e ela abriu os olhos, conseguindo, afinal, comer um pouco de sopa de iogurte, perguntou por ele na mesma hora, sem saber que eles logo voltariam a se encontrar e que aquele menino inteligente, discreto, um pouco sem jeito, bondoso e terrivelmente tímido se tornaria o primeiro amigo verdadeiro de sua vida.

Sinan, a árvore que lhe servia de abrigo, seu refúgio, testemunha de tudo o que ela era, tudo o que desejava ser e, no final, tudo o que nunca seria.

Sinan, um dos cinco.

A história de Sinan

Eles moravam no andar de cima da farmácia. Num apartamento minúsculo que dava, de um lado, para um prado onde vacas e ovelhas pastavam contentes e, do outro, para um cemitério antigo e decrépito. De manhã, o quarto de Sinan era tomado pela luz do sol, mas, depois do crepúsculo, ficava lúgubre — e era nesse horário que ele voltava da escola. Todos os dias, Sinan abria a porta com a chave que levava pendurada no pescoço e esperava a mãe chegar em casa do trabalho. Sempre havia comida pronta no balcão da cozinha: refeições leves, pois sua mãe não tinha tempo para nada mais complicado. Ela colocava lanches fáceis de fazer na mochila de Sinan — queijo, pão e, com frequência demais, ovos, apesar dos protestos dele. Os meninos da turma caçoavam dos lanches de Sinan, reclamando do cheiro. Puseram nele o apelido de Torta de Ovo. Eles próprios levavam refeições de verdade, feitas em casa — *sarmas* de folha de parreira, pimentões recheados, *börek* de carne moída... Suas mães eram donas de casa. Sinan tinha a impressão de que todas as mães da cidade eram donas de casa. Todas, menos a dele.

Todas as outras crianças tinham famílias grandes e falavam sobre os primos, as tias, os irmãos e os avós, mas, na casa de Sinan, havia apenas ele e a mãe. Só os dois desde que seu pai tinha morrido na primavera anterior. Tinha sido de repente, de ataque cardíaco. A mamãe ainda dormia no mesmo quarto, o quarto *deles*. Certa vez, Sinan a vira acariciando os lençóis do outro lado da cama com uma das mãos, como se tateasse em busca do corpo ao qual costumava se aninhar, enquanto tocava o pescoço e os seios com a outra, impelida por um desejo que o filho não compreendia. Seu rosto estava contorcido e Sinan demorou um instante para perceber que ela estava chorando. Ele sentiu no estômago uma dor o queimando, um tremor de desamparo. Era a primeira vez que ele a via chorar.

O pai de Sinan fora um soldado, membro do exército turco. Acreditava no progresso, na razão, na ocidentalização, no iluminismo — palavras cujo sentido exato o menino não entendia, mas com as quais se sentia confortável, de tão acostumado que estava a ouvi-las. O papai sempre dizia que, um dia, aquele país seria civilizado e racional — do mesmo nível que as nações europeias. "Não é possível mudar a geografia, mas é possível enganar o destino", ele afirmava. Embora a maioria das pessoas naquela cidade do leste fossem ignorantes, esmagadas sob o peso da religião e de convenções rígidas, com a educação certa elas poderiam ser salvas do próprio passado. O papai acreditava nisso. E a mamãe também. Juntos, eles tinham trabalhado duro, um casal ideal da nova república, decididos a construir um belo futuro juntos. Um soldado e uma farmacêutica, ambos com força de vontade e coragem. E Sinan era o fruto da união deles, seu único filho, dotado de sua melhor qualidade — o espírito progressista. Mas Sinan temia não se parecer muito com eles, não realmente, nem em personalidade, nem em aparência.

O papai era alto e esguio e tinha o cabelo liso e escorrido. Muitas vezes, o menino tinha se postado diante do espelho com loção para cabelo e um pente, tentando imitar o penteado do pai. Já usara azeite de oliva, suco de limão, cera de engraxar e, certa vez, um pedaço de manteiga que tinha feito a maior sujeira. Nada funcionara. Quem teria acreditado que Sinan, com aquele rosto redondo e aqueles modos desajeitados, era filho daquele soldado de sorriso e postura perfeitos? Seu pai tinha morrido, mas a presença dele estava em tudo. O menino achava que ele próprio não teria deixado um vazio tão grande se estivesse morto. De tempos em tempos, flagrava a mãe olhando-o com melancolia e cansaço, e ocorria-lhe que ela talvez estivesse se perguntando por que ele não morrera no lugar do pai. Era nesses momentos que Sinan se sentia tão sozinho e feio que mal conseguia se mexer. Então, no auge da solidão, a mãe ia lhe abraçar, transbordando de amor e ternura, e ele sentia vergonha do que tinha pensado, vergonha e um pouco de alívio, mas seguia com a suspeita constante de que, por mais que tentasse e mudasse, sempre seria um fracasso aos olhos dela.

Sinan olhou pela janela — um olhar rápido e furtivo. O cemitério o assustava. Tinha um cheiro estranho e impressionante, principalmente no outono, quando o mundo se cobria de tons de laranja e marrom. Havia gerações que os homens da sua família morriam cedo demais. O pai, o avô, o bisavô... Por mais tenazmente que ele tentasse controlar suas emoções, não conseguia esquecer do medo de que, em pouco tempo, chegaria sua vez de ser enterrado ali. Quando a mãe ia ao cemitério, o que fazia com frequência, para limpar o túmulo do marido, plantar flores ou, às vezes, simplesmente ficar sentada ali sem fazer nada, Sinan a espiava da janela. A mãe nunca ficava sem maquiagem ou com um fio de cabelo fora do lugar, e vê-la ali, na lama e na poeira, com folhas mortas presas às roupas, o fazia estremecer de horror e sentir um pouco de medo dela, como se tivesse se transformado numa estranha.

Todas as pessoas da vizinhança, tanto as velhas quanto as moças, frequentavam a farmácia. De vez em quando, apareciam mulheres de burcas pretas, arrastando os filhos pela mão. Certa vez, Sinan ouviu uma mulher pedindo uma cura para parar de ter bebês. Disse que já tinha onze filhos. A mamãe lhe deu um pacotinho quadrado e mandou-a embora. Uma semana depois, a mulher voltou, reclamando de uma dor forte no estômago.

— Mas quer dizer que a senhora engoliu as camisinhas? — disse a mamãe, atônita.

No andar de cima, Sinan ficou paralisado, escutando.

— Elas não eram para a senhora, eram para o seu marido!

— Eu sei — disse a mulher, num tom cansado. — Mas eu não consegui convencer meu marido a usar, então achei que era melhor eu mesma tomar. Achei que de repente poderia ajudar.

A mamãe ficou tão furiosa que continuou falando sozinha depois que a mulher foi embora.

— Esses camponeses burros, ignorantes! Têm tantos filhos que parecem coelhos! Como este pobre país vai se modernizar se continuar a haver muito mais gente sem instrução do que com? Nós fazemos um filho e criamos com o maior cuidado. Enquanto isso, eles têm dez pirralhos e, se não conseguirem cuidar, e daí? Eles que se virem!

A mamãe era gentil com os mortos, não tão gentil com os vivos. Mas o menino achava que se devia ser ainda mais gentil com os vivos que com os mortos — afinal de contas, eram eles que ainda estavam se esforçando para entender aquele mundo, não eram? Ele, com manteiga no cabelo; a camponesa, com camisinhas no estômago… Todos pareciam um pouco perdidos, vulneráveis e inseguros, quer tivessem instrução ou não, quer fossem modernos ou não, orientais ou não, adultos ou crianças. Era isso que aquele menino achava. Ele, pelo menos, sempre se sentia mais confortável perto de pessoas que fossem imperfeitas em todos os sentidos.

Cinco minutos

Cinco minutos depois que seu coração parou de bater, Leila se lembrou do nascimento do irmão. Uma lembrança que trazia consigo o gosto e o cheiro de guisado de bode com especiarias — cominho, semente de erva-doce, cravo, cebola, tomate, gordura de cauda e carne de carneiro.

Leila tinha sete anos quando o bebê nasceu. Tarkan, o filho tão desejado. Baba ficou extasiado. Ele tinha passado todos aqueles anos esperando por aquele momento. Assim que sua segunda esposa entrou em trabalho de parto, ele virou um copo de *raki* e se trancou num quarto, onde permaneceu horas esparramado num sofá mordendo o lábio inferior e passando os dedos nas contas do rosário, do mesmo jeito que tinha feito no dia em que Leila nascera.

Embora o bebê tenha nascido à tarde, num dia mais quente que o normal de março de 1954, Leila só pôde vê-lo à noitinha.

Ela passou a mão no cabelo e se aproximou do berço com cautela; trazia no rosto uma expressão que tinha decidido assumir com antecedência. Estava determinada a não gostar daquele menino, que era um intruso indesejado em sua vida. Mas, no exato segundo em que pousou os olhos no rosto rosado, nas bochechas gorduchas e nos joelhos com covinhas que pareciam feitos de argila mole, Leila soube que seria impossível não amar o irmão. Ficou esperando, completamente imóvel, como se ele fosse dizer uma palavra para cumprimentá-la. Havia algo de extraordinário nas feições do bebê. Leila tentava entendê-lo, assim como um viajante hipnotizado por uma doce melodia, que para de andar para tentar descobrir de onde ela vem. Ela ficou surpresa ao perceber que, ao contrário de todas as outras pessoas da família, seu irmão tinha o nariz chato e olhos um pouco puxados para cima. Ele tinha o ar de alguém que viera de longe para chegar ali. Isso a fez amá-lo ainda mais.

— Posso encostar nele, tia?

Binnaz se ergueu na cama de ferro forjado com dossel e sorriu. Havia manchas escuras sob seus olhos e a pele delicada das maçãs do rosto parecia ter sido esticada. Ela havia passado a tarde toda com a parteira e as vizinhas. Agora que elas tinham ido embora, Binnaz desfrutou daquele momento tranquilo com Leila e seu filho.

— Claro que pode, meu bem.

O berço, que Baba tinha feito de cerejeira e pintado de azul--safira, era decorado com olhos turcos contra mau-olhado que tinham sido pendurados numa das pontas da armação. Sempre que passava um caminhão na rua, sacudindo as janelas, os olhos, à luz dos faróis, giravam devagar, como planetas num sistema solar.

Leila aproximou o dedo indicador do bebê, que instantaneamente agarrou-o e levou-o à boca macia.

— Olha, tia! Ele não quer me soltar.

— É porque ele ama você.

— Ama? Mas ele nem me conhece.

Binnaz piscou os olhos.

— Ele deve ter visto sua foto na escola do paraíso.

— O quê?

— Você não sabia que lá em cima, no sétimo céu, tem uma escola enorme com centenas de salas de aula?

Leila sorriu. Para a tia, cuja falta de educação formal era motivo de arrependimento constante, o paraíso devia ser assim mesmo. Como Leila já tinha começado a estudar e já sabia como era a escola, ela discordava profundamente.

— Lá, os alunos são os bebês que ainda não nasceram — continuou Binnaz, sem saber o que a menina estava pensando. — Em vez de carteiras, há berços de frente para um quadro-negro comprido. Sabe por quê?

Soprando uma mecha de cabelo da frente dos olhos, Leila balançou a cabeça.

— Porque nesse quadro tem fotos de homens, mulheres, crianças... um monte de fotos. Cada bebê escolhe a família para onde quer ir. Assim que seu irmão viu seu rosto, ele disse para o anjo que estava de plantão: "É essa! Eu quero que ela seja minha irmã! Por favor, me mande para Vã."

O sorriso de Leila ficou maior. Do canto do olho, ela viu uma pena sendo levada pelo vento. Talvez fosse de um dos pombos escondidos no telhado, ou talvez fosse de um anjo que estava sobrevoando a casa. Apesar de suas reservas em relação à escola, ela decidiu que gostava da versão do paraíso da tia.

— De agora em diante, nós vamos ser inseparáveis: eu, você e o bebê — disse Binnaz. — Lembra o nosso segredo?

Leila inspirou depressa. Desde o dia da cera no ano anterior, nenhuma das duas tinha tocado naquele assunto.

— Nós vamos contar para o seu irmão que eu sou a sua mãe, não Suzan. Então, nós três vamos ter um segredo importante.

Leila ponderou. Pelo que ela sabia, um segredo devia ser algo entre duas pessoas. Ainda estava pensando nisso quando o som da campainha reverberou pela casa toda. Leila ouviu a mãe abrir a porta. Ouviu vozes amplificadas no corredor. Vozes familiares. O tio, a esposa e os três filhos tinham ido dar os parabéns a eles.

Assim que as visitas entraram no quarto, uma sombra passou pelo rosto de Leila. Ela deu um passo para trás, se desvencilhando dos dedos macios do irmão. Franziu a testa. Fixou o olhar nas fileiras de cervos marrons que caminhavam em sentido horário ao redor da borda do tapete persa em perfeita simetria. Eles a faziam se lembrar de como ela e as outras crianças, usando uniformes pretos e levando bolsas de couro, marchavam em fila indiana para dentro das salas de aula todas as manhãs.

Sem fazer barulho, Leila se sentou no chão sobre as pernas e ficou examinando o tapete. Olhando de perto, ela percebeu que nem todos os cervos estavam obedecendo as regras. Parecia que um deles estava parado, com os cascos da frente erguidos, a cabeça virada para trás com uma expressão de desejo, sentindo talvez a tentação de seguir na direção oposta e ir para um vale sombreado, repleto de salgueiros. Ela apertou os olhos e examinou aquela criatura desobediente até ficar com a vista embaçada, e o cervo, como que ganhando vida magicamente, moveu-se em sua direção, com a luz do sol trespassando sua galhada majestosa. Inalando o aroma da pradaria, a menina esticou a mão para o animal: ah, se ela pudesse montar nele e sair cavalgando daquele quarto!

Ninguém estava prestando a menor atenção nela. Estavam todos reunidos ao redor do bebê.

— Ele é meio gorducho, não é? — disse o tio.

Ele tirou Tarkan do berço delicadamente e o ergueu no ar.

O bebê era muito molengo e parecia ter um pescoço muito curto. Havia algo de errado. Mas o tio fingiu não ter notado.

— Ele vai ser um lutador, meu sobrinho.

Baba passou os dedos pela vasta cabeleira.

— Ah, eu não ia querer que ele fosse lutador. Meu filho vai ser ministro!

— Político não, por favor — disse a mamãe.

Eles riram.

— Bom, eu mandei a parteira levar o cordão umbilical para a prefeitura. Ela prometeu esconder no jardim se não conseguir entrar. Então, não fiquem surpresos se meu filho virar prefeito desta cidade um dia.

— Olhem, ele está sorrindo. Acho que está concordando — disse a esposa do tio, que usava um batom rosa vívido.

Eles todos fizeram festinha em Tarkan, passando-o de mão em mão, emitindo sons alegres que sequer eram palavras.

Os olhos de Baba pousaram sobre Leila.

— Por que você está tão quieta?

O tio se virou para ela com uma expressão interrogativa.

— É, por que minha sobrinha preferida não está falando hoje?

Leila não respondeu.

— Venha aqui para perto da gente.

O tio passou o dedo no queixo, um gesto que ela já o vira fazer antes, quando estava prestes a dizer algo espirituoso ou começar a contar uma história.

— Estou bem aqui…

Leila deixou a frase no ar.

O olhar do tio deixou de ser de curiosidade e passou a ser de certa desconfiança.

Ao vê-lo observando-a daquele jeito, Leila foi tomada por uma onda de ansiedade. Sentiu um enjoo enorme. Levantou-se devagar. Passou o peso de um pé para o outro e se ajeitou. Depois de alisar a parte da frente da saia, suas mãos ficaram completamente imóveis.

— Posso ir, Baba? Preciso fazer meu dever de casa.

Os adultos sorriram para ela, com expressões compreensivas.

— Pode, meu bem — disse Baba. — Vá estudar.

Quando Leila estava saindo do quarto, com os passos abafados pelo tapete onde um cervo solitário ficara abandonado, ela ouviu o tio sussurrar às suas costas:

— Que amor! Ela está com ciúmes do bebê, coitadinha.

★ ★ ★

Na manhã seguinte, Baba foi a um fabricante de vidro e encomendou um olho turco contra mau-olhado, mais azul do que o céu e maior do que um tapete de oração. No quadragésimo dia após o nascimento de Tarkan, ele sacrificou três bodes e distribuiu a carne aos pobres. E, durante algum tempo, foi um homem feliz e orgulhoso.

Meses mais tarde, dois grãos de arroz apareceram na boca de Tarkan. Agora que os primeiros dentes do menino tinham nascido, estava na hora de determinar qual seria sua futura profissão. Todas as mulheres da vizinhança foram convidadas. E vieram, vestindo roupas que não eram nem tão conservadoras quanto aquelas que usariam num dia de leitura do Alcorão nem tão ousadas quanto as que usariam num dia de depilação nas pernas. Naquela ocasião, as roupas estavam entre uma coisa e outra e significavam maternidade, vida doméstica.

Um grande guarda-chuva branco foi aberto sobre Tarkan e as mulheres jogaram uma panela cheia de grãos de trigo cozidos em cima dele. O bebê ficou um pouco assustado ao ver aquela chuva de trigo, mas, para alívio de todos, não chorou. Tinha passado no primeiro teste. Seria um homem forte.

Então, as mulheres colocaram Tarkan sentado no tapete, cercado por diversos objetos: um maço de notas, um estetoscópio, uma gravata, um espelho, um rosário, um livro, uma tesoura. Se escolhesse as notas, ele seria banqueiro; se escolhesse o estetoscópio, médico; a gravata, funcionário público; o espelho, barbeiro; o rosário, imã; o livro, professor; e se fosse na direção da tesoura, seguiria os passos do pai e se tornaria um alfaiate.

As mulheres formaram um semicírculo e foram chegando para a frente aos pouquinhos. Elas esperaram, quase sem respirar. O rosto da titia Binnaz era pura concentração e seus olhos estavam vidrados e fixos num único alvo, como os de uma pessoa prestes a matar uma mosca. Leila segurou o riso. Ela olhou para o irmão, que estava chupando o dedo sem saber que se encontrava num ponto crucial — prestes a escolher seu destino.

— Venha para cá, meu bem — disse a titia, mostrando o livro. Não seria bom se seu filho virasse professor? Ou, melhor ainda, diretor de escola? Ela iria visitá-lo todos os dias, passando toda orgulhosa pelos portões da escola: finalmente bem-vinda num lugar que desejara muito frequentar quando era criança, mas do qual tinha sido excluída.

— Não, para cá — disse a mamãe, apontando para o rosário. Para ela, não havia prestígio maior do que ter um imã na família. Seria uma boa ação que levaria todos eles para mais perto de Deus.

— Vocês estão malucas? — argumentou uma vizinha bem velhinha. — Todo mundo precisa de um médico. — Ela mostrou o estetoscópio com o queixo, enquanto seus olhos acompanhavam o bebê e sua voz pingava mel: — Venha para cá, meu menino.

— Bom, eu acho que os advogados ganham mais dinheiro do que todo mundo — disse a mulher sentada ao lado da velhinha. — Obviamente, vocês se esqueceram disso. Não estou vendo uma cópia da constituição aqui.

Enquanto isso, os olhos confusos de Tarkan passaram pelos objetos ao redor. Ele não se interessou por nenhum e deu as costas para as convidadas. Foi então que viu Leila, que estava parada, em silêncio, atrás dele. Imediatamente, a expressão do bebê ficou mais doce. Ele esticou o braço para a irmã, tirou sua pulseira de couro marrom com um fio de cetim azul entrelaçado e ergueu-a no ar.

— Rá! Ele não quer ser professor nem imã — disse Leila, rindo. — Quer ser eu!

E a alegria da menina foi tão pura e espontânea que as adultas, apesar da decepção, se sentiram obrigadas a rir também.

Tarkan era uma criança frágil, com pouco tônus e controle muscular, que ficava doente com frequência. O menor esforço físico o deixava exausto. Ele era pequeno para a idade; seu corpo não parecia estar crescendo de maneira proporcional. Conforme o tempo passou, todos perceberam que Tarkan era diferente, embora ninguém falasse disso abertamente. Só quando ele já estava com dois anos e meio Baba concordou em levá-lo a um hospital. Leila insistiu em ir junto.

Estava chovendo muito quando eles chegaram ao consultório do médico. Baba colocou Tarkan numa cama que tinha sido coberta com um lençol. O olhar do menino ia do pai para a irmã e voltava, e seu lábio inferior estava espichado, pronto para o choro. Pela milésima vez, Leila sentiu uma onda de um amor tão forte e incontrolável que quase chegava a doer. Delicadamente, ela colocou a mão na barriguinha redonda e cálida do irmão e sorriu.

— Estou vendo que o senhor tem um problema aqui. Lamento pela doença do seu filho. Acontece — disse o médico após examinar Tarkan. — Essas crianças não conseguem aprender nada, nem adianta tentar ensinar. Eles não vivem muito tempo, de qualquer maneira.

— Não entendi — disse Baba, mantendo o tom da voz sob forte controle.

— Esse menino é *mongoloide*. O senhor nunca ouviu falar nisso?

Baba ficou olhando para o nada, mudo e imóvel, como se tivesse sido ele quem houvesse feito uma pergunta e estivesse esperando uma resposta.

O médico tirou os óculos e ergueu-os contra a luz. Deve tê-los achado suficientemente limpos, pois devolveu-os ao nariz.

— Seu filho não é normal. Sem dúvida, o senhor já deve ter se dado conta disso. É evidente. Nem entendo por que está tão surpreso. E onde está sua esposa, se é que posso perguntar?

Baba pigarreou. Não ia dizer àquele homem desrespeitoso que não gostava que sua jovem esposa saísse de casa, a não ser que fosse estritamente necessário.

— Ela está em casa.

— Bom, ela deveria ter vindo. É importante que a situação fique clara. O senhor precisa conversar com ela. No Ocidente, existem abrigos para crianças assim. Elas ficam lá a vida toda e não incomodam ninguém. Mas, aqui, nós não temos esse apoio. Sua esposa vai ter que cuidar do menino. Não vai ser fácil. Diga a ela para não se apegar demais. Em geral, eles morrem antes de chegar à puberdade.

Leila, que estava ouvindo cada palavra, com o coração acelerando, fez uma careta para o médico.

— Cale a boca, seu homem idiota, malvado! Por que você está dizendo essas coisas horríveis?

— Leyla… comporte-se — disse Baba, embora talvez sem o tom severo que teria empregado em qualquer outra ocasião.

O médico se virou para a menina com uma expressão confusa, como se tivesse esquecido que ela estava no consultório.

— Não se preocupe, minha filha. Seu irmão não entende nada.

— Entende, sim! — gritou Leila, com uma voz cortante como vidro partido. — Ele entende tudo!

Surpreso com a explosão dela, o médico ergueu a mão para fazer-lhe um carinho na cabeça — mas deve ter pensado melhor, pois baixou-a depressa.

Baba tomou a condição de Tarkan como algo pessoal, certo de que fizera algo terrível para causar a ira de Deus. Estava sendo punido por seus pecados passados e presentes. Alá estava lhe mandando uma mensagem bem clara e se ele, mesmo assim, se recusasse a recebê-la, coisas piores iriam acontecer. Durante todo aquele tempo, tinha vivido em vão, preocupado com o que *ele* queria do Todo-Poderoso, sem nunca pensar no que *o Todo-Poderoso queria dele*. Ele não tinha jurado que iria parar de beber álcool no dia em que Leila nasceu, mas então voltado atrás? Sua vida inteira era repleta de promessas não cumpridas e tarefas incompletas. Agora que tinha conseguido silenciar a voz de seu *nafs* — seu ego —, estava pronto para se redimir. Após se consultar com seu xeique, Baba seguiu o conselho dele e parou de fazer roupas *alla franga* para as mulheres. Já bastava de vestidos apertados e saias curtas. Ele iria usar suas habilidades para um propósito melhor. Iria dedicar todos os anos de vida que lhe restavam para ensinar o temor a Deus, pois era testemunha dos golpes que choviam sobre os homens que paravam de senti-lo.

Suas duas esposas poderiam cuidar de seus dois filhos. Para Baba, o casamento havia ficado para trás e o sexo também, pois tinha percebido que este, assim como o dinheiro, sempre complicava as coisas. Ele passou a dormir num quartinho escuro nos fundos da casa e mandou que todos os móveis que havia lá fossem retirados — com exceção de um colchão de solteiro, um cobertor, um lampião a óleo, um baú de madeira e alguns poucos livros cuidadosamente escolhidos por seu xeique. Ele guardava dentro do baú as roupas, os rosários e as toalhas para fazer a ablução. Precisava renunciar a qualquer item que pudesse trazer algum conforto, até um simples travesseiro. Como muitos crentes tardios,

Baba desejava muito compensar o que considerava terem sido seus anos perdidos. Ansioso para trazer todos ao seu redor para perto de Deus — *seu* Deus —, ele queria ter discípulos, se não às dúzias, pelo menos alguns. Ou, ao menos, um único seguidor devoto. E quem se encaixaria melhor nesse papel do que sua própria filha, que estava rapidamente se tornando uma jovem desafiadora, com modos cada vez mais grosseiros e irreverentes?

Se Tarkan não tivesse nascido com síndrome de Down, como sua condição passaria a ser chamada anos mais tarde, Baba talvez tivesse dividido suas expectativas e frustrações de maneira mais equilibrada entre os filhos — mas elas acabaram recaindo todas sobre Leila. E, conforme os anos passavam, essas expectativas e frustrações foram se multiplicando.

13 de abril de 1963. Aos dezesseis anos, Leila adquirira o hábito de acompanhar com atenção as notícias do mundo, tanto por se interessar pelo que acontecia em outros lugares quanto porque isso a ajudava a não pensar demais em sua própria vida limitada. Naquela tarde, ela espiou o jornal que estava aberto sobre a mesa da cozinha e leu as notícias em voz alta para a tia. Lá longe, nos Estados Unidos, um homem negro corajoso tinha sido preso por protestar contra os maus-tratos que seu povo sofria. Seu crime tinha sido fazer uma passeata sem autorização. No jornal, havia uma foto dele com a legenda: "Martin Luther King preso!" Ele usava um terno bonito e uma gravata escura e tinha o rosto voltado para a máquina fotográfica. Foram suas mãos que chamaram a atenção de Leila. Estavam erguidas num gesto elegante, com as palmas curvadas uma de frente para a outra, como se ele estivesse carregando uma bola de cristal invisível que havia prometido a si mesmo jamais deixar cair, mesmo se ela não fosse lhe mostrar o futuro.

Devagar, Leila virou a página para ver as notícias nacionais. Centenas de camponeses da Anatólia tinham feito uma passeata contra a pobreza e o desemprego. Muitos tinham sido presos. O jornal dizia que o governo em Ancara estava decidido a arrasar o motim e a não cometer o mesmo erro que o Xá do Irã, bem ao lado. O Xá Pahlavi vinha distribuindo terras para camponeses sem-terra na esperança de obter sua lealdade, mas o plano não parecia estar funcionando. A insatisfação estava se espalhando na terra das romãs e dos tigres-do-cáspio.

— Nossa, o mundo está correndo mais depressa do que um galgo afegão — disse a tia quando Leila terminou de ler as notícias. — Tem tanta tristeza e violência por todo canto.

A tia olhou pela janela, intimidada pelo mundo vasto. Uma das angústias infindáveis de sua vida era o fato de que, mesmo depois de tanto tempo, e mesmo depois de ter dois filhos, seu pavor de ser expulsa daquela casa não diminuíra nem um pouco. Ela ainda não se sentia segura. Tarkan, que àquela altura já estava com nove anos, mas que tinha as habilidades de comunicação de uma criança de três, estava sentado no tapete aos pés dela, brincando com um novelo de lã. Aquele era o melhor brinquedo para ele, pois não tinha nenhuma ponta afiada nem nenhuma peça que não fosse segura. Tarkan tinha passado o mês inteiro indisposto, reclamando de dores no peito, enfraquecido por uma gripe que não parecia ir embora nunca. Embora tivesse ganhado bastante peso recentemente, sua pele tinha o brilho pálido dos emaciados. Observando o irmão com um sorriso ansioso, Leila se perguntou se ele entendia que jamais seria como as outras crianças. Ela esperava que não, para o bem dele. Deve ser doloroso ser diferente e saber disso lá no fundo.

Naquela época, nenhum deles sabia que aquela seria a última vez que Leila ou qualquer outra pessoa da família leria o jornal em voz alta. O mundo estava mudando, e Baba também. Depois que seu xeique morrera, ele passara a procurar um novo mestre espiritual. Tinha começado a frequentar as cerimônias da *dhikr* de uma *tariqa* que ficava nos arredores de Vã. O mestre de lá, que era uma década mais novo do que ele, era um homem severo com olhos da cor de grama seca. Embora a *tariqa* tivesse raízes históricas nas venerandas filosofias e nos ensinamentos místicos dos sufi sobre o amor, a paz e a humildade, naquela época ela se tornara um eixo de rigidez, fanatismo e arrogância. A jihad, que um dia fora encarada como a luta de uma vida toda contra o nosso próprio *nafs*, passou a significar apenas a guerra contra os infiéis — e eles estavam por toda parte. "Como o estado e a religião podem ser separados se eles são uma coisa só no Islã?", queria saber o mestre. Talvez aquela dualidade artificial funcionasse para os ocidentais, que eram bêbados e não tinham valores morais, mas não para as pessoas aqui do Oriente, que gostavam de ser guiadas por Deus em tudo que faziam. Secularismo era outro nome para o reino de *Sheitan*. Os membros da *tariqa* iriam lutar contra ele com toda a sua força e, um dia, colocariam um ponto final naquele governo dos homens, trazendo de volta a *sharia* de Deus.

Para isso, aconselhou o mestre, cada membro precisava abrir o caminho para o trabalho de Deus, começando com sua vida pessoal. Tinham a obrigação de ter certeza de que suas famílias — suas esposas e seus filhos — vivessem de acordo com os ensinamentos sagrados.

E foi assim que Baba fez uma guerra santa dentro de casa. Primeiro, baixou diversas regras novas. Leila não poderia mais ir à casa da Farmacêutica ver televisão. Dali em diante, deveria evitar ler qualquer publicação, especialmente as *alla franga*, incluindo a popular revista *Hayat*, cuja capa trazia uma atriz diferente a cada mês. Concursos de canto e de beleza, assim como competições esportivas, eram imorais. Patinadoras artísticas, com aquelas saias curtas, eram pecadoras. Nadadoras e ginastas, com seus trajes colados ao corpo, provocavam pensamentos lascivos em homens pios.

— Todas essas meninas dando piruetas no ar, peladas!

— Mas o senhor costumava gostar de esportes — lembrou Leila.

— Eu tinha me desviado do caminho — disse Baba. — Agora, meus olhos estão abertos. Alá não quis que eu me perdesse no deserto.

Leila não entendeu de que deserto seu pai estava falando. Eles moravam numa cidade. Não era uma cidade grande, mas era uma cidade.

— Eu estou te fazendo um favor. Um dia, você vai me agradecer — dizia Baba, sentado com ela à mesa da cozinha com uma pilha de panfletos religiosos entre eles.

A cada dois ou três dias, a mamãe, naquele tom baixinho e súplice que reservava para suas orações, lembrava a Leila que ela já devia ter começado a cobrir a cabeça. A hora tinha chegado e passado.

Elas precisavam ir ao *bazaar* juntas e escolher os melhores tecidos, como tinham combinado — só que Leila não se sentia presa a esse acordo. Ela não só não usava um lenço na cabeça, como tratava seu corpo como se ele fosse um manequim que podia moldar, vestir e pintar como seu coração desejasse. Descoloria o cabelo e as sobrancelhas com suco de limão e chá de camomila e, quando todos os limões e a camomila que havia na cozinha desapareceram misteriosamente, pegou a henna da mãe. Se ela não podia ser loira, por que não ruiva? A mamãe, sem dizer nada, jogou fora toda a henna da casa.

Quando estava a caminho da escola certo dia, Leila viu uma mulher curda com uma tatuagem tradicional no queixo e, inspirada por ela, na semana seguinte apareceu com uma rosa preta desenhada logo acima do tornozelo direito. A tinta da tatuagem foi baseada numa fórmula centenária que as tribos locais usavam: fuligem de madeira, o líquido da vesícula biliar de um bode montanhês, gordura de cervo e algumas gotas de leite materno. A cada traço da agulha, ela estremecera um pouco; mas suportara a dor, sentindo-se estranhamente viva com centenas de farpas sob a pele.

Leila decorava seus cadernos com fotos de cantoras famosas, embora Baba houvesse lhe dito que a música era *haram*, e a música ocidental, mais ainda. Como ele dissera isso, sem permitir um possível meio-termo, nos últimos tempos ela vinha ouvindo apenas música ocidental. Nem sempre era fácil acompanhar as listas europeias ou americanas das mais ouvidas num lugar tão remoto e solitário quanto Vã, mas Leila se virava como podia. Seu cantor preferido era Elvis Presley, que, com sua beleza morena, parecia mais turco que americano, familiar de maneira cativante.

O corpo de Leila estava mudando depressa. Pelos debaixo dos braços, uma mancha escura entre as pernas; pele nova, cheiros novos, emoções novas. Ela já não reconhecia mais seus seios, que tinham se tornado dois esnobes, de nariz virado para cima. Todos os dias, observava o rosto no espelho com uma curiosidade que a deixava inquieta, quase como se esperasse ver outra pessoa refletida ali. Usava maquiagem em todas as oportunidades que tinha, deixava o cabelo solto, não preso em tranças bem-feitas, usava saias apertadas sempre que podia e, havia pouco tempo, tinha começado a fumar escondida, roubando tabaco das bolsinhas da mãe.

Não tinha nenhuma amiga na mesma classe. As outras alunas a achavam estranha ou assustadora, Leila não tinha certeza. Falando alto o suficiente para Leila ouvir, fofocavam sobre ela, dizendo que era má influência. Leila não ligava para nada daquilo: evitava todas aquelas meninas de qualquer jeito, principalmente as mais populares, com seus olhares críticos e seus comentários maldosos. Suas notas eram baixas. Baba não parecia se importar. Logo, ela iria se casar e ter seus próprios filhos. Ele não esperava que ela fosse uma aluna exemplar: esperava que fosse uma boa menina, uma menina recatada.

Leila continuava a ter apenas um amigo na escola: o filho da Farmacêutica. A amizade deles havia resistido ao tempo, assim como uma oliveira que vai ficando mais forte com o passar dos anos. Tímido e taciturno por natureza, Sinan era um gênio dos números e sempre tirava a nota máxima em matemática. Ele também não tinha nenhum outro amigo, pois era incapaz de acompanhar o nível de energia assertiva da maioria dos colegas. Diante de personalidades dominantes — o professor da turma, o diretor da escola e, principalmente, sua mãe —, em geral ficava mudo e se retraía. Mas não com Leila. Quando eles estavam juntos, Sinan falava o tempo todo, animadíssimo. Em todos os intervalos e na hora do almoço na escola, eles se procuravam. Ficavam sentados sozinhos num canto, enquanto outras meninas formavam grupos para pular corda e outros meninos jogavam futebol ou bola de gude. Os dois conversavam sem parar, ignorando os olhares de reprovação que lhes lançavam numa cidade em que cada sexo se mantinha no espaço que lhe era designado.

Sinan tinha lido tudo que conseguira encontrar sobre a Primeira e a Segunda Guerras Mundiais — sabia os nomes das batalhas, as datas dos bombardeios, os heróis dos movimentos de resistência... Tinha muitas informações sobre os zepelins e sobre o conde alemão em homenagem a quem eles tinham sido batizados. Leila adorava quando Sinan lhe contava coisas sobre eles, falando com tanta paixão que ela quase chegava a ver um voando no céu, com sua imensa sombra cilíndrica cobrindo os minaretes e as cúpulas conforme flutuava na direção do lago.

— Um dia, você também vai inventar alguma coisa — disse Leila.

— Eu?

— É, e vai ser melhor do que a invenção do conde alemão, porque essa invenção matava gente. Mas a sua vai ajudar os outros. Tenho certeza de que você vai fazer alguma coisa realmente impressionante.

Ela era a única pessoa que o achava capaz de fazer coisas extraordinárias.

Sinan era particularmente interessado em códigos e em como decifrá-los. Seus olhos brilhavam de deleite quando ele falava sobre as transmissões secretas dos movimentos de resistência em tempos de guerra, que chamava de "transmissões de sabotagem". Não que se importasse muito com o conteúdo: era o poder do rádio que o fascinava, o otimismo inabalável de uma voz no escuro falando com o espaço vazio, confiando que alguém estava disposto a ouvir.

Sem que Baba soubesse, era aquele menino que continuava a suprir Leila de livros, revistas e jornais, nenhum dos quais ela podia mais ler em casa. Foi assim que ela soube que houvera um inverno rigoroso na Inglaterra, que as mulheres tinham conseguido o direito de votar no Irã e que a guerra não estava indo bem para os americanos no Vietnã.

— Essas transmissões de rádio clandestinas de que você sempre me fala — disse Leila quando os dois estavam sentados debaixo da única árvore no parquinho da escola. — Eu estava pensando... você é assim, né? Graças a você, eu sei o que está acontecendo no mundo.

O rosto de Sinan se iluminou.

— Eu sou seu rádio de sabotagem!

O sinal tocou, anunciando que estava na hora de voltar para a sala. Leila ficou de pé, tirou a terra das roupas e disse:

— Acho que eu devia chamar você de Sinan Sabotagem.

— Sério? Eu ia adorar!

E foi assim que o único filho da única farmacêutica mulher da cidade ganhou o apelido de Sabotagem. O menino que, um dia, não muito tempo depois de Leila fugir de casa, iria atrás dela de Vã até a longínqua Istambul, a cidade onde todos os descontentes e todos os sonhadores iam parar um dia.

Seis minutos

Seis minutos depois que seu coração parou de bater, Leila tirou de seu arquivo o cheiro de um fogão a lenha. Era 2 de junho de 1963. O filho mais velho do tio ia se casar. Sua noiva era de uma família que ficara rica vendendo mercadorias na Rota da Seda, por onde, como muitas pessoas na região sabiam, mas preferiam não mencionar quando havia forasteiros por perto, passavam não apenas seda e especiarias, mas também papoulas. Da Anatólia ao Paquistão, do Afeganistão à Birmânia, cresciam milhões de papoulas que oscilavam ao sabor do vento, sua cor vívida contrastando com a paisagem árida. O líquido leitoso fluía das cápsulas da planta, uma gota mágica de cada vez, e, enquanto os fazendeiros seguiam pobres, outros faziam fortunas.

Ninguém falou nisso na festa opulenta que foi dada no hotel mais luxuoso de Vã. Os convidados se divertiram até de manhã. Havia tanta fumaça de tabaco que parecia que o lugar inteiro estava pegando fogo. Baba lançava olhares de desaprovação para qualquer pessoa que pisasse na pista de dança, mas sua maior careta foi reservada para os homens e as mulheres que deram os braços para a *halay*, a dança tradicional, balançando os quadris como se nunca tivessem ouvido falar em recato. Mas ele não fez nenhum comentário. Por causa do irmão, de quem gostava muito.

No dia seguinte, membros da família de ambos os lados foram a um estúdio de fotografia. Morrendo de calor em suas roupas caras e novas, os recém-casados posaram para a posteridade diante de uma série de fundos de vinil — a Torre Eiffel, o Big Ben, a Torre de Pisa e um bando de flamingos voando na direção do sol.

Leila, na lateral, examinava o casal feliz. A noiva, uma moça de feições delicadas e cabelos escuros, estava bonita em seu vestido perolado, com um buquê de gardênias brancas na mão e, na cintura, um cinto vermelho, um símbolo e uma declaração de castidade. Na presença dela, Leila sentiu uma tristeza tão pesada que foi como se carregasse uma pedra no peito. Um pensamento surgiu de repente em sua cabeça: ela nunca poderia usar um vestido como aquele. Já tinha ouvido diversas histórias sobre noivas que, na noite de núpcias, descobria-se não serem mais virgens: sobre como os maridos as obrigavam a ir ao hospital fazer exames íntimos, com os passos ecoando nas ruas escuras e vizinhos espiando por trás de cortinas de renda; como elas eram devolvidas para a casa dos pais e punidas da maneira como suas famílias achassem melhor; como jamais voltariam totalmente a fazer parte da sociedade, pois tinham sido humilhadas, tinham caído em desgraça; sobre como seus rostos jovens ficavam encovados... Leila cutucou uma cutícula do dedo anelar, puxando-a até sangrar. Aquele frio na barriga familiar a acalmou. Ela fazia isso às vezes. Cortava-se nas coxas e nos antebraços, onde ninguém poderia ver as marcas, usando a mesma faca com a qual cortava uma maçã ou uma laranja em casa, vendo a pele se abrir devagar sob o brilho da lâmina.

Como o tio estava orgulhoso naquele dia! Estava usando um terno cinza com um colete de seda branca e uma gravata estampada. Quando chegou a hora de a família toda aparecer na foto, ele colocou uma das mãos no ombro do filho e a outra ao redor da cintura de Leila. Ninguém percebeu.

Na volta do estúdio de fotografia, a família Akarsu parou numa padaria com um pátio bonito e mesas na sombra. O aroma delicioso de *börek* quentinho saía pela janela.

O tio fez um pedido para todo mundo: um samovar de chá para os adultos e limonada gelada para as crianças. Agora que seu filho estava casado com uma moça de família rica, ele aproveitava todas as oportunidades para exibir suas posses. Poucas semanas antes, dera um telefone para a família do irmão só para que eles pudessem se falar com mais frequência.

— Traga algo para beliscar também — disse o tio para o garçom.

Alguns minutos depois, o homem voltou com as bebidas e um prato generoso de rolinhos de canela. *Se Tarkan estivesse aqui,* pensou Leila, *logo pegaria um, com os olhos brilhando de alegria, a felicidade pura, sem disfarces.* Por que ele não era incluído naquelas celebrações familiares? Tarkan nunca viajava para lugar nenhum, nem mesmo para uma Torre Eiffel de mentira; com exceção da vez em que fora ao médico quando era pequeno, nunca nem vislumbrara o mundo além da cerca do jardim. Quando os vizinhos faziam uma visita, ele ficava num dos quartos, longe dos olhares curiosos. Como Tarkan ficava em casa o tempo todo, a titia ficava também. Leila e a tia não eram mais próximas; cada ano que passava parecia afastá-las ainda mais.

O tio serviu o chá e ergueu o copo contra a luz. Após dar um gole, ele balançou a cabeça. Fez um sinal para o garçom, se inclinou para a frente e falou bem devagar, como se cada palavra fosse um esforço:

— Está vendo esta cor? Não está nem de longe escuro o suficiente. O que você colocou aqui dentro, hein? Folha de bananeira? Está com gosto de água suja.

Pedindo desculpas nervosamente, o garçom levou o samovar embora, derramando algumas gotas na toalha da mesa.

— Desajeitado ele, não? — disse o tio. — Não sabe a diferença entre a própria mão esquerda e a direita.

Ele se voltou para Leila, num tom subitamente conciliatório.

— E na escola, como vai? Qual é sua matéria preferida?

— Nenhuma — respondeu Leila, dando de ombros, com o olhar fixo nas manchas de chá.

Baba franziu o cenho.

— É assim que se fala com os mais velhos? Você não tem modos.

— Não se preocupe — disse o tio. — Ela é jovem.

— Jovem? A mãe dela já estava casada e se matando de trabalhar na idade dela.

A mamãe empertigou as costas.

— É uma geração nova — disse o tio.

— Bom, meu xeique diz que há quarenta sinais de que o Dia do Juízo Final está próximo. Um deles é que os jovens ficam descontrolados. É isso que está acontecendo hoje em dia, não é? Todos esses meninos de cabelo bagunçado. Daqui a pouco, vão ter o quê? Cabelo comprido, como as meninas? Eu sempre mando minha filha ter cuidado. Tem muita decadência moral neste mundo.

— Quais são os outros sinais? — perguntou a esposa do tio.

— Não sei todos de cor. Tem outros 39, obviamente. Com certeza vamos ver deslizamentos de terra imensos. O nível dos oceanos subindo. Ah, e vai ter mais mulheres do que homens no mundo. Eu vou te dar um livro que explica tudo.

Leila, de canto de olho, viu que o tio a estava observando com atenção. Ela virou a cabeça para o lado, num movimento um pouco brusco demais, e foi então que viu uma família se aproximando. Parecia ser uma família feliz. Uma mulher com um sorriso largo como o rio Eufrates, um homem com olhos bondosos e duas meninas com laços de cetim no cabelo. A família estava procurando uma mesa e escolheu a que ficava ao lado da deles. Leila percebeu a maneira como a mãe fez carinho no rosto da menina mais nova, sussurrando algo que a fez dar uma risadinha. Enquanto isso, a menina mais velha estava examinando o cardápio com o pai. Eles escolheram os docinhos juntos, perguntando uns aos outros o que iam querer. As opiniões de todos pareciam ter valor. Eles eram próximos e inseparáveis, como pedras unidas por argamassa. Ao observá-los, Leila sentiu uma pontada de dor tão súbita e aguda que precisou baixar os olhos, com medo de que a inveja estivesse estampada em seu rosto.

Àquela altura, o garçom já tinha aparecido com mais um samovar e copos limpos.

O tio pegou um copo, deu um gole e fez uma careta de nojo.

— É muito atrevimento seu chamar isso de chá! Não está nem quente o suficiente! — trovejou ele, saboreando o poder recém-adquirido sobre aquele homem educado e humilde.

Encolhendo-se como um prego sob o martelo da ira do tio, o garçom pediu mil desculpas e voltou às pressas para a cozinha. Após o que pareceu ser um longo tempo, ele apareceu com um terceiro samovar, tão quente que lançava infindáveis caracóis de fumaça no ar.

Leila observou o rosto pálido do homem; ele parecia muito cansado enquanto enchia os copos. Cansado, mas também passivo de uma maneira irritante. E foi então que Leila reconheceu no comportamento do garçom uma sensação familiar de desamparo, uma rendição incondicional ao poder e à autoridade do tio, de que ela, mais do que ninguém, era culpada. Num impulso, ela ficou de pé e pegou um dos copos.

— Eu quero um pouco de chá!

Antes que qualquer pessoa pudesse dizer uma palavra, Leila deu um gole, queimando tanto a língua e o céu da boca que seus olhos se encheram de lágrimas. Ela conseguiu engolir o líquido mesmo assim, e deu um sorriso torto para o garçom.

— Está perfeito!

O homem olhou nervosamente para o tio e, depois, de volta para Leila. Ele murmurou um "obrigado" apressado e desapareceu.

— O que você pensa que está fazendo? — disse o tio, mais surpreso do que zangado.

A mamãe tentou acalmar os ânimos.

— Ora, ela estava só…

— Não defenda Leila — interrompeu Baba. — O que ela fez foi coisa de gente maluca.

Leila sentiu seu coração encolher. Ali, diante de seus olhos, estava a realidade que já vinha percebendo havia um bom tempo, mas que sempre tentava fingir que não existia. Baba tinha ficado do lado do tio, não do dela. Ela entendeu que sempre seria assim. O instinto de Baba sempre seria ajudar o irmão. Leila contraiu o lábio inferior, que estava cheio de feridas de tanto ela cutucar. Só mais tarde, muito mais tarde, ela passaria a pensar naquele momento, por menor e mais banal que tivesse sido, como um presságio do que estava por vir. Nunca na vida tinha se sentido tão sozinha.

Desde que Baba tinha parado de fazer roupas para clientes ocidentalizados, o dinheiro andava curto. No inverno anterior, eles só tinham podido ligar o aquecimento em alguns poucos cômodos daquela casa tão grande; mas a cozinha estava sempre quentinha. Eles passavam bastante tempo lá durante o ano inteiro: a mamãe escolhia arroz, colocava o feijão de molho e preparava refeições no fogão a lenha, enquanto a titia ficava de olho em Tarkan, pois, se ninguém prestasse atenção, ele rasgava suas roupas, sofria quedas dolorosas e engolia coisas que quase o faziam morrer engasgado.

— Você tem que aprender, Leila — disse Baba para ela, que estava sentada na mesa da cozinha com seus livros num dia de agosto. — Depois que nós morremos e ficamos sozinhos no túmulo, dois anjos vêm nos visitar: um azul e um preto. Eles se chamam Munkar e Nakir, o Negado e o Negador. Eles nos mandam recitar suras do Alcorão sem errar nem uma vírgula. Quem reprova três vezes vai para o inferno.

Ele apontou para o armário, como se o inferno ficasse entre os frascos de pepinos em conserva que tomavam as prateleiras.

Leila ficava nervosa na hora de fazer provas. Na escola, tinha tirado nota vermelha na maioria. Conforme ouvia Baba, ela não pôde deixar de pensar: como o anjo preto e o anjo azul iriam testar seu conhecimento da religião quando chegasse a hora? Será que a prova seria oral ou escrita? Dissertativa ou de múltipla escolha? Será que as respostas erradas a fariam perder pontos? Será que ela iria saber o resultado imediatamente ou teria que esperar a nota sair? E, caso fosse a segunda opção, quanto tempo o processo iria levar? E quem iria anunciar a nota, alguma autoridade suprema? O Conselho Superior de Merecimentos Justos e Condenação Eterna?

— E as pessoas do Canadá, da Coreia, da França? — perguntou Leila.

— O que tem elas?

— Bom... a maioria não é muçulmana. O que acontece com elas depois que morrem? Os anjos não podem pedir para elas recitarem as *nossas* preces.

— Por que não? — disse Baba. — Todo mundo tem que responder às mesmas perguntas.

— Mas essas pessoas de outros países não sabem recitar o Alcorão, sabem?

— Exatamente. Quem não é muçulmano de verdade não vai conseguir passar na prova dos anjos. Vai direto para o inferno. É por isso que nós precisamos ensinar a mensagem de Alá para o maior número possível de pessoas. É assim que vamos salvar suas almas.

Por um instante, eles ficaram imóveis, ouvindo o crepitar da lenha dentro do fogão. Dava a impressão de que ela estava tentando dizer algo urgente em sua própria língua.

— Baba... qual é a coisa mais horrível que tem no inferno? — perguntou Leila, se empertigando.

Ela estava esperando que ele dissesse que eram poços cheios de escorpiões e cobras, ou as águas ferventes com cheiro de enxofre, ou o ar gélido de *Zamhareer*. Ele poderia ter dito que era ser forçado a beber chumbo derretido ou se alimentar da *Zaqqum*, árvore cujos galhos eram repletos de cabeças de demônios em vez de frutas suculentas. Mas, após uma breve pausa, Baba respondeu:

— É a voz de Deus... Uma voz que nunca para de gritar, de ameaçar, todos os dias. Ele diz aos pecadores que eles tiveram uma chance, mas O decepcionaram, e, agora, têm que pagar o preço.

Leila ficou paralisada e, ao mesmo tempo, sua mente foi tomada por pensamentos.

— Deus não perdoa? — perguntou ela.

Baba balançou a cabeça.

— Não. E, mesmo se decidir perdoar um dia, vai ser muito tempo depois de todos os pecadores terem sofrido os piores tormentos.

Leila olhou pela janela. O céu estava ficando cinzento, com manchas mais escuras. Um ganso solitário estava voando na direção do lago, estranhamente silencioso.

— E se...

Leila inspirou fundo e soltou o ar devagar.

— O que acontece se você fez alguma coisa errada, e você sabe que é errada, mas não teve, de jeito nenhum, intenção de fazer?

— Não vai adiantar. Deus vai te punir mesmo assim; mas, se tiver sido só uma vez, talvez Ele seja mais misericordioso.

Leila cutucou o cantinho de uma unha e uma minúscula gota de sangue surgiu em seu polegar e foi aumentando.

— E se tiver sido mais de uma vez?

Baba balançou a cabeça, franzindo o cenho.

— Então é condenação eterna, não tem desculpa. Não tem como escapar do inferno. Você pode me achar rígido agora, mas um dia vai me agradecer. É meu dever ensinar a você a diferença entre o certo e o errado. Você precisa aprender tudo isso enquanto é jovem e sem pecados. Amanhã, pode ser tarde demais. Se o galho entorta, a árvore cresce torta.

Leila fechou os olhos, sentindo um peso surgir no peito. Ela era jovem, mas não se considerava sem pecados. Tinha feito algo terrível — e não apenas uma ou duas, mas diversas vezes. O tio continuava a tocar nela. Sempre que as famílias se encontravam, ele dava um jeito de se aproximar de Leila, mas o que tinha acontecido dois ou três meses antes — quando Baba fez uma cirurgia para tirar pedras nos rins e a mamãe precisou ficar com ele no hospital durante mais ou menos uma semana — era tão indizível que só de lembrar ela voltava a sentir o estômago embrulhado. A titia estava no quarto dela com Tarkan e não tinha ouvido nada. Durante aquela semana inteira, o tio a visitara todas as noites. Só sangrara da primeira vez, mas doera em todas. Quando Leila tentava se afastar, o tio lembrava a ela que tinha sido ela quem dera início ao caso deles, naquela casa de veraneio que tinha cheiro de melancia cortada.

Eu costumava pensar "Ah, ela é uma menina inocente", mas, na verdade, você gosta de brincar com a mente dos homens... Lembra como você se comportou no ônibus naquele dia, rindo o tempo todo para chamar a minha atenção? Por que estava usando aquele short tão curto? Por que me deixou ir para a sua cama à noite? Podia ter me mandado embora, eu teria obedecido. Mas não mandou. Podia ter dormido no quarto dos seus pais. Mas não dormiu. Esperava por mim todas as noites. Já se perguntou por quê? Bom, eu sei por quê. E você também sabe.

Leila estava convencida de que tinha uma imundície dentro de si. Uma imundície que não saía com água, assim como as linhas da palma da mão. E ali estava Baba, lhe dizendo que Alá, que via tudo e sabia de tudo, não iria perdoá-la.

A vergonha e o remorso eram seus companheiros constantes havia muito tempo, sombras gêmeas que a perseguiam aonde quer que ela fosse. Mas, naquela ocasião, Leila sentiu uma raiva inédita. Sua mente se incendiou e todos os músculos de seu corpo se retesaram com uma fúria que ela não sabia como controlar. Ela não queria ter nada com aquele Deus que inventava incontáveis formas de julgar e punir seres humanos, mas fazia tão pouco para protegê-los quando precisavam dEle.

Leila se levantou, arrastando a cadeira ruidosamente no chão de azulejos.

— Aonde você vai? — perguntou Baba, com os olhos arregalados.

— Preciso ver o que Tarkan está fazendo.

— Nós ainda não terminamos. Estamos estudando.

Ela deu de ombros.

— Bom, eu não quero estudar mais. Isso é um tédio.

Baba ficou horrorizado.

— O que você disse?

— Disse que isso é um tédioooo — repetiu Leila, esticando a palavra como se ela fosse um chiclete na boca. — Deus isso, Deus aquilo! Chega dessa porcaria.

Baba arremeteu na direção dela, com a mão direita erguida. Então, em outro movimento igualmente súbito, se afastou, tremendo, com uma expressão de decepção nos olhos. Novas rugas surgiram em seu rosto, que rachou como argila fresca. Tanto Baba quanto Leila sabiam que ele tinha quase lhe dado um tapa.

Baba nunca bateu em Leila. Nem antes daquele dia nem depois. Embora fosse um homem com muitos defeitos, nunca cometia violência física ou se descontrolava de raiva. E ele sempre a consideraria responsável por fazê-lo ter aquele impulso, por despertar nele algo tão sombrio, tão alheio a sua personalidade.

Leila também se culpou e continuaria a se culpar por anos. Naquela época, estava acostumada com aquilo — tudo o que fazia e pensava tendia para uma culpa onipresente.

A lembrança daquela tarde permaneceria gravada em sua mente de forma tão nítida que, mesmo anos depois, dentro de uma lata de lixo de metal nos arredores de Istambul, com o cérebro desligando aos poucos, Leila ainda se lembrava do cheiro do fogão a lenha com uma tristeza intensa e penetrante.

Sete minutos

Enquanto o cérebro de Leila continuava a lutar, ela se lembrou do gosto de terra — um gosto seco e amargo de giz.

Numa edição velha da revista *Hayat* que tinha pegado emprestada escondida de Sinan Sabotagem, ela vira uma loira de maiô e sapatos de salto alto pretos, girando alegremente uma argola de plástico. A legenda da foto dizia: "Em Denver, a modelo americana Fay Shott gira um bambolê na cintura fina".

A foto tinha intrigado os dois jovens, embora por motivos diferentes. Sabotagem queria saber por que alguém colocaria um maiô e sapatos de salto alto só para ficar de pé sobre um gramado. Já Leila ficou fascinada com a argola.

Ela se lembrou de uma primavera, quando tinha dez anos de idade. Estava a caminho do *bazaar* com a mamãe e viu um bando de meninos correndo atrás de um velho. Quando o alcançaram, rindo e gritando, eles desenharam um círculo ao seu redor com um pedaço de giz.

— Ele é um yazidi — disse a mamãe ao ver a surpresa de Leila. — Não vai conseguir sair dali sozinho. Alguém vai ter que apagar aquele círculo para ele.

— Ah, vamos ajudar, então.

A expressão da mamãe não foi bem de irritação, mas de incompreensão.

— Para quê? Os yazidis são do mal.

— Como a senhora sabe?

— Como eu sei o quê?

— Que eles são do mal.

A mamãe a puxou pela mão.

— Porque eles adoram o diabo — disse.

— Como a senhora sabe?

— Todo mundo sabe disso. Eles foram amaldiçoados.

— Por quem?

— Por Deus, Leila.

— Mas não foi Deus quem criou os yazidis?

— Claro que foi.

— Ele criou os yazidis e depois ficou com raiva por eles serem yazidis? Não faz sentido.

— Chega! Ande!

Quando elas voltaram do *bazaar*, Leila insistiu em passar pela mesma rua, só para ver se o velho ainda estava lá. Para seu imenso alívio, ele tinha desaparecido e o círculo, sido parcialmente apagado. Talvez toda aquela história fosse invenção e o velhinho tivesse saído de lá sem dificuldades. Talvez tenha precisado esperar que alguém o libertasse daquele confinamento. Anos mais tarde, quando Leila viu o círculo ao redor da cintura da loira, ela se lembrou daquele incidente. Como a mesma forma que separava e prendia um ser humano podia se tornar um símbolo da mais absoluta liberdade e felicidade para outro?

— Pare de chamar isso de *círculo* — disse Sinan Sabotagem quando ela contou o que estava pensando. — É um bambolê! E eu pedi para minha mãe comprar um para mim em Istambul. Implorei tanto que ela acabou encomendando dois: um para ela e um para você. Eles acabaram de chegar.

— Para mim?

— Bom, era para mim... Mas eu quero que você fique com o meu! Ele é laranja neon.

— Ah, obrigada, mas eu não posso aceitar.

Sabotagem não cedeu.

— Ah, por favor... Você não pode considerar um presente? De mim para você?

— Mas o que você vai dizer para sua mãe?

— Não vai ter problema. Ela sabe o quanto eu gosto de você — disse ele, um vermelhão subindo de seu pescoço até o rosto.

Leila concordou, embora soubesse que seu pai não iria gostar.

Foi um tremendo feito levar um bambolê para casa sem ninguém perceber. Ele não cabia na mochila dela nem sob suas roupas. Ela pensou em enterrá-lo debaixo das folhas do jardim durante alguns dias, mas aquele não era um bom plano. No final das contas, Leila passou rolando o bambolê pela porta da cozinha quando não havia ninguém lá dentro, e saiu correndo com ele até o banheiro. Lá, diante do espelho, tentou rodar o círculo de plástico como a modelo americana tinha feito. Era mais difícil do que parecia. Ela teria que treinar.

Leila procurou na caixinha de música que tinha dentro da cabeça e escolheu uma canção do Elvis Presley, expressando seu amor numa língua completamente estranha para ela. *"Trit-mi-nais. Don-quiz-mi-uans-quiz-mi-tuais"*. No começo, não sentiu vontade de dançar, mas como podia rejeitar Elvis, com sua jaqueta cor-de--rosa e suas calças amarelas — cores tão difíceis de se ver naquela cidade, principalmente nos homens, e que pareciam desafiadoras, como a bandeira de um exército rebelde?

Ela abriu o armário onde a mamãe e a titia guardavam seus poucos itens de higiene pessoal. Lá, entre frascos de remédios e tubos de creme, se escondia um tesouro: um batom. De um tom cereja vívido. Leila aplicou uma dose generosa nos lábios e nas bochechas. A menina no espelho fitou-a com os olhos de uma estranha, como que através de uma janela embaçada. No reflexo ela vislumbrou, por um instante fugaz, um simulacro de seu futuro eu. Tentou ver se aquela mulher, ao mesmo tempo familiar e fora do seu alcance, era feliz — mas a imagem evaporou sem deixar rastro, como o orvalho da manhã sobre uma folha.

Leila jamais teria sido descoberta se a tia não estivesse passando o aspirador de pó no tapete comprido do corredor. Ela teria ouvido os passos de Baba, que eram pesados.

Baba gritou com ela, com a boca inteira franzida que nem uma bolsinha de cordão. A voz dele ecoou no chão onde, segundos antes, Elvis havia mostrado seus passos de dança característicos. Com uma expressão de decepção que àquela altura já era habitual, papai olhou-a furioso.

— O que você pensa que está fazendo? Onde foi que arrumou essa argola?

— Ganhei de presente.

— De quem?

— De um amigo, Baba. Não tem importância.

— É mesmo? Olhe só para você. É minha filha? Não consigo mais te reconhecer. Nós nos esforçamos tanto para criar você com decência. Não acredito que está se comportando que nem… uma *vagabunda*! É isso que você quer virar? Uma vagabunda desgraçada?

O som bombástico e agressivo da palavra quando Baba a cuspiu para dentro do banheiro fez com que Leila sentisse um arrepio no corpo todo. Ela nunca tinha ouvido aquele termo antes.

Depois daquele dia, Leila nunca mais viu o bambolê e, embora às vezes até pensasse no que Baba poderia ter feito com ele, nunca teve coragem de perguntar. Será que ele tinha jogado fora? Dado para outra pessoa? Ou talvez enterrado, na esperança de transformá-lo em mais um fantasma, que ela suspeitava que aquela casa já tinha demais?

O círculo, a forma da escravidão para um velho yazidi, mas um símbolo de liberdade para uma jovem modelo americana, se tornou assim uma lembrança triste para uma menina de uma cidade pequena do leste.

Setembro de 1963. Depois de consultar seu xeique, Baba decidiu que, como Leila estava ficando impossível de controlar, seria melhor se ela ficasse em casa até o dia em que fosse se casar. A decisão foi tomada apesar dos protestos dela. Embora fosse o começo de um novo semestre e o dia da formatura não estivesse muito distante, Leila ia ser retirada da escola.

Na tarde de quinta-feira, Leila e Sabotagem caminharam juntos para casa pela última vez. O menino ia alguns passos atrás dela, com uma expressão derrotada, a boca contorcida de desespero, as mãos enfiadas nos bolsos. Ele a todo momento chutava os pedregulhos do caminho, com a mochila balançando às costas.

Quando eles chegaram à casa de Leila, pararam diante do portão. Durante um instante, nenhum dos dois disse nada.

— A gente precisa se despedir agora — disse Leila.

Ela havia engordado um pouco durante o verão; suas bochechas estavam mais cheias.

Sabotagem esfregou a testa.

— Eu vou pedir para a minha mãe falar com o seu pai.

— Não, por favor. Baba não ia gostar.

— Eu não ligo. É tão injusto o que ele está fazendo com você — disse Sabotagem, com a voz embargada.

Leila virou o rosto, pois não ia aguentar vê-lo chorar.

— Se você não for mais à escola, eu também não vou — disse Sabotagem.

— Não seja bobo. E, por favor, não conte nada para a sua mãe. Baba não ia ficar feliz se ela viesse falar com ele. Você sabe que eles não se dão bem.

— E se *eu* conversasse com seus pais?

Leila sorriu, pensando em quanta força de vontade devia ter sido necessária para que seu amigo tímido fizesse aquela sugestão.

— Não vai mudar nada, pode acreditar. Mas eu agradeço. De verdade.

Ela sentiu um nó na boca do estômago e, por um instante, sentiu-se enjoada, trêmula, como se a determinação que a permitira seguir em frente desde aquela manhã a houvesse desertado. Como sempre fazia quando estava encurralada emocionalmente, Leila se moveu com urgência, sem querer prolongar demais as coisas.

— Bom, eu tenho que ir. A gente se vê.

Ele balançou a cabeça. A escola era o único lugar onde jovens solteiros de ambos os sexos podiam interagir. Isso não era possível em nenhum outro lugar.

— A gente vai dar um jeito — disse ela, adivinhando a dúvida de Sinan e dando-lhe um beijo rápido no rosto. — Não fica triste. Se cuida!

Ela saiu correndo para longe sem nem olhar para trás. Sabotagem, que tinha crescido muito nos últimos meses e estava achando difícil se ajustar à sua nova altura, ficou parado por um longo minuto. Então, sem saber por que, começou a encher os bolsos de pedregulhos e, depois, pedras — quanto maiores, melhor —, se sentindo mais pesado a cada uma que acrescentava.

Enquanto isso, Leila foi direto para o jardim, onde se sentou debaixo da macieira que ela e a tia certa vez tinham decorado com pedaços de seda e cetim. *As bailarinas*. Nos galhos mais altos, ainda havia um pedacinho fino de pano tremulando ao vento. Leila colocou a mão na terra morna e tentou não pensar em nada. Pegou um punhado de terra, levou à boca e mastigou devagar. O ácido lhe subiu à garganta. Ela pegou mais terra e, dessa vez, engoliu mais depressa.

* * *

Alguns minutos depois, Leila entrou em casa. Ela jogou a mochila numa cadeira da cozinha sem perceber que a tia, que estava fervendo leite para fazer iogurte, a observava com atenção.

— O que você andou comendo? — perguntou a tia.

Inclinando a cabeça, Leila lambeu os cantos da boca. Com a ponta da língua, tocou os grãos que estavam presos entre os dentes.

— Venha aqui. Abra a boca. Eu quero ver.

Leila obedeceu.

A tia apertou os olhos e depois arregalou-os.

— Isto é… terra?

Leila não disse nada.

— Você comeu terra? Meu Deus, por que foi fazer uma coisa dessas?

Leila não soube o que responder. Não tinha feito essa pergunta para si mesma. Mas, ao pensar nela agora, uma ideia lhe ocorreu.

— Uma vez a senhora me contou de uma mulher da sua vila, lembra? Contou que ela comeu areia, vidro quebrado… até cascalho.

— Foi. Mas aquela camponesa, coitada, estava grávida… — disse a tia, hesitante.

Ela fitou Leila com os olhos apertados, da maneira como examinava as camisas que passava, procurando algum amassado teimoso.

Leila deu de ombros. Ela foi tomada por uma indiferença inédita, uma dormência que jamais experimentara antes; sentiu que nada importava muito, e talvez nunca houvesse importado.

— Vai ver eu também estou.

A verdade era que Leila não fazia ideia de como a gravidez se manifestava no início. Esse era um dos problemas de não ter nenhuma amiga ou irmã mais velha. Não tinha ninguém a quem perguntar. Ela havia pensado em consultar a Farmacêutica e até tentado abordar o assunto algumas vezes, mas, quando surgiu um momento apropriado, perdeu a coragem.

O rosto da tia perdeu completamente a cor. Mas, mesmo assim, ela decidiu se fingir de despreocupada.

— Meu bem, eu lhe garanto que, para isso acontecer, você tem que conhecer o corpo de um homem. Não se fica grávida encostando numa árvore.

Leila assentiu mecanicamente. Ela pegou um copo d'água e bochechou antes de engolir. Colocou o copo sobre a mesa e disse, num tom baixo, sem emoção:

— Mas eu conheço... Sei tudo sobre o corpo de um homem.

A tia ergueu as sobrancelhas lá no alto.

— Do que você está falando?

— Quer dizer, o titio conta como homem? — perguntou Leila, ainda olhando para o copo.

A tia ficou imóvel. Dentro da panela de cobre, o leite fervia devagar. Leila foi até o fogão e apagou o fogo.

No dia seguinte, Baba quis ter uma conversa com ela. Eles se sentaram na cozinha, ao redor da mesa onde ele lhe ensinara orações em árabe e lhe falara do anjo preto e do anjo azul que iriam visitá-la no túmulo.

— Sua tia me contou uma coisa muito perturbadora... — disse Baba, fazendo uma pausa.

Leila ficou em silêncio, escondendo as mãos trêmulas debaixo da mesa.

— Você andou comendo terra. Nunca mais faça isso. Isso dá verme, está ouvindo? — disse Baba, com o maxilar protuberante de um dos lados e a mandíbula travada, como se estivesse esmagando algo invisível com os dentes. — E você não deveria inventar coisas.

— Eu não estou inventando coisas.

À luz cinzenta da janela, Baba pareceu mais velho e, de alguma maneira, menor que o normal. Ele a fitou, sombrio.

— Às vezes, nossas mentes nos enganam.

— Se o senhor não acredita, me leve num médico.

Uma expressão de desespero surgiu em seu rosto por um segundo, mas logo foi substituída por outra ainda mais dura.

— Num médico? Para a cidade inteira ficar sabendo? Nunca. Entendeu? Não fale disso com estranhos. Deixe que eu cuido do assunto.

Então ele acrescentou depressa, como se estivesse verbalizando uma resposta que havia decorado mais cedo:

— Este é um problema de família e nós vamos encontrar a solução juntos, em família.

Dois dias depois, eles se sentaram à mesa da cozinha de novo, dessa vez com a mamãe e a titia, que tinham lenços amassados nas mãos e olhos vermelhos e inchados de tanto chorar. De manhã, as duas mulheres haviam interrogado Leila sobre *aquele período do mês*. Leila, que não ficava menstruada havia dois meses, contou, com a voz cansada e embargada, que tinha começado a sangrar na manhã anterior, mas que havia algo de errado daquela vez: estava intenso demais, doloroso demais; sempre que ela se mexia, sentia uma pontada forte nas entranhas e ficava sem ar.

A mamãe parecera secretamente aliviada ao ouvir isso e rapidamente mudara de assunto, mas a titia a olhara com tristeza, reconhecendo no aborto espontâneo de Leila um dos que ela própria sofrera.

— Vai passar — disse ela, num sussurro doce. — Vai acabar daqui a pouco tempo.

Era a primeira vez em anos que alguém dava a Leila qualquer informação sobre os mistérios do corpo feminino.

Então, com o menor número de palavras possível, a mãe disse que ela não tinha mais nenhum motivo para ter medo de uma gravidez e que era melhor assim. *Acabou sendo uma bênção*; era melhor eles deixarem aquilo para trás e nunca mais mencionarem o assunto, a não ser em suas orações, quando deviam agradecer a Deus por Sua intervenção misericordiosa no último minuto.

— Eu conversei com o meu irmão — disse Baba na tarde seguinte. — Ele acha que você é jovem, que está confusa.

— Eu não estou confusa — respondeu Leila, examinando a toalha da mesa e passando o dedo no bordado intrincado.

— Ele me contou sobre esse menino com quem você andava na escola. Isso foi ocultado de nós, mas parece que todo mundo tem falado no assunto. O filho da farmacêutica, meu Deus! Eu jamais gostei daquela mulher ardilosa, fria. Devia ter adivinhado. Tal mãe, tal filho.

Leila sentiu seu rosto ficar vermelho.

— O senhor está falando do Sabotagem… do Sinan? Não meta Sinan nisso. Ele é meu amigo. Meu único amigo. É um menino bondoso. Meu tio está mentindo!

— Pare com isso. Você precisa aprender a respeitar os mais velhos.

— Por que o senhor nunca acredita em mim? Na sua própria filha? — perguntou Leila, sentindo-se exaurida.

Baba pigarreou.

— Ouça. Vamos nos acalmar. Precisamos lidar com essa situação de maneira sábia. Nós tivemos uma reunião familiar. Seu primo Tolga é um bom menino. Ele concordou em se casar com você. Vocês vão ficar noivos…

— O quê?

Tolga: a criança que estava no mesmo quarto naquela casa de veraneio, dormindo num berço enquanto o pai fazia círculos ao redor do umbigo de Leila à noite. Os mais velhos da família tinham decidido que ele seria seu futuro marido.

— Nós sabemos que ele é mais novo que você, mas não tem problema — disse a mamãe. — Nós vamos anunciar o noivado. Assim, todo mundo vai saber que vocês estão comprometidos.

— Sim, isso vai calar as bocas sujas — continuou Baba. — Então, nós vamos fazer uma cerimônia religiosa. Daqui a alguns anos, podemos fazer uma cerimônia oficial também, se vocês quiserem. Aos olhos de Alá, uma cerimônia religiosa é o suficiente.

— Como o senhor consegue ver com os olhos de Alá? Eu sempre quis saber — perguntou Leila, num tom de voz em que havia bem mais firmeza do que ela realmente sentia.

Baba colocou uma das mãos no ombro dela.

— Eu sei que você está preocupada. Mas não precisa mais ficar.

— E se eu me recusar a casar com o Tolga?

— Você não vai fazer isso de jeito nenhum — disse Baba, franzindo mais o rosto.

Leila se virou para a tia com os olhos arregalados:

— E você? *Você* acredita em mim? Por que eu acreditei em você, lembra?

Por um segundo, Leila achou que ela fosse assentir. Até o menor gesto serviria. Mas a tia não assentiu. Em vez disso, falou:

— Nós todos amamos você, Leyla-jim. Queremos que nossas vidas voltem ao normal. Seu pai vai dar um jeito nisso.

— *Dar um jeito*?

— Não seja mal-educada com a sua tia — disse Baba.

— Que tia? Achei que ela fosse minha mãe. É ou não é?

Ninguém respondeu.

— Essa casa é cheia de mentiras e dissimulação. Nossas vidas nunca foram normais. Nós não somos uma família normal... Por que vocês vivem fingindo?

— Chega, Leyla! — disse a mamãe, franzindo mais o cenho.

— Nós estamos todos tentando ajudar você.

Leila falou devagar.

— Acho que não. Acho que vocês estão tentando salvar o meu tio.

Seu coração empurrava o peito por dentro. Por todos aqueles anos, Leila teve medo do que poderia acontecer se contasse ao pai o que estava acontecendo às escondidas. Tinha certeza de que ele não iria acreditar nela, de tanto que gostava do irmão. Mas naquele momento, com um frio na barriga, ela entendeu que Baba acreditava sim, na verdade. Por isso não fora direto para a casa da Farmacêutica, trêmulo de indignação, exigir que o filho dela se casasse com sua filha arruinada. Por isso estava tentando encontrar uma solução discreta, que envolvesse só a família. Baba sabia quem estava mentindo e quem estava dizendo a verdade.

Novembro de 1963. Perto do fim do mês, Tarkan ficou muito doente. A gripe tinha virado uma pneumonia, mas o médico disse que o principal problema era no coração. O casamento foi adiado. A tia ficou transtornada de preocupação. Leila também, embora a dormência que havia tomado conta dela só tivesse se aprofundado e ela achasse cada vez mais difícil demonstrar qualquer emoção.

A mulher do tio visitou-os diversas vezes, oferecendo ajuda, trazendo guisados feitos em casa e bandejas de *baklava* como se a família estivesse de luto. Às vezes, Leila flagrava a mulher olhando-a com uma expressão que parecia ser de pena. Já o tio não apareceu. Leila jamais saberia se a decisão tinha sido dele ou de Baba.

No dia em que Tarkan morreu, eles escancararam todas as janelas da casa para que sua alma pudesse trocar de lugar com a luz, sua respiração pudesse virar ar e tudo o que restara dele pudesse sair voando em paz. *Como uma borboleta presa*, pensou Leila. Era isso que o irmão tinha sido ali. Leila teve medo de que todos eles tivessem decepcionado aquela criança linda, incluindo ela, principalmente ela.

Naquela mesma tarde, em plena luz do dia, Leila saiu de casa. Estava planejando isso havia algum tempo e, quando o momento chegou, fez tudo às pressas, em um torvelinho de pensamentos, temendo que, se hesitasse, mesmo que por um segundo, talvez perdesse a coragem. Ela saiu andando — sem pensar, sem piscar. Não pela porta da cozinha. Todos estavam ali, a família e os vizinhos, homens e mulheres, pois as únicas ocasiões em que ambos os sexos podiam se misturar livremente eram casamentos e funerais. As vozes dos convidados foram sumindo quando o imã começou a recitar a Sura Al-Fatiha: "Guia-nos à senda reta. À senda dos que agraciaste, não à dos abominados, nem à dos extraviados."

Em vez disso, Leila foi para a frente da casa e abriu a porta principal, uma porta forte e sólida com trincos de metal fundido e correntes de ferro, mas estranhamente fácil de empurrar. Na mochila, levava quatro ovos cozidos e cerca de uma dúzia de maçãs do inverno. Foi direto para a casa da Farmacêutica, mas não se atreveu a entrar. Ficou perambulando do lado de fora, passeando no cemitério antigo que havia ali atrás, lendo os nomes dos mortos nas lápides e se perguntando que tipo de vida eles teriam levado, enquanto esperava o amigo voltar da escola.

O dinheiro de que ela precisava para a passagem do ônibus Sinan Sabotagem roubou da mãe.

— Tem certeza? — perguntou o menino várias vezes enquanto eles caminhavam juntos para a rodoviária. — Istambul é enorme. Você não conhece ninguém lá. Fique aqui em Vã.

— Por quê? Eu não quero mais saber de nada nesta cidade.

Sabotagem fez uma expressão de dor, que Leila percebeu, embora tarde demais. Ela tocou seu braço.

— Não estava falando de você. Vou sentir tanto a sua falta.

— Eu também — disse ele. Sabotagem já tinha uma penugem sombreando o lábio superior. Não era mais um menino gorducho:

tinha ficado mais magro recentemente, com o rosto outrora redondo agora mais fino, as maçãs do rosto mais marcadas. Por um segundo, pareceu prestes a dizer mais alguma coisa, mas perdeu a coragem quando se permitiu parar de olhar para ela.

— Olha, eu vou escrever toda semana — prometeu Leila. — A gente vai se ver de novo.

— Você não ia ficar mais segura aqui?

Embora Leila não tenha dito isso em voz alta, em algum lugar da sua alma ecoaram palavras que ela tinha a sensação de já ter ouvido antes: *Só porque você acha que aqui é seguro, não significa que é o lugar certo para você.*

O ônibus cheirava a fumaça de diesel, água-de-colônia de limão e cansaço. O passageiro sentado na frente dela estava lendo um jornal. Os olhos de Leila se arregalaram quando ela viu a notícia na primeira página: o presidente dos Estados Unidos, um homem de sorriso iluminado, tinha sido assassinado. Havia fotos dele e da esposa bonita de terninho e chapéu *pillbox* em meio a uma comitiva, acenando para a multidão, minutos antes do primeiro tiro. Ela queria ler mais, mas as luzes logo foram apagadas. Leila tirou um ovo cozido da mochila, o descascou e comeu sem fazer barulho. Então, o tempo começou a passar mais devagar e suas pálpebras se fecharam.

Ela era tão ingênua e desinformada naquela época que achou que ia conseguir se virar em Istambul, vencer a megalópole em seu próprio jogo. Mas Leila não era Davi e Istambul não era Golias. Não havia ninguém rezando para ela ser bem-sucedida, ninguém a quem recorrer se fracassasse. As coisas tinham a tendência de desaparecer depressa naquela cidade — ela descobriu isso assim que chegou. Enquanto estava lavando o rosto e as mãos no banheiro da rodoviária, alguém roubou sua mochila. Num segundo, Leila perdeu metade do dinheiro, todas as maçãs restantes e a pulseira — aquela que seu irmãozinho tinha erguido no ar no dia da cerimônia do primeiro dente.

Ela estava sentada num caixote vazio diante do banheiro, tentando decidir o que fazer, quando um funcionário que carregava um balde cheio de água com sabão e uma esponja se aproximou. Ele parecia educado e solícito e, ao descobrir o apuro de Leila, se ofereceu para ajudar. Ela poderia ficar na casa da tia dele durante alguns meses. Essa tia tinha sido caixa de supermercado, tinha acabado de se aposentar e era velha e sozinha, precisava de companhia.

— Tenho certeza de que ela é uma boa pessoa, mas eu preciso encontrar um lugar só para mim — disse Leila.

— Eu entendo — respondeu o rapaz, sorrindo.

Ele lhe disse o nome de um albergue ali perto que era limpo e seguro e desejou-lhe boa sorte.

Quando a noite estava caindo, e a escuridão, tomando tudo, ela finalmente chegou ao albergue. Era um prédio decadente numa rua lateral que não parecia ter sido pintado nem limpo em muitos anos, se é que fora algum dia. Leila não percebeu que, enquanto tentava encontrar o endereço, o rapaz a estava seguindo.

Assim que entrou, ela foi até um dos cantos da sala, passando por duas cadeiras manchadas com a pintura descascando e por um quadro repleto de avisos antigos e ensebados. Lá, um homem emaciado e taciturno estava sentado diante de uma mesa de cavalete que servia de recepção; atrás dele, numa parede mofada, estavam penduradas as chaves de diversos quartos.

Já no quarto, nervosa, Leila empurrou a cômoda contra a porta. Os lençóis, que eram amarelados como jornal velho, tinham cheiro de mofo. Ela colocou o casaco em cima da cama e se deitou sobre as roupas. Exausta, caiu no sono mais depressa do que esperava. Tarde da noite, um som a acordou. Alguém no corredor estava girando a maçaneta, tentando entrar.

— Quem está aí fora? — gritou Leila.

Ela ouviu passos no corredor. Passos calmos, sem pressa. Depois disso, não dormiu nem mais um segundo, assustando-se a cada ruído. De manhã, voltou para a rodoviária, o único lugar da cidade que conhecia. O rapaz estava lá, levando água com sabão para os motoristas com seus braços compridos e elegantes.

Dessa vez, Leila aceitou a oferta dele.

A tia — uma mulher de meia-idade com uma voz aguda e uma pele tão pálida que era possível ver as veias por trás — deu-lhe comida e roupas bonitas, bonitas demais, insistindo que ela precisava "realçar seus pontos positivos" se estava planejando ir a entrevistas de emprego a partir da semana seguinte.

Aqueles primeiros dias foram fáceis e felizes. O coração dela, aberto e carente, era vulnerável e, embora Leila jamais tenha admitido isso para si mesma, nem na época, nem mais tarde, ela foi enfeitiçada por aquele rapaz e seu charme premeditado. Sentiu um certo alívio por finalmente conseguir conversar com alguém, ou jamais teria revelado para ele o que tinha acontecido em Vã.

— É óbvio que você não pode voltar a morar com a sua família — disse o rapaz. — Olha, eu já conheci outras meninas iguais a você. A maioria era dessas cidadezinhas de merda. Algumas até que se deram bem aqui, arrumaram emprego, mas outras, não. Se você for esperta, vai fazer o que eu disser. Se não, Istambul vai acabar com a sua raça.

Algo no tom de voz dele a fez estremecer, uma raiva controlada que Leila entendeu estar no fundo da sua alma, dura e pesada como uma pedra de moinho. Sem dizer nada, ela decidiu que iria imediatamente embora daquele lugar.

O rapaz percebeu o desconforto de Leila. Ele era bom nisso, em perceber as ansiedades das pessoas.

— A gente conversa mais tarde — disse. — Não esquente demais a cabeça.

Foram aqueles dois, o homem e a mulher — que, na verdade, não era tia dele, mas sua sócia —, que venderam Leila para um estranho naquela mesma noite e, em menos de uma semana, para diversos outros. Álcool, sempre havia álcool — no sangue dela, nas bebidas dela, no hálito dela. Eles a faziam beber muito, para que se lembrasse de pouco. O que Leila não tinha visto antes, via agora: as portas eram fechadas a trinco, as janelas eram travadas e Istambul não era uma cidade cheia de oportunidades, mas uma cheia de cicatrizes. A queda, após começar, foi numa espiral cada vez mais rápida, como água descendo por um ralo. Os homens que iam à casa tinham várias idades, trabalhavam em diversos tipos de empregos mal pagos e de baixa qualificação e tinham, quase todos, suas próprias famílias. Eram pais, maridos, irmãos… alguns tinham filhas da idade dela.

★ ★ ★

Na primeira vez que Leila conseguiu telefonar para casa, suas mãos não paravam de tremer. Àquela altura, ela já estava tão profundamente soterrada naquele novo mundo que eles a deixaram andar sozinha pela vizinhança, na certeza de que ela não tinha mais para onde ir. Havia chovido na noite anterior, e Leila viu caracóis na calçada, absorvendo o mesmo ar úmido que a fez sentir que estava sufocando. Ela parou diante do correio e procurou um cigarro, com o isqueiro tremendo na mão.

Quando finalmente decidiu entrar, Leila disse à telefonista que queria fazer uma ligação a cobrar, torcendo para que sua família concordasse em pagar por ela. Alguém concordou. Então, Leila esperou que sua mãe ou sua tia atendessem, sem saber com qual das duas mulheres iria preferir falar primeiro, tentando imaginar o que cada uma estaria fazendo naquele momento. Elas atenderam — juntas. Choraram quando ouviram a voz de Leila. E ela chorou também. Ao fundo, ouvia-se o tique-taque do relógio na sala, um ritmo constante e estável que contrastava fortemente com a incerteza que as cercava. E então, o silêncio — profundo, pestilento, pantanoso. Um líquido viscoso no qual elas foram afundando cada vez mais. Era evidente que tanto sua mãe quanto sua tia queriam que Leila se sentisse culpada — e ela se sentia, mais do que elas jamais poderiam imaginar. Mas Leila também compreendeu que, depois que ela fora embora, o coração da mamãe tinha se fechado como um punho e que, com a morte de Tarkan, a titia tinha voltado a ficar doente. Quando ela desligou o telefone, com a sensação da derrota pesando sobre ela, soube que jamais poderia voltar e que aquela morte lenta na qual se encontrava era sua nova vida.

Mesmo assim, Leila continuou a telefonar sempre que tinha oportunidade.

Certa vez, Baba chegou cedo em casa e atendeu o telefone. Ao ouvir a voz dela, ele arfou e, em seguida, se calou. Leila, dolorosamente ciente de que aquela era a primeira vez que via o pai num estado vulnerável, sentiu-se perdida.

— Baba — disse, num tom que, sem querer, expressava todo o sofrimento pelo qual ela estava passando.

— Não me chame assim.

— Baba... — ela repetiu.

— Você nos cobriu de vergonha — disse ele, respirando com dificuldade. — Todo mundo está fazendo fofoca. Eu não posso mais ir à casa de chá. Não posso mais entrar no correio. Nem na mesquita eles falam comigo. Ninguém me cumprimenta na rua. É como se eu fosse um fantasma; como se eles não me vissem. Eu sempre pensei "Eu posso não ser rico, posso não ter encontrado nenhum tesouro, e nem filho homem eu tenho, mas pelo menos, tenho a minha honra". Agora, não tenho mais. Estou acabado. Meu xeique disse que Alá vai amaldiçoar você e que eu vou estar vivo quando isso acontecer. Essa vai ser a minha compensação.

Gotículas de água tinham surgido na janela embaçada. Leila tocou uma delas de leve com a ponta do dedo, segurou-a por um segundo, soltou e observou-a escorrer. Uma dor pulsava em algum lugar dentro do seu corpo, um lugar que ela não conseguia localizar.

— Não telefone mais — disse ele. — Se telefonar, vamos recusar a ligação. Não temos uma filha chamada Leyla. Leyla Afife Kamile: você não merece esses nomes.

A primeira vez que Leila foi presa e enfiada num camburão com várias outras mulheres, ela manteve as palmas das mãos bem juntas e os olhos fixos na nesga de céu que dava para ver por entre as barras da janela. Pior que o tratamento que elas receberam na delegacia foi o exame subsequente no Hospital de Doenças Venéreas de Istambul, um lugar que ela visitaria regularmente ao longo dos anos seguintes. Leila recebeu uma carteira de identidade nova, na qual as datas de seus exames estavam escritas em colunas retinhas. Disseram-lhe que, se ela não comparecesse a um dos exames, seria presa imediatamente. Então, teria que passar a noite na cadeia ou voltar ao hospital para ser testada de novo.

Da delegacia para o hospital, do hospital para a delegacia.

As prostitutas chamavam isso de "pingue-pongue de puta".

Foi numa dessas idas ao hospital que Leila conheceu a mulher que se tornaria sua primeira amiga em Istambul. Uma africana jovem e esguia chamada Jameelah. Seus olhos eram redondos e excepcionalmente brilhantes, com pálpebras quase translúcidas;

seu cabelo estava penteado em tranças coladas ao couro cabeludo; seus punhos eram frágeis, finíssimos, e tinham cicatrizes vermelhas que ela tentava disfarçar com uma fileira de pulseiras. Jameelah era estrangeira e, como todos os estrangeiros, levava consigo a sombra de um outro lugar. Elas tinham se visto várias vezes, mas nunca tinham sequer se cumprimentado. Àquela altura, Leila já aprendera que as mulheres recolhidas pelo camburão em cantos diferentes da cidade pertenciam a tribos invisíveis, quer ou não tivessem nascido no país. Os membros de tribos diferentes não deviam interagir.

Sempre que um grupo era levado ao hospital, as mulheres se sentavam em bancos num corredor estreito com um cheiro tão forte de antisséptico que elas chegavam a sentir o gosto. As prostitutas turcas ficavam sentadas de um lado e as estrangeiras, do outro. Como as mulheres eram examinadas uma a uma, as esperas eram insuportavelmente longas. No inverno, elas colocavam as mãos sob as axilas e falavam baixo, economizando energia para o resto do dia. Aquela seção do hospital, que era evitada pelos outros pacientes e pela maior parte dos funcionários, nunca era bem aquecida. No verão, as mulheres se espichavam, lânguidas, e ficavam cutucando casquinhas de ferida, matando mosquitos e reclamando do calor. Tiravam os sapatos, massageando os pés cansados, e um leve odor rançoso tomava o ar. De vez em quando, uma das prostitutas turcas fazia um comentário mordaz sobre os médicos, as enfermeiras ou aquelas que estavam do lado oposto, as estrangeiras, as invasoras, provocando risadas, mas não risadas alegres. Num espaço tão estreito, a inimizade podia surgir e circular tão rápida quanto uma descarga elétrica, e morrer com igual rapidez. As locais tinham uma antipatia particular pelas africanas, que acusavam de roubar seus empregos.

Naquela tarde, quando Leila olhou a jovem negra sentada em frente, não viu uma estrangeira. Viu sua pulseira trançada e se lembrou daquela que havia perdido; viu o talismã que ela costurara dentro do cardigã e se lembrou de todos os talismãs que não a tinham protegido; viu a maneira como ela apertava a bolsa de lona contra o peito, como se esperasse ser expulsa daquele lugar, se não daquele país, a qualquer instante, e reconheceu nela uma solidão e um desalento familiares. Teve a estranha sensação de que poderia muito bem estar olhando para o próprio reflexo.

— Pulseira bonita — disse Leila, apontando com o queixo.

Lenta, quase imperceptivelmente, a outra mulher ergueu a cabeça e olhou diretamente para Leila, examinando-a. Apesar de não ter respondido nada, havia uma serenidade em sua expressão que fez com que Leila tivesse vontade de continuar falando.

— Eu tinha uma pulseira igualzinha — disse Leila, se inclinando. — Perdi quando cheguei em Istambul.

No silêncio que se seguiu, uma das prostitutas locais fez um comentário indecente e as outras deram risadinhas. Leila, que já estava meio arrependida de ter se dirigido à moça, baixou os olhos e se retraiu, pensativa.

— Eu faço... — disse a mulher, justamente quando todas as outras estavam achando que ela não ia dizer nada; sua voz era um sussurro arrastado, um pouco rouco, e ela não sabia falar turco muito bem. — Diferente para cada um.

— Você escolhe cores diferentes para cada pessoa? — perguntou Leila, já interessada. — Que bonito, como você decide?

— Eu olho.

Depois daquele dia, todas as vezes que se encontravam, elas conversavam um pouco mais, revelavam um pouco mais, com gestos preenchendo os silêncios em que não havia palavras disponíveis. Então, certa tarde, meses depois daquele primeiro diálogo, Jameelah esticou o braço, atravessando uma parede invisível no corredor entre os bancos, e largou algo leve na palma da mão de Leila.

Era uma pulseira trançada lilás, magenta e púrpura — tons de roxo.

— Para mim? — perguntou Leila, baixinho.

Um aceno de cabeça.

— Sim, suas cores.

Jameelah, a mulher que olhava dentro das almas das pessoas e, só quando via o que precisava ver, decidia abrir o coração para elas.

Jameelah, uma dos cinco.

A história de Jameelah

Jameelah nasceu na Somália; seu pai era muçulmano e sua mãe, cristã. Durante os primeiros anos de vida, ela teve uma liberdade abençoada, embora só fosse se dar conta disso muito tempo depois. Sua mãe certa vez lhe dissera que a infância era uma grande onda azul que nos levantava, nos carregava e, justamente quando achávamos que ia durar para sempre, desaparecia. Não se podia nem correr atrás dela nem a trazer de volta. Mas, antes de se esvair, a onda deixava um presente — uma concha na areia. Dentro dessa concha, estavam todos os sons da infância. Mesmo hoje em dia, se Jameelah fechasse os olhos e prestasse atenção, ela conseguia ouvi-los: as gargalhadas de seus irmãos mais novos, as palavras carinhosas que o pai dizia enquanto comia tâmaras no desjejum, sua mãe cantando ao preparar a comida, o crepitar do fogo à noite, o farfalhar da acácia lá fora...

Mogadíscio, a Pérola Branca do Oceano Índico. Sob o céu sem nuvens, ela protegia os olhos para observar os barracos da favela ao longe, cuja presença era tão frágil quanto a lama e a madeira com as quais eles eram construídos. Naquela época, Jameelah não tinha que se preocupar com a pobreza. Os dias eram tranquilos e sonhar era fácil e tão doce quanto o mel que ela pingava no pão ázimo. Mas, então, a mãe que ela idolatrava morreu de câncer após definhar longa e dolorosamente, sem que seu sorriso se apagasse até os últimos instantes. O pai virou uma sombra de si mesmo, e não estava preparado para o fardo que teria que carregar ao se ver sozinho com cinco filhos. Seu semblante ficou mais sombrio e, gradualmente, seu coração também. Os anciãos da família insistiram para que ele se casasse de novo — dessa vez, com alguém de sua própria religião.

A madrasta de Jameelah, que também era viúva, tinha ciúmes de um fantasma e decidiu apagar todos os vestígios da mulher que sentia que estava ali para substituir. Logo, Jameelah — a filha mais velha — estava brigando com a madrasta por quase tudo, desde o que vestia até o que comia e a maneira como falava. Para recobrar um pouco de calma em seu espírito desconcertado, ela começou a passar mais tempo nas ruas.

Certa tarde, seus pés a levaram até a antiga igreja da mãe, que Jameelah tinha parado de frequentar, mas que nunca tinha esquecido por completo. Sem pensar muito no que estava fazendo, ela empurrou a porta alta de madeira e entrou, inalando o cheiro de velas de cera e de madeira polida. Diante do altar estava um padre velho, que conversou com Jameelah sobre como sua mãe era na época da infância, muito antes de se casar e ter filhos — histórias de outra vida.

Jameelah não tinha intenção de ir de novo à igreja, mas, uma semana depois, foi o que fez. Aos dezessete anos, passou a fazer parte da congregação, e pagou por isso enfurecendo o pai e partindo os corações dos irmãos. Para ela, aquilo não era escolher entre duas religiões abraâmicas: era simplesmente se agarrar a um fio invisível que a ligava à mãe. Ninguém mais entendeu seu gesto daquela maneira: ninguém a perdoou.

O padre disse que Jameelah não deveria ficar muito triste, pois tinha passado a fazer parte de uma família ainda maior, uma família de fiéis. Mas, por mais que ela se esforçasse, aquele contentamento pacífico que lhe disseram que sentiria mais cedo ou mais tarde lhe escapava. Jameelah viu-se sozinha mais uma vez, sem família nem igreja.

Ela precisava procurar emprego. Não havia nenhum, a não ser uns poucos para os quais não tinha qualificação. A favela que costumava observar de longe logo se tornou seu endereço. Enquanto isso, o país estava mudando. Todos os amigos de Jameelah, repetindo as palavras de Mohamed Siad Barre — o "Boca Grande" —, puseram-se a libertar os somalis que viviam sob o jugo de outros. Uma Somália Maior. Eles disseram que estavam preparados para lutar por isso — e para morrer por isso. Jameelah teve a impressão de que todos, incluindo ela própria, estavam tentando evitar o presente: ela, desejando voltar ao passado; seus amigos, ansiando por um futuro tão incerto quanto as areias que se movem num deserto do tamanho do mar.

Então, as coisas começaram a ficar feias e as ruas deixaram de ser seguras. Cheiro de pneu queimado, de pólvora. Quem se opunha ao regime era preso com armas fabricadas pelos soviéticos. As prisões — relíquias das ocupações britânica e italiana — se enchiam depressa. Escolas, prédios do governo e alojamentos militares foram transformados em cadeias temporárias. Mesmo assim, não havia espaço o suficiente para trancafiar todos que eram detidos. Até partes do palácio presidencial tiveram que ser usadas como cadeia.

Mais ou menos naquela época, um conhecido lhe falou de uns *feringhee* que estavam procurando por africanas saudáveis e trabalhadoras para levar para Istambul. Para fazer serviços domésticos — limpar, cuidar de crianças, cozinhar, coisas assim. O conhecido explicou que famílias turcas gostavam de empregadas somali. Jameelah viu uma oportunidade. Sua vida, assim como uma porta, tinha se fechado, e ela queria muito que outra se abrisse em outro lugar. *Aquele que não viajou pelo mundo não tem olhos*, ela pensou.

Junto com mais de quarenta pessoas, a maioria mulheres, ela fez o trajeto até Istambul. Ao chegar, elas foram enfileiradas e separadas em grupos. Jameelah notou que as meninas mais novas, como ela, foram todas colocadas de um lado. O resto logo foi levado embora. Jameelah não voltaria a ver nenhuma delas. Quando se deu conta de que aquilo era uma mentira — um pretexto para trazer pessoas que iam trabalhar por pouco ou ser exploradas sexualmente — já era tarde demais para escapar.

Os africanos de Istambul vinham dos quatro cantos do velho continente — Tanganica, Sudão, Uganda, Nigéria, Quênia, Alto Volta, Etiópia — fugindo da guerra civil, da violência religiosa, da insurgência política. O número daqueles que pediam asilo tinha aumentado diariamente ao longo dos anos. Entre eles havia estudantes, profissionais, artistas, jornalistas, acadêmicos... Mas os únicos africanos mencionados nos jornais eram aqueles que, como Jameelah, tinham sido traficados.

Uma casa em Tarlabaşi. Sofás desgastados, lençóis puídos usados como cortinas, o ar repleto do cheiro de batata queimada e cebola frita e de algo azedo, parecido com noz verde. À noite, várias das mulheres eram convocadas — elas nunca sabiam quem seria. A cada duas semanas, a polícia esmurrava a porta, juntava todas e as levava ao Hospital de Doenças Venéreas para um check-up.

As mulheres que resistiam aos captores eram trancadas num porão tão escuro e pequeno que elas só cabiam ali se ficassem agachadas. Pior do que a fome e a dor nas pernas era a ansiedade conflitante da preocupação com os carcereiros, o temor de que algo acontecesse com aqueles homens, as únicas pessoas que sabiam onde elas estavam — e o medo de que elas pudessem acabar abandonadas ali para sempre.

— É como domar cavalos — disse uma das mulheres. — É isso que eles estão fazendo com a gente. Quando não tivermos mais coragem, eles vão saber que não vamos mais fugir.

Mas Jameelah nunca tinha parado de planejar sua fuga. Era sobre isso que estava refletindo no dia em que conheceu Leila no hospital. Estava pensando que talvez fosse um cavalo só meio domado, amedrontado demais para sair correndo, frágil demais para se atrever, mas ainda capaz de se lembrar do sabor da liberdade — e, por isso, capaz de ansiar por ela.

Oito minutos

Oito minutos tinham se passado, e a lembrança seguinte que Leila tirou de seu arquivo foi o cheiro de ácido sulfúrico.

Março de 1966. Em seu quarto no segundo andar da rua dos bordeis, Leila estava recostada na cama, folheando uma revista de capa brilhosa que tinha uma foto de Sophia Loren na capa. Ela nem estava lendo nada, pois estava distraída pensando — até ouvir Mãe Amarga lhe chamando.

Leila largou a revista. Devagar, ficou de pé e esticou os braços e as pernas. Atravessou o corredor como se estivesse em transe, descendo a escada com o rosto um pouco vermelho. Um cliente de meia idade estava próximo a Mãe Amarga, meio de costas para ela, examinando o quadro de narcisos amarelos e frutas cítricas. Ela reconheceu o charuto que ele segurava antes de reconhecer seu rosto. Era o homem que todas as prostitutas tentavam evitar. Ele era cruel, sovina e grosseiro e tinha se comportado de maneira tão violenta algumas vezes que fora banido do bordel. Mas, naquele dia, Mãe Amarga aparentemente o perdoara — de novo. Leila fechou a cara.

Ele usava um colete cáqui com diversos bolsos. Foi esse detalhe que chamou a atenção de Leila antes de todos os outros. Só um fotojornalista iria precisar daquilo, pensou ela — ou alguém com muita coisa para esconder. Algo nos modos do homem fez Leila pensar numa água-viva; não em mar aberto, mas dentro de um vaso, com os tentáculos translúcidos flutuando no espaço confinado. Era como se não houvesse nada a sustentá-lo: seu corpo inteiro era uma massa flácida, composto de uma espécie diferente de solidez; uma que poderia, a qualquer momento, se liquefazer.

Espalmando as mãos sobre a mesa e inclinando o corpanzil para a frente, Mãe Amarga piscou o olho para o homem:

— Pronto, meu paxá. Leila Tequila! Ela é uma das melhores que eu tenho.

— Esse é o nome dela? Como ela ganhou esse apelido? — perguntou ele, olhando Leila da cabeça aos pés.

— Porque essa aí não tem paciência. Quer que a vida ande depressa. Mas ela também é resistente: consegue engolir o azedo e o amargo que nem num trago de tequila. Fui eu que dei o apelido.

O homem deu uma risada sombria.

— Então, ela é perfeita para mim.

No quarto do segundo andar onde, poucos minutos antes, ela estava olhando o corpo perfeito e o vestido de renda branca de Sophia Loren, Leila tirou a roupa: uma saia com estampa floral e uma parte de cima de biquíni rosa com babadinhos que ela detestava. Tirou também a meia-calça, mas continuou com as pantufas de veludo, como se aquilo a fizesse sentir mais segura.

— Você acha que aquela piranha está vigiando a gente? — sussurrou o homem.

Leila olhou-o, surpresa.

— O quê?

— A madame que estava lá embaixo. Ela pode estar espiando a gente.

— Claro que não.

— Olha aqui! — disse ele, apontando para uma rachadura na parede. — Está vendo o olho dela? Está vendo como se mexe? É o demônio!

— Não tem nada aí.

O homem apertou os olhos, com uma expressão inconfundível de ódio e desprezo.

— Você trabalha para ela, por que eu deveria confiar em você? É uma serva de demônio.

Leila de repente ficou com medo. Ela deu um passo para trás, sentindo um enjoo na boca do estômago ao se dar conta de que estava sozinha num quarto com um homem mentalmente desequilibrado.

— Nós estamos sendo vigiados por espiões.

— Não tem mais ninguém aqui, pode confiar em mim — disse Leila, tentando apaziguá-lo.

— Cala a boca! Sua piranha idiota, você não sabe nada! — gritou ele, e então baixou a voz. — Eles estão gravando a nossa conversa. Colocaram câmeras em todos os lugares.

O homem começou a apalpar os bolsos, murmurando algo incompreensível. Pegou um vidrinho. Quando tirou a rolha, saiu um som que parecia um gemido abafado.

Leila entrou em pânico. Confusa, aproximou-se dele, tentando entender o que tinha no vidro, mas então mudou de ideia e se afastou, indo na direção da porta. Se não fosse por aquelas pantufas delicadas que adorava tanto, teria conseguido escapar mais depressa. Ela tropeçou, perdeu o equilíbrio, e o líquido que o homem tinha atirado nela um segundo antes atingiu-a nas costas.

Ácido sulfúrico. O homem estava planejando derramar o resto no rosto de Leila, mas ela conseguiu sair correndo do quarto, apesar do ácido queimando seu corpo. Foi uma dor diferente de qualquer outra. Sem fôlego e tremendo, Leila se apoiou na parede como uma vassoura velha que tinha sido jogado fora. Mesmo com a cabeça rodando, ela conseguiu se arrastar na direção da escada e agarrou o corrimão com força para não desmaiar. Quando conseguiu emitir um som — um som cru, feral —, seu grito dissonante recaiu como uma chuva sobre todos os quartos do bordel.

O ácido derramado deixou um buraco numa das tábuas do assoalho. Depois de receber alta do hospital, com a cicatriz nas costas ainda sensível e descolorada — o ferimento jamais ficaria completamente curado —, Leila com frequência se sentava perto daquele lugar. Passava o dedo pelo contorno do buraco amorfo, com a borda áspera, como se ela e a tábua de madeira tivessem um segredo. Se Leila ficasse bastante tempo com o olhar focado no buraco negro, ele começava a girar, como redemoinhos na superfície de um café com cardamomo. Assim como vira os cervos do tapete se moverem quando era criança, passou a ver o buraco de ácido girar.

— Podia ter sido no rosto. Agradeça à sua estrela da sorte — disse Mãe Amarga.

Os clientes concordaram. Disseram a Leila que tinha sido uma sorte enorme a cicatriz não a impedir de trabalhar. Ela passou a ser até mais procurada do que antes, ter mais demanda. Era uma prostituta com história, e os homens pareciam gostar disso.

Depois do ataque, o número de policiais na rua dos bordéis aumentou — durante cerca de duas semanas. Na primavera de 1966, a violência estava crescendo em todos os cantos da cidade: facções políticas se enfrentavam, sangue era lavado com sangue, estudantes eram abatidos a tiros nos campi das universidades, os cartazes nas ruas foram ficando mais raivosos, mais urgentes, e, logo, os policiais extras foram mandados para outro lugar.

Durante um bom tempo após ser atacada, Leila evitou o máximo que pôde as outras mulheres, a maioria das quais era mais velha que ela e a irritava com suas palavras mordazes e seu humor sardônico. Quando precisava, ela retrucava, mas, na maior parte do tempo, ficava quieta. A depressão era comum entre as mulheres daquela rua, devastando sua alma como o fogo devasta a lenha. Mas ninguém usava essa palavra. *Triste*, era o que elas diziam. Não de si mesmas, mas de todas as outras coisas. *A comida aqui é triste. O pagamento é triste. Meus pés estão doendo, estes sapatos são tristes.*

Só havia uma mulher de cuja companhia Leila gostava. Era uma mulher árabe de idade indeterminada, tão baixa que precisava comprar suas roupas nos departamentos infantis das lojas. Seu nome era Zaynab122 e, dependendo do humor, ela soletrava Zainab, Zeinab, Zayneb, Zeynep... Dizia que sabia 122 maneiras diferentes de escrever o nome. O número também era uma referência à sua altura, que era exatamente 122 centímetros. Duende, Pigmeia, Pequeno Polegar... Zaynab já tinha sido chamada de tudo isso e de coisas piores. Estava tão cansada de as pessoas a olharem espantadas e de, secreta ou abertamente, se perguntarem qual era sua altura que, num gesto de desafio, acrescentara a medida ao nome. Seus braços eram desproporcionais ao torso, os dedos eram gordos e curtos e o pescoço, quase inexistente. Uma testa larga, uma fissura labial e olhos bem separados, de tom cinza claro e um brilho inteligente, eram os traços mais marcantes de seu rosto. Ela falava um turco fluente, mas com um sotaque gutural que revelava suas raízes.

Zaynab122 trabalhava duro esfregando o chão, limpando as privadas, passando aspirador nos quartos e ajudando as prostitutas com tudo de que elas precisassem. Nada disso era fácil, pois ela não apenas tinha membros curtos como também uma curvatura na espinha que fazia com que fosse duro ficar de pé durante muitas horas seguidas.

Zaynab122 era vidente nas horas vagas, mas só para as pessoas de quem gostava. Duas vezes por dia, sem falta, passava um café para Leila. Depois que ela terminava de tomar, Zaynab122 olhava o resíduo escuro no fundo da xícara. Preferia não falar do passado nem do futuro, só do presente. Só previa o que ia acontecer dali a menos de uma semana ou alguns meses, no máximo. Mas, certa tarde, Zaynab122 violou a própria regra.

— Hoje, sua xícara está cheia de surpresas. Eu nunca vi nada assim.

Elas estavam sentadas na cama, lado a lado. Lá fora, em algum ponto rua abaixo, soou uma melodia lúdica que fez Leila se lembrar dos caminhões de sorvete que ouvia quando era criança.

— Olha! Uma águia pousada no cume de uma montanha — disse Zaynab122, girando a xícara. — Ela tem uma auréola em volta da cabeça. Esse é um bom presságio. Mas tem um corvo aqui embaixo.

— E isso é um mau presságio?

— Não necessariamente. É um sinal de conflito — disse Zaynab122, girando a xícara mais uma vez. — Meu Deus, você precisa ver isso!

Curiosa, Leila se inclinou e espiou dentro da xícara. Só viu um monte de manchas marrons.

— Você vai encontrar alguém. Alto, magro, bonito... — disse Zaynab122, falando mais depressa, as palavras como faíscas. — Tem um caminho de flores, que significa uma grande paixão. Ele está segurando um anel. Minha querida... você vai se casar.

Leila empertigou as costas e olhou a palma da mão. Ela apertou os olhos como se estivesse observando um sol forte lá longe ou um futuro tão inalcançável quanto ele. Suas palavras seguintes saíram sem emoção.

— Você está tirando sarro de mim.

— Juro que não.

Leila hesitou. Se fosse qualquer outra pessoa que estivesse dizendo aquelas coisas, ela teria saído do quarto na hora. Mas aquela era uma mulher que nunca falava nada de ruim sobre os outros, embora fosse ridicularizada por eles o tempo todo.

Zaynab122 inclinou a cabeça para o lado, como fazia quando estava pensando em que palavras usar para se expressar em turco.

— Desculpe se eu estava animada demais, não consegui me conter. Porque… faz anos que não acho uma leitura tão positiva. Eu só digo o que vejo.

Leila deu de ombros.

— É só um café besta. Mais nada.

Zaynab122 tirou os óculos, limpou-os com o lenço e colocou-os de novo.

— Se você não acredita em mim, não tem problema.

Leila ficou imóvel, com os olhos fixos num ponto fora do quarto.

— É uma coisa séria acreditar em alguém.

E, por um momento, ela voltou a ser uma menina em Vã, dentro da cozinha, observando a mulher que lhe dera à luz cortar alface e minhocas.

— Você não pode sair dizendo isso, assim. Acreditar é um tremendo compromisso.

Zaynab122 encarou-a por um bom tempo, com uma expressão curiosa.

— Bom, nisso a gente concorda. Então, por que não levar minhas palavras a sério? Um dia, você vai sair daqui usando um vestido de noiva. Deixe que este sonho lhe dê forças.

— Eu não preciso sonhar.

— Essa é a coisa mais boba que eu já ouvi saindo da sua boca — disse Zaynab122. — Todo mundo precisar sonhar, *habibi*. Um dia, você vai surpreender todo mundo. Eles vão dizer "Olha só a Leila, ela moveu montanhas! Primeiro, saiu de um bordel e foi para outro; teve a coragem de largar uma madame horrível. Depois, saiu das ruas. Que mulher!". Muito tempo depois, eles ainda vão estar falando de você. Você vai ser uma fonte de esperança.

Leila abriu a boca para protestar, mas não disse nada.

— E, quando esse dia chegar, eu quero que você me leve. Vamos juntas. Até porque você vai precisar de alguém para segurar o seu véu. Ele vai ser bem longo.

Leila não conseguiu resistir e, sem querer, um leve sorriso surgiu nos cantos de sua boca.

— Quando eu estava na escola… lá em Vã… eu vi uma foto de uma princesa que estava se casando. Meu Deus, como ela era linda. O vestido era maravilhoso e o véu tinha 75 metros de comprimento. Imagina!

Zaynab122 foi até a pia. Ela ficou na ponta dos pés e deixou a água correr. Tinha aprendido isso com seu mestre. Se a borra de café revelasse uma notícia excepcionalmente boa, tinha que ser lavada na hora. Se não, o Destino podia chegar e bagunçar as coisas, como de costume. Delicadamente, Zaynab122 lavou a xícara e colocou-a no parapeito da janela.

Leila continuou:

— Ela parecia um anjo, parada na frente do palácio. Sabotagem recortou a foto e me deu para guardar.

— Quem é Sabotagem? — perguntou Zaynab122.

— Ah — o rosto de Leila se anuviou. — Um amigo. Era um amigo muito querido.

— Bom, quanto àquela noiva… — disse Zaynab122. — Você falou que o véu dela tinha 75 metros de comprimento? Isso não é nada, *habibi*. Porque eu estou lhe dizendo: você pode até não ser uma princesa, mas, se o que eu vi na xícara for verdade, seu vestido vai ser mais bonito ainda.

Zaynab122, a adivinha, a otimista, a crente, para quem a palavra "fé" era sinônimo de "amor" e para quem Deus, portanto, só podia ser Amado.

Zaynab122, uma dos cinco.

A história de Zaynab

Zaynab nasceu a mil e quinhentos quilômetros de Istambul, numa vila isolada em uma montanha no norte do Líbano. Por gerações, as famílias sunitas da área só se casavam entre si, e o nanismo era tão comum na vila que ela muitas vezes atraía visitantes do mundo exterior, como jornalistas e cientistas. Os irmãos e irmãs de Zaynab tinham estatura dentro da média e, quando chegou a hora, todos eles se casaram. Ela foi a única que nasceu com a condição dos pais: ambos tinham nanismo.

A vida de Zaynab mudou no dia em que um fotógrafo de Istambul bateu na porta deles e pediu permissão para tirar uma foto dela. O rapaz estava viajando pela região e registrando vidas ocultas do Oriente Médio. Ele estava procurando desesperadamente por alguém como ela.

— As anãs ganham de tudo — disse, com um sorriso tímido. — Mas uma anã árabe é um mistério duplo para os ocidentais. E eu quero que essa exposição viaje pela Europa inteira.

Zaynab não achou que o pai fosse deixar, mas ele concordou — contanto que o sobrenome e a localização da família não fossem divulgados. Dia após dia, ela posou para o fotógrafo. Ele era um artista talentoso, apesar de não compreender o coração humano. Não percebeu o rubor que se espalhava pelas faces de sua modelo sempre que aparecia. Depois de tirar mais de cem fotos, foi embora, satisfeito, dizendo que o rosto de Zaynab seria a peça principal de sua exposição.

Naquele mesmo ano, a saúde de Zaynab piorou e ela teve de ir a Beirute com uma irmã mais velha, onde ficou por algum tempo. Foi ali, à sombra do Monte Sannine, nos intervalos entre suas diversas visitas ao hospital, que um mestre vidente se afeiçoou a ela e ensinou-lhe a arte ancestral da tasseomancia — a adivinhação baseada na leitura de folhas de chá, sedimentos de vinho, borras de café. Zaynab sentiu que, pela primeira vez na vida, sua aparência física incomum poderia ser uma vantagem. As pessoas pareciam fascinadas pela ideia de uma anã prever seu futuro, como se o tamanho de Zaynab lhe desse um conhecimento especial do sobrenatural. Nas ruas, ela podia ser ridicularizada ou causar pena, mas, na privacidade de sua sala de leitura, era admirada e reverenciada. Ela gostou disso. Foi melhorando em sua arte.

Graças a seu novo *métier*, Zaynab conseguiu ganhar dinheiro. Não muito, apenas o suficiente para lhe dar esperança. Mas a esperança é uma substância química perigosa, capaz de causar uma reação em cadeia na alma humana. Cansada dos olhares intrusivos das pessoas e sem perspectiva de se casar ou arrumar um emprego, Zaynab há muito considerava seu corpo uma maldição. Assim que economizou dinheiro o bastante, permitiu-se sonhar em deixar tudo para trás. Iria para um lugar onde pudesse se reinventar. Afinal, todas as histórias que tinha ouvido desde que era criança não tinham a mesma moral? Para quem tinha uma migalha de esperança no bolso, era possível atravessar desertos, escalar montanhas, navegar por oceanos e vencer gigantes. Os heróis dessas histórias eram, sem exceção, homens, e nenhum tinha o tamanho de Zaynab, mas isso não importava. Se eles tiveram coragem, ela teria também.

Depois que voltou para casa, Zaynab passou semanas conversando com seus pais já idosos, torcendo para convencê-los a permitir que ela fosse embora para encontrar o próprio caminho. Zaynab tinha sido uma filha obediente a vida toda e não iria de jeito nenhum para o exterior ou para qualquer outro lugar sem a bênção dos pais; se eles tivessem recusado, ela teria ficado. Seus irmãos e irmãs foram furiosamente contra aquele sonho que, para eles, era pura maluquice. Mas Zaynab não cedeu. Como eles poderiam saber como ela se sentia lá no fundo, quando Alá os fizera tão diferentes? O que eles entendiam sobre ter nanismo e lutar com todas as forças para se manter agarrado à sociedade?

No fim, mais uma vez, foi seu pai que a entendeu melhor do que qualquer outra pessoa.

— Eu e sua mãe estamos ficando velhos. Eu venho me perguntando o que você vai fazer sozinha quando nós não estivermos mais aqui. É claro que suas irmãs vão cuidar bem de você. Mas eu sei quão orgulhosa você é. Eu sempre quis que você se casasse com alguém da sua altura, mas isso não aconteceu.

Zaynab beijou a mão do pai. Ah, se ela pudesse explicar para ele que o casamento não era seu destino; que, muitas vezes, quando encostava a cabeça no travesseiro, via os Anjos Viajantes, os *Darda'il*, e depois nunca tinha certeza se tinha sido um sonho ou uma visão; que talvez seu lar não fosse o lugar onde tinha nascido, mas aquele onde escolheria morrer; que, com a saúde que lhe restava, nos anos que ainda tinha na terra, ela queria fazer o que ninguém da família tinha feito até então e se tornar um dos *andarilhos*.

O pai de Zaynab respirou fundo e inclinou a cabeça, como se tivesse ouvido tudo. Ele disse:

— Se você precisa ir, então vá, *ya ruhi*. Faça amigos, bons amigos. Amigos fiéis. Ninguém consegue sobreviver sozinho, só Deus Todo-Poderoso. E lembre-se, no deserto da vida, o tolo viaja sozinho e o sábio, em caravana.

Abril de 1964. Um dia depois de uma nova constituição ser promulgada, descrevendo a Síria como uma "República Democrática Socialista", Zaynab chegou à cidade de Kessab. Com a ajuda de uma família armênia, ela atravessou a fronteira rumo à Turquia. Estava decidida a ir para Istambul, embora não soubesse bem o motivo, a não ser por um momento distante, um desejo secreto, o rosto do fotógrafo ainda no fundo da sua mente, atraindo sua lembrança — o único homem que tinha amado. Ela se escondeu entre algumas caixas de papelão na boleia de um caminhão, atormentada pelos pensamentos mais assustadores. Toda vez que o motorista pisava no freio, Zaynab temia que algo terrível fosse acontecer, mas a viagem foi surpreendentemente tranquila.

Encontrar um emprego em Istambul, porém, não foi fácil. Ninguém queria contratar Zaynab. Como ela não sabia falar a língua, não podia trabalhar como vidente. Após semanas procurando, arrumou um emprego num salão de cabeleireiro chamado Pontas Duplas. O trabalho era exaustivo, o dinheiro mal dava para pagar as contas, a dona era cruel. Zaynab não conseguia passar muito tempo de pé todos os dias e sofria de dores excruciantes nas costas. Mesmo assim, seguiu em frente. Passaram-se meses, depois um ano inteiro.

Uma das clientes regulares do salão, uma mulher corpulenta que pintava o cabelo de um tom diferente de loiro a cada duas ou três semanas, gostava de Zaynab.

— Por que você não vem trabalhar para mim? — disse a mulher para ela um dia.

— Onde você trabalha?

— Bom, num bordel. E antes de você protestar ou atirar alguma coisa na minha cabeça, fique sabendo que é um lugar decente. Antigo, legalizado. Existe desde a época otomana, mas não saia dizendo isso para todo mundo. Algumas pessoas, aparentemente, não gostam de ouvir. Mas como eu ia dizendo, se você vier trabalhar para mim, eu vou tratar você direito. Você vai fazer o mesmo tipo de trabalho que está fazendo aqui: limpar, passar café, lavar as xícaras… só isso. Mas eu pago melhor.

E foi assim que Zaynab122, após viajar das montanhas altas do norte do Líbano até os morros baixos de Istambul, foi parar na vida de Leila Tequila.

Nove minutos

No nono minuto, a memória de Leila simultaneamente desacelerou e saiu do controle, enquanto fragmentos de seu passado giravam dentro de sua cabeça numa dança extasiada, como abelhas zunindo. Ela se lembrou de D/Ali e pensar nele trouxe o gosto de bombons de chocolate com recheios-surpresa: caramelo, creme de cereja, pralinê de avelã...

Julho de 1968. Tinha sido um verão longo e absurdamente quente; o sol assava o asfalto e o ar parecia grudento. Não havia nem uma brisa, uma gota de chuva, uma nuvem no céu. As gaivotas estavam imóveis nos telhados, com os olhos fixos no horizonte, como se esperassem a volta dos fantasmas de armadas inimigas; pegas se empoleiravam nos pés de magnólia observando o entorno em busca de cacarecos brilhantes, mas acabavam roubando poucas coisas, pois eram preguiçosas demais para se mexer no calor. Uma semana antes, um cano tinha estourado e a água suja tinha rumado para o sul e descido as ruas até Tophane, formando poças aqui e ali onde as crianças colocavam barquinhos de papel para flutuar. O lixo não recolhido emitia um odor rançoso. As prostitutas estavam reclamando do fedor e das moscas. Não que esperassem que alguém fosse escutar. Ninguém achava que o cano fosse ser consertado em breve. Elas teriam que esperar, assim como esperavam por muitas outras coisas na vida. Mas, para imensa surpresa de todas, certa manhã elas acordaram ao som de operários britando a rua e consertando o cano quebrado. Não só isso, mas as pedras soltas da calçada tinham sido recolocadas e o portão na entrada da rua dos bordéis tinha sido pintado. De um verde escuro sem graça, cor de lentilha velha — uma cor que só um funcionário público com pressa de terminar o trabalho escolheria.

As prostitutas tinham razão de suspeitar que as autoridades estavam por trás dessa súbita atividade. O motivo logo ficou claro: os americanos iam chegar. A Sexta Frota estava a caminho de Istambul. Um porta-aviões de 27 mil toneladas ia ancorar no Bósforo para participar de operações da OTAN.

A notícia causou uma onda de agitação em toda a rua dos bordéis. Centenas de marinheiros logo iam desembarcar com notas novinhas de dólar nos bolsos e muitos, sem dúvidas, iriam precisar do toque de uma mulher após semanas longe de casa. Mãe Amarga não cabia em si de alegria. Colocou uma placa de FECHADO na porta da frente e mandou todo mundo arregaçar as mangas. Leila e as outras mulheres pegaram esfregões, vassouras, panos, esponjas... todos os objetos de limpeza que conseguiram encontrar. Poliram as maçanetas, esfregaram as paredes, varreram o chão, lavaram as janelas e pintaram os batentes das portas de branco gelo. Mãe Amarga queria pintar o prédio todo, mas, como não quis contratar um pintor profissional, teve que se contentar com um acabamento amador.

Enquanto isso, do outro lado da cidade, também acontecia a maior agitação. A municipalidade de Istambul, decidida a receber os americanos com a típica hospitalidade turca, cobriu as ruas de flores. Milhares de bandeiras foram abertas e presas de qualquer jeito em janelas de carros, varandas e jardins. A OTAN É SEGURANÇA, A OTAN É PAZ, dizia uma faixa pendurada na fachada de um hotel de luxo. Quando todos os postes de luz, então consertados e trocados, foram acesos, um brilho dourado refletiu no asfalto recém-varrido.

No dia em que a Sexta Frota chegou, ela foi saudada com 21 tiros de canhão. Mais ou menos na mesma hora, só para ter certeza absoluta de que não haveria nenhum problema, a polícia fez uma batida no *campus* da Universidade de Istambul. O objetivo era arrebanhar líderes estudantis de esquerda e mantê-los sob custódia até a frota deixar a cidade. Brandindo seus bastões, encorajados por suas pistolas, os policiais invadiram as cantinas e os dormitórios, suas botas batendo ritmadas como o canto das cigarras. Mas os estudantes fizeram algo completamente inesperado: eles resistiram. O conflito subsequente foi grave e sangrento — trinta estudantes foram presos, cinquenta foram espancados e um foi assassinado.

Naquela noite, Istambul estava glamurosa e linda, mas profundamente nervosa — como uma mulher que tinha se arrumado para uma festa à qual não queria mais ir. Havia uma tensão no ar, que só foi aumentando com o passar das horas. Muitas pessoas nos quatro cantos da cidade dormiram irrequietas, esperando ansiosamente pelo raiar do dia e temendo o pior.

Na manhã seguinte, quando o orvalho ainda brilhava nas flores que tinham sido plantadas para os americanos, milhares de pessoas foram protestar nas ruas. Uma multidão começou a marchar na direção da Praça Taksim, cantando hinos revolucionários. Diante do Palácio Dolmabahçe — onde já tinham vivido seis famosos sultões otomanos e incontáveis concubinas sem nome — a procissão parou de repente. Durante um instante fugaz, houve um silêncio constrangido, aquele interstício numa demonstração quando as pessoas prendem a respiração, esperando, mas sem saber pelo quê. Então, um líder estudantil pegou um megafone e gritou bem alto, em inglês, "Vai para casa, ianque!".

A multidão, como que energizada por um raio, repetiu em uníssono: "Vai para casa, ianque! Vai para casa, ianque!"

Àquela altura, os marinheiros americanos, que já tinham desembarcado dos navios mais cedo, estavam caminhando a esmo, prontos para ver a cidade histórica, tirar algumas fotos, comprar algumas lembrancinhas. Quando eles ouviram os sons ao longe pela primeira vez, não se importaram muito — até que dobraram uma esquina e deram de cara com os manifestantes furiosos.

Espremidos entre a marcha de protesto e as águas do Bósforo, os marinheiros escolheram a segunda opção e mergulharam direto no mar. Alguns saíram nadando e foram resgatados por pescadores; outros ficaram perto da praia e foram tirados da água por transeuntes depois que a marcha acabou. Antes do fim do dia, o comandante da Sexta Frota achou que não era seguro continuar ali e decidiu ir embora de Istambul mais cedo que o planejado.

Enquanto isso, no bordel, Mãe Amarga, que tinha comprado biquínis e saias de palha para todas as mulheres e preparado um cartaz em seu inglês canhestro que dizia BEM-VINDOS CLIENTIS, ficou furibunda. Ela nunca tinha gostado de esquerdistas e passou a detestá-los ainda mais. Quem eles pensavam que eram para prejudicar seu negócio daquele jeito? Tanta pintura, tanta limpeza, tanta cera para nada. Para Mãe Amarga, o comunismo era só isso: um desperdício monumental do trabalho duro de pessoas decentes com boas intenções! Ela havia passado a vida toda se matando de trabalhar para meia dúzia de radicais desencaminhados chegarem e lhe dizerem que tinha de distribuir seu dinheiro suado para um bando de vagabundos, aproveitadores e pobretões. Não, senhor, ela não ia fazer isso nunca. Decidida a doar dinheiro para todas as causas anticomunistas da cidade, por mais precárias que fossem, Mãe Amarga praguejou baixinho e virou a placa da porta para o lado que dizia ABERTO.

Agora que estava claro que nenhum marinheiro americano ia visitar a rua dos bordéis, as prostitutas ficaram mais relaxadas. No seu quarto no segundo andar, Leila se sentou de pernas cruzadas na cama com uma pilha de papéis equilibrada no colo e ficou batendo com a caneta na bochecha. Estava torcendo para ter um pouco de tranquilidade. Ela escreveu:

Querida Nalan,

Andei pensando no que você disse no outro dia, sobre a inteligência dos animais de fazenda. Disse que nós matamos e comemos esses bichos e achamos que somos mais espertos do que eles, mas nunca realmente os compreendemos.

Disse que as vacas reconhecem as pessoas que já as machucaram um dia. E que as ovelhas também conseguem identificar rostos. Mas eu me pergunto: de que serve elas se lembrarem de tanta coisa se não podem mudar nada?

Você disse que os bodes são diferentes. Embora eles se irritem com facilidade, também perdoam depressa. Será que nós, humanos, somos que nem as ovelhas e os bodes, compostos de dois tipos? Aqueles que nunca esquecem e aqueles capazes de perdoar...

Leila tomou um susto ao ouvir um som alto e agudo e parou de escrever. Mãe Amarga estava gritando com alguém. A madame, que já estava indignada, soava furiosíssima.

— O que você quer, garoto? — disse Mãe Amarga. — Fala logo, veio aqui atrás de quê?

Leila saiu do quarto e foi lá para baixo ver.

Havia um rapaz na porta. Seu rosto estava corado e seus longos cabelos pretos, desgrenhados. Ele ofegava um pouco, como alguém que tinha corrido a toda velocidade. Assim que olhou para ele, Leila imaginou que fosse um dos manifestantes de esquerda que tinham se espalhado pela cidade toda, provavelmente um universitário. Quando a polícia barricou as ruas e começou a prender gente a torto e a direito, ele devia ter saído da passeata e entrado correndo num beco, indo parar diante da rua dos bordéis.

— Vou perguntar pela última vez, não me teste a paciência — disse Mãe Amarga, franzindo o cenho. — Que diabos você quer? Se não quiser nada, muito bem: saia daqui! Não pode ficar parado que nem um espantalho. Fala!

O rapaz olhou em volta com os braços cruzados apertados sobre o peito, como se estivesse se abraçando para se consolar. Foi esse gesto que comoveu Leila.

— Mãe Doce, acho que ele está aqui para me ver — disse ela do topo da escada.

Pego de surpresa, ele ergueu os olhos e a viu. Um levíssimo sorriso o fez erguer os cantos da boca.

Enquanto isso, Mãe Amarga observava o estranho com os olhos semicerrados, esperando para ouvir o que ele ia dizer.

— É... isso... é isso... Na verdade, eu vim aqui falar com a moça. Obrigado.

Mãe Amarga se sacudiu de tanto rir.

— *Na verdade, eu vim aqui falar com a moça? Obrigado?* Muito bem, meu filho. E de que planeta você é mesmo?

O rapaz piscou os olhos e, subitamente, foi tomado pela timidez. Passou a palma da mão sobre uma das têmporas, como se precisasse de tempo para responder.

Mãe Amarga tinha ficado séria e começou a falar de negócios.

— Então, quer ou não quer? Você tem dinheiro, meu paxá? Porque ela é cara. Uma das melhores que eu tenho.

Naquele momento, a porta se abriu e um cliente entrou. A luz que vinha da rua mudou e, por um instante, Leila não conseguiu decifrar a expressão do rapaz. Então, ela viu: ele estava assentindo, a tranquilidade se espalhando pelo rosto ansioso.

Quando o rapaz entrou no quarto dela, olhou ao redor com interesse, examinando cada detalhe — as rachaduras na pia, o armário que não fechava direito, as cortinas repletas de queimaduras de cigarro. Finalmente, se virou e viu que Leila estava se despindo devagar.

— Ah, não, não. Para!

Ele deu um passo rápido para trás, fazendo uma careta com a cabeça inclinada e o rosto marcado pela luz forte refletida no espelho. Ficou constrangido por ter dito aquilo sem pensar e então se recompôs.

— Quer dizer... por favor, não tira a roupa. Eu realmente não vim aqui para fazer isso.

— Então, o que você quer?

O rapaz deu de ombros.

— A gente pode só sentar e conversar?

— Você quer *conversar*?

— Quero, vou adorar conhecer você melhor. Nossa, eu nem sei seu nome. O meu é D/Ali. Não é meu nome de batismo, mas ninguém gosta do seu, gosta?

Leila olhou para ele, espantada. Na fábrica de móveis do outro lado da rua, alguém começou a cantar uma música que ela não reconheceu.

D/Ali se jogou na cama e cruzou as pernas agilmente, apoiando o rosto na palma da mão.

— E se você não estiver com vontade de falar, não precisa se preocupar. Também posso enrolar um cigarro para a gente. A gente pode fumar em silêncio.

D/Ali. Seu cabelo preto retinto cascateando até a altura dos ombros; seus olhos de um tom esmeralda inquieto que ficava mais vivo quando ele estava pensativo ou confuso. Filho de imigrantes, fruto de deslocamentos forçados e diásporas. Turquia, Alemanha Áustria, de volta para a Alemanha e mais uma vez para a Turquia — vestígios de seu passado deixados em vários lugares, como se fosse um cardigã que houvesse se enganchado em pregos salientes pelo caminho. Até D/Ali aparecer em sua vida, Leila nunca tinha conhecido ninguém que tivesse morado em tantos lugares sem se sentir totalmente em casa em lugar nenhum.

O nome verdadeiro dele, aquele que estava estampado em seu passaporte alemão, era Ali.

Na escola, ano após ano, ele tinha sido motivo de piada e, de vez em quando, sido submetido aos xingamentos e aos punhos de alunos racistas. Então, um deles descobrira sua paixão pela arte. Isso lhes deu ainda mais motivos para caçoar dele quando entrava na sala de aula todas as manhãs. *Lá vem um menino chamado Ali... que idiota, ele acha que é o Dalí!* As troças infindáveis, os insultos, lhe penetraram até a alma. Mas, um dia, quando uma professora nova pediu que todos na turma se apresentassem, ele se levantou primeiro e disse com um sorriso firme e confiante:

— Oi, meu nome é Ali, mas eu gosto mais quando me chamam de D/Ali.

Desse momento em diante, os comentários maldosos pararam, mas ele, teimoso e independente, tinha assumido e até começado a gostar daquilo que um dia fora um apelido que lhe magoava.

Seu pai e sua mãe eram de uma vila perto do Mar Egeu e tinham se mudado da Turquia para a Alemanha no começo da década de 1960 como *Gastarbeiter*, "trabalhadores convidados" — aqueles chamados para trabalhar e que, quando não eram mais necessários, deviam fazer as malas e ir embora. Seu pai foi primeiro, em 1961, e ficou dividindo um quarto de albergue com dez outros trabalhadores, metade dos quais não sabia ler nem escrever. À noite, à luz fraca de uma lâmpada, quem tinha sido alfabetizado escrevia cartas para os analfabetos. Depois de um mês morando num lugar tão apertado, os homens ficaram sabendo tudo uns sobre os outros, desde os segredos de família até quem estava com prisão de ventre.

Um ano mais tarde, a mãe de D/Ali foi encontrar o marido, levando o filho e as filhas gêmeas. A princípio, as coisas não saíram exatamente como eles tinham esperado. Após uma tentativa fracassada de ir morar na Áustria, a família tinha voltado para a Alemanha. A fábrica da Ford em Colônia precisava de operários e a família foi viver num bairro onde as ruas ficavam com cheiro de asfalto quando chovia, as casas eram todas iguais e a velha do andar de baixo chamava a polícia se ouvisse o menor barulho vindo do apartamento deles. A mãe comprou pantufas fofas para todos e eles se acostumaram a falar sussurrando. Assistiam à TV com o volume baixo e não ouviam música nem davam descarga à noite: isso também não era tolerado. O irmão mais novo de D/Ali nasceu naquele lugar e foi ali que todos eles passaram a infância, ninados pelas águas murmurantes do Reno.

O pai de D/Ali, de quem ele tinha herdado os cabelos pretos e o maxilar quadrado, vivia falando em voltar para a Turquia. Quando eles tivessem economizado dinheiro suficiente e resolvido tudo naquele país frio e arrogante, iriam embora. Ele estava mandando construir uma casa lá na sua vila. Uma casa grande com uma piscina e um pomar nos fundos. À noite, eles iriam escutar o zumbido do vale e um pombo assobiando aqui e ali, e não teriam mais que usar pantufas fofas ou falar baixo. Quanto mais anos se passavam, mais detalhadamente ele planejava aquele retorno. Nenhum outro membro da família o levava a sério. A Alemanha era a casa deles. A Alemanha era sua pátria — mesmo se o pai da família não conseguisse aceitar esse fato.

Quando D/Ali entrou no ensino médio, todos os seus professores e colegas tinham percebido que seu destino era virar artista. Mas sua paixão pela arte nunca tinha sido encorajada na família. Nem quando sua professora preferida foi falar com seus pais eles entenderam. D/Ali nunca se esqueceria da vergonha que sentira naquela tarde: a sra. Krieger, uma mulher corpulenta, recostada na ponta de uma cadeira com um copinho de chá delicadamente equilibrado na mão, tentando explicar para os pais dele que seu filho era *muito* talentoso e poderia obter uma vaga numa faculdade de artes e design se tivesse os tutores e mentores certos. D/Ali ficou observando o pai: ele estava escutando com um sorriso que não iluminava seus olhos, sentindo pena daquela mulher alemã de pele cor de salmão e cabelo loiro bem curto que estava lhe dizendo o que fazer com o próprio filho.

Quando D/Ali tinha dezoito anos, suas irmãs foram a uma festa na casa de uma amiga. Alguma coisa deu terrivelmente errado naquela noite. Uma das gêmeas não voltou para casa, embora tivesse permissão para ficar na rua só até as oito horas. Na manhã seguinte, ela foi encontrada no acostamento da estrada, inconsciente. Foi levada às pressas para o hospital, de ambulância, em coma hipoglicêmico devido ao consumo excessivo de álcool. Teve que fazer uma lavagem gástrica até sentir que a alma estava vazia. A mãe de D/Ali escondeu o incidente do pai, que estava trabalhando no turno da noite.

Os boatos correm depressa numa vila, e toda comunidade de imigrantes, por maior que seja, no fundo, é uma vila. Logo, o escândalo chegou aos ouvidos do pai. Como uma tempestade espalhando sua fúria por toda a largura e o comprimento de um vale, ele puniu a família inteira. Aquela tinha sido a gota d'água. Seus filhos iam voltar para a Turquia. Todos. Os pais iam ficar na Alemanha até se aposentarem, mas os jovens, dali em diante, iam morar com parentes em Istambul. A Europa não era lugar para se criar uma filha, muito menos duas. D/Ali ia fazer faculdade em Istambul e ficar de olho vivo nos irmãos. Se qualquer coisa imprópria acontecesse, seria responsabilidade dele.

Assim, D/Ali tinha chegado na cidade aos dezenove anos, sem saber falar turco direito e com uma cabeça irreparavelmente alemã. Ele estava acostumado a se sentir deslocado na Alemanha, mas até começar a morar em Istambul, nunca tinha achado que iria sentir a mesma coisa na Turquia, se não pior. Não era apenas seu sotaque ou a maneira como ele pontilhava os finais das frases com um *ja* ou um *ach so!* involuntário que fazia com que D/Ali sobressaísse. Era a expressão em seu rosto, como se ele estivesse eternamente insatisfeito ou desencantado com o que via, com o que ouvia, com aquilo tudo de que não conseguia fazer parte.

Raiva. Naqueles primeiros meses na cidade, D/Ali muitas vezes foi tomado por um súbito excesso de raiva, não tanto da Alemanha ou da Turquia, mas da ordem das coisas, do regime capitalista que destruía famílias, da classe burguesa que se alimentava do suor e da dor dos trabalhadores, do sistema torto que não permitia que ele pertencesse a lugar nenhum. D/Ali tinha lido bastante sobre o marxismo quando estava no ensino médio e sempre tinha admirado Rosa Luxemburgo, aquela mulher valente e brilhante que tinha sido assassinada em Berlim pelos Freikorps e atirada num canal — um canal que corria placidamente por Kreuzberg, um lugar que D/Ali tinha visitado diversas vezes e onde uma vez tinha, secretamente, jogado uma rosa. Uma rosa para Rosa. Mas foi só quando começou a estudar na Universidade de Istambul que começou a andar com um grupo ferozmente esquerdista. Seus novos camaradas queriam demolir o status quo e construir tudo do zero, assim como D/Ali.

Por isso, quando D/Ali apareceu na porta de Leila em julho de 1968, correndo da polícia que estava acabando com a manifestação contra a Sexta Frota, ele levava consigo o cheiro do gás lacrimogêneo, além de suas ideias radicais, seu passado complicado e um sorriso que mostrava sua alma toda.

— Como você veio parar aqui? — os homens sempre perguntavam.

E, cada vez, Leila contava uma história diferente, dependendo do que achava que eles iriam gostar de ouvir — um conto customizado para as demandas do cliente. Era um talento que tinha aprendido com Mãe Amarga.

Mas Leila não queria fazer aquilo com D/Ali e, de qualquer maneira, ele nunca lhe fez aquela pergunta. Em vez disso, quis saber outras coisas sobre ela — como era o sabor do café da manhã quando ela era criança em Vã, de quais aromas de invernos distantes ela se lembrava de maneira mais vívida e, se ela fosse dar um cheiro para cada cidade, qual seria o cheiro de Istambul? Se "liberdade" fosse um tipo de comida, como ela achava que ia senti-la na língua? E quanto a "pátria"? D/Ali parecia perceber o mundo por meio de sabores e aromas, incluindo as coisas abstratas da vida, como o amor e a felicidade. Com o tempo, aquilo se transformou numa brincadeira que eles faziam juntos, uma moeda que só circulava entre eles: os dois pegavam lembranças e momentos e os convertiam em gostos e cheiros.

Saboreando a cadência da voz de D/Ali, Leila era capaz de ouvi-lo durante horas sem nunca se entediar. Em sua presença, sentia uma leveza que não vivenciava havia muito tempo. Um fio de esperança, algo que ela não se imaginava mais ser capaz de vivenciar, invadiu suas veias e fez seu coração bater mais depressa. Aquilo fez Leila se lembrar de como se sentia quando era criança e se sentava no telhado da casa deles em Vã, observando a paisagem como se não houvesse amanhã.

O que mais intrigou Leila em relação a D/Ali foi a maneira como ele, desde o início, a tratou de igual para igual, como se o bordel fosse só mais uma sala de aula na universidade onde ele estudava e ela, uma aluna com quem ele vivia esbarrando nos corredores mal iluminados. Foi isso, mais do que qualquer outra coisa, que a fez baixar a guarda — essa sensação inesperada de igualdade.

Uma ilusão, sem dúvida, mas uma à qual ela deu um valor imenso. Conforme caminhava por aquele território estranho, descobrindo D/Ali, Leila também começou a se redescobrir. Qualquer pessoa seria capaz de perceber como os olhos dela se iluminavam ao vê--lo, mas poucas sabiam que a alegria era acompanhada por uma onda de culpa.

— Você não deveria mais vir aqui — disse Leila certo dia. — Não vai lhe fazer bem. Este lugar é cheio de tristeza, você não vê? Ele contamina as almas das pessoas. E não pense que você está acima disso, pois ele vai tragar você: é um pântano. Ninguém aqui é normal. Nada aqui é natural. Eu não quero mais que a gente se encontre. E por que você vem aqui com tanta frequência, se nem...

Leila não completou a frase, com medo de que D/Ali fosse pensar que estava chateada por ele ainda não ter transado com ela, quando a verdade era que gostava daquilo: era algo que lhe inspirava respeito. Ela vinha se agarrando àquilo como se fosse um presente precioso que ele tinha dado a ela. Mas, estranhamente, era apenas na ausência de sexo que Leila se permitia pensar em D/Ali daquela maneira, a ponto de, de tempos em tempos, flagrar-se se perguntando como seria tocar seu pescoço, beijar aquela cicatriz minúscula que ele tinha perto do queixo.

— Eu venho aqui porque gosto de ver você, só isso — disse D/ Ali, num tom grave. E não sei quem é *normal* num sistema tão torto.

D/Ali disse que, em geral, as pessoas que usavam demais a palavra "natural" não sabiam nada sobre como funcionava a Mãe Natureza. Se você lhes contasse que caracóis, minhocas e percas do mar preto eram hermafroditas, ou que cavalos-marinhos machos podiam parir, ou que peixes-palhaços machos viravam fêmeas na metade da vida, ou que chocos machos eram travestis, elas ficariam surpresas. Qualquer pessoa que estudasse a natureza com cuidado pensaria duas vezes antes de usar a palavra "natural".

— Tudo bem, mas você gasta tanto dinheiro. Mãe Amarga lhe cobra por hora.

— Ah, cobra — disse D/Ali, chateado. — Mas vamos imaginar que a gente estivesse saindo e que eu pudesse convidar você para algum lugar, ou o contrário. O que a gente ia fazer? Podíamos ir ver um filme, depois ir a um restaurante chique e a um salão de dança...

— Um restaurante chique! Um salão de dança! — repetiu Leila, com um sorriso.

— O que eu quero dizer é que a gente ia gastar dinheiro.

— É diferente. Seus pais iam ficar horrorizados se soubessem que você está desperdiçando o dinheiro suado deles num lugar como este.

— Ei, meus pais não me dão dinheiro.

— É mesmo? Mas eu pensei... então como você consegue pagar para entrar *aqui*?

— Eu trabalho — respondeu D/Ali, piscando um olho.

— Onde?

— Aqui e ali.

— Para quem?

— Para a revolução!

Leila virou o rosto, inquieta. E então, pela segunda vez na vida, ficou dividida entre seu instinto e seu coração. Seu instinto lhe avisou que D/Ali era mais do que o rapaz atencioso e gentil que ela via, e que ela deveria tomar muito cuidado. Mas o coração a empurrou para a frente — assim como fizera quando ela era uma bebê recém-nascida deitada, imóvel, sob um cobertor de sal.

Por isso, Leila parou de fazer objeções às visitas de D/Ali. Algumas semanas ele vinha todos os dias, outras, só nos fins de semana. Ela sentiu, com um aperto no peito, que ele passava muitas noites com os camaradas, atravessando ruas vazias onde suas sombras compridas se estendiam à sua frente; mas, o que eles faziam, Leila escolheu não perguntar.

— O seu voltou!

Era o que Mãe Amarga gritava do andar de baixo sempre que D/Ali aparecia e, se Leila estivesse com um cliente, ele tinha que esperar numa cadeira ao lado da porta. Era naqueles momentos que Leila sentia tanta vergonha que quase morria: quando, depois, o convidava a entrar num quarto que estava com o cheiro de outro homem. Mas, se D/Ali ficava perturbado com isso, nunca comentou. Uma concentração solene permeava seus movimentos e seus olhos a observavam intensamente, indiferentes a todo o resto, como se ela fosse, e sempre tivesse sido, o centro do mundo. A bondade dele era espontânea, instintiva. Todas as vezes que D/Ali se despedia e ia embora, exatamente uma hora depois de chegar, um vazio se espalhava por todos os cantos do quarto, engolindo-a inteira.

D/Ali nunca se esquecia de trazer um presentinho para Leila — um caderno onde ela pudesse escrever, uma fita de veludo para o seu cabelo, um anel no formato de uma serpente engolindo a própria cauda e, de vez em quando, bombons de chocolate com recheios-surpresa: caramelo, creme de cereja, pralinê de avelã… Eles se sentavam na cama, abriam a caixa, decidiam com cuidado que bombom comer primeiro e, durante uma hora inteira, falavam sem parar. Certa vez, D/Ali tocou a cicatriz nas costas de Leila resultante do ataque com ácido. Seguiu delicadamente com o dedo o traço da ferida que, como um profeta abrindo o mar, tinha fendido sua pele.

— Eu quero pintar você — disse ele. — Posso?

— Um quadro meu?

Leila corou um pouco e baixou os olhos. Quando voltou a olhar para D/Ali, encontrou-o sorrindo para ela, exatamente como tinha imaginado.

Na vez seguinte, D/Ali apareceu carregando um cavalete e um caixote de madeira repleto de pincéis com cerdas rígidas, tintas a óleo, espátulas, cadernos de esboços e óleo de linhaça. Ela posou para ele, sentada na cama usando uma saia curta de crepe escarlate e uma parte de cima de biquíni de continhas da mesma cor, com o cabelo preso num coque frouxo e o rosto virado um pouco para longe da porta, como se desejasse que ela permanecesse fechada para sempre. Ele guardava a tela no armário até a visita seguinte. Quando terminou, após mais ou menos uma semana, Leila ficou surpresa ao ver que, no lugar de sua cicatriz do ácido, D/Ali pintara uma minúscula borboleta branca.

— Tome cuidado — disse Zaynab122. — Ele é um artista, e os artistas são egoístas. Assim que ele conseguir o que quer, vai sumir.

Mas, para surpresa de todos, D/Ali continuou aparecendo. As putas caçoavam dele, dizendo que obviamente ele era incapaz de ter uma ereção e incapaz de foder, e, quando não conseguiram mais pensar em nenhuma piada, começaram a reclamar do cheiro de aguarrás. Leila, sabendo que elas estavam com ciúmes, não lhes deu atenção. Mas quando Mãe Amarga também começou a resmungar, mencionando diversas vezes que não queria nenhum esquerdista ali, Leila passou a ter medo de não conseguir mais vê-lo.

Num desses dias, D/Ali abordou Mãe Amarga com uma oferta inesperada.

— Aquela natureza-morta na parede... sem querer ofender, mas aqueles narcisos e aqueles limões são meio malfeitos. A senhora já pensou em pendurar um retrato ali?

— Eu tinha um, na verdade — disse Mãe Amarga, sem revelar, porém, que era do Sultão Abdulazize. — Mas tive que dar para outra pessoa.

— *Ach so*, que pena. Acho que a senhora precisa de um retrato novo. Que tal se eu pintasse a senhora... de graça?

Mãe Amarga deu uma risada rouca e as camadas de banha que tinha ao redor da cintura balançaram de alegria.

— Não seja bobo. Eu não sou nenhuma beldade. Vá procurar outra pessoa.

Ela parou de falar e, de repente, ficou séria.

— Você não está brincando?

Naquela mesma semana, Mãe Amarga começou a posar para D/Ali, segurando o tricô na altura do peito tanto para mostrar sua habilidade quanto para esconder a papada.

Quando D/Ali terminou o quadro, a mulher na tela parecia uma versão mais feliz, mais jovem e mais magra da modelo original. Todas as prostitutas quiseram posar para ele, e então foi Leila quem sentiu ciúmes.

O mundo não é mais o mesmo para quem se apaixonou, para quem agora está no centro dele; de agora em diante, ele só pode girar cada vez mais depressa.

Dez minutos

Conforme o tempo foi passando, a mente de Leila lembrou, feliz, do gosto de sua comida de rua preferida: mexilhão frito — farinha, gema de ovo, bicarbonato de sódio, sal, pimenta e mexilhões frescos do Mar Negro.

Outubro de 1973. A ponte do Bósforo, a quarta mais longa do mundo, finalmente terminada após três anos de trabalho, foi aberta para o tráfego após uma espetacular cerimônia pública. Numa das pontas, ergueram uma placa enorme: *Bem-vindo ao continente asiático*. Na outra ponta, havia outra placa que dizia *Bem-vindo ao continente europeu*.

De manhã cedo, dos dois lados da ponte, uma multidão tinha se juntado para festejar a ocasião. À tarde, o presidente fez um discurso emocionado; heróis do exército, alguns tão velhos que tinham lutado nas Guerras dos Bálcãs, na Primeira Guerra Mundial e na Guerra de Independência, batiam continência, num silêncio digno; autoridades estrangeiras estavam sentadas sobre uma plataforma alta, ao lado de políticos importantes e governadores de províncias; bandeiras em vermelho e branco tremulavam ao vento até onde a vista alcançava; uma banda tocou o hino nacional e todos cantaram bem alto; milhares de balões foram soltos no ar; e dançarinos de *zeybek* giravam em círculos com os braços abertos na altura dos ombros, como águias voando.

Mais tarde, quando a ponte foi aberta para os pedestres, as pessoas puderam caminhar de um continente para o outro. Mas, surpreendentemente, tantos cidadãos escolheram aquele local pitoresco para se suicidar que as autoridades decidiram banir o acesso a pedestres. Mas isso só aconteceria depois. Aquele foi um momento de otimismo.

O dia anterior tinha sido o quinquagésimo aniversário da República da Turquia. Isso, em si, já fora um acontecimento gigantesco. E, naquele dia, os moradores de Istambul estavam celebrando aquele marco da engenharia com mais de mil e quinhentos metros de comprimento — fruto do trabalho de operários e supervisores turcos e de engenheiros britânicos da empresa Cleveland Bridge and Engineering. O Bósforo, longo e estreito, sempre tinha sido chamado de "o decote de Istambul"; e ali estava uma ponte para decorá-lo como se fosse um colar incandescente. Acima da cidade o colar brilhava, debruçado sobre as águas onde o Mar Negro se misturava ao Mar de Mármara de um lado e o Egeu corria para se encontrar com o Mediterrâneo do outro.

Durante a semana inteira, houvera uma sensação de júbilo comunal tão intensa que até os mendigos da cidade sorriam como se suas barrigas estivessem cheias. Agora que a parte asiática da Turquia estava permanentemente ligada à parte europeia, um futuro brilhante esperava por todo o país. A ponte anunciava o começo de uma nova era. A Turquia agora tecnicamente ficava *dentro* da Europa — quer as pessoas de lá concordassem, quer não.

À noite, fogos de artifício explodiram lá no alto, iluminando o céu escuro de outono. Na rua dos bordéis, as meninas formaram grupos na calçada e ficaram assistindo e fumando. Mãe Amarga, que se considerava uma verdadeira patriota, ficou com os olhos cheios de lágrimas.

— Que ponte incrível. É gigante — disse Zaynab122, olhando para os fogos lá em cima.

— Os pássaros têm tanta sorte — disse Leila. — Imagine só, eles podem pousar nela sempre que quiserem. Gaivotas, pombos, pegas... E os peixes podem nadar por baixo. Golfinhos, sardas. Que privilégio. Você não iria gostar que sua vida terminasse assim?

— Claro que não — disse Zaynai122.

— Ah, eu iria — insistiu Leila.

— Como você pode ser tão romântica, meu bem? — disse Nalan Nostalgia.

Ela, obviamente achando graça, deu um suspiro exagerado. Vinha visitar Leila de tempos em tempos, mas sua presença deixava Mãe Amarga nervosa. A lei era clara: travestis não podiam trabalhar em bordéis. E, como também não arrumavam emprego em nenhum outro lugar, tinham que trabalhar nas ruas.

— Você tem ideia de quanto custou essa construção gigante? — perguntou Nalan Nostalgia. — E quem pagou? Nós, o povo!

Leila sorriu.

— Às vezes, você parece o D/Ali falando.

— Por falar nele... — disse Nalan, fazendo um gesto para a esquerda com a cabeça.

Virando-se de lado, Leila viu D/Ali se aproximando com a jaqueta amassada, batendo os pés com força no chão, uma mochila de lona grande no ombro e, na mão, um cone de papel cheio de mexilhões fritos.

— Para você — disse ele, oferecendo os mexilhões para Leila. Ele sabia o quanto ela amava comer aquilo.

D/Ali não disse mais nada até eles estarem no andar de cima, com a porta firmemente fechada. Ele desabou na cama, esfregando a testa.

— Tudo bem? — perguntou Leila.

— Desculpe. Estou um pouco nervoso. Desta vez, eles quase me pegaram.

— Quem? A polícia?

— Não, os Lobos Cinzentos. Os fascistas. Um grupo que domina esta área.

— Tem um grupo de fascistas que domina *esta* área?

D/Ali fixou em Leila um olhar penetrante.

— Todos os bairros de Istambul têm dois grupos que competem: um deles e um nosso. Infelizmente, aqui, eles têm mais membros. Mas a gente luta contra eles.

— Conte o que aconteceu.

— Eu dobrei uma esquina e tinha um grupinho gritando e rindo. Acho que estavam comemorando a inauguração da ponte. Então, eles me viram...

— Eles sabem quem você é?

— Bom, a gente meio que já se reconhece e, mesmo quando isso não acontece, dá para adivinhar a que grupo alguém pertence pela aparência.

Roupas eram políticas. Assim como os pelos faciais — especialmente o bigode. Os nacionalistas usavam bigodes com as pontas para baixo, no formato de uma lua crescente. Os islamistas usavam bigodes bem aparados. Os stalinistas preferiam bigodes de morsa que pareciam nunca ter sido tocados por uma lâmina. Já D/Ali andava sempre com a barba feita. Leila não sabia se isso passava uma mensagem política e, caso passasse, qual seria, exatamente. Ela se flagrou examinando os lábios dele, que eram retos e cor-de-rosa. Nunca olhava para os lábios dos homens, evitava deliberadamente, e, ao perceber que estava fazendo isso, ficou perturbada.

— Eles demoraram muito para desistir de me perseguir — D/Ali estava dizendo, sem se dar conta dos pensamentos dela. — Eu poderia ter corrido mais depressa se não estivesse carregando isto.

Leila olhou a mochila.

— O que tem aí dentro?

Ele mostrou. Dentro da mochila havia centenas, senão milhares de folhetos. Ela pegou um e examinou. Um desenho cobria metade da página. Trabalhadores de fábrica usando uniformes azuis dentro de um quadrado banhado por uma luz que vinha do teto. Homens e mulheres, lado a lado. Pareciam confiantes e sobrenaturais, quase divinos. Leila pegou outro folhetinho: mineradores de carvão usando macacões de um tom azul vívido, com feições marcadas pela fuligem, olhos grandes e sábios sob os capacetes. Ela folheou rapidamente os outros. Todas as pessoas ali tinham os maxilares tensos e os músculos fortes; não eram pálidas e cansadas como os trabalhadores que Leila via todos os dias na fábrica de móveis. No mundo comunista de D/Ali, todos eram robustos e musculosos e vendiam saúde. Ela pensou no irmão e seu coração retorceu dentro do peito.

— Não gostou dos desenhos? — perguntou D/Ali, observando-a.

— Gostei. Foi *você* quem desenhou?

Ele assentiu. Um lampejo de orgulho iluminou seu rosto. Suas pinturas, impressas numa gráfica clandestina, eram distribuídas pela cidade inteira.

— Nós deixamos esses folhetos em todo canto: cafés, restaurantes, livrarias, cinemas... Mas, agora, estou um pouco preocupado. Se os fascistas me pegarem com elas, vão me espancar até me matar.

— Por que você não deixa a mochila aqui? — disse Leila. — Eu escondo embaixo da cama.

— Não posso, pode colocar você em risco.

Ela deu uma risadinha breve.

— Quem vai fazer uma busca neste lugar, meu bem? Não se preocupe, eu vigio a revolução para você.

Naquela noite, depois que as portas do bordel estavam trancadas e o lugar todo havia mergulhado no silêncio, Leila pegou os folhetos. A maioria das prostitutas ia para casa dormir, pois tinha que cuidar de pais idosos ou dos filhos, mas algumas ficavam na casa. Em algum ponto mais abaixo no corredor, uma mulher roncava alto, enquanto outra falava dormindo num tom súplice e frágil, embora fosse difícil compreender o que dizia. Leila se deitou na cama e começou a ler: *Camaradas, sejam vigilantes. EUA, acabem com a ocupação do Vietnã já! A revolução começou. A ditadura do proletariado.*

Ela examinou as palavras, frustrada por sentir que seu poder máximo, seu sentido verdadeiro, lhe escapavam. Lembrou-se do pânico mudo da tia sempre que ela olhava para alguma coisa escrita. Sentiu uma pontada de arrependimento. Por que, quando era criança, nunca lhe tinha ocorrido a ideia de ensinar a mãe a ler e escrever?

— Eu ando querendo fazer uma pergunta para você — disse Leila no dia seguinte, quando D/Ali voltou. — Vai ter prostituição depois da revolução?

Ele olhou-a sem entender.

— De onde você tirou isso?

— Tenho me perguntado o que vai acontecer com a gente se vocês ganharem.

— Não vai acontecer nada de ruim com você, nem com as suas amigas. Olha, nada disso é culpa de vocês. O culpado é o capitalismo. Esse sistema desumano que cria lucros para a burguesia imperialista moribunda e seus conspiradores abusando dos fracos e explorando a classe trabalhadora. A revolução vai defender os direitos de vocês. Você também é uma proletária, um membro da classe trabalhadora. Não se esqueça.

— Mas vocês vão fechar este lugar ou deixar aberto? E a Mãe Amarga?

— A madame não passa de uma capitalista exploradora, não é melhor que um plutocrata bebedor de champanhe.

Leila não disse nada.

— Olha, essa mulher lucra com o seu corpo. Com o seu e com o de muitas outras. Depois da revolução, ela vai ter que ser punida: de maneira justa, claro. Mas a gente vai fechar todos os bordéis e limpar todas as zonas de prostituição. Eles vão virar fábricas. As prostitutas dos bordéis e das ruas vão virar trabalhadoras de fábrica, ou camponesas.

— Ah, mas algumas amigas minhas podem não gostar disso — disse Leila apertando os olhos, como se tentasse vislumbrar um futuro no qual Nalan Nostalgia, de vestido apertado e salto alto, fugia correndo do milharal onde foi forçada a trabalhar.

D/Ali parecia estar pensando a mesma coisa. Ele já tinha conversado com Nalan diversas vezes e ficado impressionado com sua força de vontade. Não sabia o que Marx teria achado de pessoas como ela. Aliás, nem Trótski. Não se lembrava de ter lido nada, em todos os livros em que estudara, sobre travestis que não queriam mais ser camponesas.

— Eu tenho certeza de que nós vamos encontrar o trabalho certo para as suas amigas.

Leila sorriu, secretamente adorando ouvir o discurso apaixonado dele, mas as palavras que saíram da sua boca não demonstraram isso.

— Como você pode acreditar em tudo isso? Para mim, parece uma fantasia.

— Isso não é uma fantasia. Nem um sonho. É o fluxo da história — respondeu D/Ali, amuado. — É possível fazer um rio correr para o lado oposto? Não. A história está se movendo, de maneira inexorável e lógica, na direção do comunismo. Mais cedo ou mais tarde, esse grande dia vai chegar.

Ao ver D/Ali se aborrecer com tanta facilidade, Leila sentiu uma onda de carinho por ele. Sua mão pousou delicadamente sobre o ombro dele e ficou ali, como um pardal no ninho.

— Mas eu tenho um sonho, sim, não sei se você sabe — disse D/Ali, fechando os olhos com força, sem querer ver o rosto de Leila quando ela ouvisse o que estava prestes a dizer. — Tem a ver com você, na verdade.

— Ah, é? E qual é?

— Eu quero que você se case comigo.

O silêncio que veio em seguida foi tão profundo que Leila, mantendo o olhar fixo em D/Ali, conseguiu ouvir o murmúrio das ondas no cais e o som do motor de um barco de pescador com a água batendo no casco. Ela respirou fundo, mas seu peito estava tão cheio que foi como se o ar não conseguisse chegar aos pulmões. Então, o despertador tocou, fazendo com que ambos estremecessem. Mãe Amarga recentemente tinha colocado um em cada quarto, pois assim, nenhum cliente ficaria mais do que uma hora.

Leila se empertigou.

— Eu queria que você me fizesse um favor. Não fale mais essas coisas para mim.

D/Ali abriu os olhos.

— Você está zangada? Não fique.

— Olha, existem coisas que você não devia nunca falar neste lugar. Mesmo se sua intenção for boa, e eu não tenho dúvida de que é. Mas que fique claro: eu não gosto desse tipo de conversa. Acho muito… perturbador.

Por um instante, ele pareceu perdido.

— Eu só estou surpreso por você ainda não ter notado.

— Notado o quê?

Leila tirou a mão do ombro de D/Ali como se ele estivesse pegando fogo.

— Que eu amo você — disse ele. — Desde que vi você pela primeira vez… na escada… no dia em que a Sexta Frota chegou… lembra?

Leila sentiu as bochechas ficando vermelhas. Seu rosto estava em brasa. Ela quis que D/Ali fosse embora sem dizer mais nenhuma palavra e nunca mais voltasse. Percebeu então que, embora tivesse sido doce durante anos, aquele relacionamento iria machucá-los.

Depois que D/Ali saiu, Leila andou até a janela e, apesar das ordens rígidas de Mãe Amarga, abriu as cortinas. Apertou a face contra o vidro, através do qual conseguia ver a bétula solitária e a fábrica de móveis, que emitia fumaça pela saída do aquecedor. Imaginou D/Ali caminhando a passos largos na direção do cais, com o andar rápido e urgente de sempre e, em sua imaginação, observou-o com lealdade e amor até ele desaparecer num beco escuro sob uma cascata de fogos de artifício.

Durante toda aquela semana, devido ao clima de euforia, os *gazinos* e as boates ficaram lotados. Na sexta-feira, após a oração da noite,

Mãe Amarga mandou Leila para uma despedida de solteiro numa *konak* que dava para o Bósforo. Ela passou a noite inteira pensando em D/Ali e no que ele tinha lhe dito, atacada por uma melancolia que não conseguiu superar, sem conseguir fingir que se divertia, toda lenta e mole, como se tivesse sido arrancada do fundo de um lago. Sentiu que os anfitriões não gostaram de sua performance e que iriam reclamar com a madame. *Palhaços e prostitutas*, pensou Leila amargamente, *quem os quer por perto quando estão tristes?*

Ela voltou se arrastando, cansada, com os pés latejando após passar horas a fio em pé de salto alto. Estava morrendo de fome, pois não tinha comido desde o almoço do dia anterior. Em noites como aquela, ninguém pensava em lhe oferecer comida, e ela nunca pedia.

O sol estava aparecendo por entre as telhas vermelhas e as cúpulas de chumbo. O ar estava fresco, com um aroma promissor. Leila passou por prédios ainda adormecidos. Alguns passos à frente, viu uma cesta amarrada a uma corda que saía da janela de um dos apartamentos num andar alto. Lá dentro, parecia haver batatas e cebolas. Alguém tinha pedido aquilo no mercado ali perto e se esquecido de içar a cesta.

Um som fez Leila parar de repente. Ela ficou imóvel, se esforçando para escutar. Alguns segundos depois, discerniu um gemido tão fraco que a princípio achou que o tinha imaginado, por estar com o cérebro confuso após passar a noite em claro. Então, vislumbrou uma silhueta amorfa na calçada, um montinho de carne e pelo. Um gato ferido.

Alguém tinha visto o bicho ao mesmo tempo e estava se aproximando do outro lado da rua. Uma mulher. Por causa dos olhos castanhos doces com rugas nos cantos, nariz pontudo e corpo robusto, ela se parecia com um pássaro — um pássaro que uma criança desenharia, alegre e redondo.

— Tudo bem com o gato? — perguntou a mulher.

Elas duas se inclinaram e viram no mesmo instante: os intestinos para fora, a respiração lenta e difícil. O bicho estava horrivelmente machucado.

Leila tirou o lenço e embrulhou o gato nele. Ela ergueu-o devagar e apoiou-o num dos braços.

— A gente precisa encontrar um veterinário.

— A esta hora?

— Bom, a gente não tem muita escolha, tem?

Elas começaram a caminhar juntas.

— Aliás, meu nome é Leila. Com "i", não com "y". Eu mudei o jeito de escrever.

— O meu é Humeyra. Escrito do jeito normal. Eu trabalho num *gazino* perto do cais.

— O que você faz lá?

— Eu e minha banda fazemos shows todas as noites — disse ela.

E acrescentou com mais ênfase, com um certo orgulho:

— Eu sou cantora.

— Ah, você canta música do Elvis?

— Não. A gente toca músicas antigas, baladas, algumas coisas novas também, quase sempre arabesco.*

Quando elas conseguiram encontrar um veterinário, ele ficou irritado por ter sido acordado àquela hora, mas, por sorte, não as expulsou.

— Em todos os meus anos de carreira, nunca vi nada igual — disse o homem. — Costelas quebradas, um pulmão perfurado, pélvis esmagada, crânio fraturado, dentes faltando... Ela deve ter sido atropelada por um carro ou um caminhão. Sinto muito, mas duvido que a gente consiga salvar a pobrezinha.

— Quer dizer que o senhor duvida... — disse Leila, devagar.

Os olhos do veterinário ficaram minúsculos por detrás dos óculos.

— Como?

— Quer dizer que não tem cem por cento de certeza, não é? O senhor *duvida*, o que significa que ela tem uma chance de sobreviver.

— Olha, eu entendo que vocês queiram ajudar, mas creiam, sacrificar é melhor. Este animal já sofreu demais.

— A gente vai procurar outro veterinário, então — disse Leila, se voltando para Humeyra. — A gente vai, né?

A outra mulher hesitou — mas só por um segundo. Ela assentiu, mostrando seu apoio.

— Vai.

---

* Gênero musical com influência árabe que é típico da Turquia. (N. T.)

— Tudo bem, se vocês querem tanto, eu tento ajudar — disse o veterinário. — Mas não prometo nada. E preciso avisar que não vai ser barato.

Três cirurgias e meses de um tratamento doloroso viriam a seguir. Leila cobriu a maior parte dos custos, e Humeyra ajudou no que podia.

No fim, o tempo provou que Leila estava certa. A gata, com suas garras partidas e dentes faltando, se agarrou à vida com força e coragem. Como sua recuperação foi simplesmente um milagre, elas lhe batizaram de Sekiz — "Oito" — pois era evidente que um ser que tinha suportado tanta dor tinha que ter nove vidas, oito das quais já tinham sido perdidas.

As duas mulheres se revezaram para cuidar da gata — e, aos poucos, construíram uma sólida amizade.

Alguns anos mais tarde, Sekiz, após uma fase rebelde de escapulidas noturnas, ficou grávida. Dez semanas depois, ela deu à luz cinco filhotes com personalidades muito diferentes. Um era preto com uma minúscula manchinha branca e era surdo. Juntas, Leila e Humeyra deram a ele o nome de Sr. Chaplin.

Humeyra Hollywood, a mulher que sabia de cor as baladas mais lindas da Mesopotâmia e cuja vida se parecia um pouco com as histórias tristes que muitas delas contavam.

Humeyra Hollywood, uma dos cinco.

A história de Humeyra

Humeyra nasceu em Mardin, não muito longe do Monastério de São Gabriel, nos platôs de calcário da Mesopotâmia. Ruas tortuosas, casas de pedra. Passou a infância numa terra tão antiga e turbulenta que vivia cercada por todos os lados pelos resquícios da história. Ruínas em cima de ruínas. Túmulos novos dentro de túmulos antigos. Ouvir infindáveis lendas heroicas e histórias de amor a fez ter saudades de um lugar que não existia mais. Por mais estranho que isso fosse, Humeyra tinha a impressão de que a fronteira — onde a Turquia acabava e a Síria começava — não era uma linha divisória fixa, mas algo vivo, que respirava: uma criatura noturna. Que mudava de lugar quando as pessoas de ambos os lados estavam num sono profundo. E que, de manhã, se reajustava, só um pouquinho, para a esquerda ou a direita. Contrabandistas atravessavam a fronteira de um lado para o outro, prendendo a respiração ao cruzar campos cheios de minas terrestres. Às vezes, no silêncio, uma explosão era ouvida, e os habitantes da vila rezavam para que ela tivesse explodido uma mula — e não o contrabandista que ia montado nela.

A paisagem vasta se estendia desde o pé de Tur Abdin — a "Montanha dos Servos de Deus" — até uma terra plana que, no verão, adquiria um tom amarelo-pálido. Mas os habitantes da região muitas vezes se comportavam como ilhéus. Eram diferentes das tribos vizinhas e sentiam isso nos ossos. O passado os encerrava como águas profundas e escuras, e eles não nadavam sozinhos — nunca sozinhos —, mas acompanhados pelos fantasmas de seus ancestrais.

Mor Gabriel era o monastério da Igreja Ortodoxa Siríaca mais antigo do mundo. Como um ermitão que se mantém vivo graças apenas a pequenos bocados de comida e água, o monastério conseguia sobreviver da fé e de grãos de graça. Durante sua longa história, ele testemunhara banhos de sangue, genocídio e perseguição, com os monges sendo tiranizados por todos os invasores que atravessaram a região. Embora suas paredes fortificadas, claras como o leite, tenham sobrevivido, o mesmo não aconteceu com sua espetacular biblioteca. Antigamente, ela exibia orgulhosamente milhares de livros e manuscritos, mas não restava sequer uma página deles. Dentro da cripta, havia centenas de santos enterrados — mártires também. Do lado de fora, oliveiras e pomares se estendiam estrada abaixo, espalhando seus aromas inconfundíveis no ar. Em todo o lugar, reinava uma calma que quem não conhecesse história poderia facilmente confundir com paz.

Humeyra, assim como muitas crianças da região, tinha sido criada ouvindo músicas, baladas e cantigas de ninar em diversas línguas: turco, curdo, árabe, persa, armênio, siríaco-aramaico. Ela ouvira histórias sobre o monastério e vira turistas, jornalistas e religiosos de ambos os sexos indo e vindo. Eram as monjas que a intrigavam mais. Assim como elas, Humeyra estava decidida a nunca se casar. Mas, na primavera em que completou quinze anos, foi tirada abruptamente da escola e prometida a um homem com quem seu pai vinha fazendo negócios. Aos dezesseis anos, já estava casada. Seu marido era um homem sem ambições, taciturno e facilmente amedrontado. Humeyra, sabendo que ele não quisera aquele casamento, desconfiava de que tivesse em algum lugar uma antiga namorada que não conseguia esquecer. Diversas vezes, flagrou-o olhando-a com mágoa, como se a culpasse pelos próprios arrependimentos.

Durante o primeiro ano em que eles passaram juntos, Humeyra tentou incessantemente compreender o marido e suas necessidades. Suas próprias não tinham importância. Mas ele nunca ficava satisfeito, e as rugas de sua testa reapareciam depressa, como numa janela que embaçava assim que era limpa. Pouco tempo depois, o comércio dele entrou num período difícil. Eles tiveram que ir morar com o resto da família.

Viver com os sogros arrasou o ânimo de Humeyra. Todos os dias, durante o dia inteiro, ela era tratada como uma empregada — uma empregada sem nome. *Noiva, vá pegar o chá. Noiva, vá fazer o arroz. Noiva, vá lavar os lençóis.* Humeyra estava sempre sendo mandada para algum lugar, nunca podia ficar parada, e tinha a sensação bizarra de que eles queriam que ela, ao mesmo tempo, permanecesse ao alcance e desaparecesse por completo. Mesmo assim, talvez tivesse sido capaz de suportar tudo, se não fosse pelas surras. Uma vez, seu marido quebrou um cabide de madeira nas suas costas. Em outra ocasião, bateu em suas pernas com tenazes de ferro que deixaram uma marca cor de vinho na lateral de seu joelho esquerdo.

Voltar para a casa de seus pais estava fora de questão. Ficar naquele lugar horrível também. Um dia, de manhã cedo, quando todos estavam dormindo, Humeyra roubou as pulseiras de ouro que a sogra guardava numa lata de biscoitos na mesa de cabeceira. A dentadura do sogro, mergulhada num copo d'água ao lado da lata, sorria, cúmplice. Ela não conseguiu muito dinheiro pelas pulseiras na casa de penhores, mas foi o suficiente para comprar uma passagem de ônibus para Istambul.

Na cidade, aprendeu depressa — como andar de salto agulha, como fazer chapinha para deixar o cabelo liso, como fazer uma maquiagem que brilhasse sob as luzes neon. Mudou o nome de batismo para Humeyra e conseguiu uma identidade falsa. O fato de ter uma voz encorpada e de saber de cor centenas de canções da Anatólia ajudou-a a conseguir emprego numa boate. Na primeira vez que subiu no palco, ela tremia como vara verde, mas, por sorte, sua voz ficou firme. Humeyra alugou o quarto mais barato que conseguiu encontrar em Karaköy, perto da rua dos bordéis, e foi lá que, certa noite, depois do trabalho, conheceu Leila.

Elas apoiavam uma à outra com o tipo de lealdade que só aqueles que têm poucas pessoas em quem confiar conseguem sentir. Seguindo conselhos de Leila, Humeyra pintou o cabelo de loiro, passou a usar lentes de contato azul turquesa, fez uma plástica no nariz e mudou completamente o guarda-roupa. Fez tudo isso porque ficou sabendo que seu marido estava em Istambul procurando por ela. Acordada ou dormindo, Humeyra tinha pavor de se tornar vítima de um crime de honra. Não conseguia parar de imaginar o momento do assassinato, visualizando um fim pior a cada vez. Ela sabia que as mulheres acusadas de indecência nem sempre eram mortas; às vezes, eram convencidas a se matar. O número de suicídios forçados, principalmente em pequenas cidades do sudeste da Anatólia, tinha aumentado tanto que saíram artigos sobre o assunto na imprensa de outros países. Em Batman, não muito longe do lugar onde Humeyra tinha nascido, o suicídio era a principal causa de morte entre jovens mulheres.

Mas Leila sempre disse a Humeyra que ficasse tranquila. Ela garantia para a amiga que ela era uma pessoa sortuda, resiliente, e que, assim como os muros do monastério que passara a infância contemplando e assim como a gata que elas tinham salvado juntas naquela noite fortuita, seu destino, por mais improvável que isso fosse, era sobreviver.

Dez minutos e vinte segundos

Nos últimos segundos antes de seu cérebro se apagar completamente, Leila se lembrou de um bolo de casamento — um bolo de três andares, todos brancos, com cobertura de creme de manteiga. Equilibrada no topo havia um novelo de lã vermelha com agulhinhas de tricô minúsculas, tudo feito de açúcar. Uma referência a Mãe Amarga. Se a madame não tivesse permitido, Leila nunca teria podido ir embora.

Em seu quarto no segundo andar, ela olhou o rosto no espelho rachado. No reflexo, pensou ver, por um instante fugaz, seu antigo eu. A menina que ela fora lá em Vã fitou-a com olhos arregalados e um bambolê laranja na mão. Lentamente, com compaixão, Leila sorriu para a menina, finalmente fazendo as pazes com ela.

Seu vestido de noiva era simples, mas elegante, com delicadas mangas de renda e uma silhueta justa que acentuava sua cintura.

Batidas na porta a fizeram despertar de seu devaneio.

— Você deixou esse véu curto de propósito? — perguntou Zaynab122, entrando no quarto com as solas altas dos sapatos fazendo *squish* quando ela atravessou o assoalho sem tapete. — Eu previ que ele ia ser muito mais longo, lembra? Agora, você está me fazendo questionar minhas habilidades.

— Não seja boba. Você acertou tudo. Eu só quis uma festa bem simples.

Zaynab122 foi pegar as xícaras de café que elas guardavam num canto. Apesar de estar vazia, ela espiou dentro de uma, suspirando.

Houve um instante de inquietação antes de Leila falar de novo.

— Ainda não dá para acreditar que Mãe Amarga vai me deixar ir.

— Eu acho que é por causa do ataque com o ácido. Ela ainda se sente culpada, e é bom se sentir mesmo. Ela sabia que aquele homem era doido, mas pegou o dinheiro dele e ofereceu você para o sacrifício. Aquele animal poderia ter te matado.

Mas não fora só por bondade ou pela admissão de uma culpa nunca confessada que Mãe Amarga dera aquela permissão tão necessária. D/Ali lhe pagara uma nota preta — uma quantia inédita na rua dos bordéis. Mais tarde, quando Leila insistiu para que ele lhe contasse onde arrumara o dinheiro, D/Ali disse que todos os seus camaradas tinham contribuído. A revolução, afirmou ele, era a favor do amor e de quem amava.

A cena de uma prostituta saindo de um bordel vestida de noiva — algo que não acontecia com muita frequência — atraiu diversos espectadores. Mãe Amarga decidira que, já que uma de suas funcionárias ia embora de vez, ela ia ganhar uma festa à altura da ocasião. Contratara dois músicos romani que pareciam ser irmãos, e um deles batucava num tambor enquanto o outro tocava clarinete com as bochechas estufadas e os olhos dançando ao som da melodia alegre. Todos tinham saído para a rua e estavam dando vivas, batendo palmas, batendo os pés, assoviando, ululando e sacudindo lenços, assistindo a tudo com atenção. Até os policiais tinham abandonado os postos ao lado do portão para ver o motivo da agitação.

Leila sabia que, àquela altura, a família de D/Ali já ouvira falar daquilo que, para eles, era um escândalo. O pai de D/Ali viera da Alemanha no primeiro voo para tentar obrigar o filho a tomar tenência — primeiro ameaçando bater nele (embora já estivesse velho demais para aquilo), depois ameaçando deserdá-lo (embora a herança não fosse assim tão grande) e, por último, ameaçando-o com a rejeição pura e simples (isso tinha doído mais do que qualquer outra coisa). Mas D/Ali, desde que era menino, se endurecia diante da agressão, e a atitude do pai só o deixou mais resoluto. Suas irmãs não paravam de ligar para contar que a mãe não parava de chorar, arrasada como se ele estivesse morto e enterrado. Leila sabia que D/Ali não lhe contava tudo para não a aborrecer e, no fundo, ficava agradecida por isso.

Mesmo assim, ela algumas vezes tentou falar de suas preocupações, sem conseguir acreditar que o passado, seu passado, não fosse fazer surgir entre eles um muro que se tornaria cada vez maior e mais impenetrável.

— Isso não incomoda você? E, mesmo que não incomode agora, não vai incomodar no futuro? Saber quem eu sou, o que eu fazia...

— Eu não entendo o que você está dizendo.

— Entende, sim — disse Leila, com a voz, que havia se tornado áspera de tensão, ficando mais suave. — Você sabe exatamente do que eu estou falando.

— Tudo bem. E eu estou falando que, em quase todas as línguas, nós usamos palavras diferentes para falar do passado e do presente, e que existe um bom motivo para isso. Então, aquilo foi o seu *passado* e isto é o seu *presente*. Eu ia ficar muito incomodado se você desse a mão para outro homem hoje. Fique sabendo que eu ia sentir um ciúme enorme.

— Mas...

D/Ali beijou-a delicadamente, com os olhos brilhando, cálidos. Ele passou o dedo dela sobre a cicatriz minúscula que tinha perto do queixo.

— Está vendo isto aqui? É de quando eu caí de um muro. Na escola primária. E esta aqui, no meu calcanhar, foi quando despenquei da bicicleta porque estava tentando pedalar com só uma das mãos no guidão. E esta na minha testa é a mais funda. Um presente da minha amada mãe. Ela ficou tão brava comigo que atirou um prato na parede e errou feio, claro. Quase pegou no meu olho. Ela chorou mais do que eu. Outra marca para a vida toda. Você se incomoda de eu ter tantas cicatrizes?

— Claro que não! Eu amo você do jeitinho que você é!

— Exatamente.

Eles alugaram um apartamento no número 70 da rua Kafka Cabeludo. No andar mais alto. O apartamento vinha sendo malcuidado e a área ainda era desagradável, com curtumes e fabricantes de couro aqui e ali, mas ambos tinham certeza de que iriam conseguir encarar aquele desafio. De manhã, Leila, deitada sob os lençóis de algodão, inalava os cheiros da vizinhança, que a cada dia chegavam numa combinação diferente, e a vida parecia doce como nunca, uma dádiva.

Cada um tinha seu lugar preferido diante da mesma janela, onde tomavam chá à tarde e observavam a cidade se estendendo diante de seus olhos, quilômetros e quilômetros de concreto. Examinavam Istambul com um olhar curioso, como se não fizessem parte dela, como se estivessem sozinhos no mundo e todos aqueles carros, barcas e casas de tijolos vermelhos fossem apenas uma decoração, detalhes num quadro só para os olhos deles. De cima, vinha o som das gaivotas e, às vezes, de um helicóptero da polícia — mais uma emergência em algum lugar. Nada os afetava. Nada perturbava sua paz. De manhã, quem acordava primeiro colocava a chaleira no fogo e preparava o desjejum. Torrada, pimentão salgado e *simits* comprados de algum ambulante e servidos com cubinhos de queijo branco, um fio de azeite e dois ramos de alecrim — um para ela e um para ele.

Todos os dias, após o café da manhã, D/Ali pegava um livro, acendia um cigarro e começava a ler trechos em voz alta. Leila sabia que ele queria que ela tivesse a mesma paixão pelo comunismo. Queria que eles fossem membros do mesmo clube, cidadãos da mesma nação, sonhadores do mesmo sonho. Aquilo a preocupava muito. Assim como já fora incapaz de acreditar no Deus do pai, temia ser incapaz de acreditar na revolução do marido. Talvez fosse um problema seu. Talvez ela não tivesse fé o suficiente dentro de si.

Mas D/Ali achava que era só questão de tempo. Um dia, ela também faria parte do movimento. Por isso, ele continuava a dar-lhe todas as informações que podia, com esse objetivo em mente.

— Você sabe como Trótski foi morto?

— Não, meu amor. Conte para mim — pediu Leila, passando os dedos de um lado para o outro sobre os cachinhos pretos do peito dele.

— Com um picador de gelo — disse D/Ali sombriamente. — Por ordem de Stálin. Ele mandou um assassino lá no México. Stálin ficou intimidado por Trótski e sua visão internacionalista, sabe? Eles eram rivais políticos. Eu preciso te contar sobre a Teoria da Revolução Permanente de Trótski. Você vai amar.

Leila se perguntou se alguma coisa poderia ser permanente naquela vida, mas achou melhor guardar suas dúvidas para si.

— Vou sim, meu amor, pode contar.

Expulso duas vezes por notas baixas e um número alto de faltas, readmitido duas vezes graças a duas anistias para alunos que não iriam conseguir completar o curso, D/Ali ainda frequentava a faculdade, mas Leila não esperava que fosse levar sua educação a sério. A revolução era sua prioridade, não aquela *lavagem cerebral burguesa*, como alguns insistiam em chamar a educação. A cada duas ou três noites, ele se encontrava com os amigos para colar cartazes ou distribuir folhetos. Era algo que precisava ser feito na escuridão, da maneira mais silenciosa e rápida possível. *Nós somos como águias-reais*, dizia ele. *Pousamos um segundo e já saímos voando.* Uma vez, D/Ali chegou em casa com um olho roxo; os fascistas tinham feito uma emboscada. Em outra ocasião ele não apareceu e Leila passou a noite inteira preocupada. Mas, no geral, ela sabia, e ele sabia, que eles eram um casal feliz.

Era o dia 1º de maio de 1977. De manhã cedo, D/Ali e Leila saíram de seu apartamentinho e foram para a marcha. Leila estava nervosa, com uma angústia lhe apertando o estômago. Temia que alguém pudesse reconhecê-la. O que iria fazer se estivesse caminhando ao lado de um homem e percebesse que ele era um antigo cliente? D/Ali sentiu que ela estava receosa, mas insistiu que eles fossem juntos. Disse que Leila era parte da revolução e que ninguém podia afirmar que ela não tinha um lugar na sociedade justa do futuro. Quanto mais Leila hesitava, mais D/Ali repetia que ela tinha ainda mais direito que ele e seus amigos de participar do Dia Internacional do Trabalho. Afinal de contas, eles eram alunos relapsos; ela era a verdadeira proletária.

Depois de se convencer, Leila levou muito tempo para decidir o que vestir. Calças pareciam ser uma boa escolha, mas quão apertadas, e de que tecido, e de que cor? E quanto à parte de cima, ela imaginou que o sensato seria usar o tipo de camisa casual que via em muitas mulheres socialistas — uma camisa frouxa, que não mostrava nada. Mas também queria ficar bonita. E feminina. Será que isso era uma coisa ruim? Uma coisa burguesa? No final das contas, decidiu usar um vestido azul-bebê com gola de renda, uma bolsa vermelha trespassada, um cardigã branco e sapatilhas vermelhas. Nada espalhafatoso, mas, esperava ela, não completamente fora de moda. Do lado de D/Ali, ela ainda parecia um arco-íris, claro. Ele usava um jeans escuro, uma camisa de botão preta e sapatos pretos.

Quando eles chegaram à marcha, ficaram surpresos por ser tão gigantesca. Leila nunca tinha visto tantas pessoas juntas. Havia centenas de milhares ali — estudantes, operários de fábricas, camponeses, professores —, andando no mesmo passo, com os rostos firmes e concentrados. Uma torrente infindável de sons jorrava, composta por slogans repetidos e hinos cantados. Bem adiante, alguém estava tocando um tambor, mas, por mais que tentasse, Leila não conseguia ver quem era. Seus olhos, que até então estavam apreensivos, começaram a brilhar com uma energia nova. Pela primeira vez na vida, ela sentiu que era parte de algo maior.

Havia faixas e cartazes para todos os lados, um enxame de palavras espalhadas em todas as direções. *Lute contra o imperialismo*; *Nem Washington nem Moscou: socialismo internacional*; *Trabalhadores do mundo, uni-vos!*; *O patrão precisa de você, você não precisa do patrão*; *Engulam os ricos...* Leila viu um cartaz que dizia *Nós estávamos lá: nós mandamos os americanos para o mar*. Suas maçãs do rosto ficaram um pouco vermelhas. Ela também estivera lá naquele dia de julho de 1968, trabalhando no bordel. Lembrou de como Mãe Amarga tinha obrigado todo mundo a reformar a casa e como tinha ficado decepcionada quando os americanos não apareceram.

A cada dois ou três minutos, D/Ali voltava seu olhar agudo na direção de Leila para ver como ela estava. Não soltou a mão dela em nenhum momento. O dia estava perfumado pelo aroma das árvores-de-judas, imbuindo tudo de uma esperança mais forte e de uma coragem renovada. Mas, depois de se sentir flutuando, finalmente se encaixando em algum lugar, e depois de se permitir aquele raro momento de leveza, Leila foi tomada por aquela familiar cautela, aquela necessidade de se resguardar. Ela começou a perceber detalhes que, a princípio, não tinha visto. Sob a doce fragrância, discerniu o odor de corpos suados, de tabaco, de hálito azedo e de raiva — uma raiva tão grande que quase chegava a ser palpável. Leila observou cada grupo carregando sua própria faixa, cada um ligeiramente afastado do outro. Conforme a procissão avançava, ouviu alguns dos manifestantes gritando e xingando outros. Isso a surpreendeu imensamente. Até então, ela não entendia o quão divididos entre si os revolucionários eram. Os maoístas desprezavam os leninistas e os leninistas odiavam os anarquistas. Leila sabia que o destino de seu amado era seguir ainda outro caminho: o de Trótski e sua Revolução Permanente. Já que cozinheiros demais entornam o caldo, ela se perguntou se revolucionários demais não iriam estragar a revolução, mas, mais uma vez, não expressou o que estava pensando. Após horas de passos curtos, eles chegaram à área ao redor do Hotel Intercontinental na Praça Taksim. A multidão tinha aumentado ainda mais, e o ar estava horrivelmente úmido. A luz cor de bronze do pôr do sol banhou os manifestantes. Num canto, um poste se acendeu um pouco cedo demais, pálido como um fantasma. Lá longe, parado em cima de um ônibus, um líder sindical fazia um discurso feroz, com a voz mecânica e pujante saindo do megafone. Leila estava cansada. Queria se sentar, mesmo que por um instante. De canto de olho, observou D/Ali com o maxilar travado, as maçãs do rosto marcadas, os ombros tensos. O perfil dele adquiriu uma beleza impressionante contra os milhares de rostos ao redor e o brilho do sol que se punha, pintando os lábios da cor do vinho. Leila quis beijá-lo, sentir seu gosto, senti-lo dentro dela. Baixou os olhos, perturbada ao pensar que ele ficaria decepcionado se soubesse o que tinha lhe passado pela cabeça, algo trivial e vão, quando ela deveria estar pensando em coisas mais importantes.

— Tudo bem com você? — perguntou D/Ali.

— Claro! — disse Leila num tom agudo que ela torceu para ser o que melhor disfarçaria seu parco entusiasmo pela marcha.
— Tem um cigarro?

— Aqui, meu amor.

Ele pegou um maço, ofereceu-lhe um e pegou outro para si. Tentou acender o dela com seu Zippo prata, mas, por algum motivo, a chama não saiu.

— Deixe que eu faço — pediu Leila, pegando o isqueiro.

Foi então que ela ouviu os sons — como uma série de chocalhos, vindo das laterais e de cima, como se o próprio Deus estivesse passando um galho na cerca do céu. Um silêncio sobrenatural se espalhou pela praça. Um silêncio tão absoluto que era como se ninguém estivesse se mexendo, ninguém estivesse respirando. Então, ouviu-se outro estrondo. Dessa vez, Leila reconheceu o som. Seu estômago se contraiu de medo.

Para além das calçadas, atrás de barreiras de proteção, havia atiradores de elite posicionados nos andares mais altos do Hotel Intercontinental. Eles estavam atirando com armas automáticas — mirando diretamente na multidão. Um grito despedaçou o silêncio perplexo dos manifestantes. Uma mulher estava chorando; outra pessoa estava gritando, mandando todo mundo correr. Eles obedeceram, sem saber para que lado ir. À esquerda, ficava a rua dos Fazedores de Caldeirões — onde Nalan morava com as colegas e as tartarugas.

Eles foram naquela direção, milhares de corpos, como um rio alagando as margens. Empurrando, batendo, gritando, correndo, tropeçando uns nos outros...

Mais adiante na rua, um veículo blindado da polícia apareceu do nada, bloqueando o caminho. Então, os manifestantes se deram conta de que atrás havia o risco de serem atingidos pelos atiradores de elite e, na frente, a certeza de serem presos e torturados. Então os tiros, que por um momento haviam se tornado mais esparsos, aumentaram para estalos contínuos. Um grande rugido ressoou quando milhares de bocas se abriram ao mesmo tempo, um grito fundo e primal de horror e pânico. Espremidos, os que estavam atrás continuaram a avançar, esmagando quem estava na frente como as pedras de um moinho. Uma moça com um vestido claro de estampa floral escorregou e deslizou para baixo do veículo blindado. Leila gritou com toda a sua força, ouvindo o estrondo das batidas do próprio coração. De repente, não estava mais segurando a mão de D/Ali. Será que tinha soltado a mão dele, ou será que ele tinha soltado a sua? Ela jamais saberia. Num segundo, estava sentindo seu hálito no rosto, mas, no seguinte, ele não estava mais lá.

Por um instante fugaz, Leila conseguiu ver D/Ali a dois ou três metros de distância; gritou o nome dele diversas vezes, mas a multidão a levou para longe, como uma onda inesperada que carrega tudo que encontra pelo caminho. Ela ouvia o som dos tiros, mas não conseguia mais saber de onde vinham; poderiam até estar saindo do chão. Ao seu lado, um homem corpulento perdeu o equilíbrio e caiu, atingido no pescoço. Leila jamais se esqueceria da expressão do rosto dele, que era mais de incredulidade do que de dor. Alguns minutos antes eles estavam na vanguarda da história, mudando o mundo, demolindo o sistema — e agora estavam sendo caçados sem nem ter a chance de ver os rostos de seus assassinos.

★ ★ ★

No dia seguinte, 2 de maio, mais de duas mil balas foram encontradas na área ao redor da Praça Taksim. Houve registros de mais de 130 pessoas com ferimentos graves.

Leila telefonou para todos os hospitais públicos e todos os médicos particulares da área. Quando ficava sem forças para conversar com estranhos, uma de suas amigas assumia o comando da busca. Elas davam o nome de batismo de D/Ali, que, assim como Leila, tinha ganhado um apelido da vida.

Havia muitos Alis nos hospitais para onde elas ligaram; alguns estavam em leitos, outros no necrotério — mas não havia sinal do Ali dela. Dois dias depois, Nalan Nostalgia tentou o último lugar, uma clínica em Gálata que ela conhecia de antigamente. E eles confirmaram que D/Ali tinha sido levado para lá. Ele fora uma das 34 pessoas mortas, a maioria pisoteada pela multidão na correria pela rua dos Fazedores de Caldeirões.

Dez minutos e trinta segundos

Nos últimos segundos antes de seu cérebro se render, Leila Tequila se lembrou do gosto de uísque *single malt*. Foi a última coisa que passou por seus lábios na noite em que morreu.

Novembro de 1990. Tinha sido um dia normal. À tarde, Leila fez um balde de pipoca para ela e para Jameelah, que estava hospedada em sua casa. Uma receita especial — manteiga, açúcar, pipoca, sal, alecrim. Elas mal tinham começado a comer quando o telefone tocou. Era Mãe Amarga.

— Está cansada?

Ao fundo, estava tocando uma música suave e mística, diferente do tipo de coisa que Mãe Amarga em geral ouvia.

— Iria fazer diferença?

Mãe Amarga fingiu que não ouviu. Elas se conheciam havia tanto tempo que simplesmente ignoravam as coisas que não queriam fazer esforço para absorver.

— Olha só, eu estou com um cliente incrível. Lembra aquele ator famoso que dirige o carro que fala.

— Do seriado *A super máquina*?

— Isso! O cara é igualzinho a ele. E a família é estupidamente rica.

— E qual é o lado ruim? — perguntou Leila, um pouco irritada. — Jovem, bonito, cheio da grana: um homem assim não precisa de uma puta.

Mãe Amarga deu uma risota.

— A família é, como eu posso dizer... conservadora que é um horror. Extremamente. O pai é um tirano que manda em todo mundo. Quer que o filho assuma os negócios da família.

— Você ainda não me disse qual é o lado ruim.

— A paciência é uma virtude. O rapaz vai se casar na semana que vem. Mas o pai está muito preocupado.

— Por quê?

— Dois motivos. Em primeiro lugar, o filho não quer se casar. Não gosta da noiva. Minhas fontes me contaram que, no momento, não aguenta nem ficar no mesmo ambiente que ela. Em segundo lugar, tem o maior problema. Digo, não para mim, mas para o pai...

— Fale logo, Mãe Doce.

— Esse menino não gosta de mulher — disse Mãe Amarga com um suspiro, como se as manias do mundo a cansassem. — Tem um namorado firme. O pai sabe. Ele sabe de tudo. Acha que o casamento vai curar o filho desse desvio. Então, arrumou uma noiva, planejou o casamento e decidiu quem ia ser convidado, imagino.

— Que pai! Para mim, parece um babaca.

— É, mas não é um babaquinha qualquer.

— É o Paxá Babaca. Ha.

— Isso, e o Paxá Babaca quer que uma mulher bondosa, sofisticada e experiente oriente seu filho antes da noite de núpcias.

— Bondosa, sofisticada, experiente... — repetiu Leila devagar, saboreando cada palavra, pois Mãe Amarga praticamente nunca a elogiava.

— Eu poderia ter ligado para outra menina — disse Mãe Amarga, impaciente. — Você está ficando velha, isso é verdade. Mas eu sei que precisa do dinheiro. Ainda está tomando conta daquela africana?

— Estou, ela está aqui — respondeu Leila, baixando a voz. — Tudo bem, então. Onde é?

— No Intercontinental.

Leila fechou a cara.

— Você sabe que eu não vou naquele lugar.

Mãe Amarga pigarreou.

— Bom, o endereço é esse. Você que sabe. Mas precisa aprender a esquecer. D/Ali já foi embora há muito tempo. Que diferença faz, esse hotel ou aquele motel?

Leila não disse nada.

— E aí? Não posso esperar o dia todo.

— Está bem, eu vou — disse Leila.

— Isso, menina. É a Suíte Bósforo Grand Deluxe. Na cobertura. Chegue lá às quinze para as dez. Ah, mais uma coisa... Você precisa usar um vestido: manga comprida, decotado, dourado, brilhante... e bem curto, claro. Foi um pedido especial.

— Pedido do filho ou do pai?

Mãe Amarga riu.

— Do pai. Ele disse que o filho gosta de dourado e de brilho. Acha que pode ajudar.

— Quer saber? Esqueça o filho e me mande para o Paxá Babaca. Eu ia adorar conhecer esse cara, sério. Talvez fosse bom para ele relaxar um pouco.

— Para de ser boba. O velho ia mandar matar nós duas.

— Tudo bem, então... Mas eu não tenho um vestido assim.

— Então vai comprar um! — rosnou Mãe Amarga. — Não me emputece.

Leila fingiu que não ouviu.

— Tem certeza de que o filho não vai se importar?

— Claro que vai. Já mandaram quatro meninas para ele antes. Aparentemente, ele nem encostou nelas. Mas você tem que fazer o rapaz mudar de ideia. *Capisci*?

Ela desligou.

No fim da tarde, Leila dirigiu-se para a Avenida Istiklal, um caminho que evitava sempre que possível. A rua mais repleta de lojas estava sempre lotada. Cotovelos demais, olhos demais. Equilibrada no salto alto, de blusa decotada e minissaia de couro, ela se misturou a um grupo de pedestres. Todos davam passos curtos e sincronizados, com os corpos formando uma só massa. A multidão fluía de uma ponta da avenida à outra, se derramando na noite como a tinta de uma caneta-tinteiro.

As mulheres a olhavam com raiva, e os homens, com malícia. Leila observou as esposas dando os braços aos maridos, algumas como donas, outras felizes em terem um dono. Viu mães empurrando carrinhos de bebê, voltando para casa depois de fazer uma visita de família; moças com os olhos baixos; casais de namorados dando as mãos furtivamente. As pessoas se comportavam como se fossem superiores ao ambiente, certas de que a cidade estaria ali para elas no dia seguinte e em todos os dias que viessem depois. Então, Leila se viu brevemente na vitrine de uma loja — parecendo mais cansada e distraída do que sua imagem mental de si mesma. Ela entrou na loja. A vendedora — uma mulher gentil, de voz suave, com um lenço amarrado atrás da cabeça — reconheceu-a de visitas anteriores. Ajudou Leila a encontrar o vestido perfeito.

— Ah, ficou lindo em você, ressalta bem seu tom de pele — disse a mulher alegremente quando Leila saiu do provador.

Palavras que já tinham sido ditas para incontáveis outras mulheres, independentemente do que vestissem. Leila sorriu mesmo assim, pois a vendedora não tinha demonstrado sequer o menor vestígio de preconceito. Ela pagou e já saiu usando o vestido. Deixou a roupa com a qual estava antes ali, enfiada num saco plástico. Apanharia depois.

Leila olhou as horas no relógio de pulso. Como ainda tinha um pouco de tempo para matar, foi para o Karavan. Os aromas das comidas vendidas por ambulantes se espalhavam por toda a rua — *döner kebab*, arroz com grão de bico, intestinos de ovelha grelhados.

No Karavan, ela encontrou Nalan tomando um drinque com um casal gay sueco que estava em meio a uma viagem de bicicleta de Gotemburgo a Karachi — 7.815 quilômetros. Eles iam atravessar a Turquia de uma ponta à outra e seguir até o Irã. No mês anterior, tinham feito uma parada em Berlim e visto a bandeira da Alemanha Ocidental ser erguida diante do *Reichstagsgebäude* quando bateu meia-noite. Agora, estavam mostrando as fotos a Nalan, que parecia estar gostando da interação, apesar de não entender nada do que eles falavam. Leila ficou sentada com eles durante algum tempo, satisfeita em observar em silêncio.

Havia um jornal na mesa. Ela leu primeiro as notícias e depois seu horóscopo. *Você acredita que é vítima de circunstâncias sobre as quais não tem controle. Hoje é o dia em que você pode mudar isso*, dizia o horóscopo. *O alinhamento astral vai lhe dar um ânimo extraordinário. Espere um encontro excitante em breve, mas que só vai acontecer se você tomar a iniciativa. Desanuvie a cabeça, não tranque suas emoções dentro de si, saia para uma caminhada e tome posse da sua vida. Está na hora de você se conhecer.*

Balançando a cabeça, Leila acendeu um cigarro e colocou o Zippo na mesa. Que palavras maravilhosas: *se conhecer*. Os antigos gostavam tanto desse lema que o gravavam nas paredes de seus templos. E, embora Leila visse que havia verdade nele, achava que a lição estava incompleta. Tinha que ser: *se conhecer e reconhecer um filho da puta quando encontrar um*. O conhecimento de si e o reconhecimento dos filhos da puta precisavam andar de mãos dadas. De qualquer maneira, se ela não estivesse cansada demais ao final daquela noite, iria caminhar para casa, tentar desanuviar a cabeça e tomar posse da sua vida, o que quer que aquilo quisesse dizer.

Na hora combinada, usando seu vestido novo e seu sapato de salto agulha com tira atrás do calcanhar, Leila caminhou na direção do Hotel Intercontinental, sua silhueta alta e sólida em destaque contra o céu noturno. Ela sentiu uma tensão nas costas e quase esperou ouvir o ronco de um veículo blindado dobrando a esquina, o som de uma bala zunindo sobre a sua cabeça, os gritos e o choro se multiplicando. Embora o estacionamento na frente do prédio estivesse vazio, Leila sentiu a presença de centenas de corpos fazendo pressão de todos os lados. Sua garganta se contraiu. Devagar, ela soltou o ar preso nos pulmões doloridos.

No instante seguinte, Leila passou pela porta de vidro e olhou em torno com a expressão tranquila. Candelabros feitos sob encomenda, lâmpadas de metal polido, chão de mármore: o mesmo interior cafona que se via em estabelecimentos parecidos do mundo todo. Nenhum sinal de uma memória coletiva. Nenhum conhecimento compartilhado da história. O lugar inteiro tinha sido redecorado, as janelas cobertas por cortinas prateadas, o passado substituído por brilho e glamour.

Havia um detector de metais e uma esteira de raios-x perto da entrada e, ao lado destes, três guardas corpulentos. A segurança tinha aumentado na cidade toda depois que houvera uma série de ataques terroristas em hotéis de luxo no Oriente Médio. Leila colocou a bolsa na esteira e passou pelo detector de metais balançando os quadris. Os guardas a olharam com malícia, cada um deles um livro aberto. Quando ela foi apanhar a bolsa do outro lado da esteira, se debruçou para permitir que vissem bem seu decote.

Na recepção, havia uma jovem com um bronzeado genuíno e um sorriso falso. Quando Leila se aproximou, ela fez uma expressão levemente intrigada. Por um átimo de segundo, não teve certeza se Leila era aquilo que ela pensava ou uma hóspede estrangeira decidida a ter uma noite louca em Istambul, procurando uma lembrança inesquecível para compartilhar com as amigas em seu país de origem. Se fosse a segunda, ela continuaria a sorrir; se fosse a primeira, começaria a franzir o cenho.

Assim que Leila disse algo, a expressão da mulher mudou de uma curiosidade educada para um desprezo explícito.

— Boa noite, querida — disse Leila alegremente.

— Posso ajudar? — disse a recepcionista, num tom tão frio quanto o seu olhar.

Tamborilando as unhas no balcão de vidro, Leila deu o número do quarto.

— Eu digo que é da parte de quem?

— Diga que é a mulher que ele esperou a vida toda.

A recepcionista apertou os olhos e não disse nada. Discou o número depressa. Houve uma conversa breve entre ela e o homem do outro lado da linha. Ela desligou e disse, sem olhar para Leila:

— Ele está aguardando.

— *Merci*, querida.

Leila andou devagar até o elevador e apertou o botão com a seta para cima. Um casal de idosos americanos que estava indo para o quarto também entrou no elevador e cumprimentou Leila daquele jeito relaxado que os americanos de uma certa idade têm. Para eles, a noite estava terminando. Para Leila, estava apenas começando.

Sétimo andar. Corredores longos e bem iluminados e um carpete com estampa de losangos. Leila parou diante do quarto da cobertura, respirou fundo e bateu na porta. Um homem abriu. Ele realmente parecia com o ator que tinha o carro falante. A pele ao redor de seus olhos estava um pouco vermelha e ele piscava depressa demais, o que fez Leila se perguntar se andara chorando. Estava segurando um telefone, agarrando-o com força, como se estivesse com medo de largar. Tinha falado com alguém. Será que era com seu amor? O instinto de Leila lhe disse que sim — seu amor, mas não a pessoa com quem iria se casar.

— Ah, oi... Eu estava esperando você. Pode entrar, por favor.

O rapaz estava com a voz um pouco arrastada. Havia uma garrafa de uísque meio vazia sobre a mesa de nogueira, o que confirmou a suspeita de Leila.

Ele fez um gesto com a cabeça na direção do sofá.

— Sente-se, por favor. Quer beber alguma coisa?

Leila tirou a echarpe e jogou em cima da cama.

— Tem tequila, querido?

— Tequila? Não, mas posso pedir, se você quiser.

Como ele era educado — e como estava destroçado. Não tinha coragem de enfrentar o pai e também não queria abrir mão dos confortos aos quais estava acostumado. Provavelmente, se odiava por causa disso, e se odiaria pelo resto da vida.

Ela abanou a mão.

— Não precisa. Eu bebo o que você estiver bebendo.

Virando-se meio de costas para ela, o rapaz levou o telefone aos lábios e disse:

— Ela chegou. Eu ligo para você depois. Claro. Não se preocupe.

A pessoa com quem ele estivera falando tinha ouvido toda a conversa deles até aquele momento.

— Espere — pediu Leila, esticando o braço.

Ele fitou-a, incerto.

— Não se incomode comigo. Continue conversando — disse ela. — Vou fumar um cigarro no terraço.

Sem dar a ele tempo para protestar, Leila saiu. A vista era impressionante. Luzes suaves emanavam das últimas barcas, um navio de cruzeiro passava ao longe e, perto do cais, ela viu um barco com uma grande placa iluminada que anunciava que ali se vendiam kafta e cavala. Como ela queria poder estar lá naquele momento, empoleirada num daqueles banquinhos minúsculos, comendo um pão pita recheado, e não ali, no sétimo andar de um hotel de luxo, na companhia do desespero.

Cerca de dez minutos depois, as portas duplas se abriram e o rapaz apareceu com dois copos de uísque. Ele deu um para Leila. Eles se sentaram lado a lado numa espreguiçadeira, com os joelhos encostados, e beberam seus drinques. Era um uísque *single malt* da melhor qualidade.

— Eu ouvi dizer que seu pai é muito religioso. Ele sabe que você bebe?

O rapaz franziu o cenho.

— Meu pai não sabe porra nenhuma sobre mim!

Ele bebia devagar, mas com determinação. Se continuasse naquele ritmo, teria uma ressaca terrível na manhã seguinte.

— É a quinta vez em um mês que ele faz isso. Fica arrumando essas mulheres para mim, me mandando para um hotel diferente a cada vez. Ele cobre todas as despesas. E eu tenho que receber essas pobres meninas e passar a noite com elas. É constrangedor — disse, engolindo em seco. — Meu pai espera alguns dias, percebe que eu não estou *curado* e organiza outro encontro. Vai ser assim até o casamento, imagino.

— E se você disser não?

— Eu perco tudo — respondeu ele, apertando os olhos ao pensar nisso.

Leila bebeu o resto do drinque de um só gole. Levantou, pegou o copo da mão do homem e colocou no chão ao lado do dela. O rapaz a fitou. Estava nervoso.

— Olha, meu bem, eu já entendi que você não quer fazer isso. Também já entendi que tem alguém que você ama e que você prefere ficar com essa *pessoa* — disse Leila, enfatizando a última palavra e evitando mencionar um gênero. — Ligue para essa pessoa agora e a chame para vir para cá. Passe a noite com ela neste quarto lindo, converse e tente encontrar uma solução.

— E você?

— Eu vou embora. Mas você não deve dizer isso para ninguém. Nem seu pai nem a mulher que arranja essas coisas para mim devem saber. A gente diz que teve uma noite maravilhosa. Que você foi incrível, uma máquina, de primeira. Eu ganho meu dinheiro e você ganha um pouco de paz. Mas precisa descobrir o que vai fazer. Desculpe dizer isso, mas esse casamento parece coisa de maluco. Não é certo meter sua noiva nessa bagunça.

— Ah, ela seria feliz de qualquer jeito. Ela e a família toda são uns abutres, só querem saber do nosso dinheiro.

Ele parou, percebendo que talvez houvesse revelado demais. Inclinando-se, beijou a mão de Leila.

— Obrigado. Eu te devo uma.

— De nada — disse Leila, encaminhando-se para a porta. — Aliás, diga a seu pai que eu estava com um vestido dourado de lantejoulas. Por algum motivo, isso é importante.

Leila deixou o hotel discretamente, se escondendo atrás de um grupo de turistas espanhóis. A recepcionista, que estava ocupada fazendo o check-in de alguns hóspedes, não a viu sair.

Ao voltar para as ruas, ela encheu os pulmões de ar. A lua estava crescente, de um cinza-pálido. Leila se deu conta de que tinha esquecido sua echarpe lá em cima. Por um instante, pensou em voltar, mas não quis perturbar o rapaz. Que droga — ela adorava aquela echarpe, era de seda pura.

Leila colocou um cigarro entre os lábios e procurou o isqueiro na bolsa. Ele não estava lá dentro. O Zippo de D/Ali tinha sumido.

— Quer que eu acenda?

Ela levantou a cabeça. Um carro tinha encostado no meio-fio e parado logo à sua frente. Uma Mercedes prata. As janelas de trás eram de vidro escuro e as luzes estavam apagadas. Pela janela meio aberta, um homem a observava com um isqueiro na mão.

Leila caminhou na direção dele, devagar.

— Boa noite, meu anjo.

— Boa noite para você também.

O homem acendeu o cigarro dela, olhando demoradamente para os seus seios. Ele usava um paletó de veludo cor de jade e, por baixo, uma blusa de gola rolê de um verde mais escuro.

— *Merci*, querido.

A outra porta se abriu e o motorista saiu. Ele era mais magro que o amigo e seu paletó estava largo nos ombros. Era careca e tinha o rosto encovado e pálido. Os dois homens tinham as mesmas sobrancelhas arqueadas e olhos juntos, pequenos e castanho-escuros. *Devem ser parentes*, pensou Leila. Talvez primos. Mas sua impressão mais imediata foi o quanto eles pareciam infelizes — principalmente para dois homens tão jovens.

— Oi — disse o motorista abruptamente. — Bonito, esse vestido.

Algo pareceu se passar entre os dois homens; uma identificação, como se eles a tivessem reconhecido, embora ela tivesse certeza de que nunca os tinha visto. Leila às vezes esquecia nomes, mas sempre se lembrava dos rostos.

— A gente queria saber se você quer uma carona — disse o motorista.

— Uma carona?

— É, você sabe...

— Depende.

O homem ofereceu um preço.

— Para os dois? De jeito nenhum.

— Só para o meu amigo — disse o motorista. — É aniversário dele hoje, vai ser presente meu.

Leila achou aquilo um pouco estranho, mas já tinha visto coisas ainda mais estranhas naquela cidade e não se importou.

— Tem certeza de que você não está a fim?

— Não, eu não gosto de...

O homem deixou a frase inacabada. Leila se perguntou do que exatamente ele não gostava. Será que era de mulheres em geral, ou só dela? Ela pediu o dobro.

O motorista parou de encará-la.

— Tudo bem — disse.

Leila ficou surpresa por ele não tentar pechinchar. Era raro uma transação ser feita naquela cidade sem uma rodada de negociações.

— Você vem? — perguntou o outro homem, abrindo a porta pelo lado de dentro.

Ela hesitou. Se Mãe Amarga descobrisse, ficaria furibunda. Leila quase nunca aceitava um trabalho sem que ela soubesse. Mas o dinheiro parecia bom demais para recusar, principalmente agora que as contas de Jameelah estavam se acumulando, pois ela descobrira que tinha lúpus e estava no meio de uma crise. Numa só noite, Leila receberia duas quantias altas, uma do pai do rapaz que estava no hotel e agora aquela.

— Uma hora, só. E eu falo onde você vai parar.

— Combinado.

Ela entrou no carro, se ajeitando no banco de trás. Abriu a janela, inalando o ar revigorante e limpo. Havia momentos em que a cidade parecia fresca, como se houvesse sido lavada com um balde d'água atirado por mãos prestativas.

Leila viu uma caixa de charutos no painel e, sobre ela, três anjos de porcelana com vestidos longos. Ela observou-os por um instante, distraída.

O carro estava acelerando.

— Pegue a primeira à direita.

O homem olhou para ela pelo retrovisor, com uma expressão que era ao mesmo tempo assustadora e insuportavelmente triste.

Um calafrio percorreu a espinha de Leila de cima a baixo. Ela sentiu, tarde demais, que ele não ia lhe dar ouvidos.

Últimos oito segundos

A última coisa de que Leila se lembrou foi o gosto de bolo caseiro de morango.

Durante sua infância em Vã, as celebrações eram reservadas para dois motivos venerandos: a pátria e a religião. Seus pais comemoravam o nascimento do profeta Maomé e o nascimento da república turca, mas não consideravam o nascimento de um ser humano comum causa suficiente para festividades anuais. Leila nunca tinha perguntado por quê. Foi só depois que saiu de casa, foi para Istambul e descobriu que outras pessoas tinham ganhado um bolo ou um presente em seus dias especiais que a pergunta lhe ocorreu. Desde então, todo dia 6 de janeiro ela se esforçava ao máximo para se divertir, não importava o que estivesse acontecendo. E, se às vezes cruzava com alguém que estava comemorando de maneira intensa demais, não criticava a pessoa. Quem sabe? Talvez, como Leila, ela estivesse compensando exageradamente por uma infância privada de chapeuzinhos de festa.

Todo ano, no dia de seu aniversário, seus amigos faziam uma festa para ela com *cupcakes*, serpentinas e montes de balões. Os cinco: Sinan Sabotagem, Nalan Nostalgia, Jameelah, Zaynab122 e Humeyra Hollywood.

Leila não achava que alguém poderia esperar ter mais que cinco amigos. Só um já era uma sorte. Se você fosse uma pessoa abençoada, dois ou três e, se tivesse nascido sob um céu repleto das estrelas mais brilhantes, um quinteto — mais do que suficiente para uma vida inteira. Não era bom sair procurando outros, pois, ao fazer isso, você se arriscava a perder aqueles com os quais já contava.

Ela sempre achara que cinco era um número especial. A Torá tinha cinco livros. Jesus tinha sofrido cinco feridas fatais. O Islã tinha cinco pilares fundamentais. O rei Davi tinha matado Golias com cinco pedras. No budismo havia cinco preceitos, enquanto Shiva tinha cinco faces que fitavam cinco direções diferentes. A filosofia chinesa girava em torno de cinco elementos: água, fogo, madeira, metal e terra. Havia cinco gostos universalmente aceitos: doce, salgado, azedo, amargo e umami. A percepção humana dependia de cinco sentidos básicos: audição, visão, tato, olfato e paladar; embora os cientistas afirmassem que havia mais, cada um com um nome mais incompreensível que o outro, eram os cinco originais que todo mundo conhecia.

Naquele que seria seu último aniversário, seus amigos tinham decidido que o cardápio seria suntuoso: cordeiro ensopado com purê de berinjela, *börek* com espinafre e queijo feta, feijão vermelho com pastrami picante, pimentão verde recheado e um vidrinho de caviar fresco. O bolo era para ser surpresa, mas Leila os ouvira conversando sobre o assunto: as paredes do apartamento eram mais finas que as fatias de pastrami e, após décadas fumando muito e bebendo mais ainda, a voz de Nalan era audível até quando ela sussurrava, áspera como lixa raspando em metal.

Recheio de creme de morango e uma cobertura leve e cor-de-rosa como um conto de fadas. Era isso que eles tinham planejado. Leila não gostava muito de rosa. Gostava mais de fúcsia — uma cor com personalidade. Até o nome derretia na língua, doce e forte, de dar água na boca. O rosa era o fúcsia sem coragem; pálido e sem vida como um lençol puído de tanto lavar. Talvez ela devesse pedir um bolo fúcsia.

— Então, quantas velas a gente vai botar nele? — perguntou Humeyra Hollywood.

— 31, querida — disse Leila.

— 31? Aqui, ó — disse Nalan Nostalgia, rindo.

Se amizade significava rituais, Leila e os cinco tinham um caminhão deles. Além dos aniversários, comemoravam o Dia da Vitória, o Dia da Comemoração de Ataturk, da Juventude e dos Esportes, O Dia Nacional da Soberania e Dia da Criança, o Dia da República, o Dia da Marinha, o Dia dos Namorados, o Ano Novo… Aproveitavam todas as oportunidades para jantar juntos, se banqueteando com iguarias que mal tinham dinheiro para comprar. Nalan Nostalgia preparava seu drinque preferido, o Pata Pata Boom Boom, cuja receita ela tinha aprendido enquanto flertava com o *bartender* do Karavan. Suco de romã, suco de limão, vodca, menta macerada, sementes de cardamomo e uma dose generosa de uísque. Aqueles que bebiam álcool ficavam deliciosamente embriagados, com as bochechas de um vermelho vívido. Os abstêmios bebiam Fanta laranja. Eles passavam o resto da noite assistindo a filmes em preto e branco. Espremendo-se no sofá, assistiam a um filme atrás do outro, completamente absortos e mudos, a não ser por um suspiro ou um ruído de espanto aqui e ali. Aquelas estrelas antigas de Hollywood e da Turquia sabiam conquistar a plateia de maneira magistral. Leila e os amigos sabiam suas falas de cor.

Ela nunca dissera isso aos amigos, não de maneira explícita, mas eles eram sua rede de segurança. Sempre que ela tropeçava ou caía, eles estavam lá, para apoiá-la ou amenizar o impacto da queda. Nas noites em que era maltratada por um cliente, mesmo assim tinha forças para manter a cabeça erguida, sabendo que os amigos, com sua mera presença, seriam um unguento para suas manchas roxas e seus arranhões; e, nos dias em que se afundava em autopiedade, com o peito aberto de dor, eles a puxavam para cima devagar e sopravam vida em seus pulmões.

Agora, naquele momento em que seu cérebro estava parando e todas as lembranças se dissolviam em uma névoa densa como a tristeza, a última coisa que surgiu em sua mente foi o bolo de aniversário cor-de-rosa. Eles tinham passado aquela noite tagarelando e rindo, como se nada jamais fosse conseguir separá-los e a vida fosse apenas um espetáculo, excitante e perturbador, mas sem nenhum perigo real envolvido, como ser convidado para participar do sonho de outra pessoa. Na TV, Rita Hayworth jogara o cabelo e balançara os quadris, arrastando o vestido no chão com um farfalhar de seda. Virando a cabeça na direção da câmera, ela dera aquele famoso sorriso, o sorriso que muitas pessoas em todo o mundo pensaram ser de desejo. Mas não eles. A boa e velha Rita não conseguia enganá-los. Eles sempre reconheciam uma mulher triste quando viam uma.

PARTE 2
O corpo

O necrotério

O necrotério ficava na parte de trás do hospital, no lado nordeste do porão. O corredor que levava a ele era pintado de um verde-pálido cor de Prozac e era perceptivelmente mais frio que o resto do prédio, como se passasse dia e noite exposto a correntes de ar. Lá dentro, o cheiro acre de produtos químicos nunca desaparecia. Não havia muitas cores — branco giz, cinza aço, azul-cinzento e o vermelho escuro e enferrujado de sangue congelado.

Limpando as palmas das mãos nas laterais do jaleco, o médico-legista — um homem magro e um pouco encurvado, com uma testa alta e larga e olhos pretos cor de obsidiana — lançou um olhar rápido para o mais novo cadáver. Outra vítima de homicídio. Uma expressão de desinteresse surgiu em seu rosto. Ao longo dos anos, ele vira muitas delas — jovens e moças, ricas e pobres, atingidas por acidente por uma bala perdida ou abatidas com tiros à queima-roupa. Todos os dias, chegavam cadáveres novos. O médico-legista sabia exatamente em quais épocas do ano as mortes iriam aumentar e em quais elas iriam desacelerar. Havia mais assassinatos no verão do que no inverno; entre maio e agosto, ocorria a alta temporada de violência sexual e de tentativas de homicídio em Istambul. Em outubro, junto com a temperatura, diminuíam os crimes.

Ele tinha uma teoria sobre isso e estava convencido de que havia uma correlação com os padrões alimentares das pessoas. No outono, cardumes de sardas iam na direção sul do Mar Negro até o Mar Egeu, nadando tão perto da superfície que pareciam estar exaustos com a migração forçada e a ameaça constante das traineiras, querendo ser pescados logo de uma vez. Em restaurantes, hotéis, cafeterias e lares, os níveis de serotonina aumentavam e os níveis de estresse despencavam quando as pessoas consumiam aquele delicioso peixe gorduroso. O resultado era que se violava menos a lei. Mas as lindas sardas não podiam resolver tudo; logo, as taxas de crimes iriam subir de novo. Numa terra onde a justiça com frequência chegava tarde, se é que chegava, muitos cidadãos tentavam se vingar com as próprias mãos, retribuindo dor com mais dor. *Dois olhos por um olho, uma mandíbula por um dente.* Não que todos os crimes fossem planejados — na verdade, a maioria era cometida de maneira impulsiva. Um olhar visto como agressivo poderia levar a um homicídio culposo. Uma palavra mal-entendida poderia ser uma desculpa para um banho de sangue. Em Istambul, matar era fácil e morrer, mais fácil ainda.

O médico-legista tinha examinado o corpo, drenado os fluidos e aberto o peito, fazendo uma incisão de cada clavícula até o esterno. Tinha passado um bom tempo examinando os ferimentos, reparado na tatuagem acima do tornozelo direito e identificado o pedaço de pele descolorada nas costas — uma cicatriz de queimadura claramente causada por uma substância cáustica, provavelmente um ácido. Ele imaginou que a cicatriz tivesse uns vinte anos e se perguntou como teria acontecido. Será que a mulher tinha sido atacada pelas costas ou aquilo tinha sido um acidente — e, se esse fosse o caso, por que ela teria consigo aquele tipo de ácido?

Como uma análise interna completa não tinha sido exigida, o médico-legista finalmente se sentou para escrever um relatório de rotina. Para saber mais detalhes, consultou o boletim de ocorrência anexado ao arquivo.

Nome/Sobrenome: Leyla Akarsu
Nomes do meio: Afife Kamile
Endereço: rua Kafka Cabeludo, 70, ap. 8. Pera, Istambul

O corpo é de uma mulher branca bem desenvolvida e bem nutrida, com um metro e setenta de altura e 61 quilos. Não aparenta ter a idade de 32 anos que consta na carteira de identidade. Provavelmente, tem entre 40 e 45 anos. Foi feito um exame para determinar a causa e a forma da morte.

Roupas: um vestido dourado de lantejoulas (rasgado), sapatos de salto alto, roupas de baixo de renda. Uma bolsa sem alça contendo identidade, batom, um caderno, uma caneta-tinteiro e chaves. Nenhum dinheiro ou joia (podem ter sido roubados).

A hora estimada da morte é entre 3h30 e 5h30 da manhã. Não foi detectado nenhum sinal de relação sexual. A vítima foi espancada com um objeto pesado (contundente) e estrangulada até a morte após ter sido nocauteada e perdido a consciência.

O médico-legista parou de digitar. As marcas no pescoço da mulher o intrigavam: ao lado das marcas de dedos do assassino, havia um risco avermelhado que parecia ter sido feito após a morte. Ele se perguntou se a mulher estaria usando um colar que tinha sido arrancado. Não que aquilo tivesse importância àquela altura. Assim como todos os corpos não reivindicados, aquele também seria levado para o Cemitério dos Solitários.

Nenhum rito fúnebre islâmico seria realizado para aquela mulher. Aliás, nem de qualquer outra religião. Seu corpo não seria lavado por seus parentes mais próximos; seu cabelo não seria dividido em três tranças; suas mãos não seriam colocadas delicadamente sobre seu coração, num gesto de paz eterna; suas pálpebras não seriam fechadas para que houvesse a certeza de que, dali em diante, seu olhar se voltaria para dentro. No cemitério, não haveria ninguém para carregar o caixão ou chorar a morta, nenhum imã para conduzir a oração e nenhuma carpideira contratada para chorar e soluçar mais alto que todos os outros. Ela seria enterrada como todos os outros indesejáveis — de maneira silenciosa e rápida.

Depois, provavelmente não receberia visitas. Talvez uma velha vizinha ou uma sobrinha — parente distante o suficiente para não se importar com a vergonha sofrida pela família — aparecesse algumas vezes. Mas, com o tempo, as visitas iriam cessar. Dentro de poucos meses, sem nenhum marcador ou lápide, o túmulo da mulher se tornaria idêntico aos outros ao redor. Em menos de uma década, ninguém seria capaz de localizar seu paradeiro. Ela seria mais um número no Cemitério dos Solitários, mais uma pobre alma cuja vida lembrava as primeiras palavras de todas as histórias da Anatólia: *Era uma vez, não era uma vez...*

O médico-legista se debruçou sobre a mesa com o cenho franzido de concentração. Não tinha nenhuma vontade de descobrir quem era aquela mulher e que tipo de vida ela levara. Mesmo na época em que ainda era novo no emprego, as histórias das vítimas não lhe importavam muito. O que realmente lhe interessava era a morte em si. Não como conceito teológico ou questão filosófica, mas como objeto de investigação científica. Ele sempre se surpreendia ao ver como a humanidade progredira pouco em termos de ritos fúnebres. Uma espécie que tinha criado os relógios de pulso digitais, descoberto o DNA e desenvolvido máquinas de ressonância magnética estava tristemente empacada quando o assunto era cuidar dos mortos. Tinham avançado pouco em relação a mil anos atrás. Era verdade que aqueles que nadavam em dinheiro e tinham muita imaginação pareciam ter algumas escolhas a mais que o resto: podiam lançar as cinzas para o espaço, se desejassem, ou se congelar na esperança de, dali a cem anos, serem ressuscitados. Mas, para a maioria das pessoas, as opções eram bem limitadas: ser enterrado ou cremado. Só. Se houvesse um Deus lá em cima, Ele deveria estar morrendo de rir de uma raça humana capaz de fazer bombas atômicas e construir inteligências artificiais, mas que ainda se sentia desconfortável diante da própria mortalidade e era incapaz de resolver o que fazer com seus mortos. Como era patético tentar relegar a morte à periferia da vida quando a morte estava no centro de tudo.

O médico-legista trabalhava com cadáveres havia muito tempo, preferindo sua companhia silenciosa à tagarelice infindável dos vivos. Mas, quanto mais corpos examinava, mais intrigado ficava com o processo da morte. Quando exatamente um ser vivo se tornava um cadáver? Quando acabara de se formar na faculdade de medicina, ele tinha uma resposta clara, mas, naqueles dias, já não estava mais tão certo. Parecia-lhe que, assim como uma pedra atirada num lago criava ondulações em círculos concêntricos, a cessação da vida gerava uma série de mudanças, tanto materiais quanto imateriais, e que a morte só deveria ser reconhecida quando as mudanças finais tivessem se completado. Nos periódicos médicos que lia cuidadosamente, ele encontrara uma pesquisa inovadora que o entusiasmara. Cientistas de diversas instituições renomadas no mundo inteiro observaram atividade cerebral persistente em pessoas que tinham acabado de morrer. Em alguns casos, essa atividade tinha durado só alguns minutos. Em outros, tinha chegado a 10 minutos e 38 segundos. O que acontecia durante esse período? Será que os mortos se lembravam do passado? E, caso se lembrassem, de que partes do passado e em que ordem? Como a mente conseguia condensar uma vida toda no tempo que levava para ferver água numa chaleira?

Pesquisas bem-sucedidas também tinham demonstrado que mais de mil genes continuavam a funcionar em cadáveres dias depois de sua morte ter sido declarada. Todas essas descobertas fascinavam o médico-legista. Talvez os pensamentos de uma pessoa sobrevivessem mais tempo que seu coração, os sonhos dela, mais tempo que seu pâncreas, os desejos, mais tempo que a vesícula biliar... Se isso fosse verdade, será que os seres humanos não deveriam ser considerados *semivivos* enquanto as lembranças que os moldaram ainda estivessem ondulando — enquanto essas lembranças ainda fizessem parte deste mundo? Embora ele não soubesse as respostas — ainda não —, dava valor à busca por elas. Nunca diria isso a ninguém, pois as pessoas não entenderiam, mas sentia um enorme prazer em trabalhar no necrotério.

Uma batida na porta o arrancou daquele devaneio.

— Entre.

O servente, Kameel Effendi, entrou, mancando um pouco. Ele era um homem bondoso e gentil e, após todos aqueles anos, parte permanente do hospital. Embora inicialmente houvesse sido contratado para fazer trabalhos básicos, realizava qualquer tarefa necessária todos os dias, inclusive dar pontos num paciente aqui, em outro ali, quando a emergência estava com poucos cirurgiões.

— *Salam Aleikum*, doutor.

— *Aleikum Essalam*, Kameel Effendi.

— Essa é a prostituta sobre a qual as enfermeiras estavam cochichando?

— É, sim. Trouxeram logo antes do meio-dia.

— Pobrezinha, que Alá perdoe qualquer pecado que ela possa ter cometido.

O médico-legista deu um sorriso que não chegou a iluminar seus olhos.

— *Possa?* — disse ele. — Isso é uma coisa engraçada de se dizer, considerando-se quem é. A vida inteira dela estava repleta de pecado.

— Bom, talvez isso seja verdade... Mas quem sabe quem merece mais o paraíso, se essa coitada ou o fanático que acha que é o único escolhido de Deus?

— Quem diria, Kameel Effendi! Não sabia que você tinha tanta pena das putas. Melhor tomar cuidado. Eu não me incomodo, mas tem muita gente por aí que lhe daria uma boa surra se ouvisse você falando desse jeito.

O velho ficou imóvel, em silêncio. Fitou o cadáver com uma expressão melancólica, como se fosse uma antiga conhecida. Ela parecia estar em paz. O mesmo ocorrera com a maioria dos cadáveres que Kameel Effendi tinha visto ao longo dos anos, e ele muitas vezes se perguntava se eles estavam aliviados por terem deixado para trás as lutas e os mal-entendidos do mundo.

— Algum parente, doutor?

— Não. Os pais moram em Vã. Foram informados, mas se recusam a vir aqui buscar o corpo. Como sempre, nesses casos.

— Algum irmão?

O médico-legista consultou suas anotações.

— Acho que não… Ah, tinha um irmão, mas ele já morreu.

— E não tem mais ninguém?

— Parece que tem uma tia que não está bem de saúde… Então, ela não adianta. E, hum, tem mais uma tia e um tio…

— Será que um deles pode ajudar?

— De jeito nenhum. Os dois disseram que não querem ter nada a ver com ela.

Cofiando o bigode, Kameel Effendi mudou o peso de um pé para o outro.

— Bom, eu já quase acabei aqui — disse o médico-legista. — Pode levar para o cemitério, aquele de sempre.

— Doutor, eu estava pensando sobre isso… Tem um grupo de pessoas no pátio. Eles estão esperando há horas. Parecem estar muito tristes.

— Quem são?

— Os amigos dela.

— Amigos — repetiu o médico-legista, como se não conhecesse aquela palavra. Não se interessava muito por eles. Os amigos de uma vagabunda só podiam ser vagabundos também, pessoas que ele provavelmente veria ali um dia, deitadas na mesma mesa de aço.

Kameel Effendi deu uma tossidinha.

— Pena que a gente não pode liberar o corpo para eles.

Ao ouvir isso, o médico-legista franziu o cenho, com um brilho de raiva nos olhos.

— Você sabe muito bem que não temos autorização para isso. Só podemos liberar um cadáver para os parentes mais próximos.

— Eu sei, mas... — disse Kameel Effendi, hesitando. — Se ela não tem parentes, por que a gente não deixa os amigos resolverem o funeral?

— Nosso estado não permite isso, e por um bom motivo. Nós nunca poderíamos rastrear quem é quem. Existe tudo que é tipo de lunático no mundo: ladrões de órgãos, psicopatas... seria um pandemônio.

Ele examinou o rosto do velho, sem ter certeza se ele sabia o que significava a última palavra.

— Sim, mas em casos como este, que mal há?

— Olha, nós não inventamos as regras. Só obedecemos. *Não tente trazer hábitos novos para uma vila velha.* Já é difícil demais administrar este lugar sem mais essa.

O velho ergueu o queixo, concordando.

— Tudo bem, entendi. Vou ligar para o cemitério. Só para confirmar se tem espaço.

— Boa ideia, verifique isso.

O médico-legista tirou uma pilha de papéis de uma pasta, pegou uma caneta e deu batidinhas com ela no rosto. Ele carimbou e assinou todas as páginas.

— Diga a eles que você vai mandar o corpo esta tarde.

Mas aquilo era uma formalidade. Os dois sabiam que, embora os outros cemitérios da cidade pudessem ter a lotação esgotada com anos de antecedência, sempre havia espaço disponível no Cemitério dos Solitários — o mais desolado de Istambul.

Os cinco

Lá fora, no pátio, havia cinco pessoas espremidas num banco de madeira. Suas sombras se estendiam pelas pedras do calçamento em formatos e tamanhos contrastantes. Eles tinham chegado logo depois do meio-dia, um após o outro, e estavam esperando ali havia horas. Naquele momento, o sol baixava devagar e os raios de luz atravessavam as castanheiras de maneira enviesada. De vez em quando, um deles se levantava e ia arrastando os pés na direção do prédio, para falar com um gerente, um médico ou uma enfermeira — quem quer que se dispusesse a escutá-los. Não adiantava. Por mais que insistissem, eles não obtiveram permissão para ver o corpo da amiga — e muito menos sepultá-lo.

Mesmo assim, se recusaram a ir embora. Com as expressões marcadas pela tristeza, tão rígidas quanto madeira velha, continuaram ali esperando. As outras pessoas no pátio, visitantes e funcionários, olhavam-nos intrigadas e sussurravam entre si. Uma adolescente sentada ao lado da mãe observou-os com uma curiosidade que era metade desprezo. Uma velha de lenço na cabeça olhou-os com a raiva e o desdém que reservava para todas as pessoas estranhas ou deslocadas. Os amigos de Leila não se encaixavam ali, mas não pareciam se encaixar em lugar nenhum.

Assim que a oração da noite ressoou em uma mesquita ali perto, uma mulher de cabelos curtos e bem arrumados, andando particularmente ereta, marchou depressa do prédio na direção deles. Ela usava uma saia-lápis cáqui abaixo do joelho, um casaco de risca de giz combinando e um broche grande em formato de orquídea. Era a diretora dos serviços de assistência aos pacientes.

— Não há necessidade de vocês ficarem aqui — disse a diretora, sem olhar ninguém nos olhos. — A sua amiga... o médico examinou o corpo e fez o relatório oficial. Vocês podem pedir uma cópia, se quiserem. Fica pronta em mais ou menos uma semana. Mas precisam ir embora agora. Por favor. Estão deixando todo mundo constrangido.

— Nem se incomode. A gente não vai sair daqui — disse Nalan Nostalgia.

Ao contrário dos outros, que tinham ficado de pé ao ver a diretora, ela continuara sentada, como se quisesse provar o que dizia. Seus olhos tinham um tom castanho cálido e eram amendoados, mas isso não era o que as pessoas em geral percebiam quando a olhavam. Elas viam as longas unhas esmaltadas, ombros largos, calça de couro, implantes de silicone nos seios. Viam uma mulher evidentemente transexual olhando para elas. Exatamente como estava acontecendo com a diretora naquele momento.

— Como? — disse a diretora, num tom irritado.

Com delicadeza, Nalan abriu a bolsa e pegou um cigarro de uma cigarreira de prata, mas, apesar de estar precisando desesperadamente fumar um, não o acendeu.

— O que eu quis dizer é que a gente não vai embora até ver a Leila. Vamos acampar aqui se precisar.

A diretora ergueu as sobrancelhas.

— Acho que você não deve ter me escutado bem, por isso eu vou ser clara: não há necessidade de vocês esperarem, e não há nada que possam fazer pela sua amiga. Vocês não são a família dela.

— Nós éramos mais próximos dela do que a família — disse Sinan Sabotagem com a voz trêmula.

Nalan engoliu em seco. Havia um nó em sua garganta que se recusava a sumir. Desde que ela soubera do assassinato de Leila, não tinha derramado uma lágrima sequer. Alguma coisa estava bloqueando a dor — uma raiva que endurecia as bordas de cada gesto e cada palavra.

— Olhem, isso não tem nada a ver com a minha instituição — comentou a diretora. — A questão é que sua amiga foi transferida para um cemitério. Ela provavelmente já foi enterrada.

— O... o que você disse? — perguntou Nalan, ficando de pé devagar, como quem acordava de um sonho. — Por que ninguém nos contou?

— Nós não temos nenhuma obrigação legal de...

— Legal? E que tal *humana*? Nós poderíamos ter ido com ela, se soubéssemos. E para onde vocês, seus idiotas que se odeiam, levaram a Leila, exatamente?

A diretora se arrepiou, arregalando os olhos por um segundo.

— Em primeiro lugar, você não pode falar comigo desse jeito. Em segundo lugar, eu não tenho autorização para revelar...

— Então sai daqui e volta com alguém que tenha autorização, porra.

— Eu não vou permitir que alguém se dirija a mim dessa maneira — disse a diretora, com o maxilar tremendo visivelmente. — Lamento, mas vou ter que pedir aos seguranças que retirem vocês do local.

— Lamento, mas vou ter que dar um tapa na sua cara — disse Nalan, mas os outros seguraram suas mãos e a puxaram para trás.

— A gente não pode perder a calma — sussurrou Jameelah para Nalan, mas não ficou claro se ela ouviu o aviso.

A diretora deu meia-volta arrastando seus saltos gatinho no chão. Ela estava prestes a se afastar quando parou e olhou feio para eles por cima do ombro.

— Existem cemitérios reservados para gente assim. É estranho você já não saber disso.

— Vadia — murmurou Nalan baixinho.

Mas sua voz, áspera e grossa, era fácil de ouvir — e é claro que Nalan queria que a diretora soubesse o que pensava dela.

Alguns minutos depois, os amigos de Leila foram retirados do hospital pelos seguranças. Algumas pessoas tinham se juntado na calçada, observando o incidente fascinadas e sorridentes, provando mais uma vez que Istambul era, e sempre seria, uma cidade de espetáculos improvisados e espectadores ávidos e já prontos para servir de plateia. Ninguém reparou no homem idoso que seguia o grupo a alguns passos de distância.

Depois que os cinco arruaceiros tinham sido deixados pelos seguranças numa esquina bem longe do hospital, Kameel Effendi se aproximou deles.

— Perdão pela intromissão. Posso dar uma palavrinha com vocês?

Um por um, os amigos de Leila viraram a cabeça e fitaram o velho.

— O que o senhor quer, *amca*? — disse Zaynab122.

Seu tom era de desconfiança, embora não sem um toque de gentileza. Por trás dos óculos com moldura de tartaruga, seus olhos estavam vermelhos e inchados.

— Eu trabalho no hospital — disse o servente, se debruçando para perto. — Vi vocês esperando lá... Meus sentimentos pela sua perda.

Surpresos por ouvir palavras solidárias de um estranho, os amigos de Leila permaneceram imóveis por um momento.

— O senhor viu o corpo? — perguntou Zaynab122.

E, num tom mais baixo, acrescentou:

— Acha que ela... sofreu muito?

— Eu vi, sim. Acredito que tenha sido uma morte rápida — disse Kameel Effendi, tentando não só convencer os outros, mas se convencer também. — Fui eu que dei a ordem para que ela fosse levada para o cemitério. Aquele em Kilyos. Não sei se vocês já ouviram falar, muita gente não conhece. Chamam de Cemitério dos Solitários. É um nome desagradável, na minha opinião. Os túmulos não têm lápides, só placas de madeira com números. Mas eu posso dizer a vocês onde ela está enterrada. Vocês têm o direito de saber.

Dizendo isso, o velho pegou um pedaço de papel e uma caneta. As costas de suas mãos eram cobertas de veias inchadas e manchas da idade. Com uma caligrafia feia, ele escreveu um número às pressas.

— Tomem, podem ficar. Vocês devem ir lá visitar o túmulo da sua amiga. Plantar umas flores bonitas. Rezar pela alma dela. Eu ouvi dizer que ela era de Vã. Minha falecida esposa também. Ela morreu no terremoto, em 1976. Nós passamos dias cavando os escombros, mas não conseguimos encontrar o corpo. Depois de dois meses, os tratores aplainaram a área toda. As pessoas costumavam me dizer *Não fique tão triste, Kameel Effendi. Que diferença faz, no final das contas? Ela está enterrada. A gente também não vai estar sete palmos abaixo da terra um dia?* Acho que a intenção era boa, mas Deus sabe o quanto eu detestava quem dizia essas coisas. Os velórios são para os vivos, isso é. É importante organizar um enterro decente. Se não, a ferida dentro da gente continua aberta, não é? Bom, não se importem comigo, eu estou falando pelos cotovelos. Eu só... queria dizer a vocês que sei como é não poder se despedir de uma pessoa amada.

— Deve ter sido muito difícil para o senhor — disse Humeyra Hollywood.

Normalmente, ela era muito falastrona, mas agora parecia estar sem palavras.

— A tristeza é uma andorinha — disse ele. — Um dia, você acorda e acha que ela foi embora, mas ela só migrou para outro lugar, foi esquentar as penas. Mais cedo ou mais tarde, ela volta e se empoleira no seu coração de novo.

O servente apertou as mãos de um por um e desejou-lhes boa sorte. Os amigos de Leila o viram se afastar mancando até ele dobrar a esquina do hospital e passar pelo portão largo. Foi só então que Nalan Nostalgia, aquela mulher de ossos grandes, ombros largos e 1,88 metro de altura, se sentou na beira da calçada, dobrou os joelhos contra o peito e chorou como uma criança abandonada numa terra estranha.

Ninguém disse nada.

Após algum tempo, Humeyra colocou uma das mãos na lombar de Nalan.

— Anda, meu bem. Vamos sair daqui. Temos que separar as coisas da Leila. Temos que dar comida para o Sr. Chaplin. Leila ia ficar muito chateada se a gente não cuidasse do gato dela. O coitadinho deve estar morrendo de fome.

Mordendo o lábio inferior, Nalan enxugou depressa os olhos com as costas da mão. Ela ficou de pé, muito mais alta do que os outros, embora suas pernas parecessem fracas, feitas de borracha. Suas têmporas estavam latejando de dor. Ela fez um gesto, indicando que os amigos deviam seguir adiante.

— Tem certeza? — perguntou Zaynab122, olhando para cima, preocupada.

Nalan assentiu.

— Tenho, querida. Eu encontro com vocês mais tarde.

Eles obedeceram — como sempre.

Quando ficou sozinha, Nalan acendeu o cigarro pelo qual vinha ansiando desde o início da tarde, mas que não tinha fumado por causa da asma de Humeyra. Deu uma longa tragada e prendeu-a nos pulmões antes de soltar uma espiral de fumaça. *Vocês não são a família dela*, dissera a diretora. Do que ela sabia? De porra nenhuma. Não sabia nem uma só coisa sobre Leila ou nenhum deles.

Nalan Nostalgia acreditava que havia dois tipos de família neste mundo: os parentes eram a família de sangue, e os amigos, a família de água. Se sua família de sangue por acaso fosse boa e amorosa, você deveria agradecer pela sorte e aproveitar ao máximo. Mas, se não fosse, ainda havia esperança: as coisas poderiam melhorar quando você tivesse idade para deixar seu "lar, amargo lar".

Quanto à família de água, essa era formada muito mais tarde, e praticamente cabia só a você construí-la. Embora fosse verdade que nada conseguia substituir uma família de sangue amorosa e feliz, quando não se tinha uma assim, uma boa família de água poderia lavar a dor que, como fuligem, havia se acumulado dentro de você. Portanto, era possível que seus amigos tivessem um lugar especial no seu coração e ocupassem mais espaço que todos os seus parentes juntos. Mas aqueles que não sabiam o que era ser rejeitado pelos próprios parentes nunca entenderiam isso, nem em um milhão de anos. Nunca saberiam que, às vezes, a água vale mais do que o sangue.

Nalan se virou e olhou o hospital mais uma vez. Não dava para ver o necrotério daquela distância, mas ela estremeceu como se conseguisse sentir seu frio nos ossos. Não que a morte lhe desse medo. E ela também não acreditava numa vida após a morte na qual os males deste mundo seriam milagrosamente consertados. Nalan, que era a única ateia convicta entre os amigos de Leila, via a carne — e não um conceito abstrato da alma — como eterna. As moléculas se misturavam ao solo, dando alimento às plantas, essas plantas então eram devoradas por animais, e esses animais, por humanos. Assim, ao contrário do que deduzia a maioria, o corpo humano era imortal e fazia uma jornada infindável pelos ciclos da natureza. O que mais se podia querer do além-túmulo?

Mas Nalan sempre tinha presumido que iria morrer primeiro. Em todos os grupos de velhos amigos, havia aquela pessoa que sabia instintivamente que iria embora antes dos outros. E Nalan tinha certeza de que aquela pessoa era ela. Todos aqueles suplementos de estrogênio, tratamentos para bloquear a testosterona e analgésicos pós-operação, isso sem falar dos longos anos fumando muito, comendo mal e bebendo demais... Tinha que ser ela. Não Leila, que era cheia de vida e compaixão. Era uma fonte de eterna surpresa — e leve irritação — para Nalan o fato de Istambul não ter endurecido Leila e a tornado cínica e amarga, como ela sabia que tinha acontecido consigo mesma.

Um vento gelado soprava do nordeste, tomando devagar a cidade e espalhando o cheiro de esgoto. Nalan tensionou o corpo para espantar o frio. A dor nas têmporas tinha mudado de lugar, se espalhando pelo seu peito e penetrando através de suas costelas, como se a mão de alguém estivesse apertando seu coração. Bem mais adiante, o trânsito da hora do rush entupia as artérias da cidade, uma cidade que agora se parecia com um animal gigante doente, cuja respiração estava dolorosamente lenta e entrecortada. A respiração de Nalan, ao contrário, estava rápida e furiosa, e suas feições, moldadas por uma indignação incandescente. O que aumentava a sensação de desamparo de Nalan não era apenas a morte súbita de Leila ou a forma brutal e horrível como ela havia acontecido, mas a absoluta arbitrariedade de tudo. A vida era injusta e, naquele momento, ela se deu conta de que a morte era mais ainda.

Desde que Nalan era criança, seu sangue fervia quando ela via alguém — quem quer que fosse — sendo tratado de maneira cruel ou injusta. Não era ingênua o suficiente para esperar justiça de um mundo tão *torto*, como D/Ali costumava dizer, mas acreditava que todos tinham direito a uma certa dignidade. E, dentro da sua dignidade, como se fosse um pedaço de terra que não pertencia a mais ninguém, você plantava uma semente de esperança. Um germe minúsculo que, um dia, sem que ninguém soubesse como, poderia brotar e dar flores. Nalan Nostalgia acreditava que aquela sementinha era a única coisa pela qual valia a pena lutar.

Ela pegou o pedaço de papel que o velho tinha dado a eles e leu seus garranchos: *Kilyos. Kimsesizler Mezarliği, 705...* O último número, que ao examinar melhor Nalan viu que era um 2, estava espremido no final da página e mal era legível. A caligrafia não era das mais bonitas. Usando a caneta-tinteiro que levava na bolsa sem alça, Nalan repassou tudo. Então, dobrou com cuidado o papel e o colocou de volta no bolso. Não era justo que eles tivessem largado Leila no Cemitério dos Solitários quando ela não era nada solitária. Leila tinha amigos. Amigos fiéis, amorosos, para a vida toda. Ela podia não ter muita coisa, mas isso tinha, sem sombra de dúvida.

O velho tinha razão, pensou Nalan. *Leila merece um enterro decente.*

Ela jogou a guimba na calçada e esmagou a brasa com a bota. Uma névoa vinha lentamente do cais, obscurecendo os cafés e bares onde se fumava narguilé na orla. Em algum lugar naquela cidade com milhões de habitantes, o assassino de Leila estava jantando ou assistindo TV, sem nenhuma consciência, humano apenas no nome.

Nalan enxugou os olhos, mas as lágrimas não paravam de surgir. Seu rímel estava escorrendo pelas bochechas. Duas mulheres passaram, cada uma empurrando um carrinho de bebê. Elas a olharam com surpresa e pena e viraram o rosto. Quase no mesmo instante, o rosto de Nalan se contraiu. Ela estava acostumada a ser excluída e desprezada só por causa de sua aparência e de quem era. Não tinha problema com isso, mas não suportava que qualquer pessoa sentisse pena dela ou de seus amigos.

Ao se afastar a passos largos, Nalan já estava decidida. Ela iria lutar, como sempre tinha feito. Contra as convenções sociais, os julgamentos, os preconceitos... contra o ódio silencioso, que enchia a vida daquelas pessoas como um gás sem odor. Iria lutar. Ninguém tinha o direito de se desfazer do corpo de Leila como se ela não tivesse importância nem nunca tivesse tido. Ela, Nalan Nostalgia, iria se certificar de que a amiga seria tratada da maneira certa, com dignidade.

Aquela história não tinha acabado. Ainda não. Naquela noite, Nalan iria conversar com os outros e, juntos, eles iriam encontrar uma forma de fazer um velório para Leila — e não qualquer velório, mas o velório mais incrível que aquela velha cidade insana já tinha visto.

Aquela velha cidade insana

Istambul era uma ilusão. Um truque de mágico que tinha dado errado.

Istambul era um sonho que existia apenas nas mentes dos fumadores de haxixe. Na verdade, não havia uma Istambul. Havia múltiplas versões — brigando, competindo, se batendo, e todas percebendo que, no fim, apenas uma poderia sobreviver.

Havia, por exemplo, uma Istambul ancestral feita para ser atravessada a pé ou de barco — a cidade dos dervixes itinerantes, dos adivinhos, dos arranjadores de casamento, dos que singravam os mares, afofavam algodão ou batiam tapetes, dos carregadores com cestos de vime nas costas... Havia a Istambul moderna — um vasto centro urbano repleto de carros e motos zunindo para cá e para lá, caminhões levando material de construção para mais shoppings, arranha-céus, indústrias... A Istambul imperial versus a Istambul plebeia; a Istambul global versus a Istambul provinciana; a Istambul cosmopolita versus a Istambul filisteia; a Istambul herege versus a Istambul religiosa; a Istambul "machão" versus uma Istambul feminina que adotara Afrodite — deusa do desejo e também da guerra — como seu símbolo e sua protetora... E também havia a Istambul daqueles que tinham ido embora havia muito tempo, zarpando para portos distantes. Para eles, aquela cidade sempre seria uma metrópole feita de lembranças, mitos e anseios messiânicos, eternamente arredia, como o rosto do ser amado sendo engolido pela névoa.

Todas essas versões de Istambul viviam e respiravam dentro umas das outras, como *matrioskas* vivas. Mas, mesmo se um feiticeiro perverso conseguisse separá-las e colocá-las lado a lado, em nenhum lugar dessa longa fileira ele encontraria uma parte da cidade mais desejada, demonizada e denunciada do que aquele bairro em particular: Pera. Um epicentro de comoção e caos, durante séculos aquela área fora associada ao liberalismo, à devassidão e à ocidentalização — as três forças que desviavam os jovens homens turcos do caminho da virtude. Seu nome, derivado do grego, significava "do outro lado" ou simplesmente "adiante" ou "além". Depois do Corno de Ouro. Além das regras estabelecidas. Isso era Peran en Sykais, como o bairro costumava ser conhecido — "Na Margem Oposta". E era o lugar que, até o dia anterior, Leila Tequila tinha considerado seu lar.

Depois da morte de D/Ali, Leila tinha se recusado a sair do apartamento. Cada canto estava repleto do riso dele, da sua voz. O aluguel era caro, mas ela, com esforço, conseguia pagar. Tarde da noite, ao voltar do trabalho, ela se lavava no chuveiro enferrujado de onde nunca saía água quente o suficiente, esfregando a pele com força. Então, vermelha e sensível como um recém-nascido, se sentava numa cadeira perto da janela e via o dia raiando na cidade. A lembrança de D/Ali a envolvia, macia e reconfortante como um cobertor. Muitas vezes, ela acordava dolorida e com câimbra, pois tinha dormido ali mesmo, com o Sr. Chaplin enroscado aos seus pés.

Nos arredores da rua Kafka Cabeludo, havia prédios malconservados e lojas pequenas e encardidas especializadas em iluminação. No fim da tarde, quando todas as lâmpadas eram acesas, a área adquiria um tom sépia, como se pertencesse a outro século. Antigamente, o nome dela era rua Kaftan Debruado de Pele — embora um grupo de historiadores insistisse que tinha sido rua da Concubina dos Cabelos Claros. De qualquer maneira, quando a municipalidade, como parte de um ambicioso projeto de gentrificação, decidiu mudar as placas das ruas da área, o funcionário encarregado, achando o nome muito confuso, encurtou-o para rua Kaftan. E assim ficou até certa manhã, quando, após uma noite de ventos tempestuosos, uma letra caiu e a placa virou rua Kafta. Mas isso também não durou muito. Um estudante de literatura, com um marcador permanente, mudou *Kafta* para *Kafka*. Fãs do autor aplaudiram o novo nome; outros não faziam ideia do que aquilo significava, mas o adotaram assim mesmo, gostando do som.

Um mês depois, um jornal ultranacionalista publicou uma matéria sobre a influência estrangeira secreta em Istambul, afirmando que essa homenagem clara a um escritor judeu era parte de um plano sinistro para erradicar a cultura muçulmana. Surgiu uma petição para que o nome da rua fosse mudado de volta para o original, apesar de ainda haver um debate acerca de qual ele seria. Alguém pendurou uma faixa entre duas varandas que dizia: *Ame-a ou deixe-a: uma grande nação.* Lavada pela chuva e descolorida pelo sol, a faixa tremulou ao sabor do *lodos* — o vento sudoeste de Istambul — até que, um dia, as amarras arrebentaram e ela saiu voando como uma pipa furiosa.

Àquela altura, os reacionários tinham passado a se concentrar em outras batalhas. A campanha foi esquecida com a mesma rapidez com que surgira. Com o tempo, assim como todas as outras coisas naquela cidade esquizofrênica, o velho e o novo, os fatos e a ficção, o real e o surreal se misturaram e o lugar ficou conhecido como rua Kafka Cabeludo.

No meio daquela rua, espremido entre um *hamam* antigo e uma mesquita nova, ficava um prédio de apartamentos que já fora moderno e majestoso e que agora era tudo, menos isso. Um ladrão amador tinha arrebentado o vidro da porta principal e, com medo do barulho, saído correndo sem roubar nada. Como nenhum dos moradores concordou em dar o dinheiro para substituir o vidro, desde então ele estava colado com fita adesiva marrom, do tipo usado pelas empresas de mudanças.

O Sr. Chaplin estava sentado diante daquela porta naquele momento, com o rabo em volta do corpo. Tinha o pelo cor de carvão e olhos cor de jade com reflexos dourados. Uma de suas patas era branca, como se ele a houvesse mergulhado num balde de cal e imediatamente mudado de ideia. Sua coleira, adornada com minúsculos sinos de prata, tilintava sempre que ele se mexia. Ele nunca escutava o barulho. Nada perturbava o silêncio de seu universo.

Ele tinha se esgueirado para fora na noite anterior, quando Leila Tequila tinha saído para ir trabalhar. Isso não era incomum, pois o Sr. Chaplin era um *flâneur* noturno. Sempre voltava antes do amanhecer, cansado e com sede, sabendo que sua dona teria deixado a porta aberta para ele. Mas, dessa vez, para sua surpresa, a porta estava fechada. Desde então, ele estava esperando pacientemente.

Mais uma hora se foi. Carros passaram, buzinando com gosto; ambulantes vendiam suas mercadorias aos gritos; a escola da esquina colocou o hino nacional para tocar em alto-falantes e centenas de alunos cantaram em uníssono. Ao terminar, eles fizeram um juramento coletivo: *Que a minha existência seja um presente para a existência turca.* Lá longe, perto de uma obra onde um peão recentemente tinha caído do alto e morrido, um trator trovejava, sacudindo a terra. A babel de sons de Istambul tomou os céus, mas o gato também não ouviu.

O Sr. Chaplin queria muito um carinho reconfortante na cabeça. Queria muito estar lá em cima no seu apartamento, com uma tigela cheia de patê de cavala com batata — sua comida preferida. Ao se espreguiçar e arquear as costas, ele se perguntou onde estaria sua dona e por que Leila Tequila estava tão atrasada.

A tristeza

Ao cair da tarde, os amigos de Leila — com exceção de Nalan Nostalgia, que ainda não tinha se encontrado com eles — chegaram ao prédio na rua Kafka Cabeludo. Abrir a porta não seria um problema, pois cada um tinha uma cópia da chave.

Uma expressão de hesitação surgiu no rosto de Sabotagem quando eles se aproximaram da entrada principal. Ele se deu conta, com um aperto súbito no peito, de que ainda não estava preparado para entrar no apartamento de Leila e encarar o doloroso vazio deixado por sua ausência. Sentiu uma vontade enorme de ir para longe dali, mesmo que precisasse se afastar de pessoas de quem gostava tanto. Precisava ficar sozinho, pelo menos durante algum tempo.

— Acho que é melhor eu dar uma passada no escritório primeiro. Eu saí tão de repente hoje cedo.

Naquela manhã, quando Sabotagem recebera a notícia, ele pegara o casaco e saíra correndo porta afora, dizendo ao patrão que um de seus filhos estava com intoxicação alimentar.

— Os cogumelos, devem ter sido os cogumelos que a gente comeu no jantar!

Não era a desculpa mais inteligente do mundo, mas ele não tinha conseguido pensar em nenhuma melhor. Teria sido impossível dizer a verdade a seus colegas. Nenhum deles sabia de sua amizade com Leila. Mas, naquele momento, ocorreu-lhe que sua esposa poderia ter ligado para o escritório, revelando a mentira, e que ele estaria numa situação muito complicada.

— Tem certeza? — perguntou Jameelah. — Não está tarde?

— Eu vou só dar uma passada, ver se está tudo bem e voltar direto para cá.

— Tudo bem, mas não demore — disse Humeyra.

— Está na hora do rush... Vou fazer o possível.

Sabotagem detestava carros, mas, como era claustrofóbico e não suportava ficar enfiado num ônibus ou numa barca lotados — e todos os ônibus e barcas estavam lotados naquele horário —, ele, infelizmente, dependia deles.

As três mulheres ficaram de pé na calçada observando-o se afastar, com os passos um pouco incertos e o olhar fixo nas pedras, como se não pudesse mais confiar na firmeza do chão. Seus ombros estavam caídos, e a cabeça, muito inclinada para um lado: toda a sua vitalidade parecia ter sido drenada. A morte de Leila o abalara até o âmago. Erguendo a gola do casaco para se proteger do vento que estava cada vez mais forte, Sabotagem desapareceu num mar de gente.

Zaynab122 secou uma lágrima discretamente e empurrou os óculos mais para cima do nariz. Ela se virou para as outras duas e disse:

— Vocês vão na frente. Eu vou passar no mercado. Preciso fazer *halva* para a alma de Leila.

— Ok, meu bem — disse Humeyra. — Vou deixar a porta principal aberta para o Sr. Chaplin.

Assentindo, Zaynab122 atravessou a rua com o pé direito primeiro.

— *Bismallah al-Rahman al-Rahim* — disse.

Seu corpo, deformado pelo distúrbio genético que tinha tomado conta dela desde que ela era bebê, envelhecia mais depressa do que o normal — como se a vida fosse uma corrida que ele tivesse que terminar a toda velocidade. Mas Zaynab122 raramente reclamava e, quando fazia isso, era só com Deus.

Ao contrário dos outros membros do grupo, Zaynab122 era muito religiosa. Uma pessoa de crenças profundas. Rezava cinco vezes por dia, não bebia álcool e jejuava durante todo o mês do Ramadã. Tinha estudado o Alcorão em Beirute, comparando suas diversas traduções. Era capaz de recitar capítulos inteiros de cor. Mas, para ela, a religião não eram escrituras imutáveis, e sim um ser orgânico, que respirava. Uma fusão. Zaynab122 misturava a palavra escrita com costumes orais, acrescentando uma pitada de superstição e folclore. E havia coisas que precisava fazer naquele momento para ajudar a alma de Leila em sua jornada eterna. Não tinha muito tempo. As almas se moviam depressa. Precisava comprar pasta de sândalo, cânfora, água de rosas… e, definitivamente, precisava fazer *halva*, que então iria distribuir para estranhos e vizinhos. Tudo tinha que estar pronto, embora Zaynab122 soubesse que alguns de seus amigos talvez não gostassem do processo — em particular, Nalan Nostalgia.

Como não havia tempo a perder, ela se encaminhou para o mercado mais próximo. Normalmente, Zaynab122 não iria lá. Leila nunca tinha gostado do dono.

O mercado era um lugar mal iluminado com prateleiras que iam do chão até o teto repletas de produtos enlatados e embalados. Lá dentro, o homem que os locais chamavam de "o comerciante chauvinista" estava de pé, apoiado num balcão de madeira desgastado pelo tempo. Ele lia, absorto, uma página do jornal da tarde, movendo os lábios e puxando a barba longa e encaracolada. Um retrato de Leila Tequila o fitava. "Quarta morte misteriosa em um mês", dizia a legenda. "Prostitutas de Istambul em alerta".

> Uma investigação oficial estabeleceu que a mulher tinha voltado a trabalhar nas ruas após deixar um bordel legal pelo menos uma década atrás. A polícia acredita que ela foi roubada durante o ataque, já que nenhum dinheiro ou joia foi encontrado na cena do crime. Acredita-se que o caso dela esteja ligado aos das três outras prostitutas que foram assassinadas no último mês, todas estranguladas. As mortes ajudaram a divulgar o fato, até então pouco conhecido, de que a taxa de homicídio das profissionais do sexo de Istambul é dezoito vezes mais alta do que a de outras mulheres, e de que a maioria dos assassinatos de prostitutas não é solucionado — em parte porque poucas pessoas da área concordam em depor e dar informações essenciais. No entanto, as agências penais estão seguindo diversas linhas de investigação importantes. O vice-chefe de polícia disse à imprensa...

Assim que ele viu Zaynab122 se aproximar, o comerciante dobrou o jornal e o enfiou na gaveta. Ele levou um segundo a mais do que devia para se recompor.

— *Salam Aleikum!* — disse o homem num tom desnecessariamente alto.

— *Aleikum Essalam* — respondeu Zaynab122, postando-se ao lado de um saco de feijão mais alto que ela.

— Meus sentimentos — disse o comerciante, espichando o pescoço e o queixo para observar melhor a cliente. — Passou na televisão, você viu o noticiário ontem?

— Não, não vi — disse Zaynab122 rispidamente.

— *Inshallah* eles vão pegar o maluco logo. Eu não ia ficar nada surpreso se o assassino fosse de alguma gangue — continuou ele, assentindo para concordar consigo mesmo. — Esses arruaceiros fazem tudo por dinheiro. Tem curdos, árabes, ciganos e sei lá quem mais em excesso nesta cidade. Desde que eles vieram para cá, a qualidade de vida sumiu. Puf!

— Eu sou árabe.

O homem sorriu.

— Ah, mas eu não estava falando de *você*.

Zaynab122 examinou os feijões. *Se Leila estivesse aqui*, pensou ela, *ia colocar este homem odioso no lugar dele*. Mas Leila se fora, e Zaynab122, que tinha uma aversão profunda a conflitos, nunca sabia direito como lidar com pessoas que a irritavam.

Quando voltou a erguer o rosto, ela viu que o comerciante estava esperando que dissesse alguma coisa.

— Desculpe, eu estava com a cabeça em outro lugar.

O homem assentiu como quem compreendia.

— Essa foi a quarta vítima em um mês, não é? Ninguém merece morrer assim, nem uma mulher arruinada. Eu não estou julgando ninguém, não me entenda mal. Eu sempre digo que Alá vai punir todo mundo como Ele achar melhor. Não vai se esquecer de nem um pecadinho.

Zaynab122 tocou a própria testa. Estava sentindo uma dor de cabeça surgir. Estranho. Ela nunca tinha enxaqueca. Era Leila que sofria delas.

— Então, quando vai ser o velório? A família já decidiu?

Zaynab122 estremeceu diante das perguntas. A última coisa que queria contar àquele enxerido era que Leila estava enterrada no Cemitério dos Solitários porque a família tinha se recusado a reivindicar seu corpo.

— Desculpe, eu estou com pressa. Você pode me dar uma garrafa de leite e um tablete de manteiga, por favor? Ah, e semolina também.

— Claro, você vai fazer *halva*? Que bom. Não se esqueça de me trazer um pedaço. E não se preocupe, fica por minha conta.

— Não, obrigada, eu não posso aceitar.

Zaynab122 ficou na ponta dos pés, colocou o dinheiro no balcão e deu um passo para trás. Seu estômago roncou — ela se lembrou de que não tinha comido nada o dia todo.

— Ah, só mais uma coisa: você por acaso vende água de rosas, pasta de sândalo e cânfora?

O comerciante olhou-a, cauteloso.

— Claro, irmã. É pra já. Meu mercado tem tudo de que você precisar. Eu nunca entendi por que Leila não fazia compras aqui com mais frequência.

O apartamento

Ao voltar de seu passeio, o Sr. Chaplin ficou feliz por encontrar a porta principal entreaberta. Ele se espremeu para dentro do prédio e, uma vez lá dentro, zuniu escada acima com os sininhos da coleira tilintando loucamente.

Quando o gato estava se aproximando do apartamento de Leila, a porta se abriu por dentro e Humeyra Hollywood apareceu com um saco de lixo na mão. Ela colocou o saco no hall, perto da porta. O zelador iria pegar mais tarde. Estava prestes a voltar quando percebeu o gato. Foi para o hall com os quadris largos bloqueando a luz.

— Sr. Chaplin! A gente estava se perguntando onde você tinha se enfiado.

O gato se esfregou nas pernas da mulher, que eram grossas, fortes e cobertas de veias azul-esverdeadas e inchadas.

— Ah, seu safado. Entre. — E Humeyra sorriu pela primeira vez em muitas horas.

Com movimentos ágeis, o Sr. Chaplin foi direto para a sala de jantar, que também servia de sala de estar e quarto de hóspedes. Pulou num cesto forrado com um cobertor de lã. Com um olho aberto e outro fechado, examinou o lugar, como se estivesse decorando cada detalhe para ter certeza de que nada tinha mudado durante sua ausência.

Embora estivesse precisando de alguns consertos, o apartamento tinha um charme improvável, com seus tons pastéis, suas janelas que davam para o sul, seu pé-direito alto, uma lareira cujo propósito parecia ser mais estético que prático, um papel de parede azul e dourado descascando nas pontas, candelabros de cristal baixos e um assoalho de carvalho com tábuas tortas e quebradas, mas bem limpas. Em todas as paredes, havia quadros emoldurados de diversos tamanhos. Todos tinham sido pintados por D/Ali.

As duas janelas grandes da frente davam para o topo da velha Torre de Gálata, que olhava com raiva para os prédios de apartamentos e arranha-céus ao longe como se quisesse lembrar a eles de que, por mais difícil que fosse acreditar nisso, ela já tinha sido a construção mais alta da cidade.

Humeyra então entrou no quarto de Leila e começou a remexer em caixas de curiosidades, cantarolando baixinho, distraída. Uma melodia tradicional. Ela não sabia o que a fizera escolhê-la. Sua voz estava cansada, mas era rica e potente. Durante anos, ela cantara nas boates sórdidas de Istambul e fizera papéis em filmes turcos baratos, incluindo alguns pornôs que ainda a enchiam de vergonha. Na época, tinha um corpo bonito, sem varizes. Fora uma existência perigosa. Certa vez, Humeyra tinha se ferido numa briga de dois clãs rivais da máfia e, em outra ocasião, tinha levado um tiro de um fã enlouquecido. Mas já estava velha demais para aquele tipo de vida. Inalar toda aquela fumaça secundária noite após noite tinha piorado sua asma, e ela passara a levar no bolso um inalador que usava com frequência. Ela havia ganhado bastante peso ao longo dos anos — um dos muitos efeitos colaterais do caleidoscópio de remédios que tomava havia décadas como se fossem balas. Remédios para dormir, antidepressivos, antipsicóticos...

Humeyra acreditava que havia uma semelhança profunda entre estar acima do peso e ter propensão à melancolia. Em ambos os casos, a sociedade culpava quem sofria. Nenhuma outra condição médica era vista daquela maneira. As pessoas que tinham qualquer outra doença recebiam pelo menos um pouco de solidariedade e apoio moral. Mas não os obesos nem os deprimidos. *Você poderia ter controlado seu apetite... Você poderia ter controlado seus pensamentos...* Mas Humeyra sabia que nem seu peso nem seu desalento habitual eram escolhas. Leila entendia isso.

— Por que você está tentando lutar contra a depressão?

— Porque isso é o certo... é o que todo mundo diz.

— Minha mãe, que eu costumava chamar de titia, muitas vezes se sentia assim, talvez pior. As pessoas sempre lhe diziam para lutar contra a depressão. Mas eu tenho a sensação de que, assim que a gente encara uma coisa como nosso inimigo, ela fica mais forte. Como um bumerangue. Você joga longe e ele volta e bate em você com a mesma força. Talvez seja melhor você ficar *amiga* da sua depressão.

— Que coisa engraçada de dizer, meu bem. Como é que eu vou fazer isso?

— Pense bem: uma amiga é alguém com quem você pode caminhar no escuro e aprender um monte de coisas. Mas vocês também sabem que são pessoas diferentes, você e sua amiga. Você não é a sua depressão. Você é muito mais do que o seu humor hoje ou amanhã.

Leila tinha insistido para Humeyra tomar menos remédios e ter um hobby, começar a fazer exercícios ou ser voluntária num abrigo para mulheres, ajudando outras com histórias parecidas com a dela. Mas, para Humeyra, era incrivelmente difícil ficar perto de pessoas cuja vida tinha sido injustamente dura. Quando ela tentara, todos os seus melhores esforços e palavras bem-intencionadas tinham virado baforadas de ar sem sentido. Como ela poderia dar esperança e alegria para os outros se ela própria vivia sendo atacada por medos e preocupações?

Leila também tinha comprado para Humeyra livros sobre sufismo, filosofia indiana e ioga — três assuntos pelos quais tinha passado a se interessar depois da morte de D/Ali. Mas, embora Humeyra houvesse folheado aqueles livros muitas vezes, tinha feito pouco progresso naquela direção. Parecia-lhe que todas aquelas coisas, por mais fáceis e convenientes que afirmassem ser, eram, essencialmente, pensadas para pessoas que eram mais saudáveis, mais felizes ou apenas mais sortudas do que ela. Como a meditação acalmaria sua mente se você precisava acalmar sua mente para meditar? Humeyra vivia com uma comoção infindável dentro de si.

Agora que Leila se fora, um medo escuro como o breu zunia dentro da cabeça de Humeyra como uma mosca presa. Ela havia tomado um alprazolam ao sair do hospital, mas parecia que não estava funcionando. Sua mente estava atormentada por imagens sanguinolentas de violência. Crueldade. Carnificina. Um mal sem sentido, sem base, sem fundamento. Humeyra via lampejos de carros prata como se eles fossem facas na escuridão. Estremecendo, ela estalou os dedos cansados e se forçou a continuar o que estava fazendo, indiferente ao fato de que seu enorme *chignon* estava se desmanchando e que fios soltos cascateavam pela sua nuca. Ela encontrou uma pilha de fotos antigas debaixo da cama, mas era doloroso demais olhar para elas. Era isso que estava pensando quando viu o vestido de chiffon fúcsia jogado no espaldar de uma cadeira. Quando Humeyra o pegou, seu rosto se contraiu. Era o preferido de Leila.

Cidadãs normais

Com uma sacola cheia de compras em cada mão, Zaynab122 entrou no apartamento, ofegando um pouco.

— Ai, essa escada me mata.

— Por que você demorou tanto? — perguntou Humeyra.

— Tive que conversar com aquele homem horrível.

— Quem?

— O vendedor chauvinista. Leila não gostava dele.

— Não gostava mesmo — disse Humeyra, pensativa.

Por um instante, as mulheres ficaram em silêncio, cada uma absorta nos próprios pensamentos.

— A gente precisa doar as roupas de Leila — disse Zaynab122. — E as echarpes de seda dela. Meu Deus, ela tinha tantas.

— Você não acha que a gente devia ficar com elas?

— Precisamos seguir a tradição. Quando alguém morre, as roupas são distribuídas para os pobres. As bênçãos dos pobres ajudam o morto a atravessar a ponte até o outro mundo. O momento em que isso é feito é importante. E temos que ser rápidas. A alma de Leila está prestes a começar a jornada. A Ponte de Siraat é mais afiada que uma espada, mais fina que um fio de cabelo...

— Ah, lá vem você de novo! Dá um tempo! — disse uma voz rouca vinda de trás.

Na mesma hora, a porta foi aberta e as duas mulheres e o gato quase caíram duros.

Nalan Nostalgia estava na entrada do apartamento, franzindo o cenho.

— Assim você mata a gente de susto — disse Humeyra, colocando a mão sobre o coração disparado.

— Ótimo. Bem feito. Vocês duas estavam mergulhadas nessa baboseira religiosa.

Zaynab122 entrelaçou os dedos das mãos pousadas no colo.

— Eu não vejo nenhum mal em ajudar os pobres.

— Ah, mas não é bem isso, é? É tipo uma troca. *Ei, pobres, tomem essas roupas velhas e nos deem bênçãos. Ei, Deus querido, pegue esses cupons de bênçãos e nos dê um cantinho ensolarado no paraíso.* Sem querer ofender, mas a religião é puro comércio. Toma lá dá cá.

— Isso é tão… injusto — disse Zaynab122 com uma expressão melancólica.

Não era exatamente raiva que ela sentia quando as pessoas caçoavam de suas crenças. Era tristeza. E a tristeza era mais pesada se as pessoas em questão por acaso eram suas amigas.

— Deixa para lá. Esquece o que eu disse — disse Nalan, desabando no sofá. — Cadê a Jameelah?

— Está no outro quarto. Disse que precisava se deitar — disse Humeyra, e uma sombra cruzou seu rosto. — Ela não fala muito. Não comeu nada. Você sabe como é a saúde dela…

Nalan baixou os olhos.

— Eu falo com ela. E cadê o Sabotagem?

— Ele teve que ir correndo para o escritório — respondeu Zaynab122. — Deve estar voltando agora, no maior trânsito.

— Tudo bem, a gente espera — disse Nalan. — Mas me fala, por que aquela porta estava aberta?

As duas mulheres trocaram um olhar rápido.

— A melhor amiga de vocês foi morta a sangue-frio e vocês estão aqui no apartamento dela com a porta escancarada. Ficaram malucas?

— Ah, vá — disse Humeyra, respirando fundo e estremecendo. — Ninguém arrombou o apartamento. — Leila-jim estava na rua tarde da noite. Várias pessoas viram quando ela entrou num carro, uma Mercedes prata. Todas as vítimas foram mortas do mesmo jeito, você sabe.

— E daí? Isso quer dizer que vocês não correm perigo? Ou vocês presumem que, só porque uma é baixinha e a outra é…

— Gorda?

Humeyra corou. Ela pegou o inalador e ficou segurando na palma da mão. Por experiência, sabia que o usava com mais frequência quando Nalan estava por perto.

Zaynab122 deu de ombros.

— Por mim, pode usar a palavra que você quiser.

— Eu ia dizer *aposentada e deprimida* — afirmou Nalan, fazendo um gesto largo com uma das mãos de unhas pintadas. — A questão é: se vocês, madames, acham que o assassino de Leila é o único psicopata da cidade, boa sorte! Deixem a porta aberta. Na verdade, vamos comprar logo um capacho que diga *"Willkommen Psychopathen"*?

— Eu queria que você não fosse sempre tão exagerada — disse Humeyra, fazendo uma careta.

Nalan ponderou sobre isso um instante.

— Sou eu ou é esta cidade? Eu queria que *Istambul* não fosse sempre tão exagerada.

Zaynab122 pegou um fio solto do cardigã e fez uma bolinha com ele.

— Eu só dei uma saidinha para comprar algumas coisas e...

— Bom, bastam alguns segundos — disse Nalan. — Para ser atacada, quero dizer.

— Por favor, pare de dizer coisas horríveis...

Humeyra não completou a frase e decidiu tomar mais um alprazolam. Talvez dois.

— Ela tem razão — concordou Zaynab122. — É falta de respeito com os mortos.

Nalan manteve a cabeça erguida.

— Querem saber o que é falta de respeito com os mortos?

Com um gesto rápido, ela abriu o fecho da bolsa sem alça e tirou um jornal da tarde. Abrindo numa página que tinha a foto de Leila em destaque no meio de notícias locais e nacionais, começou a ler em voz alta:

O vice-chefe de polícia disse à imprensa: "Não se preocupem, nós vamos encontrar o culpado em muito pouco tempo. Uma unidade policial vai cuidar exclusivamente desse caso. Por enquanto, pedimos ao público que denuncie à polícia qualquer atividade suspeita vista ou ouvida. No entanto, os cidadãos, e em especial as cidadãs, não precisam ficar alarmados. Esses assassinatos não foram cometidos de forma aleatória. O alvo, sem exceção, foi um grupo em particular. Todas as vítimas eram prostitutas. Cidadãs normais não precisam se preocupar com sua segurança.

Nalan dobrou o jornal de volta sem amassá-lo e estalou a língua, como sempre fazia quando estava irritada.

— Cidadãs normais! O que esse babaca está dizendo é: *Vocês, moças boazinhas, não precisam se preocupar. Vocês não estão correndo risco nenhum. São só as putas que estão sendo chacinadas.* Isso é que eu chamo de falta de respeito com os mortos.

Uma sensação de fracasso pousou no quarto, acre e espessa, como uma fumaça sulfúrica que sujava tudo que tocava. Humeyra aproximou o inalador da boca e inspirou um pouco de ar. Ela esperou sua respiração se acalmar; isso não aconteceu. Fechando os olhos, se concentrou, tentando dormir. Um sono profundo causado por drogas, que traria o esquecimento. Zaynab122 ficou ereta como uma vareta, a dor de cabeça piorando. Logo, começaria a rezar e a preparar a mistura que ajudaria a alma de Leila a fazer sua próxima jornada. Mas não ainda. Estava sem forças para fazer aquilo naquele momento e talvez, só um pouquinho, também estivesse sem fé. Nalan, com os ombros rígidos dentro do casaco, continuou muda, com o rosto abatido.

O Sr. Chaplin, após comer sua última guloseima, estava num canto, se limpando com lambidas.

A Mercedes prata

Todas as tardes, um barco vermelho e verde chamado *Güney* — "Sul" — ancorava no litoral do Corno de Ouro, diante da rua do Hotel Intercontinental.

A embarcação tinha sido batizada em homenagem ao diretor de cinema curdo Yilmaz Güney e aparecido num dos filmes dele. O dono atual não sabia disso e, mesmo se soubesse, não teria dado importância. Tinha comprado o barco anos antes, de um pescador que não saía mais para pescar. Depois, tinha construído uma cozinha minúscula e instalado uma chapa de aço para fazer sanduíches de kafta. Logo, o cardápio passou a incluir também cavala grelhada acompanhada de cebola ralada e rodelas de tomate. Em Istambul, o sucesso de um vendedor de comida de rua não dependia tanto do que ele vendia, mas de onde e quando vendia. A noite, embora, em outros aspectos, envolvesse maiores ricos, também rendia maiores lucros — não porque os clientes fossem mais generosos, mas porque tinham mais fome. Eles saíam aos montes das boates e dos bares, com álcool correndo nas veias. Como ainda não estavam com vontade de jogar a toalha, paravam no barco ancorado, decididos a se darem mais um presentinho antes de voltar para casa. Mulheres de vestido reluzente e homens de terno escuro se empoleiravam nos banquinhos perto do cais e pediam sanduíches, devorando o pão pita branco de qualidade inferior que, durante o dia, teriam desprezado.

Naquela noite, os primeiros clientes apareceram às sete — muito mais cedo do que o normal. Foi isso que o dono do barco pensou quando viu uma Mercedes-Benz parar no píer. Ele gritou com seu aprendiz, seu sobrinho, o menino mais preguiçoso da cidade, que estava jogado num canto assistindo a uma série na televisão e abrindo sementes de girassol tostadas com os dentes, completamente despreocupado. Ao lado dele, na mesa, havia uma pilha crescente de cascas vazias.

— Levante daí. Tem cliente. Vá ver o que eles querem.

O menino se levantou, esticou as pernas e encheu os pulmões com a brisa salgada que vinha do mar. Depois de olhar tristemente para as ondas que batiam no casco do barco, ele fez uma careta, como se estivesse tentando resolver um mistério, mas tivesse desistido. Resmungando, ele desceu para o píer e foi arrastando os pés até a Mercedes.

O carro reluzia à luz do poste com uma autoconfiança elegante. Tinha janelas de vidro escuro, um *spoiler* lustroso feito sob medida e rodas cromadas em cinza e vermelho. O menino, que era um grande fã de automóveis de luxo desde a infância, soltou um assovio de admiração. Ele próprio teria preferido dirigir um Firebird — um Pontiac Firebird azul metálico. Aquilo é que era carro! Ele não ia dirigir, ia voar a uma velocidade de...

— Ei, rapaz! Você vai anotar o pedido ou não? — disse o homem no banco do motorista, se debruçando pela janela semiaberta.

Arrancado de seu devaneio, o menino não se apressou em responder:

— Tudo bem. Vocês querem o quê?

— Em primeiro lugar, um pouco de educação.

Foi só então que o menino ergueu a cabeça e olhou direito para os dois clientes. O que tinha falado com ele era ossudo e careca. Tinha um maxilar anguloso e um rosto magro marcado por cicatrizes de acne. O outro homem era quase o oposto: gorducho e de bochechas vermelhas. Mas eles se pareciam um pouco... talvez fossem os olhos.

Curioso, o menino se aproximou um pouco mais do carro. O interior era tão impressionante quanto o exterior. Bancos de couro bege, volante de couro bege, painel de couro bege... Mas o que ele viu a seguir o fez arfar. Seu rosto ficou sem cor. Ele anotou o pedido e correu de volta para o barco, andando tão rápido quanto seus pés permitiram, com o coração batendo freneticamente dentro do peito.

— E aí? O que eles querem? Kafta ou cavala? — perguntou o dono do barco.

— Ah, kafta. E *ayran* para beber também. Mas...

— Mas o quê?

— Eu não quero ir lá levar a comida. Eles são *bizarros*.

— Como assim *bizarros*?

Antes de terminar de fazer a pergunta, o dono do barco sentiu que não iria obter uma resposta. Ele suspirou, balançando a cabeça. O menino tinha virado o arrimo da família desde que o pai, que trabalhava como peão de obra, tinha caído de um andaime alto e morrido. O homem não tinha sido bem treinado, não usava equipamento de segurança e eles souberam depois que o andaime não tinha sido construído direito. A família estava processando a empresa de construção, mas era provável que não fosse dar em nada. Havia casos demais para os tribunais julgarem. Conforme certas áreas de Istambul iam se gentrificando e se valorizando depressa, a demanda por apartamentos de luxo aumentava muito, levando a um número espantoso de acidentes em canteiros de obras.

Por isso, o menino, que ainda estava na escola, precisava trabalhar à noite, querendo ou não. No entanto, ele era sensível demais, taciturno demais e teimoso demais. Claramente, não servia para trabalhar duro — ou para viver em Istambul, o que acabava dando no mesmo.

— Menino inútil — disse o dono do barco, alto o suficiente para o aprendiz escutar.

Ignorando o comentário, o menino colocou as bolotas de carne na chapa e começou a preparar o pedido.

— Tire a mão daí! — disse o vendedor, com um grunhido de irritação. — Quantas vezes preciso dizer que tem que botar óleo na chapa primeiro?

Arrancando o pegador da mão dele, o vendedor fez um gesto, mandando-o sair de perto. No dia seguinte, iria se livrar daquele menino — uma decisão que, até então, tinha adiado por pena. Mas já não era mais possível. Ele não era a Cruz Vermelha. Tinha a própria família para cuidar e um negócio para proteger.

Com gestos rápidos e ágeis, o dono do barco remexeu as brasas, aumentou o fogo, grelhou oito kaftas e colocou-as em pitas cortados ao meio com algumas rodelas de tomate. Pegando duas garrafas de *ayran*, ele dispôs tudo numa bandeja e pôs-se a caminhar até o carro.

— Boa noite, senhores — disse o dono do barco, com a voz transbordando educação.

— Cadê aquele seu aprendiz preguiçoso? — perguntou o homem no banco do motorista.

— Preguiçoso mesmo. O senhor tem toda razão. Peço mil desculpas se ele fez alguma coisa errada. Vou mandar esse menino embora qualquer dia desses.

— Já vai tarde, se você quiser saber minha opinião.

Assentindo, o vendedor entregou a bandeja ao homem pela janela semiaberta. Ele deu uma espiada no interior do carro.

Sobre o painel, havia quatro estatuetas de porcelana. Anjos com auréolas e harpas, a pele manchada de respingos de uma tinta marrom-avermelhada e a cabeça se movendo quase imperceptivelmente agora que o carro estava parado.

— Pode ficar com o troco — disse o homem.

— Muito obrigado.

O dono do barco colocou o dinheiro no bolso, mas não conseguiu deixar de examinar os anjos. Começou a sentir um enjoo. Devagar, quase sem querer, ele entendeu aquilo que seu aprendiz devia ter notado imediatamente: as manchas nas estatuetas, as manchas no painel no carro... aqueles respingos marrom-avermelhados não eram tinta. Eram sangue seco.

O motorista, como se tivesse lido os pensamentos do dono do barco, disse:

— Nós sofremos um acidente outra noite. Eu bati o nariz, sangrei pra cacete.

O dono do barco sorriu, solidário.

— Ah, que pena. *Geçmiş olsun*.

— Precisamos mandar limpar, mas ainda não deu tempo.

Assentindo, o dono do barco pegou a bandeja de volta e estava prestes a se despedir quando a porta do outro lado do carro foi aberta. O passageiro, que tinha permanecido em silêncio até então, saiu com o pita na mão.

— Sua kafta é deliciosa — disse ele.

O dono do barco olhou para o homem e reparou nas marcas em seu queixo. Parecia que alguém tinha arranhado seu rosto. *Uma mulher*, pensou ele, mas não era da sua conta. Tentando dissipar aqueles pensamentos, o dono do barco disse, num tom mais agudo do que o normal:

— Ah, a gente é bem conhecido. Tem cliente que vem até de outras cidades.

— Que bom. Espero que você não esteja dando carne de burro para a gente — disse o homem, rindo da própria piada.

— Claro que não. Só carne bovina. Da melhor qualidade.

— Excelente! Se a gente ficar feliz, com certeza vamos voltar.

— Voltem sempre — disse o dono do barco, pressionando os lábios até formar uma linha fina.

Estava satisfeito, quase grato, apesar da inquietação. Se aqueles homens eram perigosos, aquilo era problema de outra pessoa, não dele.

— Diga, você sempre trabalha de noite? — perguntou o motorista.

— Sempre.

— Deve vir todo tipo de gente aqui. Tem gente imoral? Prostitutas? Tarados?

Ao fundo, o barco subiu e desceu, agitado pelas ondas causadas por um navio que passava.

— Meus clientes são gente decente. Decente e respeitável.

— Que ótimo — disse o passageiro, voltando a se sentar. — Não queremos gente indecente aqui, queremos? Esta cidade mudou tanto. Está tão imunda agora.

— Imunda mesmo — disse o dono do barco, só porque não sabia o que mais dizer.

Ao voltar para o barco, ele encontrou o sobrinho esperando com as mãos na cintura e o rosto tenso e inquieto.

— E aí? Como foi? — perguntou o menino.

— Tudo bem. Você devia ter levado a comida. Por que sou eu que estou fazendo seu serviço?

— Mas você não viu?

— Vi o quê?

O menino apertou os olhos para fitar o tio, como se ele estivesse encolhendo.

— Dentro do carro... tem sangue no volante... sangue nos bonecos... no carro todo. A gente não devia chamar a polícia?

— Nada de polícia aqui. Preciso proteger o meu negócio.

— Ah, claro, seu *negócio*!

— O que deu em você? — perguntou o dono do barco, ir‐ritado. — Sabia que um monte de gente por aí mataria para ter o seu emprego?

— Pode dar esse emprego para outro. Eu não quero saber da porcaria da sua kafta. Detesto o cheiro dela, de qualquer maneira. É carne de cavalo.

— Como você se atreve? — disse o dono do barco com o rosto pegando fogo.

Mas o menino não estava ouvindo. Mais uma vez, sua atenção estava voltada para a Mercedes-Benz, uma figura fria e imponente sob o céu cada vez mais escuro que parecia invadir o cais.

— Aqueles dois caras... — murmurou ele.

A expressão do vendedor se suavizou.

— Esqueça aqueles dois, meu filho. Você é novo demais. Não seja tão curioso. Ouça o que eu digo.

— Tio, você também não está curioso? Nem um pouco? E se eles tiverem feito alguma coisa errada? E se tiverem matado alguém? Então, nós vamos ser cúmplices aos olhos da lei.

— Chega! — exclamou o dono do barco, batendo com a bandeja vazia na mesa. — Você assiste televisão demais. Por causa desses filmes de suspense americanos de segunda categoria, pensa que virou detetive! Amanhã de manhã, eu vou falar com a sua mãe. Vou arrumar outro emprego para você. E, daqui em diante, chega de televisão.

— Tá, dane-se.

E então, não havia mais nada a dizer. Nenhum dos dois falou durante algum tempo, e uma sensação de letargia os dominou. Ao lado do barco de pesca vermelho e verde chamado *Güney*, as ondas rolavam e espumavam, batendo com toda a força contra as pedras que ladeavam a estrada tortuosa que ia de Istambul até Kilyos.

A vista do alto

Dentro de um escritório elegante que ocupa um andar inteiro de um arranha-céu novo com vista para o bairro comercial da cidade, que vem crescendo depressa, um rapaz estava sentado na sala de espera, sacudindo a perna nervosamente para cima e para baixo. A secretária, atrás de uma divisória de vidro, espichava o pescoço para olhá-lo de vem em quando, com a sombra de um sorriso apologético nos lábios. Assim como ele, ela achava difícil compreender por que seu pai o estava obrigando a esperar havia quarenta minutos. Mas o pai era assim, sempre querendo expressar uma opinião e dar-lhe uma lição que ele não tinha nem vontade nem tempo de aprender. O rapaz olhou o relógio mais uma vez.

Finalmente, a porta se abriu e outra secretária anunciou que ele podia entrar.

O pai estava sentado do outro lado da escrivaninha. Era uma mesa antiga de nogueira com puxadores de metal, pés em forma de patas e um tampo esculpido. Bonita, mas majestosa demais para uma sala tão moderna.

Sem dizer uma palavra, o rapaz caminhou com passos largos até a escrivaninha e colocou sobre ela o jornal que trouxera. Ele estava aberto numa página onde havia uma fotografia do rosto de Leila.

— O que é isso?

— Lê, pai. Por favor.

O pai passou os olhos pelo jornal, lendo depressa a manchete: *Prostituta é encontrada morta em lata de lixo da cidade.* Ele franziu o cenho.

— Por que você está me mostrando isso?

— Porque eu conheço essa mulher.

— Ah! — exclamou o pai, com o rosto se iluminando. — Bom saber que você tem amigas mulheres.

— O senhor não entendeu? Essa é a mulher que o senhor mandou para mim. E ela está morta. Foi assassinada.

O silêncio se propagou pelo ar, se espalhando e se transformando numa substância densa, feia e desigual, como as algas que surgem num lago de água parada no final do verão. O rapaz fixou o olhar num ponto atrás do pai, na direção da cidade que ficava do outro lado da janela, as diversas casas se espraiando sob uma névoa fina, as ruas cheias de gente e as colinas ondulando ao longe. A vista lá do alto era espetacular, ainda que estranhamente sem vida.

— Está tudo na matéria — disse o rapaz, se esforçando para manter seu tom de voz sob controle. — Outras três mulheres foram mortas este mês... todas do mesmo jeito horrível. E o senhor quer saber de uma coisa? Eu conheço as outras também. Todas as três. São as mulheres que o senhor mandou para mim. Não é coincidência demais?

— Eu achei que nós tínhamos arrumado cinco mulheres para você.

O rapaz hesitou, sentindo um constrangimento que só o pai era capaz de despertar nele.

— Isso, foram cinco, e quatro delas estão mortas. Por isso, vou perguntar de novo: não é coincidência demais?

Os olhos do pai não revelaram nada.

— O que você está querendo dizer?

O rapaz estremeceu, sem saber direito como prosseguir, vendo surgir um medo familiar, uma inquietação que vinha de longe. De repente, ele voltou a ser um menino, suando sob o calor do olhar do pai. Mas, no instante seguinte, se lembrou das mulheres, das vítimas, em particular da última. Recordou-se da conversa que eles tinham tido no terraço, com os joelhos se tocando de leve e o hálito cheirando a uísque. *Olha, meu bem, eu já entendi que você não quer fazer isso. Também já entendi que tem alguém que você ama e que você prefere ficar com essa pessoa.*

Os olhos dele se encheram de lágrimas. Seu namorado dizia que ele só sofria porque tinha um bom coração. Tinha uma consciência, algo de que nem todo mundo poderia se gabar. Mas isso era pouco consolo. Será que aquelas quatro mulheres tinham morrido por causa dele? Como era possível? Ele teve medo de estar enlouquecendo.

— Isso é seu jeito de me *consertar*? — O rapaz percebeu, tarde demais, que tinha erguido a voz, quase gritado. O pai empurrou o jornal para longe e seu rosto endureceu.

— Chega! Eu não tenho nada a ver com essa estupidez. Francamente, me surpreende você imaginar que eu sairia pela rua perseguindo vagabundas.

— Pai, eu não estou acusando o *senhor*. Mas talvez tenha sido um dos seus empregados. Tem que haver uma explicação. Como foi que o senhor combinou esses encontros? Teve alguém que ligou, que marcou?

— Claro. — O pai mencionou o nome de um de seus braços-direitos.

— E onde ele está agora?

— Ora, ainda está trabalhando para mim.

— O senhor precisa interrogar esse homem. Prometa para mim que vai fazer isso.

— Você cuide da sua vida que eu cuido da minha.

O rapaz ergueu o queixo. A expressão tensa desapareceu de seu rosto enquanto ele se esforçava para dizer as palavras seguintes.

— Pai, eu vou embora. Preciso sair desta cidade. Vou passar um tempo na Itália. Alguns anos. Fui aprovado para fazer um doutorado em Milão.

— Pare de falar bobagem. Seu casamento está chegando. Nós já mandamos os convites.

— Sinto muito. O senhor vai ter que lidar com isso. Eu não vou estar aqui.

O pai se levantou e, pela primeira vez, sua voz se elevou:

— Você não pode me envergonhar!

— Eu já me decidi — disse o rapaz, baixando os olhos para o tapete. — Essas quatro mulheres...

— Ah, pare com essa bobagem! Já disse que eu não tive nada a ver com isso.

Ele fixou os olhos no pai, examinando a expressão severa como se quisesse memorizar aquilo que se recusava a se tornar. Tinha pensado em procurar a polícia, mas seu pai era bem-relacionado e a investigação iria terminar assim que começasse. Ele só queria ir embora dali — com a pessoa que amava.

— Eu não vou lhe mandar nem um cheque, está me ouvindo? Você vai voltar de joelhos, implorando.

— Adeus, pai.

Antes de dar as costas, o rapaz esticou o braço, pegou o jornal, dobrou e colocou no bolso. Não queria deixar a foto de Leila naquele escritório frio. Ainda estava com a echarpe dela.

O mais magro tinha praticado o celibato a vida toda. Falava com frequência sobre a insignificância da carne. Era um homem de ideias, teorias universais. Quando o chefão lhe pedira para arrumar prostitutas para o filho, sentira-se honrado por ele lhe confiar uma tarefa tão secreta e delicada. Na primeira vez, ficara esperando diante do hotel, só para ter certeza de que a mulher tinha chegado e se comportado bem e de que tudo tinha acontecido sem problemas. Naquela mesma noite, quando estava dentro do carro, fumando, ele teve uma ideia. Ocorreu-lhe que aquela, talvez, não fosse uma tarefa qualquer. Talvez esperassem que ele fizesse algo a mais. Que cumprisse uma missão. A ideia o atingiu como um raio. Ele se sentiu importante, infinitamente vivo.

Sugeriu o plano para o primo: um homem rude e simplório que tinha o pavio curto e uma esquerda rápida. Não era um pensador, como ele, mas um homem leal, prático e capaz de realizar tarefas difíceis. O parceiro ideal.

Para ter certeza de que iriam pegar a mulher certa, eles bolaram um plano. Todas as vezes, pediriam à madame para dizer à prostituta que usasse uma roupa específica. Assim, poderiam reconhecer facilmente a mulher quando ela deixasse o hotel. Da última vez, tinha sido um vestido curto e apertado de lantejoulas douradas. Depois de cada assassinato, eles acrescentavam mais uma boneca de porcelana à sua coleção de anjos. Pois era isso que eles faziam, acreditava o homem. Transformavam putas em anjos.

Ele não tinha tocado em nenhuma das mulheres nem uma vez. Orgulhava-se disso — de estar além das necessidades da carne. Frio como o aço, ele, a cada vez, observara de longe, até o fim. A quarta mulher, inesperadamente, tinha lutado tanto, resistindo com cada pingo de força, que durante alguns minutos ele temeu precisar se envolver. Mas seu primo era muito forte — e guardava um pé de cabra escondido sob o assoalho do carro.

O plano

— Preciso fumar um cigarro — disse Nalan, abrindo a porta que dava para a varanda e saindo.

Ela olhou a rua lá embaixo. O bairro estava mudando. Nada mais parecia familiar. Inquilinos iam e vinham — os novos substituíam os velhos. Áreas da cidade trocavam habitantes entre si como meninos trocando figurinhas de jogadores de futebol.

Nalan colocou um cigarro entre os lábios e acendeu. Ao dar a primeira tragada, examinou o Zippo de Leila. Abriu-o com o polegar, fechou de volta, abriu, fechou de novo.

Havia algo gravado em inglês em um dos lados do isqueiro — *Vietnã: você só vive de verdade quando quase morre.*

Ocorreu a Nalan que aquele Zippo antigo não era o objeto simples que parecia ser, mas um perpétuo errante. Ele viajava de uma pessoa para outra, vivendo mais do que os donos. Antes de pertencer a Leila, tinha sido de D/Ali e, antes disso, de um marinheiro americano que tivera a infelicidade de vir a Istambul com a Sexta Frota em julho de 1968. O marinheiro, ao sair correndo dos manifestantes jovens e furiosos de esquerda, tinha deixado cair o isqueiro que levava na mão e o quepe que levava na cabeça. D/Ali tinha apanhado o primeiro e algum camarada seu, o segundo. Na comoção que se seguiu, eles não tinham conseguido ver o marinheiro de novo e, mesmo que tivessem, não sabiam se teriam devolvido os itens. Ao longo dos anos, D/Ali limpara e polira o Zippo incontáveis vezes. Quando o isqueiro quebrou, ele o levou a um técnico numa travessa perto da Praça Taksim que consertava relógios e artigos diversos. Mas, no fundo, sempre se perguntou quais horrores e carnificinas aquele pequeno objeto teria testemunhado na guerra. Será que o isqueiro observara a morte de ambos os lados, vira de perto as crueldades que os seres humanos eram capazes de fazer uns com os outros? Será que estivera presente no Massacre de Mỹ Lai e ouvira os gritos dos civis desarmados — das mulheres e das crianças?

Após a morte de D/Ali, Leila ficara com o Zippo e passara a levá-lo sempre consigo. A não ser no dia anterior, quando, um pouco distraída e extraordinariamente silenciosa, ela o deixara numa mesa do Karavan. Nalan tinha planejado devolvê-lo naquele dia. *Como é que você foi se esquecer dessa coisinha preciosa? Você está ficando velha, meu bem,* Nalan teria dito. E Leila teria rido. *Velha, eu? De jeito nenhum, querida. O Zippo é que devia estar confuso.*

Nalan tirou um lenço do bolso e limpou o nariz.

— Tudo bem por aí? — perguntou Humeyra, enfiando a cabeça pela porta.

— Tudo bem. Eu já vou entrar.

Humeyra assentiu, mas não pareceu convencida. Ela saiu dali sem dizer mais nada.

Nalan deu uma tragada no cigarro, soltando apenas um fiapo de fumaça. A tragada seguinte ela mandou na direção da Torre de Gálata, aquela obra-prima de pedreiros e carpinteiros genoveses. Quantas pessoas naquela cidade não estariam fazendo exatamente a mesma coisa naquele segundo, pensou Nalan, admirada, olhando a antiga torre cilíndrica como se ela tivesse a resposta para todos os seus problemas.

Um rapaz que estava lá embaixo, na rua, olhou para cima e viu Nalan. Seu olhar ficou intenso. Ele gritou um comentário obsceno.

Nalan se debruçou no parapeito da varanda.

— Está falando comigo?

O homem sorriu.

— Pode crer. Eu gosto de moças que nem você.

Franzindo o cenho, Nalan se empertigou. Ela virou de lado e perguntou o mais baixo possível, para as outras mulheres:

— Tem um cinzeiro em algum lugar?

— Hum... A Leila tinha um na mesa de centro — disse Zaynab122. — Tome.

Nalan pegou o cinzeiro e pesou-o na palma da mão. Então, de repente, atirou-o com força por cima do parapeito. Ele arrebentou na calçada lá embaixo. O homem, que tinha conseguido escapar com um pulo, ficou atônito, com o rosto pálido e o maxilar travado.

— Seu idiota! — gritou Nalan. — Eu por acaso assobio para suas pernas cabeludas? Eu assedio você? Como você se atreve a falar comigo desse jeito?

O homem abriu a boca, mas tornou a fechar. Ele foi embora às pressas, causando uma explosão de risos irônicos numa casa de chá ali perto.

— Entre, por favor — disse Humeyra. — Você não pode ficar na varanda atirando coisas em estranhos. Esta casa está de luto.

Girando nos calcanhares, Nalan entrou na sala com o cigarro ainda na mão.

— Eu não quero ficar de luto — disse. — Quero *fazer alguma coisa*.

— O que nós podemos fazer, *hayati*? — quis saber Zaynab122.

— Nada.

Humeyra pareceu preocupada — e sonolenta, pois tinha tomado mais dois comprimidos às escondidas.

— Espero que você não esteja planejando sair procurando o assassino de Leila — comentou ela.

— Não, vamos deixar isso com a polícia. Não que eu confie nela — disse Nalan, exalando uma nuvem de fumaça pelo nariz e, culpada, tentando abaná-la para longe de Humeyra, sem muito sucesso.

— Por que você não reza para ajudar a alma dela? E a sua também? — perguntou Zaynab122.

Nalan franziu o cenho.

— Para que rezar, se Deus não escuta? É a Surdez Divina. É isso que o Sr. Chaplin e Deus têm em comum.

— *Tövbe, tövbe* — disse Zaynab122, como sempre fazia quando ouvia o nome de Deus sendo dito em vão.

Nalan encontrou uma xícara vazia e apagou o cigarro.

— Olha, a parte da reza fica com você. Não quero ofender ninguém. Leila merecia uma vida incrível, mas não teve. Ela, no mínimo, merece um enterro decente. A gente não pode deixar nossa amiga apodrecer no Cemitério dos Solitários. O lugar dela não é lá.

— Você precisa aprender a aceitar as coisas, *habibi* — disse Zaynab122. — Não há nada que nenhum de nós possa fazer.

Ao fundo, a Torre de Gálata se envolvia num fino tecido púrpura e escarlate com o sol poente atrás. A cidade se espalhava para além do horizonte, em sete colinas e mais de cem bairros, pequenos e grandes — uma cidade que uma profecia dissera que nunca, nem no fim dos tempos, seria conquistada. Lá longe, o Bósforo rodopiava, misturando água salgada e água doce com a mesma facilidade com que misturava realidade e sonho.

— Talvez haja — disse Nalan após uma breve pausa. — Talvez haja uma última coisa que a gente possa fazer pela Leila Tequila.

Sabotagem

Quando Sabotagem chegou à rua Kafka Cabeludo, a névoa escura da noite recaíra sobre as colinas ao longe. Ele observou o último raio de luz desaparecer do céu e o dia chegar ao fim, deixando-o com uma imensa sensação de abandono. Normalmente, estaria suado e irritado por todo o tempo gasto no trânsito, furioso com a estupidez tanto de motoristas quanto de pedestres — mas, naquele momento, estava apenas exausto. Nas mãos, Sabotagem segurava uma caixa embrulhada num papel brilhante vermelho, com um laço de fita dourado. Usando sua própria chave, ele entrou no prédio e subiu a escada.

Sabotagem estava com quarenta e poucos anos, tinha altura mediana e era corpulento. Tinha um pomo de Adão proeminente, olhos cinzentos que quase desapareciam quando ele sorria e um bigode recém-adquirido que não ficava bem em seu rosto redondo. Já era prematuramente calvo havia anos — um fato que ele considerava especialmente prematuro por acreditar que sua vida de verdade ainda não tinha começado.

Um homem cheio de segredos. Era isso que Sabotagem tinha se tornado quando fora para Istambul atrás de Leila, um ano depois de ela ter partido. Deixar Vã e a mãe para trás não tinha sido fácil para Sabotagem, mas ele fizera isso por dois motivos, um evidente e outro oculto: para continuar estudando (ele tinha conseguido uma vaga numa das melhores universidades do país) e para encontrar a amiga de infância. Tudo o que ele tinha de Leila era uma pilha de cartões-postais e um endereço desatualizado. Ela escrevera algumas vezes, sem dizer muita coisa sobre sua nova vida e, então, os cartões-postais tinham parado de chegar. Sabotagem sentiu que algo tinha acontecido com Leila, algo que ela não queria discutir, e sabia que precisava encontrá-la de qualquer maneira. Procurara por ela na cidade inteira — em cinemas, restaurantes, teatros, hotéis, cafés e, depois, quando a busca nesses lugares se mostrou inútil, em discotecas, bares, casas de jogos e, finalmente, com o coração pesado, em boates e prostíbulos. Após uma procura longa e incansável, Sabotagem tinha conseguido localizar Leila por pura coincidência. Um rapaz com quem ele dividia um quarto passara a frequentar regularmente a rua dos bordéis e Sabotagem o escutara conversando com outro estudante sobre uma mulher com uma rosa tatuada no tornozelo.

— Queria que você não tivesse me encontrado. Não tenho vontade de ver você — dissera Leila quando eles se viram pela primeira vez depois de tanto tempo.

A frieza dela fora como um punhal no coração de Sabotagem. No olhar de Leila, havia um brilho de raiva e praticamente mais nada. Mas ele sentiu que, por trás da expressão severa, predominava a vergonha. Continuou a aparecer para vê-la, preocupado e obstinado. Agora que ele a tinha encontrado, não iria perdê-la de novo. Como Sabotagem não conseguia suportar a notória rua com seus cheiros azedos, ele normalmente esperava na entrada da rua, entre os desenhos de sombra e sol dos antigos carvalhos, às vezes durante horas. Às vezes, quando Leila saía para comprar algo para si ou o creme para hemorroidas de Mãe Amarga, ela o via ali, sentado na calçada, lendo um livro ou coçando o queixo diante de uma equação de matemática.

— Por que você não para de vir aqui, Sabotagem?

— Porque sinto saudade de você.

Aqueles eram os anos em que metade dos alunos estava ocupada boicotando as aulas, e a outra metade, boicotando os alunos dissidentes. Quase todos os dias, acontecia alguma coisa nos campi das universidades do país: esquadrões antibombas chegavam para detonar embrulhos, alunos brigavam nas lanchonetes, professores sofriam ataques verbais e físicos. Apesar de tudo isso, Sabotagem conseguiu passar nas provas e se formou entre os melhores alunos. Arrumou um emprego num banco nacional e, com exceção de alguns eventos da empresa aos quais comparecia por obrigação, não ia a nenhum lugar para o qual lhe convidavam. Tentava passar todo o seu tempo livre com Leila.

No ano em que Leila se casou com D/Ali, Sabotagem, timidamente, convidou uma colega para sair. Um mês depois, pediu a mão dela. Embora seu casamento não fosse particularmente feliz, a paternidade foi a melhor coisa que lhe aconteceu. Durante algum tempo, ele avançou depressa e com convicção na carreira, mas, quando parecia que iria atingir os mais altos patamares, colocou o pé no freio. Apesar de sua inteligência, Sabotagem era tímido demais, retraído demais, para ter um cargo importante em qualquer instituição. Na primeira vez em que fez uma apresentação, esqueceu o que ia dizer e começou a suar em bicas. O silêncio tomou conta da sala de conferência, quebrado apenas por tosses constrangidas. Sabotagem não parava de olhar para a porta, como se estivesse arrependido, morrendo de vontade de ir embora. Ele com frequência se sentia assim. Por isso, resolveu se contentar com um cargo medíocre e com uma vida razoável — de bom cidadão, bom funcionário, bom pai. Mas, em nenhum estágio dessa jornada, Sabotagem abriu mão de sua amizade com Leila.

— Eu costumava chamar você de meu rádio sabotagem — dizia Leila. — Mas olha só pra você agora. Está sabotando sua reputação, querido. O que sua esposa e seus colegas diriam se soubessem que é amigo de alguém como eu?

— Eles não precisam saber.

— Durante quanto tempo você acha que vai conseguir esconder isso deles?

E Sabotagem respondia:

— Pelo tempo que for preciso.

Os colegas de trabalho, a esposa, os vizinhos, os parentes, a mãe, que havia muito se aposentara da farmácia — nenhum deles sabia que ele tinha outra vida; que, com Leila e as meninas, era um homem completamente diferente.

Sabotagem passava os dias soterrado sob planilhas financeiras, só conversando com alguém quando era absolutamente necessário. No fim da tarde, ele saía do escritório, entrava no carro — apesar de detestar dirigir — e ia para o Karavan, uma boate que era popular entre os impopulares. Lá, Sabotagem relaxava, fumava e, às vezes, dançava. Para explicar as longas ausências, dizia à esposa que seu salário minguado exigia que ele trabalhasse como segurança de uma fábrica no turno da noite.

— Eles fazem leite em pó para bebês — afirmara, só porque tinha achado que mencionar bebês faria a coisa parecer mais inocente.

Por sorte, sua esposa não fazia perguntas. Na verdade, parecia quase aliviada ao vê-lo sair de casa todas as noites. Aquilo às vezes o perturbava, fervia lentamente no caldeirão de sua mente. Será que ela o queria longe, sem atrapalhar? De qualquer maneira, não era tanto com a esposa que Sabotagem se preocupava, era mais com os muitos parentes dela. Ela descendia de muitas gerações orgulhosas de imãs e *hodjas*. Ele jamais ousaria contar a verdade a eles. Além do mais, Sabotagem amava os filhos. Era um pai dedicado. Se sua esposa se divorciasse dele por sua vida noturna com vadias e travestis, ele jamais ficaria com a guarda das crianças. Eles provavelmente nem permitiram que Sabotagem voltasse a vê-las. A verdade podia ser corrosiva, um líquido como o mercúrio. Podia fazer buracos nos baluartes da vida cotidiana, destruindo edifícios inteiros. Se os anciãos da família descobrissem seu segredo, seria um pandemônio. Sabotagem praticamente já ouvia as vozes deles martelando em sua cabeça — em lamúrias, insultos, ameaças.

Em algumas manhãs, enquanto se barbeava, Sabotagem treinava sua defesa na frente do espelho. A maneira como se defenderia se a família um dia o flagrasse e o submetesse a um interrogatório.

Você está dormindo com aquela mulher?, perguntaria sua esposa, com os parentes ao lado. *Ah, como eu me arrependo de ter me casado com você! Que homem é esse, que gasta as mesadas das crianças com uma puta!*

Não! Não! Não é nada disso!

Ah, não? Quer dizer que ela está dormindo com você sem cobrar nada?

Por favor, não diga essas coisas!, imploraria ele. *Ela é minha amiga. Minha amiga mais antiga. Do colégio.*

Ninguém iria acreditar nele.

— Tentei chegar mais cedo, mas o trânsito estava um pesadelo — disse Sabotagem, se recostando numa cadeira, cansado e com sede.

— Quer um chá? — perguntou Zaynab122.

— Não, obrigado.

— O que é isso? — perguntou Humeyra, apontando para uma caixa no colo de Sabotagem.

— Ah, isso… é um presente para Leila. Estava no escritório. Eu tinha planejado dar para ela esta noite.

Ele desfez o laço e abriu a caixa. Havia uma echarpe lá dentro.

— Seda pura. Ela ia adorar.

Surgiu um nó em sua garganta. Sabotagem não conseguiu engolir e inalou o ar depressa. Toda a tristeza que tinha tentara reprimir explodiu naquele momento. Seus olhos começaram a arder e, de repente, ele desatou a chorar.

Humeyra correu para a cozinha e voltou com um copo d'água e uma garrafa de colônia de limão. Ela jogou algumas gotinhas da colônia na água e deu o copo para Sabotagem.

— Toma. Isto vai fazer você se sentir melhor.

— O que é? — perguntou Sabotagem.

— O remédio da minha mãe para tristeza... e outras coisas. Ela sempre tinha um pouco de colônia à mão.

— Espera aí — protestou Nalan. — Você não vai dar isso para ele, vai? O remédio da sua mãe pode ser a desgraça de um homem que não pode beber.

— Mas é só colônia... — murmurou Humeyra, subitamente incerta.

— Eu estou bem — disse Sabotagem, devolvendo o copo, constrangido por ter se tornado o centro das atenções.

Todo mundo sabia que Sabotagem não aguentava beber. Um quarto de taça de vinho era o bastante para acabar com ele. Em diversas ocasiões, após entornar algumas canecas de cerveja num esforço para manter o ritmo dos outros, Sabotagem tinha apagado. Em noites como aquelas, ele vivia aventuras das quais não tinha nenhuma lembrança na manhã seguinte. As pessoas lhe contavam minuciosamente como ele tinha subido num telhado para ver as gaivotas, ou conversado com um manequim em uma vitrine, ou subido no balcão do Karavan e se atirado sobre as dançarinas, presumindo que elas iriam pegá-lo e erguê-lo no ar, mas como, em vez disso, desabara no chão. As histórias eram tão constrangedoras que Sabotagem fingia não ter nenhuma associação com o protagonista desajeitado delas. Mas é claro que ele sabia. Sabia que não podia beber álcool. Talvez não tivesse a enzima necessária ou tivesse um fígado problemático. Ou talvez os *hodjas* e os imãs da família de sua esposa tivessem lhe rogado uma praga para que ele nunca saísse do caminho da virtude.

Ao contrário de Sabotagem, Nalan era uma lenda no submundo de Istambul. Ela adquirira o hábito de virar doses de destilado após sua primeira cirurgia de redesignação sexual. Embora houvesse trocado alegremente sua identidade azul (para cidadãos homens) por outra rosa (para cidadãs mulheres), a dor pós-operatória fora tão lancinante que Nalan só conseguira suportá-la com ajuda do álcool. Depois, ela fizera outras cirurgias, mais complicadas e mais caras. Ninguém tinha lhe avisado sobre nada daquilo. Era um assunto que poucas pessoas desejavam discutir, mesmo dentro da comunidade trans — e, quando discutiam, falavam aos sussurros. Às vezes, as feridas infeccionavam, o tecido não cicatrizava, a dor aguda se tornava crônica. E, enquanto seu corpo lutava contra aquelas complicações inesperadas, suas dívidas se acumulavam. Nalan tinha procurado emprego em todos os lugares. Teria aceitado qualquer coisa. Após portas demais se fecharem na sua cara, ela tentara até a fábrica de móveis onde já trabalhara antes. Mas ninguém queria contratá-la.

As únicas profissões disponíveis para as mulheres trans eram nos salões de cabeleireiro e na indústria do sexo. Mas já havia cabeleireiras demais em Istambul, praticamente um salão em cada beco e porão da cidade. E as mulheres trans também não podiam trabalhar nos bordéis legalizados, ou os clientes se sentiam enganados e reclamavam. Finalmente, como muitas outras antes e depois dela, Nalan tinha começado a trabalhar nas ruas. Era escuro, exaustivo e perigoso; cada carro que parava para ela deixava uma marca em sua alma entorpecida, como pneus na areia do deserto. Com uma lâmina invisível, ela se dividiu em duas Nalans. Uma delas observava passivamente a outra, prestava atenção em cada detalhe e pensava muito, enquanto a segunda Nalan fazia tudo o que precisava fazer e não pensava absolutamente nada. Insultada por transeuntes, presa arbitrariamente pela polícia, agredida por clientes, ela sofria uma humilhação atrás da outra. A maioria dos homens que transava com mulheres trans era de um tipo específico que ia depressa do desejo ao desprezo, imprevisivelmente. Nalan já estava naquela profissão havia tempo suficiente para saber que as duas emoções se misturavam com facilidade, ao contrário de água e óleo. Aqueles que odiavam você revelavam, inesperadamente, uma lascívia urgente, e aqueles que pareciam gostar de você podiam ficar rancorosos e violentos assim que conseguissem o que queriam.

Sempre que havia uma cerimônia oficial ou uma importante conferência internacional em Istambul, conforme carros pretos levando autoridades estrangeiras atravessavam às pressas o trajeto do aeroporto aos hotéis cinco estrelas espalhados pela cidade, algum chefe de polícia decidia limpar as ruas em suas rotas. Nessas ocasiões, todas as travestis eram levadas para a cadeia para passar a noite, varridas como se fossem lixo. Certa vez, depois de uma dessas operações de limpeza, Nalan foi mantida num centro de detenção onde foi obrigada a tirar a roupa e seu cabelo foi raspado em partes aleatórias. Eles a obrigaram a aguardar numa cela, nua e sozinha, e, mais ou menos a cada meia hora, vinham vê-la e atiravam outro balde de água suja em sua cabeça. Um dos policiais — um rapaz tímido, de traços finos — pareceu desconfortável com a maneira como os colegas a estavam tratando. Nalan ainda se lembrava da expressão de dor e desamparo do rosto do homem e, por um instante, sentiu pena, como se fosse aquele policial, e não ela, que estivesse confinado num espaço pequeno, trancado numa cela invisível só dele. De manhã, foi o mesmo policial que devolveu suas roupas e lhe ofereceu um copo de chá com um cubo de açúcar. Nalan sabia que havia outras que tinham passado por coisas piores naquela noite e, depois que a conferência acabou e ela foi solta, não contou a ninguém o que acontecera.

Era mais seguro trabalhar nas boates. Bastava Nalan dar um jeito de entrar — o que ela muitas vezes conseguia. Para o deleite dos donos das boates, Nalan tinha um talento surpreendente. Ela conseguia beber sem parar e não ficar nem um pouco bêbada. Sentava-se à mesa de um cliente e puxava papo, com os olhos brilhando como moedinhas ao sol. Enquanto isso, encorajava seu novo amigo a pedir os drinques mais caros do cardápio. Uísque, conhaque, champanhe e vodca fluíam como o poderoso Eufrates. Quando o cliente estava chumbado o suficiente, Nalan passava para a mesa seguinte, onde começava o mesmo processo do zero. Os donos de boate a adoravam. Ela era uma máquina de fazer dinheiro.

Nalan então se levantou, encheu um copo com água e ofereceu-o a Sabotagem.

— Essa echarpe que você comprou para a Leila é tão bonita.

— Obrigado. Ela teria gostado, eu acho.

— Tenho certeza de que sim — disse Nalan, e, para confortá-lo, tocou-o nos ombros de leve, com as pontas dos dedos. — Olha só: por que você não coloca a echarpe no bolso? Pode dar para a Leila esta noite.

Sabotagem piscou os olhos, sem entender.

— Como?

— Não se preocupe. Eu explico…

Nalan parou de falar, subitamente distraída por um som. Ela fixou o olhar na porta fechada do corredor.

— Vocês duas têm certeza de que a Jameelah está dormindo?

Humeyra deu de ombros.

— Ela prometeu que ia sair do quarto assim que acordasse.

Com passos rápidos e decididos, Nalan marchou até a porta e girou a maçaneta. Estava trancada por dentro.

— Jameelah, você está dormindo ou está chorando até secar? E, quem sabe, escutando a nossa conversa?

Nenhuma resposta.

Nalan disse para o buraco da fechadura:

— Eu aposto que você está acordada esse tempo todo, se sentindo horrível e com saudades de Leila. Já que todo mundo está sentindo a mesma coisa, por que você não vem para cá?

Devagar, a porta se abriu. Jameelah saiu de dentro do quarto. Seus enormes olhos escuros estavam inchados e vermelhos.

— Ah, meu amor. — Nalan falava com Jameelah num tom gentil que não usava com mais ninguém, cada palavra parecendo uma maçã doce que tinha que ser polida antes de ser oferecida.

— Olha só pra você. Você não deve chorar. Precisa se cuidar.

— Eu estou bem — disse Jameelah.

— Nalan tem razão, uma vez na vida — comentou Humeyra. — Pensa assim: Leila ficaria profundamente triste se visse você nesse estado.

— Isso é verdade — concordou Zaynab122, com um sorriso consolador. — Por que você não vem para a cozinha comigo? Vamos ver se a *halva* está pronta.

— A gente também precisa pedir comida — disse Humeyra. — Ninguém aqui comeu nada desde hoje de manhã.

Sabotagem ficou de pé.

— Eu ajudo vocês, meninas.

— Ótima ideia, vão olhar e pedir comida — disse Nalan.

Ela entrelaçou os dedos às costas e começou a caminhar pelo quarto todo, como um general inspecionando as tropas antes da última batalha. Sob a luz do candelabro, suas unhas brilhavam, pintadas de um púrpura vívido.

De pé perto da janela, Nalan olhou lá para fora, com o rosto refletido no vidro. Havia uma tempestade se formando ao longe: nuvens de chuva rolando na direção nordeste, a área nos arredores de Kilyos. Os olhos dela, que tinham estado melancólicos e pensativos desde o pôr do sol, naquele momento adquiriram um brilho determinado. Seus amigos podiam só ter ouvido falar no Cemitério dos Solitários naquela tarde, mas Nalan já sabia tudo o que precisava saber sobre aquele lugar horrível. No passado, conhecera diversas pessoas que acabaram enterradas lá e podia facilmente imaginar o que acontecera com seus túmulos depois. O sofrimento que era a marca registrada do cemitério tinha se aberto como uma boca faminta e engolido todos de uma vez.

Mais tarde, quando seus amigos estivessem sentados ao redor da mesa com um pouco de comida no estômago, Nalan Nostalgia contaria a eles o seu plano. Ela precisava explicá-lo da maneira mais cuidadosa e bondosa possível, pois sabia que, a princípio, eles teriam medo.

Karma

Meia hora depois, estavam todos sentados ao redor da mesa de jantar. No meio havia uma pilha de *lahmacun* — um pão fino com carne moída em cima, que tinha sido pedido de um restaurante local, mas mal fora tocado. Ninguém estava com muita fome, embora eles tivessem insistido para Jameelah comer. Ela parecia tão fraca, com o rosto delicado ainda mais magro do que o normal.

A princípio, eles conversaram sobre assuntos aleatórios. Mas falar, assim como comer, parecia um esforço grande demais. Era estranho estar sentado ali, na casa de Leila, sem ela enfiar a cabeça pela porta da cozinha para oferecer um drinque ou uma comidinha, com fios de cabelo caindo por detrás da orelha. Os olhos dos cinco examinaram a sala, demorando-se sobre cada item, fosse pequeno ou grande, como se os estivessem descobrindo pela primeira vez. O que iria acontecer com aquele apartamento? Ocorreu a cada um deles que se os móveis, os quadros e os ornamentos fossem todos retirados dali, Leila poderia de alguma maneira desaparecer também.

Após algum tempo, Zaynab122 foi à cozinha e voltou com uma tigela de maçãs fatiadas e um prato da *halva* fresca — para a alma de Leila. O perfume do doce encheu o cômodo.

— Nós devíamos ter colocado uma vela na *halva* — disse Sabotagem. — Leila vivia procurando uma desculpa para transformar um jantar numa celebração. Ela adorava festa.

— Principalmente festa de aniversário — acrescentou Humeyra com a voz pastosa, contendo um bocejo.

Ela estava arrependida de ter tomado três tranquilizantes um atrás do outro. Para dissipar sua sonolência, tinha passado um café e agora estava mexendo o açúcar na xícara e fazendo um barulho alto com a colher na porcelana.

Nalan pigarreou.

— Ah, como ela mentia sobre a idade. Uma vez eu lhe disse: "Meu bem, se você vai contar tanta mentira, é melhor se lembrar de todas elas. Escreva em algum lugar. Você não pode ter 33 anos num ano e 28 no seguinte!".

Eles riram, mas então se flagraram rindo e sentiram que era errado, que era uma transgressão — e pararam.

— Olhem, eu preciso dizer uma coisa importante — anunciou Nalan. — Mas, por favor, me escutem antes de protestar.

— Ai, ai. Isso não vai acabar bem — disse Humeyra languidamente.

— Não seja negativa — disse Nalan, voltando-se para Sabotagem. — Lembra daquela sua caminhonete? Onde ela está?

— Eu não tenho uma caminhonete!

— Seus sogros não têm?

— Você está falando do Chevrolet velho do meu sogro? Faz décadas que ele não usa aquele ferro-velho. Por que você quer saber?

— Não tem problema, contanto que dê conta do recado. Nós vamos precisar de mais algumas coisas: pás redondas, pás quadradas, talvez um carrinho de mão.

— Eu sou o único que não faz ideia do que ela está falando? — perguntou Sabotagem.

Humeyra esfregou os cantos internos dos olhos com as pontas dos dedos.

— Não se preocupe, ninguém aqui entendeu nada — disse ela.

Nalan se recostou na cadeira, com o peito subindo e descendo rapidamente. Ela sentiu o coração começar a bater mais rápido, tensa com o que estava prestes a dizer.

— Eu proponho que a gente vá ao cemitério hoje.

— O quê?! — exclamou Sabotagem, com a voz rouca.

Devagar, tudo voltou: a infância em Vã, o apartamentinho em cima da farmácia, o quarto com vista para um cemitério antigo, o farfalhar sob os beirais que podia ser as andorinhas, o vento ou quem sabe outra coisa. Expulsando aquela lembrança da sua mente, ele se concentrou em Nalan.

— Por favor, me deem uma chance de explicar. Não reajam antes de me ouvir — disse Nalan e, de tanta ansiedade, suas palavras jorraram como um dilúvio. — Isso me deixa com tanta raiva. Como pode uma pessoa que construiu amizades maravilhosas a vida inteira ser enterrada no Cemitério dos Solitários? Como esse pode ser o endereço dela para sempre? Não é justo!

Uma mosca de fruta apareceu do nada e ficou sobrevoando as maçãs. Durante um instante, todos ficaram parados, olhando, gratos pela distração.

— Todos nós amávamos Leila-jim — disse Zaynab122, escolhendo as palavras com cuidado. — Foi ela que nos reuniu, mas ela não está mais neste mundo. Precisamos rezar por sua alma e deixá-la descansar em paz.

— Como ela pode *descansar em paz* se está num lugar horrível? — perguntou Nalan.

— Não se esqueça, *habibi*, que é só o corpo dela. A alma não está lá — disse Zaynab122.

— Como você sabe? — perguntou Nalan, irritada. — Olhe: talvez, para quem acredita, como você, o corpo seja trivial... temporário. Mas para mim, não. E, quer saber? Eu lutei tanto pelo meu corpo! Por isso aqui — ela disse, apontando para os seios —, pelas minhas maçãs do rosto...

Nalan parou de falar um instante.

— Desculpe se isso parece frívolo — continuou ela. — Imagino que vocês só liguem para essa coisa que chamam de "alma". E talvez ela exista, quem sabe? Mas eu preciso que vocês entendam que o corpo importa, também. Ele não é um nada.

— Continue — disse Humeyra, inalando o aroma do café antes de dar mais um gole.

— Vocês se lembram daquele senhor? Ele ainda se culpa por não ter organizado um velório digno para a esposa, depois de todos esses anos. Vocês querem se sentir assim a vida inteira? Sempre que nós nos lembrarmos de Leila, vamos sentir essa culpa queimando nossas entranhas, vamos saber que não cumprimos nosso dever de amigos — explicou Nalan, erguendo uma sobrancelha na direção de Zaynab122. — Por favor, não se ofenda, mas eu não quero nem saber de vida após a morte. Talvez você tenha razão e Leila já esteja lá em cima no paraíso, dando dicas de maquiagem para os anjos e depilando as asas deles. Se isso for verdade, ótimo. Mas e quanto à maneira como ela foi maltratada aqui na terra? A gente vai aceitar isso?

— Claro que não, nos diga o que fazer! — exclamou Sabotagem impulsivamente, estacando no segundo seguinte, quando uma ideia extraordinária lhe ocorreu. — Espere aí. Você não quer que a gente vá desenterrar o corpo dela, quer?

Eles esperaram que Nalan fosse abanar a mão e revirar os olhos na direção do paraíso no qual não acreditava, como sempre fazia ao ouvir um comentário absurdo. Quando ela falara em ir ao cemitério, todos presumiram que sua intenção fosse organizar um velório digno para Leila, uma última despedida. Mas, então, eles se deram conta de que Nalan talvez estivesse fazendo uma sugestão mais radical. Um silêncio perturbador tomou a sala. Foi um daqueles momentos nos quais todos querem protestar, mas ninguém quer ser o primeiro a fazer isso.

Nalan disse:

— Eu acho que a gente deveria fazer isso. Não apenas por Leila, mas por nós também. Vocês já se perguntaram o que vai acontecer com a gente quando a gente morrer? É óbvio que vamos receber o mesmo tratamento cinco estrelas.

Ela apontou o dedo para Humeyra.

— Você fugiu, meu amor: abandonou seu marido e envergonhou sua família e sua tribo. O que mais você tem no currículo? Canta em inferninhos. E, se isso não fosse ruim o suficiente, também já fez alguns filmes de mau gosto.

Humeyra enrubesceu.

— Eu era jovem. Eu não tinha...

— Eu sei, mas *eles* não vão entender. Não espere compaixão. Desculpe, querida, mas você vai direto para o Cemitério dos Solitários. E o Sabotagem provavelmente vai também, se descobrirem que ele leva uma vida dupla.

— Tudo bem, tudo bem — interrompeu Zaynab122, sentindo que seria a próxima da fila. — Você está chateando todo mundo.

— Eu estou falando a verdade — disse Nalan. — Nós todos temos esqueletos no armário, digamos assim. E ninguém mais do que eu. Essa hipocrisia me mata. Todo mundo adora ver os cantores de arabesco na televisão. Mas as mesmas pessoas iriam ficar malucas se seus filhos ou suas filhas fossem seguir essa carreira. Eu vi com meus próprios olhos. Uma mulher estava bem na frente da Hagia Sofia segurando um cartaz que dizia: *O fim está próximo, os terremotos vão chegar: uma cidade cheia de putas e travestis merece a ira de Alá!* Vamos ser sinceros, eu sou um ímã de ódio. Quando eu morrer, vou ser jogada no Cemitério dos Solitários.

— Não diga isso — implorou Jameelah.

— Você pode não entender, mas esse não é um cemitério qualquer. Lá... lá só tem sofrimento.

— Como você sabe? — perguntou Zaynab122.

Nalan girou um de seus anéis no dedo.

— Tenho algumas conhecidas que foram enterradas lá — contou, sem precisar dizer a eles que quase todo mundo na comunidade trans acabava tendo aquele como seu último endereço. — Nós precisamos tirar a Leila daquele lugar.

— É como o ciclo cármico — disse Humeyra, envolvendo a xícara de café com as mãos. — Nós somos testados todos os dias. Se você diz que é um amigo verdadeiro, vai chegar a hora em que sua dedicação vai ser testada. As forças cósmicas vão exigir que você prove seu amor. Estava num dos livros que a Leila me deu.

— Não faço ideia do que você está falando, mas concordo — disse Nalan. — Karma, Buda, ioga... o que funcionar. O que eu estou dizendo é que a Leila salvou a minha vida. Eu nunca vou me esquecer daquela noite. Estávamos só nós duas. Uns babacas apareceram do nada e começaram a me socar. Os filhos da puta me deram uma facada nas costelas. Saiu sangue para tudo quanto é lado. Estou dizendo, eu estava sangrando que nem um carneiro no matadouro. Achei que ia morrer, sem brincadeira. Mas chegou a Supergirl, a prima do Clark Kent, lembram? Ela me pegou pelos braços e me puxou para cima. Foi aí que eu abri os olhos. Não era a Supergirl, era a Leila. Ela podia ter saído correndo. Mas ficou ali... por mim. Ela tirou a gente dali, eu nunca entendi como ela conseguiu. E me levou para um médico. Um médico charlatão, mas mesmo assim um médico. Ele me costurou. Eu tenho uma dívida com a Leila.

Nalan respirou fundo e soltou o ar devagar.

— Eu não quero forçar ninguém. Se vocês não quiserem vir, eu vou entender, juro. Faço isso sozinha, se precisar.

— Eu vou com você — disse Humeyra, para seu próprio espanto.

Ela engoliu o resto do café, se sentindo mais animada.

— Tem certeza? — perguntou Nalan, surpresa, pois sabia das ansiedades e dos ataques de pânico da amiga.

Mas os tranquilizantes que Humeyra tinha tomado pareciam estar protegendo-a do medo — até seu efeito passar.

— Tenho! Você vai precisar de ajuda. Mas, primeiro, tenho que fazer mais café. Acho que vou levar uma garrafa térmica.

— Eu também vou — disse Sabotagem.

— Você não gosta de cemitérios — comentou Humeyra.

— É verdade. Mas, como único homem do grupo, sinto que tenho a responsabilidade de proteger vocês de si mesmas — disse Sabotagem. — Além do mais, vocês não vão conseguir pegar a caminhonete sem mim.

Zaynab122 arregalou os olhos.

— Esperem aí, todos vocês. A gente não pode fazer isso. É pecado exumar os mortos! E para onde vocês estão pensando em levar o corpo dela depois, se é que eu posso perguntar?

Nalan se remexeu na cadeira, só então se dando conta de que não tinha pensado o suficiente na segunda parte de seu plano.

— Vamos levá-la para descansar num lugar bonito e decente. E visitá-la com frequência, levar flores. Quem sabe dê até para encomendar uma lápide. De mármore, brilhante e lisinha. Com uma rosa preta e um poema de um dos poetas preferidos do D/Ali. Quem era aquele latino-americano de que ele gostava tanto?

— Pablo Neruda — disse Sabotagem, desviando os olhos para um dos quadros na parede. Ele mostrava Leila sentada numa cama, usando uma saia escarlate curta, com os seios quase saindo do biquíni, o cabelo preso no alto, o rosto meio virado na direção de quem olhava. Ela estava tão linda, inalcançável. Sabotagem sabia que D/Ali tinha pintado aquele quadro no bordel.

— Isso, Neruda! — exclamou Nalan. — Esses latino-americanos têm um jeito peculiar de misturar sexo e tristeza. A maioria das nações é melhor numa coisa ou em outra, mas os latinos triunfam em ambas.

— Ou um poema de Nâzim Hikmet — disse Sabotagem. — Tanto D/Ali quanto Leila adoravam os poemas dele.

— Isso, ótimo, então a lápide está resolvida — afirmou Nalan, assentindo com ar de aprovação.

— Que lápide? Vocês entendem a maluquice que estão dizendo? Vocês nem sabem onde vão enterrar o corpo! — disse Zaynab122, erguendo as mãos.

Nalan franziu o cenho.

— Eu vou pensar em alguma coisa, tá?

— Acho que a gente devia colocar a Leila ao lado do D/Ali — sugeriu Sabotagem.

Todos os olhos se voltaram para ele.

— Sim, por que eu não pensei nisso? — disse Nalan, irritada. — Ele está naquele cemitério ensolarado em Bebek: lugar fabuloso, vista linda. Tem um monte de poetas e músicos enterrados lá. Leila vai ficar em boa companhia.

— Vai ficar com o amor da vida dela — disse Sabotagem, sem olhar para ninguém.

Zaynab122 suspirou.

— Vocês podem colocar os pés no chão, por favor? O D/Ali está num cemitério bem protegido. A gente não vai conseguir simplesmente entrar lá e começar a cavar. Vamos ter que obter uma licença oficial.

— Uma licença oficial! — repetiu Nalan ironicamente. — Quem vai exigir uma licença no meio da madrugada?

Dirigindo-se para a cozinha, Humeyra fez um aceno de cabeça para Zaynab122, tentando apaziguá-la.

— Você não precisa vir, não tem problema — afirmou ela.

— Eu não tenho escolha — disse Zaynab122, com a voz embargada de emoção. — Alguém precisa ficar ao lado de vocês, fazendo as orações certas. Se não, vocês vão acabar amaldiçoados pelo resto da vida.

Zaynab122 ergueu a cabeça, encarou Nalan e se empertigou.

— Prometa que você não vai falar palavrão no cemitério. Nada de sacrilégio.

— Prometo — disse Nalan alegremente. — Vou ser boazinha com o seu *jinn*.

Enquanto os outros debatiam, Jameelah se levantara da mesa sem fazer barulho. Tinha colocado um casaco e estava parada diante da porta, amarrando os cadarços.

— Aonde você vai? — perguntou Nalan.

— Estou me arrumando — respondeu Jameelah tranquilamente.

— Você não, meu amor. Você precisa ficar em casa, tomar um chá bem gostoso, cuidar do Sr. Chaplin e esperar a gente voltar.

— Por quê? Se vocês vão, eu vou — disse Jameelah, apertando os olhos, as narinas tremendo um pouco. — Se esse é *seu* dever de amigos, então é meu também.

Nalan balançou a cabeça.

— Desculpe, mas a gente tem que pensar na sua saúde. Eu não posso levar você a um cemitério de madrugada. A Leila iria arrancar o meu couro.

Jameelah jogou a cabeça para trás.

— Vocês podem, por favor, parar de me tratar como se eu estivesse morrendo? Ainda não, tá? Eu ainda não estou morrendo.

A raiva era uma emoção tão rara para ela que eles ficaram quietos.

Uma rajada de vento soprou da varanda, balançando as cortinas. Por um segundo, foi quase como se houvesse uma presença nova na sala. Uma cosquinha que mal era perceptível, como um cabelo solto tocando a nuca. Mas ela ficou mais forte e todos sentiram seu poder, seu magnetismo. Ou eles haviam entrado num reino invisível, ou outro reino estava se misturando ao deles. Conforme o relógio na parede ia marcando os segundos, todos esperaram a meia-noite chegar — os quadros, o apartamento antigo, o gato surdo, a mosca de fruta e os cinco velhos amigos de Leila Tequila.

A estrada

Na esquina da rua Büyükdere, bem em frente a uma lanchonete de kebab, havia um radar que já tinha pegado muitos motoristas descuidados e certamente ainda pegaria muitos outros. Uma patrulha se escondia com frequência atrás de alguns arbustos cerrados e flagrava veículos que desrespeitavam o limite de velocidade do cruzamento sem suspeitar da presença de policiais no local.

Do ponto de vista dos motoristas, o que tornava aquela armadilha imprevisível eram os horários em que era vigiada. Às vezes, os guardas madrugavam ali, mas às vezes só chegavam à tarde. Havia dias em que nem apareciam, e os motoristas podiam pensar que tinham ido embora de vez. Mas havia dias nos quais um carro azul e branco ficava o tempo todo ali, como uma pantera esperando para dar o bote.

Do ponto de vista dos policiais, aquele era um dos piores lugares de Istambul. Não por não haver motoristas para multar, mas porque simplesmente havia demais deles. E, apesar do fato de que dar montes de multas gerava renda para o estado, o estado não parecia disposto a demonstrar gratidão por isso. Então, os guardas tinham que se perguntar de que adiantava serem vigilantes. Além do mais, aquele trabalho era repleto de perigos ocultos. De tempos em tempos, o carro que eles paravam por acaso era do filho, do sobrinho, da esposa ou da amante de um importante funcionário do governo, empresário, juiz ou general. E aí os policiais se metiam numa tremenda enrascada.

Tinha acontecido com um colega — um sujeito decente e trabalhador. Ele tinha parado um rapaz que dirigia um Porsche azul metálico por imprudência no trânsito (estava comendo pizza, sem as mãos no volante) e por ultrapassar um sinal vermelho — violações que, honestamente, eram cometidas por dezenas de motoristas em Istambul todos os dias. Se Paris era a cidade do amor, Jerusalém, a cidade de Deus, e Las Vegas, a cidade do pecado, então Istambul era a cidade dos multitarefas. Mas o guarda tinha parado o Porsche de qualquer maneira.

— O senhor ultrapassou o sinal vermelho e...

— É mesmo? — interrompera o motorista. — Você sabe quem é meu tio?

Aquela era uma pergunta que qualquer policial esperto teria entendido. Milhares de cidadãos de todas as camadas da sociedade ouviam insinuações parecidas todos os dias e captavam a mensagem instantaneamente. Eles compreendiam que multas podiam ser rasgadas, regras podiam ser violadas, exceções podiam ser abertas. Sabiam que os olhos de um funcionário público podiam ficar temporariamente cegos e seus ouvidos, permanecer surdos pelo tempo necessário. Mas esse policial em particular, embora não fosse novo no emprego, sofria de um mal incurável: o idealismo. Ao ouvir as palavras do motorista, em vez de desistir, ele dissera:

— Não me interessa quem é seu tio. Regra é regra.

Até as crianças sabiam que aquilo não era verdade. Regras eram regras *às vezes*. Em outras ocasiões, dependendo das circunstâncias, regras eram palavras vazias, expressões absurdas ou piadas sem graça. Regras eram peneiras com buracos tão grandes que todo tipo de coisa poderia passar por elas; regras eram chicletes que tinham perdido o sabor havia muito tempo, mas que não podiam ser cuspidos; as regras naquele país, e no Oriente Médio inteiro, eram tudo, menos regras. Ao se esquecer disso, aquele policial perdera o emprego. O tio do motorista — um importante ministro — tinha exigido que ele fosse mandado para uma cidadezinha lúgubre na fronteira leste onde não havia carros num raio de muitos quilômetros.

Por isso, naquela noite, quando dois guardas se postaram naquele lugar infame, eles estavam relutantes em multar. Recostados nos assentos, eles ouviam uma partida de futebol no rádio — da série B, não muito importante. O mais jovem dos dois começou a falar na noiva. Ele fazia aquilo o tempo todo. O outro guarda não entendia o que levava um homem a agir daquela maneira; ele próprio adorava ficar sem pensar na esposa pelo máximo de tempo possível, o que sem dúvida incluía as poucas horas deliciosas que passava no trabalho. Pedindo licença para ir fumar, ele saiu do carro e acendeu um cigarro com os olhos na rua vazia. Ele odiava aquele trabalho. Aquilo era novo para ele. Já tinha sentido tédio e fadiga antes, mas não estava acostumado com o ódio e espantou-se com a intensidade da emoção.

O policial ergueu as sobrancelhas ao olhar para cima e ver uma parede sólida de nuvens ao longe. Ia cair uma tempestade. Ele sentiu uma pontada de apreensão. Assim que se perguntou se a chuva inundaria porões na cidade toda, como tinha acontecido da última vez, tomou um susto ao ouvir um barulho estridente. Os pelos de sua nuca se eriçaram. O som de pneus cantando no asfalto fez um arrepio lhe percorrer a espinha. O policial viu um movimento pelo canto do olho antes mesmo de conseguir se virar. Então, viu o veículo: um monstro descendo a rua a toda velocidade, um cavalo de corrida metálico galopando na direção de uma linha de chegada invisível.

Era uma caminhonete — uma Chevrolet Silverado 1982. Do tipo que raramente se via em Istambul, por ser mais adequada para as estradas mais largas da Austrália ou dos Estados Unidos. Ela parecia um dia ter sido amarelo-canário, um amarelo alegre e vívido, mas agora estava coberta de manchas de sujeira e ferrugem. Mas foi a pessoa que estava dirigindo que realmente chamou a atenção do policial. No assento do motorista estava uma mulher enorme com cabelos vermelhos voando em todas as direções e um cigarro pendurado na boca.

Quando a caminhonete passou voando, o guarda vislumbrou as pessoas encolhidas na parte de trás. Elas estavam se segurando com força umas nas outras para se proteger do vento. E, embora fosse difícil discernir seus rostos, seu desconforto era claro, percebia-se pela forma como estavam agachadas. Nas mãos, elas levavam o que pareciam ser pás e picaretas. Subitamente, a caminhonete desviou para a esquerda e depois para a direita, e sem dúvida teria causado um acidente se houvesse outro veículo na rua. Uma mulher acima do peso que estava atrás gritou e perdeu o equilíbrio, largando a picareta que segurava. A ferramenta caiu na rua com um baque surdo. Então, todos eles desapareceram — a caminhonete, a motorista e os passageiros.

O policial jogou o cigarro no chão, pisou na brasa e engoliu em seco, permitindo-se um instante para processar o que tinha visto. Suas mãos tremiam quando ele abriu a porta do carro e pegou o rádio.

Seu colega também estava olhando para a rua, espantado. Quando ele falou, estava com a voz empolgadíssima.

— Meu Deus, você viu isso? Aquilo ali é uma picareta?

— Parece — disse o policial mais velho, fazendo de tudo para parecer calmo e controlado. — Vá pegar. Não podemos deixar ali, talvez sirva de prova.

— O que você acha que está acontecendo?

— Aposto que aquela caminhonete não está só tentando chegar depressa em algum lugar... alguma coisa me cheira mal.

Após dizer isso, ele ligou o rádio:

— Dois três meia na patrulha para central. Está me ouvindo?

— Na escuta, dois três meia.

— Caminhonete Chevrolet. Motorista acima do limite. Pode ser perigosa.

— Algum passageiro?

— Positivo — disse o policial, e sua voz tremeu. — Carregamento suspeito. Quatro indivíduos na parte de trás. Estão indo para Kilyos.

— Kilyos? Confirme.

O guarda repetiu a descrição e a localização e então esperou o policial da central passar a informação para as outras patrulhas da área.

Depois que os estalos da estática do rádio do carro sumiram, o guarda mais novo disse:

— Por que Kilyos? Não tem nada lá a essa hora da noite. Uma cidade pequena e pacata.

— A não ser que eles estejam a caminho da praia. Pode ter uma festa ao ar livre, quem sabe?

— Festa ao ar livre... — repetiu o guarda mais novo, revelando uma pontada de inveja na voz.

— Ou, de repente, eles estão a caminho daquele maldito cemitério.

— Que cemitério?

— Ah, você não deve conhecer. Um lugar estranho, assustador, quase na praia. Perto da fortaleza antiga — respondeu o guarda mais velho, pensativo. — Muitos anos atrás, tarde da noite, nós estávamos no encalço de um bandido e o filho da mãe correu para dentro do cemitério. Eu fui atrás. Nossa, como eu era ingênuo. Tropecei em alguma coisa no escuro. Era a raiz de uma árvore ou era um fêmur? Não tive coragem de olhar. Continuei andando, aos trancos e barrancos. Ouvi um barulho na minha frente, um gemido grave, baixo. Tive certeza de que não era uma pessoa, mas também não parecia um animal. Eu me virei e voltei correndo. Então… juro pelo Alcorão… o som começou a vir atrás de mim! Tinha um cheiro esquisito, rançoso, no ar. Eu nunca senti tanto medo na vida. Consegui sair dali, mas, no dia seguinte, minha mulher disse: "O que você andou fazendo ontem à noite? Suas roupas estão com um cheiro horrível!"

— Caramba, que medo. Eu nunca tinha ouvido falar nesse lugar.

Assentindo, o guarda mais velho disse:

— Sorte sua. É um desses lugares que é melhor a gente não conhecer. Só os amaldiçoados vão parar no Cemitério dos Solitários. Só os malditos.

Os malditos

A cerca de uma hora de distância do centro de Istambul, na orla do Mar Negro, fica uma antiga vila de pescadores grega chamada Kilyos, famosa por suas praias de areia fina, seus hoteizinhos, suas falésias íngremes e uma fortaleza medieval que jamais fora capaz de impedir o ataque de um exército invasor. Ao longo dos séculos, muitos tinham ido e vindo, deixando para trás suas canções, rezas e maldições: os bizantinos, os cruzados, os genoveses, os corsários, os otomanos, os cossacos do Don e, durante um breve período, os russos.

Ninguém se lembrava mais daquilo. A areia que dava àquele lugar seu nome grego — Kilia — cobria e apagava tudo, espalhando sobre os vestígios do passado uma camada lisa de esquecimento. A costa inteira passara a ser considerada um bom lugar para passar as férias por turistas, estrangeiros que moravam na Turquia e locais. Era um lugar cheio de contrastes: praias públicas e privadas; mulheres usando biquíni e mulheres usando *hijab*; famílias fazendo piqueniques com cobertores estendidos e ciclistas que passavam zunindo; fileiras de mansões espremidas ao lado de moradias baratas; áreas de vegetação densa, com carvalhos, pinheiros e bétulas, e estacionamentos de concreto.

O mar era bastante agitado em Kilyos. Devido à correnteza e às ondas fortes, algumas pessoas se afogavam todo ano e tinham os corpos retirados da água pela guarda costeira em botes de borracha. Era impossível dizer se as vítimas tinham nadado para além das boias, com uma autoconfiança imprudente, ou se uma correnteza viera por baixo e as envolvera como uma canção de ninar. Da beira da praia, os banhistas observavam cada incidente se desdobrar. Protegendo os olhos do sol, espiando pelos binóculos, fitavam fixamente uma direção, como se tivessem sido hipnotizados por um feitiço. Quando voltavam a falar, estavam animados; eram amigos compartilhando uma aventura, ainda que apenas durante alguns minutos. Depois, retornavam para suas espreguiçadeiras e suas redes. Durante um certo tempo, ficavam assustados e pareciam considerar mudar de lugar — ir para outra praia onde a areia fosse tão dourada quanto ali, mas onde o vento provavelmente seria mais calmo e o mar, menos insano. Mas aquele local tinha tantos outros aspectos positivos, com preços justos, bons restaurantes, tempo clemente e vistas de tirar o fôlego. E só Deus sabia o quanto eles estavam precisando descansar. Embora ninguém jamais fosse dizer isso em voz alta e muitos sequer admitissem para si mesmos, parte deles se ressentia dos mortos por terem o atrevimento de se afogarem num local de veraneio. Parecia um gesto de extremo egoísmo. Eles tinham trabalhado duro o ano todo, economizado dinheiro, aturado os caprichos dos patrões, engolido o orgulho e contido a raiva — e, nos momentos de desespero, sonhado com dias de preguiça ao sol. Por isso, os banhistas permaneciam. Quando desejavam se refrescar, davam um mergulho rápido, afastando o irritante pensamento de que apenas instantes antes, nas mesmas águas, algum infeliz perdera a vida.

De vez em quando, um barco repleto de imigrantes em busca de asilo virava naquelas águas. Os corpos eram retirados do mar e dispostos lado a lado, e os jornalistas faziam um círculo ao redor deles para escrever suas reportagens. Então, os corpos eram colocados nas vans refrigeradas que eram usadas para transportar sorvete e peixe congelado e eram levados para um cemitério especial — o Cemitério dos Solitários. Afegãos, sírios, iraquianos, somalis, eritreus, sudaneses, nigerianos, líbios, iranianos, paquistaneses, todos enterrados tão longe dos locais onde tinham nascido, sepultados sem cuidado em qualquer lugar onde houvesse espaço. Ao redor deles, por todos os lados, havia cidadãos turcos que, embora não fossem imigrantes ilegais nem houvessem tentado pedir asilo, sentiam-se igualmente rejeitados em sua própria pátria. O fato era que, sem que os turistas ou mesmo muitos dos locais soubessem, havia um cemitério em Kilyos — um cemitério único. Ele era reservado para três tipos de mortos: os indesejados, os indignos e os indigentes.

Repleto de arbustos de artemísia, pés de urtiga e cardos, e rodeado por uma cerca de madeira com tábuas faltando e arames frouxos, aquele era o cemitério mais peculiar de Istambul. Ele tinha poucos visitantes — quase nenhum. Mesmo os ladrões de túmulos mais experientes se mantinham bem longe dali, com medo das maldições dos amaldiçoados. Perturbar os mortos era perigoso, mas perturbar aqueles que eram ao mesmo tempo mortos e malditos era um convite ao desastre.

Quase todos que tinham sido sepultados no Cemitério dos Solitários eram, de uma maneira ou de outra, párias. Muitos tinham sido abandonados pela família, pela vila ou pela sociedade como um todo. Viciados em crack, alcoólatras, jogadores compulsivos, ladrões de ninharias, sem-teto, fugitivos, enjeitados, desaparecidos, pessoas com doenças mentais, vagabundos, mães solteiras, prostitutas, cafetões, travestis, aidéticos... Pessoas indesejáveis. Proscritas. Repugnantes.

Entre os residentes do cemitério também havia matadores impiedosos, assassinos em série, terroristas suicidas, predadores sexuais e, por mais espantoso que isso fosse, suas vítimas inocentes. Os maus e os bons, os cruéis e os misericordiosos, tinham sido enterrados sete palmos abaixo da terra, lado a lado, fileira após fileira, num esquecimento só. A maioria não tinha sequer a lápide mais simples. Nem o nome, nem a data de nascimento. Só uma placa tosca de madeira com um número e, às vezes, nem isso — apenas uma tabuleta de metal enferrujada. E, em algum lugar daquela bagunça perversa, entre as centenas e centenas de túmulos abandonados, havia um recém-escavado.

Era ali que Leila Tequila estava enterrada.

No número 7053.

O número 7054, o túmulo à sua direita, pertencia a um compositor que tinha se matado. As pessoas ainda cantavam suas músicas por toda parte, sem saber que o homem que tinha escrito aquelas letras pungentes estava num túmulo esquecido. Havia muitas vítimas de suicídio no Cemitério dos Solitários. Com frequência, elas eram de cidades pequenas e vilas onde os imãs tinham se recusado a conduzir o funeral e suas famílias, por vergonha ou tristeza, tinham concordado em sepultá-las bem longe.

O número 7063, que ficava ao norte de Leila, pertencia a um assassino. Por ciúme, ele tinha cometido uma carnificina: atirara na mulher e, depois, marchara até a casa do homem com quem suspeitava que ela estivesse tendo um caso e atirara nele também. Como ainda lhe restava uma bala e ele não tinha mais alvos, o homem tinha virado a arma para a própria têmpora, errado o tiro, arrancado a lateral da cabeça, entrado em coma e morrido alguns dias depois. Ninguém fora buscar o corpo.

O número 7052, vizinho à esquerda de Leila, era outra alma perturbada. Um fanático. Tinha resolvido entrar numa boate e atirar em todos os pecadores que estavam bebendo e dançando, mas não conseguira obter nenhuma arma. Frustrado, decidira fazer uma bomba, usando uma panela de pressão cheia de pregos mergulhados em veneno. Planejara tudo até o último detalhe — mas explodira a própria casa enquanto preparava o artefato letal. Um dos pregos que voaram para todos os lados o atingira bem no coração. Isso tinha acontecido apenas dois dias antes, e ele fora parar ali.

O número 7043, ao sul de Leila, era uma zen-budista (a única do cemitério). A mulher tinha saído do Nepal e estava a caminho de Nova York para visitar os netos quando sofrera uma hemorragia cerebral. O avião fizera um pouso de emergência. Ela morrera em Istambul, uma cidade onde nunca tinha pisado antes. Sua família queria que o corpo fosse queimado e as cinzas, devolvidas ao Nepal. De acordo com sua crença, sua pira funerária tinha que ser acesa no momento em que ela desse seu último suspiro. Mas a cremação era ilegal na Turquia e, em vez disso, ela teve que ser enterrada, e enterrada depressa, de acordo com a lei islâmica.

Não havia cemitérios budistas na cidade. Havia diversos deles, históricos e modernos: muçulmanos (sunitas, alevitas e sufi), católico-romanos, greco-ortodoxos, apostólico-armênios, católico-armênios, judeus — mas nada especificamente para budistas. No fim das contas, aquela avó foi levada para o Cemitério dos Solitários. Sua família consentira, dizendo que ela não teria se incomodado, pois sentia-se em paz mesmo entre estranhos.

Outros túmulos próximos ao de Leila estavam ocupados por revolucionários que tinham morrido na prisão. *Cometeu suicídio*, diziam os registros oficiais, *foi encontrado na cela com uma corda* [ou uma gravata, ou um lençol, ou um cadarço] *ao redor do pescoço*. As manchas roxas e as queimaduras nos cadáveres contavam uma história diferente, de torturas terríveis nas mãos da polícia. Diversos insurgentes curdos também estavam enterrados ali, levados da outra ponta do país até aquele cemitério. O estado não queria que eles virassem mártires aos olhos de seu povo e, por isso, os corpos tinham sido bem embrulhados, como se fossem feitos de vidro, e transferidos.

Os residentes mais jovens do cemitério eram os bebês abandonados. Recém-nascidos enrolados em panos e deixados nos pátios das mesquitas, em parquinhos ensolarados ou em cinemas mal iluminados. Os sortudos eram resgatados por transeuntes e entregues a policiais, que bondosamente os alimentavam e vestiam e lhes davam nomes alegres, como Felicity, Joy ou Hope para compensar por seu começo triste. Mas, uma vez ou outra, havia bebês menos afortunados. Uma noite no frio era o bastante para matá-los.

Em média, morriam 55 mil pessoas por ano em Istambul — e apenas cerca de 120 delas iam parar ali em Kilyos.

Visitas

Nas profundezas da noite, tendo ao fundo um céu cortado por lampejos de raios, uma caminhonete Chevrolet passou zunindo pela velha fortaleza, levantando redemoinhos de poeira. Ela seguiu sacolejando, invadiu o acostamento e deu uma guinada abrupta na direção dos penhascos que separavam a terra do mar, mas conseguiu virar de volta para a rua no último segundo. Alguns metros adiante, finalmente parou com uma freada brusca. Por um instante, não se ouviu nenhum som — nem dentro nem fora do veículo. Até o vento, que vinha soprando com força desde a tarde, parecia ter se acalmado.

A porta do motorista foi aberta com um rangido e Nalan Nostalgia pulou para fora. Seu cabelo brilhava à luz do luar como uma auréola de fogo. Ela deu alguns passos, com os olhos fixos no cemitério que se espraiava à sua frente. Examinou a situação cuidadosamente. Com seu portão de ferro enferrujado, fileiras de túmulos malcuidados, placas de madeira no lugar de lápides, cerca quebrada que não representava nenhuma proteção contra vândalos e ciprestes tortos, o lugar tinha um ar sobrenatural e hostil. Exatamente como Nalan tinha imaginado. Enchendo os pulmões, ela olhou por cima do ombro e anunciou:

— É aqui!

Foi só então que as quatro sombras que estavam amontoadas na parte de trás da caminhonete ousaram se mover. Uma a uma, elas ergueram a cabeça e farejaram o ar, como corças vendo se há algum caçador por perto.

A primeira a ficar de pé foi Humeyra Hollywood. Assim que saiu tropeçando, levando uma mochila nas costas, ela apalpou o topo da cabeça e verificou o *chignon*, que estava meio torto.

— Meu Deus, meu cabelo está um horror. Meu rosto está congelado.

— É o vento, sua fresca. Vai cair uma tempestade hoje. Eu mandei vocês cobrirem as cabeças. Mas vocês nunca me ouvem.

— Não foi o vento, foi você dirigindo — disse Zaynab122, descendo com dificuldade da caçamba da caminhonete.

— E isso lá é *dirigir*? — disse Sabotagem, pulando do carro e ajudando Jameelah a fazer o mesmo.

Os poucos cabelos de Sabotagem estavam em pé. Ele tinha se arrependido de não ter colocado uma touca de lã, mas isso não era nada comparado ao quanto estava começando a se arrepender de ter concordado em ir até aquele lugar maldito no meio da madrugada.

— Como foi que você conseguiu tirar carteira de motorista? — perguntou Zaynab122.

— Aposto que transou com o instrutor — murmurou Humeyra baixinho.

— Ah, calem a boca, todos vocês — disse Nalan, franzindo o cenho. — Não viram como estava a estrada? Graças a mim, nós pelo menos chegamos sãos e salvos.

— Sãos! — exclamou Humeyra.

— E salvos! — continuou Sabotagem.

— Filhos da puta! — disse Nalan e, rápida e decidida, ela foi marchando até a caçamba.

Zaynab122 suspirou.

— Olha a boca, por favor. Você prometeu. Sem gritar nem xingar no cemitério.

Ela tirou o rosário do bolso e começou a passar os dedos pelas contas. Alguma coisa lhe dizia que aquela aventura noturna não iria ser fácil e que ela iria precisar de toda a ajuda possível dos bons espíritos.

Enquanto isso, Nalan tinha aberto a porta traseira do carro e começado a pegar as ferramentas: um carrinho de mão, uma enxada, um alvião, uma pá quadrada, uma pá de bico, uma lanterna e um rolo de corda. Ela colocou todos no chão e coçou a cabeça.

— Está faltando uma picareta — disse.

— Ah, a picareta — disse Humeyra. — Acho que eu deixei cair.

— Como assim, você *acha* que deixou cair? É uma picareta, não um lenço.

— Eu não consegui segurar. A culpa é sua. Você estava dirigindo que nem uma maluca.

Nalan lhe lançou um olhar gélido que ninguém viu no escuro.

— Tudo bem, chega de conversa. Vamos andando. Nós não temos muito tempo — disse ela, pegando a pá de bico e a lanterna. — Cada um pega uma ferramenta!

Um por um, eles seguiram a ordem dela. Ao longe, o mar rugia e arrebentava na praia com uma força gigantesca. O vento voltou a soprar, trazendo consigo o cheiro de sal. Ao fundo, a velha fortaleza esperava pacientemente, e a sombra de um animal passou depressa pelos portões — um rato, talvez, ou um ouriço, procurando abrigo antes da tempestade.

Em silêncio, eles empurraram o portão do cemitério e entraram. Cinco intrusos, cinco amigos, procurando por aquela que haviam perdido. Como se tivesse combinado com eles, a lua desapareceu atrás de uma nuvem, mergulhando toda a paisagem em tons de preto e, por um breve momento, aquele lugar ermo em Kilyos poderia ser qualquer lugar no mundo.

A noite

A noite no cemitério não era como a noite na cidade. Ali, a escuridão era menos uma ausência de luz e mais uma presença em si mesma — um ser vivo, que respirava. Ela foi atrás dos cinco como uma criatura curiosa, sem que eles soubessem se seu intuito era avisá-los de um perigo à frente ou empurrá-los na direção dele quando aparecesse.

E lá foram eles, caminhando contra o vento furioso. No começo, andavam depressa, impelidos pelo desconforto ou pelo simples medo. Seguiam em fila indiana, com Nalan à frente, segurando a pá de bico em uma das mãos e a lanterna na outra. Atrás dela, cada um com sua ferramenta, iam Jameelah e Sabotagem juntos e depois Humeyra, empurrando o carrinho de mão. Zaynab122 vinha na retaguarda, não apenas por suas pernas serem mais curtas, mas porque ela estava ocupada espalhando sal grosso e sementes de papoula para espantar os espíritos maus.

Um cheiro pungente vinha do chão — de terra molhada, pedra úmida, cardos silvestres, folhas murchas e coisas que eles não desejavam nomear. Era um cheiro pesado e terroso de podridão. Eles viram pedras e troncos de árvore cobertos de líquen, com suas escamas parecidas com folhas brilhando no escuro, fantasmagóricas. Em alguns lugares, uma névoa cor de marfim pairava diante de seus olhos. Em dado momento, eles ouviram um farfalhar que parecia vindo de debaixo da terra. Nalan estacou e iluminou a área ao redor com sua lanterna. Foi só então que eles perceberam a vastidão do cemitério e o tamanho de sua tarefa.

Enquanto puderam, os cinco permaneceram numa única aleia, pois, apesar de ela ser estreita e escorregadia, parecia estar levando-os na direção certa. Mas logo a aleia desapareceu e eles de repente começaram a subir uma colina onde não havia nenhuma trilha por entre os túmulos. Havia centenas e centenas deles, a maioria com placas de madeira numeradas, embora diversos aparentemente não tivessem nenhuma marcação. À luz anêmica da lua, eles pareciam espectrais.

De vez em quando, eles deparavam com um túmulo que tinha o privilégio de ter uma lápide de calcário e, numa ocasião, ela continha dizeres:

> *Não penses que tu estás vivo e eu me fui.*
> *Nada é o que parece nesta terra esquecida…*
>   Y. V.

— Chega, eu vou embora — disse Sabotagem, apertando a pá que segurava com força.

Nalan tirou um galhinho da manga.

— Deixe de ser idiota. É só um poema bobo.

— Um poema bobo? Esse homem está nos ameaçando.

— Você nem sabe se é homem. Só tem as iniciais.

Sabotagem balançou a cabeça.

— Não importa. A pessoa que está enterrada aqui está nos avisando que não é para irmos em frente.

— Igualzinho a um filme — murmurou Humeyra.

Sabotagem assentiu.

— Isso, quando um grupo entra numa casa assombrada e, no fim da noite, está todo mundo morto! E sabe o que os espectadores pensam? *Bom, eles pediram.* É isso que os jornais vão dizer da gente amanhã de manhã.

— Os jornais de amanhã de manhã já estão na gráfica — disse Nalan.

— Ah, que ótimo — respondeu Sabotagem, tentando sorrir. E, por um breve instante, pareceu que eles estavam no apartamento de Leila na rua Kafka Cabeludo, todos os seis, batendo papo e implicando uns com os outros, com as vozes tilintando como sinos de vento feitos de vidro.

Mais um raio no céu, dessa vez tão próximo que a terra reluziu como se estivesse sendo iluminada de baixo para cima. Quase instantaneamente, um trovão ressoou. Sabotagem parou de andar e tirou uma bolsinha de fumo do bolso. Ele enrolou um baseado, mas teve dificuldade para riscar o fósforo. O vento estava forte demais. Finalmente, acendeu o baseado e deu uma longa tragada.

— O que você está fazendo? — perguntou Nalan.

— É para me acalmar. Estou com os nervos em frangalhos. Vou ter um enfarte aqui neste lugar. Todos os homens da família do meu pai morreram antes de fazer 43 anos. Meu pai teve um enfarte aos 42. Adivinha quantos anos eu tenho! Juro, estar aqui é um risco para a minha saúde.

— Homem, se você ficar chapado, vai servir para quê? — perguntou Nalan, arqueando uma das sobrancelhas. — Além do mais, dá para ver uma brasa a quilômetros de distância. Por que você acha que os soldados não podem fumar no campo de batalha?

— A gente não está numa guerra, poxa! E essa sua lanterna? Por acaso o *inimigo* vai conseguir ver a brasa do meu baseado, mas não esse facho de luz enorme?

— Eu estou apontando para o chão — disse Nalan, iluminando um túmulo próximo para provar o que dizia e assustando um morcego, que saiu voando.

Sabotagem atirou o baseado longe com um peteleco.

— Tudo bem. Ficou feliz?

Eles caminharam em zigue-zague por entre placas de madeira e árvores retorcidas, suando apesar do frio, tensos e irritadiços como as visitas indesejadas que sabiam ser. Samambaias e cardos raspavam em suas pernas; folhas de outono estalavam sob seus pés.

A bota de Nalan ficou presa na raiz de uma árvore. Ela cambaleou e recuperou o equilíbrio.

— Merda!

— Nada de sacrilégio — avisou Zaynab122. — Os *jinn* podem ouvir. Eles moram em túneis debaixo dos túmulos.

— Talvez agora não seja o momento ideal para você nos contar isso — disse Humeyra.

— Eu não estava querendo assustar vocês — disse Zaynab122, examinando-a com tristeza. — Você por acaso iria saber o que fazer se desse de cara com um *jinn*? A regra número um é não entrar em pânico. A regra número dois é não correr, pois eles são mais rápidos do que a gente. A regra número três é não demonstrar desdém por ele. Ou por ela. O temperamento das *jinn* fêmeas é pior ainda.

— Isso faz todo sentido para mim — disse Nalan.

— Existe uma regra número quatro? — perguntou Jameelah.

— Sim: não deixe o *jinn* enganar você. Eles são mestres em disfarces.

Nalan soltou uma risada pelo nariz, mas logo se conteve.

— Desculpe — disse.

— É verdade — insistiu Zaynab122. — Se você tivesse lido o Alcorão, iria saber. Os *jinn* conseguem assumir a forma que quiserem: podem virar gente, bicho, planta, mineral... Está vendo aquela árvore? Você *pensa* que é uma árvore, mas pode ser um espírito.

Humeyra, Jameelah e Sabotagem olharam de soslaio para a bétula. Ela parecia velha e normal, com um tronco cheio de nós e galhos aparentemente tão sem vida quanto os cadáveres debaixo da terra. Mas, agora que eles estavam olhando de perto, talvez a árvore, de fato, emanasse uma energia sobrenatural, uma aura que não era deste mundo.

Nalan, que tinha seguido em frente imperturbável, diminuiu o passo e olhou por cima do ombro.

— Chega! Para de botar medo neles!

— Eu estou tentando ajudar — disse Zaynab122, em tom de desafio.

Mesmo se todas essas bobagens fossem verdade, por que entupir as pessoas de informações com as quais elas não saberiam o que fazer?, Nalan sentiu vontade de dizer. Mas deixou para lá. Para ela, os seres humanos eram como falcões-peregrinos: tinham o poder e a habilidade de alçar voos altíssimos, livres, etéreos, sem amarras; mas, às vezes, por obrigação ou mesmo por vontade própria, também aceitavam a escravidão.

Na Anatólia, Nalan tinha visto de perto como os falcões se empoleiravam nos ombros dos captores, esperando obedientemente pela próxima guloseima ou pela próxima ordem. O assovio do falcoeiro era o chamado que punha um fim à liberdade. Ela também tinha visto como eles colocavam um capuz na cabeça daquelas nobres aves de rapina para que elas não entrassem em pânico. Ver era saber, e saber dava medo. Todo falcoeiro sabia que, quanto menos o pássaro via, mais calmo ele ficava.

Mas, sob aquele capuz, onde não havia direções e o céu e a terra viravam um invólucro de linho preto, o falcão, embora reconfortado, ainda se sentia nervoso, como que pronto para receber um golpe que poderia vir a qualquer momento. Anos depois, Nalan passou a achar que a religião — assim como o poder, o dinheiro, a ideologia e a política — também era um capuz. Todas aquelas superstições, previsões e crenças tinham desprovido os seres humanos da visão, mantendo-os sob controle; mas, no fundo, tinham enfraquecido sua autoestima a tal ponto que eles agora temiam tudo e qualquer coisa.

Mas ela não. Ao fixar os olhos na teia de aranha que brilhava à luz da lanterna, prateada como o mercúrio, Nalan reiterou para si mesma que preferia não acreditar em nada. Nenhuma religião, nenhuma ideologia. Ela, Nalan Nostalgia, jamais seria vendada.

Vodca

Após chegar numa esquina onde a aleia reaparecia, o grupo de amigos estacou. Ali, os números dos túmulos pareciam não ter lógica, não estar em sequência. Iluminando-os com a lanterna, Nalan Nostalgia leu em voz alta:

— 7040, 7024, 7048...

Nalan franziu o cenho, como se suspeitasse que alguém estava caçoando dela. Nunca tinha sido boa em matemática. Ou em qualquer disciplina, na verdade. Até hoje, em um de seus sonhos recorrentes ela estava de novo na escola. Nalan voltava a ser um menininho vestido com um uniforme feio, com o cabelo raspado horrivelmente rente, levando palmadas do professor na frente da turma toda porque era ruim em soletrar e pior ainda em gramática. Naquela época, a palavra "dislexia" ainda não tinha entrado no Dicionário do Cotidiano da vila, e nem o professor nem o diretor tiveram a menor compaixão por Nalan.

— Tudo bem? — perguntou Zaynab122.

— Claro! — exclamou Nalan, voltando a si.

— Essas placas são tão esquisitas — murmurou Humeyra. — Para que lado a gente vai agora?

— Por que vocês não ficam aqui? Eu vou dar uma olhada — disse Nalan.

— Acho melhor alguém ir com você — disse Jameelah, preocupada.

Nalan abanou a mão. Ela precisava ficar sozinha um instante e organizar os pensamentos. Tirou uma garrafinha do bolso interno do casaco e deu um grande gole para se fortalecer. Então, ofereceu a garrafa a Humeyra, a única pessoa do grupo que podia consumir álcool.

— Experimente, mas tome cuidado.

Dizendo isso, ela desapareceu.

Sem a lanterna de Nalan e com a lua momentaneamente escondida atrás das nuvens, os outros quatro ficaram mergulhados na escuridão. Eles se aproximaram devagar uns dos outros.

— Vocês sabem que é assim que começa, né? — murmurou Humeyra. — Digo, nos filmes. Uma pessoa vai para longe das outras e é brutalmente assassinada. Acontece a poucos metros do grupo, mas eles não percebem, claro. Então, outra pessoa se afasta e acaba do mesmo jeito.

— Relaxa, a gente não vai morrer — disse Zaynab122.

Se Humeyra, apesar dos tranquilizantes que tinha tomado, estava ficando nervosa, Sabotagem estava se sentindo pior ainda.

— Essa bebida que ela deu para você... posso dar um gole? — pediu ele.

Humeyra hesitou.

— Você sabe o desastre que é quando bebe.

— Mas isso é num dia normal. Esta noite, nós estamos em estado de emergência. Eu já falei para vocês do que aconteceu com os homens da minha família, meninas. Não é bem *este lugar* que me dá medo. É a morte que deixa meu sangue gelado.

— Por que você não fuma seu baseado? — sugeriu Jameelah, tentando ajudar.

— Não sobrou nada. Como eu vou andar neste estado? Ou cavar um túmulo?!

Humeyra e Zaynab122 se entreolharam. Jameelah deu de ombros.

— Tudo bem — disse Humeyra. — Eu também preciso de um gole, para ser sincera.

Pegando a garrafa das mãos dela, Sabotagem deu um gole impressionante. E depois outro.

— Já chega — disse Humeyra.

Ela também deu um gole, jogando a cabeça para trás. Uma flecha de fogo desceu pela sua garganta. Ela fez uma careta e dobrou o corpo.

— Eca! O que é isso?!

— Não sei, mas eu gostei — afirmou Sabotagem.

Ele arrancou a garrafa da mão dela para dar mais um gole rápido. A sensação foi boa e, num estalo, ele virou outro.

— Ei, pode parar — disse Humeyra, pegando a garrafa de volta e colocando a tampa. — Esse negócio é forte, eu nunca...

— Vamos lá! É por aqui — exclamou uma voz surgida das sombras.

Nalan estava voltando.

— Essa bebida — disse Humeyra, caminhando na direção dela. — Que veneno é esse?

— Ah, você experimentou? É especial. Chamam de Spirytus Magnanimus. É vodca polonesa... ou ucraniana, ou russa, ou eslovaca. A gente briga para saber quem inventou a *baklava*, se foram os turcos, os libaneses, os sírios ou os gregos... e os eslavos brigam pela vodca.

— Quer dizer que isso é *vodca*? — perguntou Humeyra, incrédula.

Nalan deu um sorriso radiante.

— É! Mas nenhuma outra vodca chega perto. Ela é 97% álcool. Funcional, prática. Tem dentista que dá para o paciente antes de extrair um dente. E médico que usa para fazer cirurgia. Usam até para fazer perfume. Mas, na Polônia, eles bebem nos velórios, para brindar aos mortos. Então, eu achei que seria apropriado.

— Você trouxe uma vodca letal para um cemitério? — perguntou Zaynab122, balançando a cabeça.

— Bom, eu não esperava que você fosse gostar — disse Nalan, ofendida.

— E você conseguiu encontrar o túmulo da Leila? — indagou Jameelah, mudando de assunto para dissipar a tensão.

— Consegui! Fica ali do outro lado. Todo mundo pronto?

Sem esperar resposta, Nalan Nostalgia apontou a lanterna para a aleia à esquerda e seguiu marchando, sem perceber o sorriso estranho e os olhos desfocados de Sabotagem.

Errar é humano

Eles tinham chegado, finalmente. Debruçando-se juntos, olharam bem para um túmulo específico, como se ele fosse uma charada que precisavam decifrar. Assim como a maioria, aquele ali tinha apenas um número. Não havia nem "Leila", nem "Tequila" na lápide dela. Ela não tinha uma lápide. Nem um pedaço de terra bem cuidado, com uma moldura bonita de flores. Só tinha uma placa de madeira com o garrancho de um funcionário qualquer do cemitério.

Perturbado pela presença deles, um lagarto saiu correndo de debaixo de uma pedra para se abrigar em outro lugar, desparecendo sob alguns arbustos à frente. Num sussurro, Humeyra perguntou:

— É aqui que Leila-jim está enterrada?

Nalan permaneceu imóvel, emitindo uma intensidade muda.

— É. Vamos cavar.

— Esperem aí — disse Zaynab122, erguendo a mão. — Primeiro, a gente precisa rezar. Não se pode exumar o corpo sem um ritual adequado.

— Tudo bem — concordou Nalan. — Mas não um muito longo, por favor. A gente precisa correr.

Zaynab122 tirou um frasco da bolsa e salpicou no túmulo a mistura que havia preparado mais cedo: sal de rocha, água de rosas, pasta de sândalo, sementes de cardamomo e cânfora. Com os olhos fechados e as palmas das mãos viradas para cima, ela recitou a Sura Al-Fatiha. Humeyra acompanhou. Sabotagem, sentindo-se tonto, teve que se sentar antes de fazer suas orações. Jameelah fez o sinal da cruz três vezes, movendo os lábios sem emitir nenhum som.

O silêncio que se seguiu estava imbuído de tristeza.

— Muito bem, hora de seguir em frente — disse Nalan.

Usando todo o seu peso, Nalan enfiou a pá de bico fundo na terra, empurrando com força o topo da lâmina com a bota. Mais cedo, ela temera que o solo fosse estar congelado, mas ele estava macio e molhado. Nalan foi trabalhando depressa, com gestos ritmados. Logo, estava rodeada pelo cheiro e o toque familiares e reconfortantes da terra.

Uma imagem surgiu num lampejo na mente de Nalan. Ela se lembrou da primeira vez que vira Leila. A princípio, ela era só mais um rosto nas janelas do bordel, com a respiração embaçando o vidro. Movia-se com uma elegância discreta que parecia quase impossível naquele ambiente. Com os cabelos cascateando sobre os ombros e os olhos grandes, escuros e expressivos, Leila parecia a mulher de uma moeda que Nalan encontrara certa vez quando estava arando os campos. Assim como aquela imperatriz bizantina, ela possuía algo de indefinível em sua expressão, desafiando o tempo e o espaço. Nalan se lembrou de como elas costumavam se encontrar na loja de *börek* e contar segredos uma para a outra.

— Você já se perguntou o que aconteceu com ela? — Leila perguntara do nada um dia. — Aquela sua noiva tão jovem... a que você largou no quarto, sozinha.

— Bom, tenho certeza de que ela se casou com outra pessoa. A essa altura, já deve ter um batalhão de filhos.

— Não é isso que importa, querida. Você me manda cartões-postais, não é? Devia mandar uma carta para ela. Explicar o que aconteceu e pedir desculpas.

— Você está falando sério? Eu fui forçada a um casamento de mentira. Ele ia acabar me matando. Fugi para me salvar. Você preferia que eu tivesse ficado lá e vivido uma mentira até o fim dos meus dias?

— De jeito nenhum. A gente tem que fazer o possível para consertar nossas vidas, devemos isso a nós mesmos. Mas precisamos tomar cuidado para não machucar os outros enquanto alcançamos esse objetivo.

— Ai, meu Deus!

Leila a fitara com aquele seu olhar paciente e significativo.

Nalan atirara as mãos para o alto.

— Ok, tudo bem... eu vou escrever para a minha querida *esposa*.

— Promete?

Enquanto Nalan continuava a cavar o túmulo de Leila, ela se recordou involuntariamente daquela conversa havia muito esquecida. Ouviu a voz de Leila dentro de sua cabeça e também se lembrou de que nunca tinha escrito a carta prometida.

Sabotagem estava na beirada do túmulo, observando Nalan com uma mistura de espanto e admiração. Ele nunca tinha sido bom em trabalhos manuais; em casa, sempre que era preciso consertar uma torneira ou colocar uma prateleira, eles chamavam um vizinho. Todos na família o viam como um homem absorto em assuntos enfadonhos, como números e declarações de imposto, enquanto Sabotagem preferia pensar em si mesmo como alguém com uma mente criativa. Um artista negligenciado. Ou um cientista não reconhecido. Um talento desperdiçado. Ele nunca contara a Leila o quanto sentia inveja de D/Ali. E o que mais não lhe contara? As lembranças surgiram depressa em sua mente, e cada uma era como uma peça diferente do quebra-cabeças que era seu longo relacionamento com Leila, uma imagem repleta de fendas e buracos impossíveis de consertar.

Acelerado pela vodca que estava percorrendo seu corpo, o pulso de Sabotagem batia forte em seus ouvidos. Ele quase tampou os ouvidos para abafar o som. Decidiu esperar. A vontade não passou, e Sabotagem jogou a cabeça para trás, como se quisesse encontrar consolo no céu. Lá em cima, viu uma coisa muito estranha, que o fez abrir um pouco a boca. Na superfície da lua, havia um rosto o encarando. Era um rosto surpreendentemente familiar. Sabotagem apertou os olhos até quase fechá-los. Era o rosto dele! Alguém tinha feito um desenho dele na lua! Atônito, Sabotagem emitiu um som de espanto, alto e sibilante como o de um samovar logo antes de a água ferver. Ele comprimiu os lábios e mordeu o interior da boca para tentar se controlar, mas não adiantou.

— Vocês viram a lua? Eu estou lá em cima! — exclamou Sabotagem, com o rosto em brasa.

Nalan parou de cavar.

— O que tem de errado com ele?

Sabotagem revirou os olhos.

— O que tem de errado comigo? Absolutamente nada. Por que você sempre presume que tem algo de errado comigo?

Inalando o ar depressa, Nalan largou a pá e marchou para perto dele. Ela agarrou seus ombros e examinou suas pupilas, notando que estavam dilatadas. Então, se voltou depressa para as outras.

— Ele bebeu? — perguntou.

Humeyra engoliu em seco.

— Ele não estava se sentindo bem.

Nalan travou o maxilar.

— Uhum. E o que ele bebeu, exatamente?

— A… sua vodca — disse Zaynab122.

— O quê? Vocês piraram? Até eu tomo cuidado com esse negócio. Quem vai cuidar dele agora?

— Eu — disse Sabotagem. — Eu consigo tomar conta de mim!

Nalan pegou a pá de novo.

— Não deixem que ele chegue perto de mim. Estou falando sério! — disse.

— Venha, fique do meu lado — disse Humeyra, puxando Sabotagem gentilmente para perto de si.

Sabotagem suspirou de exasperação. Mais uma vez, foi tomado por aquela sensação tão familiar de não ser compreendido pelas pessoas de quem era mais próximo. Nunca dera muita importância às palavras, esperando que as pessoas que amava o decifrassem por meio de seus silêncios. Quando precisava falar abertamente, ele muitas vezes fazia insinuações; quando precisava revelar suas emoções, as ocultava ainda mais. Talvez a morte fosse assustadora para todos, mas era ainda mais para alguém que, lá no fundo, sabia que levara uma vida de fingimentos e obrigações, uma vida moldada pelas necessidades e exigências de outras pessoas. Agora que Sabotagem chegara à idade do pai quando este morrera — deixando sua mãe e ele sozinhos num bairro provinciano e mexeriqueiro de Van —, tinha todo o direito de se perguntar o que restaria dele quando também fosse embora.

— Ninguém mais me viu na lua? — perguntou Sabotagem, oscilando sobre os calcanhares, com o corpo todo balançando como uma jangada em águas revoltas.

— Fique quieto, meu amor — disse Humeyra.

— Mas você viu?

— Sim, sim. Todo mundo viu — garantiu Zaynab122.

— Agora sumiu — comentou Sabotagem com os olhos baixos e uma expressão de cada vez mais desânimo. — Puf! Acabou. É isso que acontece quando a gente morre?

— Você está aqui com a gente — disse Humeyra, abrindo a garrafa térmica e oferecendo o café.

Sabotagem deu alguns goles, mas não pareceu consolado.

— Eu não estava falando a verdade quando disse que não tinha medo deste lugar. Ele me deixa todo arrepiado.

— A mim também — concordou Humeyra, baixinho. — Estava me sentindo corajosa quando nós saímos, mas agora, não estou mais. Tenho certeza de que vou ter pesadelos durante muito tempo.

Embora sentissem vergonha por não ajudar Nalan, os quatro continuaram de pé, lado a lado, vendo montinhos de terra sendo removidos, um após o outro: era a destruição do pouco de ordem e paz que havia naquele estranho lugar.

Quando o túmulo estava aberto, Sabotagem e as meninas formaram um grupo diante da pilha de terra, sem ousar espiar a cova escura. Por enquanto.

Nalan saiu de dentro do buraco que tinha cavado, ofegante e coberta de lama. Ela enxugou o suor da testa, se sujando toda de terra sem perceber.

— Obrigada pela ajuda, seus preguiçosos filhos da puta — disse.

Os outros não responderam. Estavam assustados demais para dizer qualquer coisa. Concordar com aquele plano maluco e entrar correndo na caminhonete tinha parecido uma aventura e a coisa certa a fazer por Leila. Mas, naquele momento, eles foram subitamente tomados por um medo atroz e primordial; as juras que tinham feito mais cedo não valiam grande coisa diante de um cadáver no meio da madrugada.

— Andem logo. Vamos tirar ela daí — disse Nalan, iluminando o interior do túmulo com a lanterna.

Algumas raízes de árvores ficaram visíveis na luz, rastejando como cobras. No fundo do buraco havia uma mortalha com manchas de terra.

— Como assim não tem caixão? — perguntou Jameelah quando conseguiu chegar alguns centímetros mais perto e olhar para baixo.

Zaynab122 balançou a cabeça.

— Isso é coisa de cristão. No Islã, nós enterramos nossos mortos envoltos só num pano branco. Mais nada. Isso torna todos iguais na morte. Como sua família fazia?

— Eu nunca vi um morto antes — disse Jameelah, com a voz embargada. — A não ser a minha mãe. Ela era cristã, mas se converteu ao islamismo depois de se casar. Mas... houve algumas discordâncias em relação ao enterro dela. Meu pai queria uma cerimônia muçulmana, e minha tia, uma cerimônia cristã. Eles tiveram a maior briga. A coisa ficou feia.

Zaynab122 concordou com a cabeça, sentindo a tristeza ao redor dela como um manto. A religião, para ela, sempre fora uma fonte de esperança, de resiliência e de amor — um elevador que a erguia do porão da escuridão e a levava para dentro de uma luz espiritual. Doía-lhe o fato de que esse elevador também podia, com a mesma facilidade, levar outros para o nível mais baixo. Os ensinamentos que aqueciam seu coração e a deixavam mais próxima de toda a humanidade, independentemente de crença, raça ou nacionalidade, podiam ser interpretados de forma a dividir, confundir e separar seres humanos, semeando a inimizade e o derramamento de sangue. Se Zaynab122 fosse chamada por Deus um dia e tivesse a chance de estar na presença Dele, ela faria apenas uma pergunta simples: "Por que Te permitiste ser tão mal compreendido, ó meu belo e misericordioso Deus?".

Devagar, o olhar de Zaynab122 se voltou para baixo. O que ela viu a arrancou subitamente de seu devaneio.

— Deveriam ter colocado tábuas de madeira sobre a mortalha da Leila — disse Zaynab122. — Por que o corpo dela não foi protegido?

— Acho que os coveiros simplesmente não ligaram para isso — disse Nalan, limpando a poeira das mãos e se voltando para Zaynab122. — Pode pular!

— Quem? Eu?

— Eu preciso ficar aqui fora e puxar a corda. Alguém tem que entrar. Você é a menor.

— Por isso mesmo, não posso me enfiar aí. Senão, não vou conseguir sair.

Nalan pensou um pouco. Ela olhou para Humeyra: gorda demais. Depois, para Sabotagem: bêbado demais. E, afinal, para Jameelah: fraca demais. Nalan suspirou.

— Tudo bem, eu entro. Já passei tanto tempo lá embaixo que não faz diferença.

Largando a pá, ela se aproximou do túmulo e espiou o buraco. Uma onda de tristeza surgiu em seu peito. Lá embaixo estava sua melhor amiga, a mulher com quem ela havia dividido mais de duas décadas de vida — as coisas boas, as ruins e as terríveis.

— Bom, a gente vai fazer o seguinte — anunciou Nalan. — Eu engatinho lá para baixo, vocês jogam a corda para mim e eu amarro em volta da Leila. Quando eu contar até três, vocês puxam para cima, entenderam?

— Entendemos — disse Humeyra, com a voz rouca.

— Como a gente vai puxar? Eu quero ver — disse Sabotagem e, antes que qualquer pessoa pudesse impedi-lo, empurrou as outras e se adiantou.

Sob o efeito da vodca-nocaute, seu rosto, que normalmente era pálido, tinha ficado corado, do tom de vermelho de uma tábua de açougueiro. Ele estava suando muito, embora tivesse tirado o casaco. Espichou o pescoço o máximo que pôde e olhou o túmulo com os olhos apertados. Ficou branco.

Alguns minutos antes, Sabotagem tinha visto seu rosto na lua. Aquilo fora um choque. Mas, naquele momento, ele viu seu espectro estampado na mortalha lá embaixo. Era um alerta da Morte. Suas amigas podiam não entender, mas Sabotagem sabia que Azrael estava lhe dizendo que ele seria o próximo. Sua cabeça começou a girar. Sentindo-se enjoado, ele cambaleou para a frente, meio cego, e perdeu o equilíbrio. Seus pés voaram para cima; ele escorregou e desabou dentro do túmulo.

Aconteceu tudo tão depressa que as outras não tiveram tempo de reagir — com exceção de Jameelah, que soltou um grito.

— Olha pra você! — exclamou Nalan com as pernas bem afastadas e as mãos na cintura, examinando a situação de Sabotagem. — Como você conseguiu ser tão descuidado?

— Nossa, você está bem? — perguntou Humeyra, espiando com cuidado pela borda.

Dentro do buraco, Sabotagem estava completamente imóvel, a não ser pelo queixo que tremia.

— Está vivo, pelo menos? — perguntou Nalan.

Sabotagem, afinal, conseguiu falar:

— Estou sentindo que... acho que... eu estou dentro de um túmulo.

— É, a gente notou — disse Nalan.

— Não entre em pânico, meu bem — disse Zaynab122. — Pense assim: você está enfrentando seu medo, isso é bom.

— Por favor, me tirem daqui!

Sabotagem não estava em condições de dar valor a nenhum conselho. Tomando cuidado para não pisar na mortalha, ele se moveu para um lado, mas imediatamente mudou de posição de novo, com medo de criaturas que pudessem estar ocultas no breu dos cantos do túmulo.

— Nalan, a gente tem que ajudar — disse Humeyra.

Nalan ergueu os ombros bem alto.

— Por que eu deveria fazer isso? Talvez seja bom para ele ficar lá dentro e aprender uma lição.

— O que ela falou? — perguntou Sabotagem com uma voz gorgolejante, como se houvesse uma substância sólida presa em sua garganta.

Jameelah interrompeu:

— Ela está só brincando. A gente vai salvar você.

— É verdade, não se preocupe — disse Zaynab122. — Vou te ensinar uma oração para ajudar a...

A respiração de Sabotagem acelerou. Em contraste com a escuridão das paredes laterais do túmulo, seu rosto assumira uma palidez mortal. Ele colocou uma das mãos no coração.

— Ai, meu Deus! Acho que ele está tendo um ataque cardíaco, que nem o pai! — exclamou Humeyra. — Faz alguma coisa, rápido!

Nalan suspirou.

— Tudo bem.

Assim que Nalan pulou no buraco e aterrissou ao lado de Sabotagem, ele envolveu-a com os braços. Nunca na vida tinha ficado tão aliviado em vê-la.

— É... você pode me soltar? Eu não consigo me mexer.

Sabotagem relaxou os braços com relutância. Ele tinha passado a vida inteira sendo criticado e menosprezado pelos outros: em casa, durante a infância, por uma mãe amorosa, porém severa; na escola, pelos professores; no exército, por seus superiores; no escritório, por quase todo mundo. Anos sendo intimidado haviam esmagado sua alma, deixando uma polpa no local onde a coragem poderia ter desabrochado.

Arrependendo-se do tom que usara, Nalan se inclinou para a frente e entrelaçou os dedos das mãos:

— Sobe. Anda!

— Tem certeza? Eu não quero machucar você.

— Não se preocupe. Mas anda logo, meu bem.

Sabotagem colocou um dos pés nas mãos de Nalan, um joelho no ombro dela e o outro pé em sua cabeça, subindo com dificuldade. Humeyra, com alguma ajuda de Zaynab122 e de Jameelah, estendeu as mãos e o puxou para cima.

— Obrigado, meu Deus! — disse Sabotagem assim que saiu.

— É, eu faço o trabalho e Deus fica com o crédito — resmungou Nalan de dentro da cova.

— Obrigado, Nalan — disse Sabotagem.

— De nada. Agora alguém pode *por favor* jogar a corda para mim?

Eles jogaram. Nalan agarrou-a e amarrou-a em volta do corpo.

— Puxem!

A princípio, o cadáver se recusou a se mover, aparentemente decidido a ficar onde estava. Então, eles conseguiram erguê-lo centímetro a centímetro. Quando já estava numa altura suficiente, Humeyra e Zaynab122 o pegaram com cuidado e o colocaram no chão com a maior delicadeza possível.

Finalmente, Nalan saiu do buraco, com as mãos e os joelhos cobertos de arranhões e cortes.

— Nossa, estou exausta.

Mas ninguém ouviu. Todos estavam observando a mortalha com os olhos arregalados de espanto. Quando o corpo fora içado, uma parte do tecido se rasgara e um rosto ficara parcialmente visível.

— Essa pessoa tem uma barba — disse Sabotagem.

Zaynab122 ergueu os olhos para Nalan, horrorizada, se dando conta do que tinha acontecido.

— Alá tenha piedade. A gente exumou o cadáver errado.

★ ★ ★

— Como a gente pôde cometer um erro desses? — perguntou Jameelah, depois que eles tinham enterrado o barbudo de volta e alisado a terra sobre o túmulo.

— Foi por causa daquele velho do hospital — disse Nalan num tom um pouco constrangido, tirando o papel do bolso. — Ele tem uma letra horrível. Eu não tinha certeza se isso era 7052 ou 7053. Como eu ia saber? Não foi culpa minha.

— Não tem problema — comentou Zaynab122 carinhosamente.

— Vamos — disse Humeyra, se arrumando. — Vamos cavar o túmulo certo. Dessa vez, a gente ajuda você.

— Eu não preciso de ajuda — afirmou Nalan, voltando à assertividade de sempre e pegando a pá. — Mas fiquem de olho nele — continuou, apontando o dedo para Sabotagem.

Sabotagem franziu o cenho. Detestava ser visto como um fracote. Assim como tantas pessoas tímidas, secretamente acreditava que havia, e sempre houvera, um herói dentro dele, louco para sair e mostrar ao mundo quem ele era de verdade.

Enquanto isso, Nalan já tinha começado a cavar, apesar da dor que lhe queimava a área entre as omoplatas. Seus braços e o resto do corpo também estavam doloridos. Ela olhou furtivamente para as palmas das mãos, com medo de estar formando calos. Durante sua longa e árdua transição da aparência externa de um homem para a da mulher que já era por dentro, suas mãos tinham sido sua maior frustração. As orelhas e as mãos eram as partes mais difíceis de mudar, explicara seu cirurgião. Era possível transplantar cabelo, mudar o formato do nariz, aumentar os seios e tirar gordura de uma parte do corpo e injetá-la em outra. Era incrível como você podia virar uma pessoa inteiramente nova. Mas não havia muito o que fazer com o tamanho e o formato das suas mãos. Nem todas as manicures do mundo poderiam compensar isso. E Nalan tinha as mãos fortes e sólidas de um fazendeiro, das quais sentira vergonha todos aqueles anos. Mas, naquela noite, estava feliz por possuí-las. Leila teria ficado orgulhosa dela.

Dessa vez, Nalan escavou de maneira lenta e deliberada. Humeyra, Jameelah, Zaynab122 e até Sabotagem trabalharam em silêncio ao seu lado, removendo pequenos montes de terra de cada vez. Outra vez, um túmulo foi aberto; outra vez, Nalan pulou lá dentro; e outra vez, atiraram-lhe a corda.

Em comparação com a primeira tentativa, o cadáver pareceu mais leve quando eles o içaram e o tiraram do túmulo. Devagar, o colocaram no chão. Com medo do que poderiam ver, eles ergueram com cautela um canto da mortalha.

— É ela — disse Humeyra, com a voz embargada.

Zaynab122 tirou os óculos e enxugou os olhos com as palmas das mãos.

Nalan passou os dedos nos cachos de cabelo grudados em sua testa suada.

— Muito bem. Vamos levar a Leila de volta para o seu amor.

Cuidadosamente, eles colocaram o corpo da amiga no carrinho de mão. Nalan segurou seu torso, apoiando-o nas pernas. Antes de seguir adiante, ela abriu a vodca e deu um grande gole. O líquido desceu pela sua goela e chegou ao estômago, fazendo tudo arder — gostoso e quentinho como uma bela fogueira ao ar livre.

Outro relâmpago cruzou o céu e atingiu o solo a cerca de trinta metros dali, iluminando, por um segundo, o cemitério inteiro. Surpreendido no meio de um soluço, Sabotagem estremeceu. Ele emitiu um som estranho. Então, o som virou um rosnado.

— Para de fazer esse barulho — disse Nalan.

— Não sou eu!

Ele estava falando a verdade. Uma matilha de cães tinha surgido do nada. Havia mais ou menos dez deles, talvez mais. Um enorme vira-lata preto vinha à frente, com as orelhas abaixadas, os olhos amarelos chispando e os dentes à mostra. Eles estavam chegando mais perto.

— São cachorros! — gritou Sabotagem, engolindo em seco, com o pomo de Adão balançando para cima e para baixo na garganta.

— Ou quem sabe *jinn* — sussurrou Zaynab122.

— Você vai saber se eles são uma coisa ou outra quando eles morderem a sua bunda — disse Nalan, se aproximando devagar de Jameelah e se postando diante dela.

— E se eles tiverem raiva? — perguntou Humeyra.

Nalan balançou a cabeça.

— Está vendo as orelhas? Foram cortadas. Esses cachorros não são ferais. Eles foram castrados. Provavelmente, vacinados também. Fiquem calmos, vocês todos. Se vocês não se mexerem, eles não vão atacar.

Ela parou de falar quando uma ideia lhe ocorreu.

— Você tem alguma comida aí, Humeyra?

— Por que você está perguntando isso para mim?

— Abre essa bolsa. O que tem aí dentro?

— Só café — disse Humeyra a princípio.

Mas, então, suspirou e completou:

— Tá bem, tem um pouco de comida também.

E ela tirou o que tinha sobrado do jantar de dentro da mochila.

— Não acredito que você trouxe tudo isso — disse Zaynab122. — Qual era a sua ideia?

— Ora, fazer um belo piquenique no cemitério à meia-noite, claro — disse Nalan.

— Eu só achei que talvez a gente ficasse com fome — explicou Humeyra, emburrada. — Tive a impressão de que íamos demorar.

Eles jogaram a comida para os cachorros. Acabou tudo em trinta segundos — mas esses trinta segundos foram o bastante para causar a desunião da matilha. Como não havia comida para todos os cães, eles começaram a brigar. Um minuto antes, eram uma equipe. Depois, viraram rivais. Nalan apanhou um galho, enfiou-o no molho de carne e atirou-o o mais longe possível. Os cachorros saíram correndo atrás, rosnando uns para os outros.

— Eles foram embora! — disse Jameelah.

— Por enquanto — avisou Nalan. — A gente precisa andar logo. Atenção, fiquem juntos. Andem depressa, mas sem fazer nenhum movimento brusco. Nada que possa provocar os cachorros, entenderam?

De maneira ainda mais resoluta, ela empurrou o carrinho de mão para a frente. Arrastando os pés cansados e levando as ferramentas, o grupo marchou na direção da caminhonete pelo mesmo caminho pelo qual tinham chegado ali. Apesar do vento, havia um levíssimo odor emanando do cadáver. Mesmo que fosse mais forte, ninguém teria mencionado nada para não ofender Leila. Ela adorava perfume.

O retorno

Quando a chuva finalmente chegou, ela foi torrencial. Avançando em meio à lama e tropeçando em sulcos no terreno, Nalan manobrava o carrinho de mão com dificuldade. Sabotagem se arrastava, cansado, ao lado de Jameelah, segurando o único guarda-chuva que eles tinham sobre a cabeça dela. Molhado até os ossos, ele já parecia mais sóbrio. Atrás deles vinha Humeyra, ofegante, não acostumada a tamanho esforço físico, apertando com força o inalador. Ela sabia, sem precisar olhar para baixo, que sua meia-calça estava destruída e que seus tornozelos estavam arranhados e sangrando. No final da fila vinha Zaynab122, cambaleante em seus sapatos molhados e pegajosos, tentando manter o mesmo ritmo que pessoas mais altas e mais fortes.

Nalan apontou o queixo para a frente e parou de andar sem nenhum motivo evidente. Ela desligou a lanterna.

— Por que você fez isso? — perguntou Humeyra. — Não dá para ver nada.

Não era exatamente verdade — a lua, apesar de fraca, iluminava a aleia estreita.

— Fique quieta, meu bem.

Uma expressão de preocupação surgiu no rosto de Nalan. Seu corpo todo tinha ficado rígido.

— O que está acontecendo? — murmurou Jameelah.

Nalan inclinou a cabeça, ouvindo um som que vinha de longe.

— Estão vendo aquelas luzes azuis ali? Tem um carro de polícia atrás daqueles arbustos.

Quando eles olharam naquela direção, viram um carro estacionado a cerca de vinte metros do portão do cemitério.

— Ah, não! Acabou. Pegaram a gente — disse Humeyra.

— O que nós vamos fazer? — perguntou Zaynab122, que tinha acabado de alcançar os outros.

Nalan não fazia ideia. Mas sempre presumira que metade do trabalho de um líder era fingir que sabia liderar.

— Já sei — disse ela, sem um segundo de hesitação. — Vamos deixar o carrinho de mão aqui. Ele é barulhento demais, mesmo nessa porra dessa chuva. Eu carrego a Leila e a gente continua andando. Quando chegarmos na caminhonete, vocês entram na parte da frente comigo. Todo mundo. A gente sai daqui bem devagar. Assim que estivermos na estrada principal, eu piso fundo e pronto. Vamos estar livres como passarinhos!

— Eles não vão nos ver?

— A princípio não, está muito escuro. Vão acabar vendo, mas, aí, vai ser tarde demais. A gente passa correndo. Não tem trânsito a essa hora. Vai dar tudo certo, sério.

Outro plano maluco com o qual eles, mais uma vez, concordaram em uníssono, na falta de opção melhor.

Nalan ergueu o corpo de Leila e jogou-o por cima do ombro.

Agora estamos quites, pensou ela, lembrando da noite na qual as duas tinham sido atacadas por brutamontes.

Foi bastante tempo depois de D/Ali morrer. Enquanto foi casada com ele, Leila nunca achou que um dia teria que voltar às ruas. Aquela parte da sua vida tinha ficado para trás, dissera ela para todos, e principalmente para si mesma, como se o passado fosse um anel que a gente pudesse tirar se quisesse. Mas, naquela época, tudo parecia possível. O amor dançava um tango frenético com a juventude. Leila estava feliz; tinha tudo de que precisava. E então, D/Ali se foi, da mesma forma inesperada como surgira em sua vida, e ela ficou apenas com um buraco no coração que nunca iria se fechar e uma pilha crescente de dívidas. Leila descobriu que D/Ali pegara emprestado o dinheiro que tinha usado para pagar Mãe Amarga — e não de seus camaradas, como afirmara certa vez, mas de agiotas.

Nalan se lembrou de uma noite num restaurante em Asmalimescit onde eles três costumavam jantar sempre. Charutinhos de folha de parreira, mexilhões fritos (D/Ali tinha pedido para todo mundo, mas principalmente para Leila), *baklava* de pistache, marmelo com chantilly (Leila tinha pedido para todo mundo, mas principalmente para D/Ali) e uma garrafa de *raki* (Nalan tinha pedido para todo mundo, mas principalmente para ela mesma). No final da noite, D/Ali ficara maravilhosamente embriagado, o que quase nunca acontecia, porque ele tinha o que gostava de chamar de *disciplina de revolucionário*. Nalan ainda não conhecera nenhum dos camaradas dele. Nem Leila — o que era estranho, porque, àquela altura, eles já estavam casados havia bem mais de um ano. D/Ali nunca tinha dito isso abertamente, e era provável que fosse negar se alguém lhe perguntasse, mas era claro por seu comportamento que temia que os camaradas não fossem gostar de sua mulher e dos amigos excêntricos dela.

Sempre que Nalan mencionava isso, Leila a olhava furiosa e dava um jeito de mudar de assunto. Mais tarde, ela diria que aquela tinha sido uma época aterradora: civis inocentes estavam sendo assassinados, todos os dias explodia uma bomba em algum lugar, as universidades tinham se tornado campos de batalha, a milícia fascista tomara as ruas e havia tortura sistemática nas prisões. A revolução, para algumas pessoas, podia ser apenas uma palavra; mas, para outras, era uma questão de vida ou morte. Em uma situação tão horrível e com milhões sofrendo tanto, era bobagem ficar ofendida com um grupo de jovens porque eles ainda não as tinham conhecido pessoalmente. Nalan respeitava a opinião de Leila, mas discordava. Ela queria entender que tipo de revolução era aquela que não tinha espaço o suficiente para incluí-la — ela e seus seios recém-aumentados.

Naquela noite, Nalan estava decidida a falar sobre aquilo com D/Ali. Eles estavam sentados ao redor de uma mesa perto da janela, onde uma brisa trazia o aroma de madressilva e jasmim misturado aos cheiros de tabaco, fritura e anis.

— Eu preciso perguntar uma coisa para você — disse Nalan, tentando evitar o olhar de Leila.

D/Ali se empertigou imediatamente.

— Ótimo, eu também tenho uma pergunta para você.

— Ah! Então pode fazer primeiro, querido.

— Não, você primeiro.

— Eu insisto.

— Tudo bem. Se eu perguntasse a você qual é a maior diferença entre as cidades da Europa ocidental e as nossas cidades, qual seria a sua resposta?

Nalan tomou um gole de seu *raki* antes de responder.

— Bom, aqui, nós, mulheres, muitas vezes temos que carregar um alfinete quando andamos de ônibus, para o caso de alguém nos molestar e a gente ter que espetar o babaca. Acho que nas cidades grandes do ocidente não é assim. Sempre há exceções, sem dúvida, mas acho que basicamente uma distinção relevante entre "aqui" e "lá" é o número de alfinetes usados nos ônibus públicos.

D/Ali sorriu.

— É, pode ser isso também. Mas eu acho que a diferença mais importante são os nossos cemitérios.

Leila olhou-o com curiosidade.

— Os cemitérios?

— É, meu bem — disse D/Ali, apontando para a *baklava* intocada na frente dela. — Você não vai comer isso?

Sabendo que ele gostava tanto de doces quanto uma criança, Leila empurrou o prato em sua direção.

D/Ali disse que, nas principais cidades europeias, os locais de sepultamento eram muito bem planejados, extremamente bem cuidados e tão verdejantes que podiam ser confundidos com os jardins dos reis. O mesmo não ocorria em Istambul, onde os cemitérios eram tão desordenados quanto as vidas levadas do lado de cima. Mas não era só uma questão de organização. Em algum momento da história, os europeus tiveram a brilhante ideia de mandar seus mortos para os arredores das cidades. A questão não era bem "o que os olhos não veem, o coração não sente", mas "o que os olhos não veem, a vida urbana não sente". Os cemitérios passaram a ser construídos fora dos muros das cidades; os fantasmas ficavam separados dos vivos. Tudo fora feito de maneira rápida e eficiente, com a mesma facilidade com que se separa as gemas das claras. Esse novo método tivera um resultado altamente benéfico. Quando passaram a não precisar mais ver lápides — aquelas lembranças lúgubres da brevidade da vida e da severidade de Deus —, os cidadãos europeus, eletrizados, entraram em ação. Após tirarem a morte de sua rotina, eles puderam se concentrar em outras coisas: compor árias, inventar a guilhotina e depois a locomotiva a vapor, colonizar o resto do mundo e estraçalhar o Oriente Médio... Era possível fazer tudo isso e muito mais se você parasse de pensar no fato perturbador de que era um simples mortal.

— E Istambul? — perguntou Leila.

Pegando uma última colherada de *baklava*, D/Ali respondeu:

— Aqui é diferente. Esta cidade pertence aos mortos. Não a nós.

Em Istambul, os vivos é que eram os ocupantes temporários, os convidados indesejados, os que logo partiriam — e, no fundo, todos sabiam disso. Os cidadãos se deparavam com lápides brancas a cada esquina, perto de estradas, shoppings, estacionamentos ou campos de futebol — espalhadas por todo canto, como as pérolas de um colar arrebentado. D/Ali disse que, se milhões de moradores de Istambul só haviam atingido uma fração de seu potencial, era por causa da proximidade enervante daqueles túmulos. As pessoas perdiam o apetite pela inovação quando viviam sendo lembradas de que o Ceifador estava logo ali na esquina, com a foice reluzindo, vermelha, à luz do sol poente. Era por isso que os projetos de reforma não davam em nada, a infraestrutura era falha e a memória coletiva era tão frágil quanto papel de seda. Por que insistir em pensar no futuro ou lembrar do passado quando nós estávamos apenas caminhando aos trancos e barrancos para a saída final? Democracia, direitos humanos, liberdade de expressão — de que valia tudo isso se estávamos todos prestes a morrer? A maneira como os cemitérios eram organizados e como os mortos eram tratados, concluiu D/Ali, era a diferença mais marcante entre as civilizações.

Os três ficaram em silêncio, ouvindo o tilintar de talheres e pratos ao fundo. Nalan ainda não sabia por que tinha dito o que dissera a seguir. As palavras tinham saído de sua boca como se tivessem vontade própria.

— Eu vou ser a primeira a bater as botas, sabe? Quero que vocês dois dancem em volta do meu túmulo, sem chorar. Fumem, bebam, se beijem e dancem. Esse é o meu desejo.

Leila franziu o cenho, chateada por Nalan ter dito aquilo. Ela ergueu os olhos para a lâmpada fluorescente que piscava no teto, com os lindos olhos assumindo a cor da chuva. D/Ali, no entanto, apenas sorriu — um sorriso doce e triste, como se, lá no fundo, ele soubesse que não importava o que Nalan dissesse: ele seria o primeiro a ir embora.

— E o que *você* ia me perguntar? — indagou D/Ali.

E, de repente, Nalan mudou de ideia: não importava mais a questão de por que elas não tinham sido apresentadas aos camaradas dele e de como seria a revolução naquele futuro brilhante que poderia ou não chegar. Talvez não valesse a pena se preocupar com nada numa cidade onde tudo estava sempre se movendo e se dissolvendo e onde a única coisa na qual era possível confiar era aquele instante, que quase já tinha passado.

Encharcados e exaustos, os amigos chegaram à caminhonete Chevrolet. Todos eles entraram na parte da frente — com exceção da motorista. Nalan estava ocupada na parte de trás, prendendo o corpo de Leila, envolvendo-o com cordas e prendendo-as nas laterais do veículo para que ele não rolasse de um lado para o outro. Satisfeita, ela foi para junto dos outros, fechou a porta com um leve toque e soltou a respiração que estava prendendo.

— Bom. Todo mundo pronto?

— Sim — disse Humeyra em meio a um imenso silêncio.

— Vamos ficar bem quietinhos. A parte mais difícil já foi. A gente vai conseguir.

Nalan colocou a chave na ignição e girou devagar. O motor acordou e, um segundo depois, tocou uma música alta. A voz de Whitney Houston tomou a atmosfera, perguntando para onde vão os corações partidos.

— Merda! — exclamou Nalan.

Ela meteu a mão no toca-fitas, mas era tarde demais. Os dois policiais, que tinham saído do carro para esticar as pernas, estavam olhando na direção deles, estupefatos.

Nalan deu uma olhada no retrovisor e viu os dois policiais correndo para o carro. Jogando os ombros para trás, ela disse:

— Ok, mudança de planos. Segurem firme!

De volta à cidade*

Com os pneus girando na estrada escorregadia pela água da chuva, o Chevrolet de 1982 seguiu acelerando colina abaixo e bosque adentro, atirando lama em todas as direções. Havia cartazes e outdoors desbotados pelo tempo em ambos os lados do caminho. Um deles estava descascando nas bordas e mal era legível: *Venha para Kilyos... as férias dos seus sonhos... logo adiante.*

Nalan enfiou o pé no acelerador. Ela conseguia ouvir a sirene estridente do carro de polícia, embora o pequeno Škoda ainda estivesse bem atrás, se esforçando para ganhar velocidade sem deslizar na lama e fazer o motorista perder o controle. E, de repente, Nalan se sentiu grata pela lama, pela chuva, pela tempestade e, sim, por aquele velho Chevrolet. Quando eles chegassem à cidade, ficaria mais difícil ser mais rápida do que o carro de polícia; então, ela teria que confiar em si mesma. Conhecia bem as vielas de Istambul.

À direita, no ponto onde a estrada bifurcava e havia um grupo de pinheiros altos no meio, um cervo ficou paralisado diante da luz forte dos faróis. Olhando o animal, Nalan de repente teve uma ideia. Ela deixou o eixo do carro paralelo ao acostamento, torceu para que a traseira da caminhonete fosse alta o suficiente e foi direto para o meio das árvores, onde imediatamente desligou os faróis. Aconteceu tudo tão depressa que ninguém se atreveu a murmurar uma palavra. Eles esperaram, confiando no destino ou em Deus: em forças que estavam além de seu controle. Um minuto depois, o carro de polícia passou zunindo sem vê-los ali e foi na direção de Istambul, que ficava a quinze quilômetros de distância.

Quando os cinco voltaram para a estrada, não havia nenhum veículo à vista além do deles. No primeiro cruzamento, um sinal que balançava ao vento preso a um arame alto mudou de verde para vermelho. A caminhonete cruzou-o a toda velocidade. Ao

---

* A palavra "Istambul" vem do grego medieval *eis ten polin*, que significa "à cidade". (N. A.)

longe, a cidade assomou e, sobre os topos de seus edifícios, uma pincelada laranja atravessava o céu escuro. O sol logo nasceria.

— Espero que que você saiba o que está fazendo — disse Zaynab122, que àquela altura já tinha feito todas as orações que conhecia. Como não havia espaço suficiente para todos, ela estava meio sentada no colo de Humeyra.

— Não se preocupe — disse Nalan, agarrando o volante com mais força.

— Claro, para que se preocupar? — perguntou Humeyra. — Se ela continuar a dirigir desse jeito, nós não vamos ficar mais muito tempo neste mundo, de qualquer maneira.

Nalan balançou a cabeça.

— Vocês são estressados demais. Quando a gente estiver na cidade, não vamos mais ficar tão expostos. Eu encontro uma ruazinha menor e a gente vai ficar invisível!

Sabotagem olhou pela janela. Os efeitos da vodca sobre ele tinham ocorrido em três estágios: primeiro veio a empolgação, depois o medo e a apreensão, e finalmente a melancolia. Ele girou a maçaneta e abriu o vidro. O vento entrou com força e encheu aquele espaço apertado. Por mais que tentasse permanecer calmo, Sabotagem não via como eles iriam conseguir escapar da polícia. E, se ele fosse apanhado com um cadáver e um bando de mulheres de aparência suspeita, o que diria à esposa e aos sogros ultraconservadores?

Sabotagem se recostou no banco e fechou os olhos. Na escuridão que se espraiou à sua frente, Leila surgiu, não como mulher feita, mas como menina. Estava usando o uniforme da escola, meias brancas e sapatos vermelhos com a ponta meio puída. Correu depressa na direção de uma árvore do jardim, se ajoelhou, agarrou um punhado de terra, enfiou na boca e mastigou.

Sabotagem nunca tinha contado a Leila que a vira fazendo aquilo. Fora um choque para ele: por que alguém comeria terra? Pouco tempo depois, ele notara os cortes na parte interna dos braços dela e imaginou que poderia haver mais nas pernas e nas coxas. Preocupado, Sabotagem tinha interrogado Leila, mas ela apenas dera de ombros. *Não tem problema, eu sei quando parar.* A confissão — pois tinha sido uma confissão — o deixara ainda mais preocupado. Ele, antes de qualquer outra pessoa e mais do que qualquer outra pessoa, enxergara através da dor de Leila. Uma tristeza pesada e densa se abatera sobre Sabotagem; um punho se fechara ao redor de seu coração. Uma tristeza que ele tinha escondido do mundo e alimentado por todos aqueles anos: pois o que era o amor, senão cuidar da dor de outra pessoa como se fosse sua? Sabotagem esticou a mão e a menina diante de seus olhos desapareceu como uma visão.

Sinan Sabotagem tinha muitos, muitos arrependimentos na vida, mas nenhum se comparava ao que sentia por nunca ter contado a Leila que, desde que eles eram crianças em Vã, caminhando juntos para a escola todas as manhãs conforme as nuvens se abriam para dar lugar ao céu azul, indo se encontrar nos intervalos, jogando pedrinhas da borda do enorme lago no verão, esquentando as mãos em xícaras de *salep* fumegante no inverno, sentados lado a lado no muro do jardim enquanto examinavam fotos de artistas americanos — desde aqueles dias havia muito perdidos, ele tinha sido apaixonado por ela.

Ao contrário da estrada que ia dar em Kilyos, as ruas de Istambul, mesmo naquele horário atroz, eram tudo, menos vazias. O Chevrolet passou chacoalhando por um prédio de apartamentos após o outro, todos com as janelas escuras e vazias como se fossem dentes faltando ou órbitas sem os olhos. De vez em quando, alguma coisa inesperada aparecia na frente da caminhonete: um gato de rua; um operário voltando do turno da noite na fábrica; um sem-teto procurando guimbas de cigarro diante de um restaurante chique; um guarda-chuva solitário sendo carregado pelo vento; um viciado parado no meio da rua, sorrindo para uma visão que só ele enxergava. Nalan ficou ainda mais alerta e se inclinou para a frente, pronta para desviar a qualquer momento.

— Qual é o problema dessas pessoas? — resmungou para si mesma. — Elas deveriam estar na cama a essa hora.

— Aposto que é exatamente isso que elas estão pensando da gente — disse Humeyra.

— Bom, nós temos uma missão — afirmou Nalan, olhando pelo retrovisor.

Além de ter dislexia, Nalan tinha uma leve dispraxia. Não tinha sido fácil para ela tirar carteira de motorista e, embora a insinuação de Humeyra mais cedo tivesse sido grosseira, não deixava de ter um quê de verdade. Nalan tinha flertado com o instrutor. Só um pouquinho. Mas, em todos os anos desde então, nunca tivera um acidente. Aquilo não era pouca coisa numa cidade onde, a cada metro quadrado, havia mais motoristas espaçosos que tesouros bizantinos enterrados. Nalan sempre tinha achado que, de certa maneira, dirigir era como fazer sexo. Para desfrutar ao máximo da atividade, era preciso não ter pressa e sempre pensar no outro lado. *Respeite o processo, siga o fluxo, não seja competitiva e nunca tente dominar.* Mas aquela cidade estava cheia de malucos que atravessavam o sinal vermelho e entravam nas pistas de emergência como se estivessem cansados de viver. Às vezes, só de brincadeira, Nalan grudava na traseira dos carros deles, piscando os faróis e buzinando sem parar, a centímetros do para-choque à sua frente. Chegava tão perigosamente perto que conseguia ver os olhos dos motoristas nos retrovisores — logo acima dos aromatizantes, das bandeirinhas de time de futebol e dos rosários de pedras semipreciosas — e observava suas expressões horrorizadas quando eles se davam conta de que estavam sendo perseguidos por uma mulher, e que a mulher em questão podia ser uma travesti.

Ao se aproximar de Bebek, eles viram um carro de polícia estacionado na esquina da ladeira íngreme que dava no antigo cemitério otomano e, mais para cima, na Universidade do Bósforo. Será que estava ali esperando por eles ou era só mais uma patrulha fazendo um intervalo? De qualquer maneira, eles não podiam arriscar serem vistos. Mudando de marcha, Nalan fez uma meia-volta rápida e pisou no acelerador, fazendo o ponteiro do velocímetro girar depressa para a parte vermelha.

— O que a gente vai fazer? — perguntou Jameelah.

Havia gotas de suor em sua testa. O trauma do dia e o esforço da noite estavam cobrando um preço de seu corpo frágil.

— Vamos encontrar outro cemitério — disse Nalan, mas sem o tom de autoridade de sempre.

Eles tinham perdido tempo demais. Logo, chegaria a manhã, e eles teriam um cadáver na caçamba da caminhonete e nenhum lugar para onde levá-lo.

— Mas daqui a pouco vai ser dia claro — protestou Humeyra.

Ao ver Nalan com dificuldade para encontrar as palavras certas, parecendo finalmente ter perdido o controle da situação, Zaynab122 baixou os olhos. Desde que eles tinham deixado o cemitério, ela sentia um peso na consciência. Sentia-se péssima por eles terem exumado o corpo de Leila e temia que tivessem cometido um pecado aos olhos de Alá. Mas, naquele momento, quando observou Nalan com aquele ar confuso nada característico, outro pensamento a atingiu com a força de uma revelação. Talvez eles cinco, assim como as pessoas de uma pintura em miniatura, fossem mais fortes, mais inteligentes e muito mais cheios de vida quando se complementavam. Talvez ela precisasse relaxar e abrir mão de sua própria maneira de fazer as coisas — afinal de contas, aquele era o enterro de Leila.

— Como nós vamos achar outro cemitério a essa hora? — perguntou Sabotagem, puxando o bigode.

— Talvez não haja necessidade — disse Zaynab122, tão baixinho que todos tiveram que fazer um esforço para escutar. — Talvez a gente não precise enterrar a Leila.

Nalan franziu a testa, intrigada.

— Como é?

— A Leila não queria ser enterrada — explicou Zaynab122. — Nós falamos sobre isso uma ou duas vezes lá no bordel. Eu me lembro de contar para ela quais são os quatro santos que protegem esta cidade. Eu disse: "Espero que um dia me enterrem ao lado de um santuário." E ela respondeu: "Que bonito, espero que isso aconteça. Mas eu não quero. Se eu pudesse escolher, nunca ia querer ser enterrada sete palmos abaixo da terra." Eu fiquei um pouco irritada na época, porque a nossa religião é clara nesse ponto. Mandei a Leila não dizer aquilo, mas ela insistiu.

— Como assim? Ela queria ser cremada?! — exclamou Sabotagem.

— Ah, não — disse Zaynab122, ajeitando os óculos no nariz. — Ela queria ir para o mar. Disse que tinham lhe contado que, no dia em que ela nasceu, alguém na casa tinha libertado um peixe que ficava num aquário redondo. A Leila pareceu gostar muito dessa ideia. Disse que, quando morresse, ia encontrar aquele peixe, embora não soubesse nadar.

— Você está nos dizendo que a Leila queria ser jogada no mar? — perguntou Humeyra.

— Bom, não sei se a Leila queria ser *jogada*. Ela não deixou um testamento nem nada, mas ela disse que preferia ir para a água a ir para debaixo da terra.

Nalan fez uma careta sem tirar os olhos da rua.

— Por que você não contou antes?

— Por que eu contaria? Foi uma daquelas conversas que a gente não leva muito a sério. Além do mais, é pecado.

Nalan se voltou para Zaynab122.

— Então, por que você está contando agora?

— Porque de repente passou a fazer sentido — disse Zaynab122. — Eu entendo que as escolhas da Leila podem não ser iguais às minhas, mas eu as respeito mesmo assim.

Todos se puseram a pensar.

— Então o que a gente vai fazer? — perguntou Humeyra.

— Vamos levar a Leila para o mar — disse Jameelah. E a maneira como ela falou, com tanta leveza e certeza na voz, fez os outros sentirem que essa tinha sido a coisa certa a fazer desde o início.

E assim o Chevrolet Silverado foi zunindo na direção da Ponte do Bósforo. Aquela mesma ponte cuja inauguração Leila tinha celebrado com milhares de outros istambulitas, muito tempo antes.

PARTE 3
A alma

A ponte

— Humeyra?

— Huumm?

— Tudo bem, meu amor? — perguntou Nalan, apertando o volante com força.

Com as pálpebras semicerradas, Humeyra disse:

— Estou com um pouco de sono, desculpe.

— Você tomou alguma coisa esta noite?

— Posso ter tomado uma coisinha.

Humeyra deu um sorriso fraco. Sua cabeça rolou para cima do ombro de Jameelah e, de repente, ela caiu no sono.

Nalan suspirou.

— Ah, que ótimo!

Assim que seus olhos se fecharam, Humeyra desabou num torpor macio. Voltou a ser criança em Mardin, envolta nos braços da irmã mais velha. Sua preferida. Então, os outros irmãos chegaram e eles começaram a girar em círculos, rindo. Ao longe, a colheita ia pelo meio nos campos, e as janelas do Monastério de São Gabriel brilhavam ao sol. Deixando os irmãos para trás, Humeyra caminhou até a construção antiga, ouvindo o vento assobiar pelas fendas das rochas. O monastério parecia diferente, mas ela não sabia por quê. Quando chegou perto, entendeu: ele tinha sido construído com comprimidos, não tijolos. Todos os comprimidos que Humeyra já tinha tomado — com água, com uísque, com Coca-Cola, com chá, sem nada. Seu rosto se distorceu. Ela soluçou.

— Tudo bem, é só um sonho — disse Jameelah.

Humeyra se aquietou. Indiferente ao barulho da caminhonete, sua expressão ficou serena. O cabelo se soltou, mostrando raízes que teimavam em continuar pretas sob a pilha de loiro vívido.

Jameelah começou a cantar uma canção de ninar em sua língua materna, com a voz límpida e penetrante como o céu africano. Ao ouvi-la, Nalan, Sabotagem e Zaynab122 sentiram seu carinho, mesmo sem entender uma palavra da letra. Havia algo de estranhamente reconfortante na maneira como diferentes culturas chegavam a hábitos e melodias parecidas e no fato de que, no mundo todo, as pessoas estavam sendo ninadas nos braços de entes queridos em seus momentos de angústia.

Conforme o Chevrolet acelerava na direção da Ponte do Bósforo, o sol nasceu em toda a sua glória. Tinha se passado um dia inteiro desde que o corpo de Leila fora encontrado dentro de uma lata de lixo de metal.

Com o cabelo grudado no pescoço, Nalan acelerou ao máximo. A caminhonete engasgou e estremeceu. Por um segundo, Nalan temeu que o carro fosse decepcioná-los — mas ele seguiu adiante, resmungando. Ela apertou o volante com mais força com uma das mãos e fez um carinho nele com a outra.

— Eu sei, meu amor. Você está cansada. Eu entendo.

— Você agora fala com carros? — perguntou Zaynab122, sorrindo. — Você fala com tudo, menos com Deus.

— Quer saber de uma coisa? Eu prometo que, se essa coisa terminar bem, eu dou um oi para Ele.

— Olha — disse Zaynab122, apontando pela janela. — Acho que Ele está dando um oi para você.

Lá fora, o pedaço de céu logo acima do horizonte tinha assumido o violeta luminoso da parte de dentro da concha de uma ostra, delicado e iridescente. O mar vasto estava pontilhado de navios e barquinhos de pesca. A cidade parecia sedosa e macia, como se não tivesse limites.

Conforme eles se aproximavam da costa asiática, foram surgindo mansões luxuosas, e atrás delas as casas sólidas da classe média, e, mais para cima nas colinas, fileiras e mais fileiras de barracos caindo aos pedaços. Aqui e ali, entre as construções, havia cemitérios e santuários, com suas pedras antigas parecendo velas brancas, dando a impressão de que eles poderiam zarpar a qualquer momento.

Do canto do olho, Nalan espiou Humeyra e acendeu um cigarro, sentindo-se menos culpada do que se sentiria normalmente, como se a asma não afetasse quem estava num sono profundo. Ela tentou soprar a fumaça pela janela aberta, mas o vento a trouxe toda de volta para dentro do carro.

Nalan estava prestes a jogar o cigarro fora quando Sabotagem falou do seu canto, com um fio de voz:

— Espere, eu quero dar uma tragada.

Ele fumou em silêncio, com um ar pensativo. Perguntou-se o que seus filhos estariam fazendo naquele momento. Partia-lhe o coração o fato de eles nunca terem conhecido Leila. Sabotagem sempre presumira que, um dia, todos se reuniriam ao redor de um belo café da manhã ou almoço, e que as crianças se apaixonariam por ela instantaneamente, assim como ele. Agora, era tarde demais. Sabotagem teve a impressão de que sempre tinha chegado tarde demais para tudo. Ele tinha que parar de se esconder, de fingir, de separar a vida em compartimentos, e encontrar uma maneira de juntar suas diversas realidades. Precisava apresentar as amigas à família e a família às amigas e, se a família não aceitasse as amigas, fazer de tudo para que elas entendessem. Mas era tão difícil fazer isso.

Sabotagem jogou o cigarro fora, fechou a janela e apoiou a testa no vidro. Algo dentro dele estava se movendo, ganhando potência.

Pelo retrovisor, Nalan viu dois carros de polícia entrando na rua, bem lá atrás, e indo na direção da ponte. Ela arregalou os olhos. Não esperava que eles fossem alcançá-los tão depressa.

— Tem dois ali! Estão atrás da gente.

— De repente é melhor um de nós sair do carro e tentar distrair a polícia — sugeriu Sabotagem.

— Eu posso fazer isso — disse Zaynab122 depressa. — Não vou conseguir ajudar a mover o corpo. Mas posso fazer isso. Posso fingir que estou machucada, sei lá. Eles vão ter que parar por minha causa.

— Tem certeza? — perguntou Nalan.

— Tenho — disse Zaynab122 com firmeza. — Absoluta.

Nalan parou a caminhonete cantando pneu e ajudou Zaynab122 a sair, voltando para dentro imediatamente. Humeyra, perturbada com a comoção, abriu um pouco os olhos, se remexeu no lugar e voltou a dormir.

— Boa sorte, querida. Tome cuidado — disse Nalan pela janela aberta.

E eles foram embora zunindo, deixando Zaynab122 na calçada, sua pequena sombra se interpondo entre ela e o resto da cidade.

Na metade da ponte, Nalan pisou no freio e deu uma guinada brusca para a esquerda. Ela dirigiu devagar até o acostamento e parou o carro.

— Bom, eu preciso de ajuda — disse, confessando algo que raramente admitia.

Sabotagem assentiu e jogou os ombros para trás.

— Estou pronto.

Os dois correram para a traseira da caminhonete e soltaram as cordas que seguravam Leila. Num movimento ágil, Sabotagem tirou a echarpe do bolso e enfiou-a nas dobras da mortalha.

— Não posso esquecer o presente dela — disse.

Juntos, eles ergueram o corpo de Leila nos ombros e, distribuindo o peso dele, andaram arrastando os pés até as barreiras que batiam na altura do joelho. Com cuidado, passaram as pernas para o outro lado e continuaram a caminhar. Quando chegaram ao parapeito externo, abaixaram o corpo e o apoiaram na superfície de metal. Enquanto recobravam o fôlego, parecendo subitamente pequenos sob o imenso zigue-zague de cabos de aço lá, eles se entreolharam.

— Vamos lá — disse Sabotagem, com a expressão determinada.

Eles empurraram o corpo mais para fora do parapeito, com cuidado e hesitação a princípio, como quem encoraja uma criança a entrar na sala no primeiro dia de aula.

— Ei, vocês dois!

Nalan e Sabotagem congelaram — a voz de um homem rasgou o ar, junto com o som de pneus cantando e o cheiro de borracha queimada.

— Parem!

— Não se mexam!

Um policial saiu correndo de dentro de um carro de polícia, gritando ordens, seguido por outro.

— Eles mataram alguém. Estão querendo se livrar do corpo!

Sabotagem empalideceu.

— Ah, não! Ela já estava morta!

— Cala a boca!

— Coloque o homem no chão. Devagar.

— É uma *mulher* — corrigiu Nalan, sem conseguir se conter. — Olhem, deixem a gente explicar, por favor...

— Silêncio! Não façam mais nenhum movimento. Senão eu atiro!

Outro carro de polícia encostou. No banco de trás estava Zaynab122, com os olhos cheios de medo e o rosto branco. Ela não tinha conseguido distraí-los por muito tempo. Nada estava saindo como planejado.

Mais dois policiais saíram.

Na pista oposta da ponte, um engarrafamento estava se formando. Os veículos passavam devagar, com rostos curiosos espiando pelas janelas: um carro com uma família voltando de férias, cheio de malas empilhadas atrás; um ônibus municipal meio cheio de madrugadores — faxineiras, vendedores de lojas, ambulantes... Todos olhavam, atônitos.

— Eu mandei colocar o corpo no chão! — repetiu um policial.

Nalan baixou os olhos e corou quando se deu conta: o corpo de Leila seria tomado pelas autoridades e, mais uma vez, enterrado no Cemitério dos Solitários. Não havia nada que eles pudessem fazer. Tinham tentado. E fracassado.

— Eu sinto muito — disse Nalan, virando-se um pouco na direção de Sabotagem. — A culpa é toda minha. Eu estraguei tudo.

— Nenhum movimento brusco. E fiquem com as mãos para cima!

Sem soltar o corpo com um dos braços, Nalan deu um pequeno passo na direção dos policiais, erguendo a mão livre num gesto de rendição.

— Coloque o corpo no chão!

Nalan dobrou os joelhos, pronta para puxar o corpo delicadamente até a calçada, mas estacou, notando que Sabotagem não estava fazendo a mesma coisa. Ela olhou-o de relance, intrigada.

Sabotagem estava imóvel, como se não tivesse escutado nem uma palavra do que os policiais haviam dito. Ele semicerrou os olhos e toda a cor foi sugada do céu, do mar e da cidade inteira. Por um segundo, tudo ficou preto e branco como nos filmes preferidos de Leila, com exceção de um único bambolê que girava, fazendo círculos de um laranja forte, assertivo, cheio de vida. Como ele queria poder voltar no tempo com aquela facilidade. Como queria, em vez de dar a ela o dinheiro para fazer a viagem de ônibus que a levaria para longe, ter pedido que ela ficasse em Vã e se casasse com ele. Por que ele tinha sido tão covarde? E por que o preço de não dizer as palavras certas na hora certa era tão alto?

Com uma força súbita, Sabotagem se inclinou para a frente e empurrou o corpo sobre a barreira, a brisa batendo em seu rosto salpicado com o gosto das suas lágrimas.

— Para!!!

Sons se dissolveram no ar. O piado de uma gaivota. O gatilho sendo puxado. Uma bala atingiu Sabotagem no ombro. A dor foi lancinante, mas estranhamente suportável. Ele viu o céu. Infinito, destemido, misericordioso.

Na caminhonete, Jameelah gritou.

Leila desabou no vazio. Ela caiu mais de sessenta metros, rápido e em linha reta. Lá embaixo, o mar cintilava, azul e vívido como uma piscina olímpica. Conforme ela caía, algumas dobras de sua mortalha se abriram e flutuaram ao redor e acima dela, como os pombos que sua mãe criara no telhado. Só que esses pombos eram livres. Não ficavam em nenhuma gaiola.

Ela mergulhou dentro d'água.

E foi para longe daquela loucura.

O peixe-beta azul

Leila ficou com medo de cair na cabeça de um pescador solitário que estivesse passando de canoa. Ou na de um marinheiro com saudades de casa que estivesse vendo a vista conforme seu navio deslizava por debaixo da ponte. Ou na de um chef de cozinha preparando o café da manhã dos patrões no deque de um iate. Seria a cara dela. Mas nada disso aconteceu. Leila caiu em meio ao matraquear das gaivotas e ao farfalhar do vento. O sol estava nascendo no horizonte; as casas e as ruas do litoral em frente pareciam estar em chamas.

Lá em cima o céu estava limpo e alegre, parecendo pedir desculpas pela tempestade da noite anterior. Lá embaixo havia as cristas das ondas, pontinhos brancos que pareciam pinceladas num quadro. Espraiando-se em todas as direções, confusa e caótica, maltratada e malévola, mas bela como sempre, estava aquela velha cidade.

Leila se sentiu leve. Contente. E, a cada metro que caía, deixava para trás um sentimento negativo: raiva, tristeza, saudade, dor, arrependimento, ressentimento e seu primo, o ciúme. Ela foi se livrando de um por um. E então, com um baque que sacudiu todo o seu ser, atravessou a superfície do mar. A água se abriu ao seu redor e o mundo ganhou vida. Foi diferente de tudo que ela já tinha experimentado. Sem som. Sem fronteiras. Leila olhou ao redor, absorvendo tudo, apesar de sua imensidão. Adiante, ela viu uma sombra minúscula.

Era o peixe-beta azul. Aquele mesmo que tinha sido solto no riacho de Vã no dia em que ela nascera.

— Que bom ver você, finalmente — disse o peixe. — Por que demorou tanto?

Leila não sabia o que dizer. Será que ela iria conseguir falar debaixo d'água?

Sorrindo por causa da confusão dela, o peixe-beta azul disse:

— Venha comigo.

Percebendo que tinha voz, Leila disse, com uma timidez que não soube esconder:

— Eu não sei nadar. Nunca aprendi.

— Não se preocupe com isso. Você sabe tudo que precisa saber. Venha comigo.

Leila começou a nadar — de maneira lenta e desajeitada a princípio, mas então com mais agilidade e segurança, aumentando o ritmo gradualmente. Mas não estava tentando chegar a lugar nenhum. Não havia mais motivo para ter pressa, e nada de que fugir. Um cardume de bremas fez um redemoinho dentro e ao redor de seu cabelo. Sardas e cavalas fizeram cócegas em seus dedos dos pés. Golfinhos a escoltaram, girando e espalhando água na superfície.

Leila examinou o panorama: um universo multicolorido, com cada direção dentro d'água iluminada por diferentes raios de luz que pareciam se misturar uns aos outros. Ela viu as carcaças enferrujadas de barcos afundados. Viu tesouros perdidos, barcos de vigilância, canhões imperiais, carros abandonados, navios antiquíssimos, concubinas que tinham sido empurradas das janelas do palácio dentro de sacos e jogadas no azul, com as joias embaraçadas nas algas e os olhos ainda procurando o sentido de um mundo que dera a elas um fim tão cruel. Encontrou poetas, escritores e rebeldes dos períodos otomano e bizantino, todos atirados nas profundezas por suas palavras traiçoeiras ou suas crenças controversas. O aterrador e o delicado — tudo estava presente ao seu redor, em grande abundância.

Tudo, menos a dor. Não havia dor ali embaixo.

Sua mente havia parado completamente de funcionar, seu corpo já estava se decompondo e sua alma estava flutuando atrás de um peixe-beta. Ela sentia-se aliviada por ter deixado o Cemitério dos Solitários. Estava feliz por fazer parte daquele reino vibrante, daquela harmonia reconfortante que jamais considerara possível e daquele vasto azul, vívido como o nascimento de uma chama nova.

Finalmente livre.

Epílogo

O apartamento da rua Kafka Cabeludo tinha sido decorado com balões, serpentinas e faixas. Aquele dia teria sido o aniversário de Leila.

— Cadê o Sabotagem? — perguntou Nalan.

Elas tinham agora ainda mais justificativa para chamá-lo assim, pois ele, afinal, sabotara sua vida inteira. Depois de levar um tiro enquanto empurrava o cadáver de uma prostituta da Ponte do Bósforo, na companhia de mulheres de caráter dúbio, Sabotagem tinha saído em todos os jornais. Na mesma semana, tinha perdido o emprego, a mulher e a casa. Descobriu tardiamente que sua esposa tinha um amante de longa data e era por isso que gostava quando ele passava as noites na rua. Isso lhe dera algum poder de barganha durante o processo de divórcio. A família de sua mulher não falava mais com ele, mas, por sorte, seus filhos sim, e Sabotagem podia vê-los todos os finais de semana, que era só o que lhe importava. Ele passara a ter uma barraquinha no Grande Bazaar, onde vendia produtos piratas. Estava ganhando metade do dinheiro que ganhava antes, mas não reclamava.

— Preso no trânsito — disse Humeyra.

Nalan abanou a mão recém-feita na manicure. Estava segurando um cigarro apagado e o Zippo de D/Ali.

— Achei que ele não tinha mais carro. Qual é a desculpa dessa vez?

— Que ele não tem carro. Precisa pegar ônibus.

— Ele vai chegar logo, espere um pouquinho — disse Jameelah, num tom apaziguador.

Assentindo, Nalan foi para a varanda, pegou uma cadeira e se sentou. Olhando a rua lá embaixo, ela viu Zaynab122 saindo do mercado com uma sacola plástica na mão e caminhando com dificuldade.

Nalan segurou a lateral do corpo em um acesso de tosse, aquela tosse seca de fumante. Seu peito doía. Ela estava ficando velha. Não tinha aposentadoria, nem poupança, nada para complementar a renda. Tinha sido uma grande ideia eles cinco irem morar no apartamento de Leila e dividirem os custos. Eles eram mais vulneráveis sozinhos; juntos, eram mais fortes.

Ao longe, depois dos telhados e das cúpulas, estava o mar, reluzindo como vidro. E, bem lá no fundo, em algum lugar e em todo lugar, estava Leila — milhares de Leilinhas presas nas escamas dos peixes e nas algas, rindo de dentro das conchas dos mariscos.

Istambul era uma cidade líquida. Nada era permanente ali. Nada parecia fixo. Tudo devia ter começado milhares de anos antes, quando as camadas de gelo derreteram, o nível do mar subiu, as águas tomaram tudo e todos os modos de vida conhecidos foram destruídos. Os pessimistas provavelmente foram os primeiros a fugir da área; já os otimistas devem ter esperado para ver o que ia acontecer. Nalan achava que uma das tragédias infindáveis da história humana era o fato de que os pessimistas tinham mais chance de sobreviver do que os otimistas, o que significava que, logicamente, a humanidade tinha os genes daqueles que não acreditavam na própria humanidade.

Quando as enchentes chegaram, vieram de todos os lados, afogando tudo em seu caminho — animais, plantas e seres humanos. Assim, formaram-se o Mar Negro, o Corno de Ouro, o Bósforo e o Mar de Mármara. Enquanto as águas fluíam, elas criaram um pedaço de terra onde, um dia, uma imensa metrópole foi construída.

Ela ainda não tinha se solidificado, essa terra-mãe deles. Ao fechar os olhos, Nalan conseguia ouvir as águas rolando sob seus pés. Mudando, rodopiando, procurando.

Ainda em fluxo.

Nota ao leitor

Muitas coisas neste livro são verdade e tudo é ficção.

O Cemitério dos Solitários em Kilyos é um lugar de verdade. Ele está crescendo depressa. Ultimamente, um número cada vez maior de refugiados que se afogaram no Mar Egeu tentando chegar à Europa vem sendo enterrado lá. Como todos os outros túmulos, os deles têm apenas números, raramente nomes.

Os residentes do cemitério mencionados neste livro foram inspirados por matérias de jornal e histórias reais de pessoas que foram enterradas lá — incluindo a avó zen-budista que estava fazendo uma viagem do Nepal a Nova York.

A rua dos bordéis também existe de verdade. Assim como os acontecimentos históricos mencionados no livro, incluindo o Massacre de Mỹ Lai, no Vietnã, em 1968 e o massacre que ocorreu em Istambul no Dia Internacional do Trabalho em 1977. O Hotel Intercontinental, onde estavam os atiradores que atacaram a multidão, se tornou o Hotel Marmara.

Até o ano de 1990, o Artigo 438 do Código Penal Turco era usado para reduzir a pena de estupradores em um terço se eles conseguissem provar que a vítima era uma prostituta. Legisladores defendiam o artigo com o argumento de que "a saúde mental ou física de uma prostituta não podia ser afetada de maneira negativa pelo estupro". Em 1990, um número crescente de ataques contra profissionais do sexo motivou protestos furiosos em diversas partes do país. Por essa forte reação da sociedade civil, o Artigo 438 foi revogado. Mas, desde então, surgiram poucas leis no país que buscaram aumentar a igualdade entre os gêneros ou, especificamente, melhorar as condições de profissionais do sexo.

Por último, embora os cinco amigos sejam frutos da minha imaginação, eles foram inspirados por pessoas de verdade — nativos, recém-chegados e estrangeiros — que eu conheci em Istambul. Embora Leila e seus amigos sejam completamente fictícios, as amizades descritas neste romance são, pelo menos a meus olhos, tão reais quanto esta velha cidade sedutora.

Glossário

agha: título de honra dado pelo Império Otomano

amca: maneira tradicional de se dirigir a um senhor de idade

ayran: bebida feita com iogurte

azan: chamado para a oração

börek: massa recheada

cezve: bule de café

derbake: instrumento de percussão presente em diversos países do Oriente Médio

dhikr: forma de devoção na qual o nome de Deus e Seus atributos são repetidos; associada às irmandades sufi

feringhee: estrangeiro

gazino: casas de música ao vivo típicas da Turquia

geçmiş olsun: melhoras

habibi: meu amor

haram: proibida pela lei islâmica

hayati: minha vida

hodja: diretor de escola muçulmano

kader: destino

konak: mansão

nafs: ego

nazar: mau-olhado

nine: avó

salep: leite quente com canela e orquídea silvestre

sarmas de folha de parreira: charutinhos de folha de parreira

Sheitan: Satanás

simit: pão redondo com gergelim

taqiyah: solidéu

tariqa: ordem ou escola sufi

tövbe: arrependa-se

ya ruhi: minha alma

yenge: tia por casamento (ou cunhada)

Zamhareer: parte do inferno que é extremamente fria

Zaqqum: árvore que existe no inferno

zeybek: espécie de dança folclórica do oeste da Turquia

Agradecimentos

Algumas pessoas especiais me ajudaram enquanto eu escrevia este livro. Sou profundamente grata a elas.

Agradeço de coração a minha editora maravilhosa, Venetia Butterfield. É uma verdadeira bênção para uma escritora trabalhar com uma editora que a entende como ninguém, e a orienta e encoraja com fé, amor e determinação. Obrigada, querida Venetia. Também preciso agradecer muito a meu agente, Jonny Geller, que ouve, analisa e vê. Cada conversa que nós temos abre uma janela nova na minha mente.

Muito obrigada às pessoas que pacientemente leram versões anteriores deste livro e me deram conselhos. Stephen Barber, que amigo incrível e que alma generosa você é! Obrigada, Jason Goodwin, Rowan Routh e querida Lorna Owen por permanecerem comigo durante toda a jornada. Muito obrigada, Caroline Pretty: você foi imensamente cuidadosa e prestativa. Obrigada, Nick Barley, que leu os primeiros capítulos e me disse para continuar sem dúvidas, sem olhar para trás. Muitíssimo obrigada a Patrick Sielemann e Peter Haag, que ficaram ao meu lado desde o começo. Como eu posso me esquecer de seu apoio tão valioso?

Quero expressar minha gratidão a Joanna Prior, Isabel Wall, Sapphire Rees, Anna Ridley e Ellie Smith, da Penguin UK, e a Daisy Meyrick, Lucy Talbot e Ciara Finan, da Curtis Brown. Obrigada também a Sara Mercurio, que me mandou os e-mails mais lindos de Los Angeles, e a Anton Mueller pelas palavras de sabedoria enviadas de Nova York. E aos editores e amigos da Doğan Kitap — uma equipe linda e corajosa nadando contra a corrente, guiada apenas pelo seu amor pelos livros. Minha gratidão também aos amados Zelda e Emir Zahir, ao querido Eyup e a minha mãe, Shafak, a mulher cujo nome eu adotei como sobrenome há muito, muito tempo.

Minha avó faleceu pouco tempo depois de eu começar a escrever este livro. Eu não fui ao velório dela, pois não me senti confortável em viajar a minha pátria num momento em que escrito-res, jornalistas, intelectuais, acadêmicos, amigos e colegas estavam sendo presos com as alegações mais absurdas. Minha mãe me disse para não me preocupar por não visitar o túmulo de minha avó. Mas eu me preocupei e me senti culpada. Eu era muito próxima da minha avó. Foi ela que me criou.

Na noite em que terminei o livro, havia uma lua crescente no céu. Eu pensei em Leila Tequila e na minha avó e, embora a primeira seja uma personagem fictícia e a segunda seja tão real quanto meu próprio sangue, pareceu-me que elas tinham se conhecido e se tornado boas amigas, duas párias, duas irmãs. Afinal, as fronteiras da mente não significam nada para as mulheres que continuam a cantar canções de liberdade sob a luz da lua...